흥륭한 대원제국의 청사 5

大元盛世青史演義

Их Юань улсын мандсан төрийн Хөх судар

The Blue Sutra of the Rise of the Great Yuan State

지은이

웨.인잔나쉬 V.Injannash, 1837~1892

내몽골 조스틴 출간(현재 요녕성 몽골자치구)의 투메드 서부 지역에서 칭기스 칸의 27대손인 왕친 발의 일곱째 아들로 태어났다. 그는 몽골의 뛰어난 사상가이자 문인으로 19세기 몽골문학계를 대표하는 거성으로 손꼽힌다. 그는 원래 시로 창작을 시작하여 100여 편의 사색적이고 철학적인 시를 남겼다. 또 18세부터 소설 창작을 시작하여 『두견새전』, 『붉은 구름 같은 눈물』, 『단층 누각』, 『붉은 눈물을 흘리는 탕힘』 등의 작품을 저술했다. 그의 인생에 고난이 극했던 34세부터 그는 부친의 미완성 원고인 『청사』를 약 20여 년에 걸쳐 완성하는데, 이 작품으로 인잔나쉬는 몽골 역사소설뿐 아니라 몽골문학사에 불멸의 이름을 남겼다. 그는 시인이자 소설가, 미술가, 예술 이론가, 번역가, 뛰어난 역사가로 몽골 민족의 깊이 있고, 폭넓은 정신문화를 유산으로 남긴 대문호로 평가된다.

옮긴이

이안나 Lee, Anna

몽골 구비문학과 몽골문화를 연구해 오고 있으며, 몽골 현대문학 작품을 번역, 출간해 왔다. 현재 한국외국어대학교 몽골어과 학술연구교수. 저서로 『몽골 구비서사문학과 문화의 상관성 연구』, 『몽골 영웅서사시의 통섭적 연구』, 『동몽골의 가치와 미래』(공저), 『몽골의 생활과 전통』, 『몽한사전』(공저), 『몽골 민간신앙 연구』, 『몽골인의 생활과 풍속』 등이 있으며, 『낙타처럼 울 수 있음에』, 『한 줄도 나는 베끼지 않았다』, 『샤먼의 전설』, 『*Сүтхян бүсгүйн домог*』(공역), 『*Гэрээ орхисон минь*』(공역), 『몽골의 설화』, 『몽골의 가정예절과 전통』, 『눈의 전설』, 『나뭇잎이 나를 잎사귀라 생각할 때까지』, 『말을 타고 가는 이야기』, 『칭기스 칸 영웅기』, 『몽골 현대시선집』 등의 역서와 30편 이상의 논문이 있다.

흥륭한 대원제국의 청사 5

초판인쇄 2024년 6월 20일 **초판발행** 2024년 6월 30일
지은이 웨.인잔나쉬 **옮긴이** 이안나
펴낸이 박성모 **펴낸곳** 소명출판 **출판등록** 제13-522호
주소 서울시 서초구 사임당로14길 15 서광빌딩 2층
전화 02-585-7840 **팩스** 02-585-7848
전자우편 somyungbooks@daum.net **홈페이지** www.somyong.co.kr

값 32,000원
ISBN 979-11-5905-946-9 94830
ISBN 979-11-5905-941-4 (전6권)

이 저서는 2019년 대한민국 교육부와 한국연구재단의 지원을 받아 수행된 연구임(NRF-2019S1A5A7069254))

한 국 연 구 재 단
학술명저번역총서

흥룡한 대원제국의 청사 5

大元盛世青史演義

Их Юань улсын мандсан төрийн Хөх судар

The Blue Sutra of the Rise of the Great Yuan State

웨.인잔나쉬 저
이안나 역

일러두기

1. 이 역서는 몽골 건국 800주년을 기념해 몽골 현대문으로 출판된 인잔나쉬의 『청사』 I, II, III권을 번역한 것이다. 이 역서는 몽골문자(몽골비칙)로 된 69장 『청사』 1957, 1991년 간행본을 대조하여 몽골 국립대 교수팀이 몽골 현대문으로 옮겨 2005년 울란바토르에서 출간된 저서를 텍스트로 했다.
2. 본 저서는 공간적으로 넓은 지역을 아우르고, 시간적으로 오랜 세월에 걸쳐 벌어졌던 사건을 다루면서, 저자가 다양한 문헌을 인용했기 때문에 고유명사 전사에 통일성을 갖기 어려운 점이 있다. 그러나 몇 가지 원칙을 따랐다. 먼저, 인명이나 지명 등의 고유명사 전사는 가능하면 저자가 사용한 단어를 발음에 따라 전사하는 것을 기본으로 했다.
3. 다만 몽골비칙에서 호환되어 사용되는 자음 д, т에서 д가 끝에 사용되는 경우 т로 전사하거나 т를 д로 전사하기도 했다. 예를 들어, 케레이드를 케레이트, 탕구드를 탕구트 등으로 번역했다. 또 베트국은 원래 '우리나라'라는 의미가 있어, 빈번히 사용되는 '베데국'으로 전사했다. 또 y, ү 역시 호환이 되며, y는 몽골비칙에서 외국어 전사일 경우 ү로 발음되기도 하고, ү가 y로 발음되는 경우도 있다. '탕고트'의 경우 '탕구트'로 전사하는 일반적인 표기를 택하여 사용했다. 그러나 현재 일반적으로 사용되는 인명, 지명 표기가 다르더라도 y를 a나 그밖에 다른 모음으로 바꾸어 전사하지 않았다. 예를 들어, 한국에서 모훌리(Мохули)를 일반적으로 '무칼리'라고 하지만, '훌(хул)'의 y를 a로 전사하기 어렵기 때문에 모훌리 그대로 표기했다.
4. 또 x의 전사 표기가 к로 호환되기도 하지만 특별히 역사적으로 고착된 경우에만 호환된 к 발음을 택하고, 현재 일반적으로 사용되는 단어의 x발음을 그대로 x로 전사했다. 예를 들어, '호빌라이'를 '쿠빌라이'로 '헤를렌'은 '케를렌'이 아닌 '헤를렌'으로 전사했다.
5. 영문 표기의 경우 다음과 같이 했다.

а	б	в	г	д	е	ё	ж	з	к	н	й	л	м	н	о	ө
a	b	v	g	d	ye	yo	j	z	k	i	i	l	m	n	o	ö

п	р	с	т	у	ү	ф	х	ц	ч	ш	ъ	ы	ь	э	ю	я
p	r	s	t	u	ü	f	kh	ts	ch	sh	i	y	i	e	yu	ya

6. 본 역서의 각주는 3가지 형태로 이루어져 있다. 인잔나쉬 원저자의 각주는 본문 중에 **[원주]** 표기 후 설명을 달아 주었다. 몽골 현대문으로 옮긴이의 각주는 아래 각주를 달아 주었으며, 설명 앞 괄호 안에 [**몽골 현대문 역주**]라고 붙여 주었다. 역자의 부연 설명이 필요한 경우 **[역자 주]** 표기 뒤에 설명을 넣었다. 또 한국어 역자의 각주인 경우 여타의 표시 없이 아래 각주를 달아 설명을 하거나, 인용한 경우 뒤에 인용 서지를 붙이는 방식을 취했다.

옮긴이의 말

몽골학에 뜻을 두고, 몽골을 배움의 터전으로 삼은 지도 어언 25년이 지났다. 몽골에서 지냈던 10년 남짓한 세월 동안 유목민의 생활에 깊이 경도되어, 그들의 삶과 문화를 이해하고자 나름 시간을 잊고 살았던 것 같다. 몽골 생활 가운데 내게 가장 보람되고 기쁨을 주는 일 가운데 하나는 관심 주제에 관련된 도서를 찾고 수집하는 일이었다. 그렇게 모았던 도서 가운데 두툼한 3권의 『청사』도 포함되어 있었는데, 이 책을 언젠가 번역해 보리라는 막연한 생각을 했다.

세월이 흘러 『청사』를 번역할 기회가 왔고, 근 4년 가까운 긴 시간을 소요하며 번역 작업에 매진했지만, 처음부터 이 작업은 내 능력을 넘어서는 일이라는 것을 알았다. 이 저서는 19세기 저서로 무엇보다 현대문이 아닌 옛 문장 형태가 주를 이루어 주술 관계를 파악하는 데도 어려움이 있었다. 단어도 오늘날 쓰임과 다르거나, 쓰이지 않는 사어, 단어 형태가 다른 경우도 있어 번역 작업은 참으로 지난하기 이를 데 없었다. 또 고전 작품이 일반적으로 그렇듯 산문이라도 운문적 요소가 내재되어 있기 때문에 한 문장 안에서도 같은 단어가 반복되어 사용되는 경우가 적지 않아 문장 이해를 더욱 어렵게 했고, 또 사건의 공간적 배경이 광대해 중국이나 그밖에 외국 관련의 전사된 고유명사를 다시 전사하는 데도 어려움이 있었다. 할 수 없는 일을 하고 있다는 자책이 들 때마다 이 책을 저술할 당시 저자 인잔나쉬의 각고의 노력과 인고의 세월을 생각했다.

이 저서는 인잔나쉬가 아닌 그의 부친이었던 왕친발이 큰 뜻을 품고 저술을 시작한 것으로, 처음 8장을 쓰고 청나라 지배기의 혼란한 시대 상황 속에서 생을 마감하게 된다. 그때 인잔나쉬의 나이 11세였다. 이후 상당한 지적 소양을 가진 그의 자식들이 이 저서를 이어서 완성하고자 여러 번 머리를 맞대고 고민했지만, 흩어진 역사서를 정확히 짜 맞추고 시대와 인명, 지명 등을 정확히 찾아내는 데 상당한 시간과 노력이 요구되었기 때문에 집필을 이어가지 못한 채 결국 원고는 오랜 세월 그대로 방치되고 만다. 그러다 인잔나쉬의 삶에 고난의 회오리가 밀어닥쳤을 때 그는 다시 이 저서에 주의를 기울이고, 부친이 저술을 위해 모아둔 문헌 자료들을 샅샅이 살피면서, 부친의 미완성 원고를 이어서 저술하게 된다. 그런데 이 일은 그리 녹록한 작업이 아니었으며, 그의 생애를 바치는 일이 되었다. 그가 저술할 때의 생활을 언급한 것을 보면, "참으로 우둔한 지력으로 마음의 피를 토하고, 어두운 눈이 보이는 대로 수많은 자료를 살피며, 일천한 지식으로 인명과 지명을 찾아갔다. (…중략…) 먹고 마셔도 글을 쓰고, 쓴 글을 보고 또 보고, 살피고 또 살펴 어느 부분에 저술의 큰 사건이 누락되었는지, 구절이 잘못되고 빠지지나 않았는지 온 힘을 다해 자세히 그리고 면밀하게 살폈다. 머리가 희어지고, 얼굴에 주름이 생기고, 살이 빠지고 근육이 늘어지도록 저술 작업에 심혈을 기울였다"라고 했으며, "이것은 진실로 온 마음과 육신, 눈, 손, 오장이 다 지치도록 혼신의 힘을 기울인 작업이었다"라고 했다.

번역 작업이 힘들 때마다 이렇게 혼을 바쳐 저술한 작품을 평이하게 번역할 수 없는 것은 당연한 일이라고 마음을 다지며 번역에 임하곤

했다. 한편 저자는 그의 나이 34세 때인 1871년부터 1891년까지 약 20년에 걸친 인고의 세월을 견디며 작품 완성에 온 힘을 다한다. 인잔나쉬가 이 저서를 쓸 때는 아마도 모종의 큰 힘이 그를 음우하지 않았나 싶다. 칭기스 칸의 28대손이라는 그의 가계 내력이 이를 더욱 분명히 시사해준다.

이 작품은 칭기스 칸이 태어난 1162년부터 약 200여 년 동안의 역사적 사건을 바탕으로 한 120장의 대작이었다고 하나, 현재는 1162~1236년까지의 역사적 사건을 다룬 69장 본이 전해진다. 원래 몽골비칙몽골문자으로 전해지던 필사본이 여러 차례 다양한 방식으로 출간되었는데, 이 번역은 1957년 69장 3권 간행본을 소드빌릭의 1991년 수정본과 대조하여 2005년 건국 800주년을 기념하여 몽골 현대문으로 옮겨 출간된 것을 텍스트로 하였다. 오늘에 이르기까지 이 저서에 대한 다양한 연구가 끊이지 않고 계속되는데, 그것은 인잔나쉬의 정신이 여전히 살아 숨쉬고 있음을 말해주는 것이라 하겠다.

웨.인잔나쉬는 이 작품이 필생의 저술이었던 만큼 독자들의 이해를 돕기 위해 매우 세심한 주의를 기울였다. 먼저 본격적인 서사 이전에 12절의 요목을 기술하여, 책을 읽기 전에 반드시 이 부분을 숙지하기를 독자들에게 권했다. 현재는 8절만 전해지는데, 이 여덟 절에는 이 책을 저술하는 목적과 과정, 저자의 세계관, 독자가 알아야 할 내용 등이 기술되어 있다. 또 나라와 지역, 옛 성읍, 관직, 몽골명 등을 묶은 별도의 사전이 저서 앞쪽에 있었던 것으로 보이지만, 오늘날 그 내용은 전해지지 않는다. 또 이 저서의 보충판이 발견되기도 한 것을 보면 그가 이 저서에 얼마나 큰 의미를 부여하고, 혼신의 힘을 다했는지 알 수 있다.

웨.인잔나쉬는 청나라 지배기인 1837년 내몽골 조스틴 촐간의 투메드 서부 지역에서 태어났다. 이 당시는 나라의 주권을 갖지 못한 때로 몽골 민족이 자신의 정체성을 찾기 어려운 시기였다. 이러한 시대적 상황 속에서 이 저서는 이민족의 압제와 멸시에 저항하고, 자민족의 역사를 바로 제시함으로써 몽골인의 민족적 자존감을 회복하고자 하는 목적으로 저술되었다. 또한 수동적이고 타성적인 삶에 익숙해진 몽골인들에게 민족애를 일깨우고, 이를 후대에 전승하여 유산으로 남기려는 원대한 뜻이 있었다. 또한 중국의 편향되고 왜곡된 몽골 역사 기술을 바로잡기 위해 방대한 자료들을 토대로 정확한 서지를 찾아내며 20여 년에 걸쳐 분투했던 이 저서는 몽골 민족의 역사혼을 담은 역사문학의 고전이라 할 수 있다.

한편 내용적으로 민족정신의 회복이라는 거시적인 관점에서 몽골의 12~13세기 역사적 사건을 다루고 있지만, 그 기술방식은 전통적인 몽골의 문학적 기법 이외에 『수호전』, 『삼국지연의』 등의 중국 고전문학의 영향을 받아 기술함으로써 몽골 역사소설의 새로운 혁신을 꾀한 고전으로 평가되기도 한다. 그렇기에 많은 이들이 이 작품을 소설로만 알고 있는 경우도 있다. 이러한 창작기법을 배경으로 이 저서를 역사소설의 범주에 분류하기도 한다. 그러나 인잔나쉬는 부친이 수집한 방대한 역사적 자료에 더하여 자신이 직접 발로 뛰어 모은 여러 언어의 수많은 자료들을 토대로 한 장에 1년의 사건을 시간적 추이로 묘사하고, 사건의 연도나 인물의 서지 등을 정확히 하기 위해 애썼기 때문에 사건이 비교적 객관적이며, 장식적이고 부가적인 내용이 크게 없다고 할 수 있다. 이는 작가 자신이 언급한 내용이기도 한데, 인잔나쉬는 "무슨 여유가 있어 이런 많은 기록에 내용을 더하고 장식할 문구를 넣을 수 있겠는가? 많은 사건을 또 구성해 낼 수 없어 버려지는 자료의 수가 무수히 많은데, 어찌 내용을 덧붙이고 장식하는 일을 하겠는가?" 라고 했으며, 인잔나쉬 자신은 이 저서를 몽골 정사라고 언급했다. 실제로 번역을 하면서 내용의 상당 부분이 역사적인 사실에 부합하고 있다는 점이 놀라웠다. 또 사건의 연도와 지명, 인명 등을 최대한 정확하게 하기 위해 힘썼던 실증적인 측면 등의 노력은 이 저서가 결코 역사 소설로만 규정할 수 없음을 말해준다.

이처럼 이 작품은 『몽골비사』에 버금가는 역사·문화적 가치를 갖는 저서라 할 수 있다. 칭기스 칸을 주인공으로 하여, 그 가까운 주변의 충성된 장수와 신료들의 협력으로 부족들을 통합하고, 나라를 확대해 간다는 점에서 『몽골비사』와 유사하지만 이 작품은 『몽골비사』에 비해 사건과 인물들이 풍부하게 나타나고, 각 장마다 중요 인물들을 중심으로 인물의 심리와 사건들이 입체적으로 전개되는 소설적 구성을 취한다. 이 작품의 문학적 특징의 하나는 인물 형상화에 생동감을 불어넣어 살아있는 인물로 만날 수 있게 한 점이라 할 수 있다. 예를 들어 테무진이 칸의 보위에 오를 때 『몽골비사』의 경우, 테무진이 칸으로 추대된 세밀한 심리적 과정이 없다면 『청사』의 경우 테무진은 자신이 칸의 자질이 부족하다며 보위에 오르기를 계속 거부하고, 신료들의 간절한 청을 받아들이기까지의 여러 사건들이 상세히 묘사된다. 테무진이 칸이 되기 위한 조건으로 자신이 보위에 오르는 것이 하늘의 뜻인지 천신의 증거를 구하고 확인하는 절차는 저자 인잔나쉬가 바람직하게 여기는 진중하고 올바른 지도자상과 무관하지 않다.

이처럼 구체적인 사료를 바탕으로 12~13세기 당시의 몽골인들의 삶과 풍속, 그 주변 국가들과의 역학적이고 역동적인 관계를 정치·사회적인 측면에서 보여주는 이 작품은 문학적 가치 이상의 문화적이고 역사적인 가치를 지닌다고 할 수 있다. 특히 그 서사에는 축시, 찬시, 속담, 전설 등 몽골의 다양한 구비문학의 갈래를 아우르고, 전통적으로 내려오는 몽골인의 풍속, 세계관, 정서, 삶의 방식 등을 보여준다는 점에서 몽골 유목민의 역사·문화적 삶을 이해하고 조명하는 데 없어서는 안 될 중요한 자료라고 본다.

이 책의 번역 작업은 참으로 쉽지 않은 일이었으며, 능력이 있어서 번역했다기보다 '시간의 힘'으로 작업을 꾸준히 진행했다고 보는 것이 맞을 것이다. 아직도 해결되지 못한 부분들을 남겨놓고 책이 나오는 데까지 이르렀다. 아무쪼록 이 역서가 몽골에 대한 관심을 갖는 일반인, 학자 모두에게 몽골을 이해하는 유익한 자료가 되었으면 한다. 이 책을 번역하는 데 귀한 시간을 내어주셔서 힘을 보태 주신 몽골 아카데미 학술위원 데.소미야Д.Сумъяа 선생님께 감사를 드리며, 크고 작은 도움을 주신 선생님들께도 고마움을 전한다.

2024년 6월, 역자 이안나

몽골 현대문으로 옮긴이의 서문

성조 칭기스 칸의 28대손이자 대문호 왕친발 인잔나쉬는 "몽골 민족 모두가 자신의 근본과 혈통을 알기를 바란다"며, 푸른 몽골의 홍륭한 역사와 성조 칭기스 선조의 비할 데 없는 덕과 복록을 만대에 기리고 남기기 위해 "몸과 말, 마음 깊이 온 힘을 다해" 『청사』라는 이 정선된 작품을 후손인 우리에게 남겼다.

우리 가운데 교육을 받은 사람이라면 누구라도 '인잔나쉬'와 '청사'라는 두 이름을 듣지 못한 사람은 없다. 그렇지만 실제로 역사와 문학 선생들을 비롯해 자국의 역사를 존숭하고, 지식을 가까이하는 존경할 만한 사람, 많은 일반인들 가운데 『청사』를 완전히 이해하며 완독한 사람이 얼마나 될까 하는 점에는 그리 만족할 만한 답을 기대하기 어렵다. 이것은 어디까지나 우리의 적극적인 노력 부족의 소산이다.

우리 몽골에 『청사』를 대중화하여 출간한 적이 전무후무하다. 내몽골에서는 여러 번 출간되었지만, 우리 외몽골 사람들이 기회를 얻는 데는 매번 어려움이 있었다. 그런데다가 전반적으로 언중들이 민족의 언어인 몽골비칙몽골문자에 능통하지 못한 데도 원인이 있었다. 또 몽골비칙을 알고 있다 해도, 이 정도의 대작을 읽고 내용을 이해할 만큼 독서 훈련이 되어 있는 사람이 드물다. 또 고전문의 이해하기 쉽지 않은 단어와 문체, 익숙하지 않은 적지 않은 고유명사, 외국의 지명, 인명을 만나게 되면 곧 어려움을 느끼고, 책을 읽을 용기를 잃거나 어느 정도 보다가 그만두기도 한다. 이러한 정황에 따라 『청사』를 오늘날의 많은 독자들이 읽기에 쉬운 문자로 옮겨 출간할 필요가 대두되어 오늘에 이르렀다.

몽골 대통령의 자문관인 올호노드[1] 야담 돌고르자브는 이러한 필요성을 인식하고, 자신이 주관하는 『우리 몽골』 잡지를 통해 『청사』를 몽골 현대문인 키릴문자로 출간하는 일을 구상하고 기획하여 이 책을 펴내게 되었다. 우리는 이 보람된 일을 도모한 자문관께 깊은 감사를 드린다.

내년은 몽골 건국 800주년이 되는 해이다. 그렇기에 성조 칭기스 칸의 황금 가문의 저명한 작가 인잔나쉬의 『청사』를 우리의 외몽골 독자들에게 전하는 것은 매우 뜻깊은 일이라 생각한다. 성조 칭기스 칸이 세운 대몽골국의 역사를 문학적인 언어로 빚고 저술한 역사소설이 바로 이 작품이기 때문이다. 인잔나쉬가 다시 반복하여 일깨운 저서 편찬의 본래 뜻은 몽골 후손들에게 위대한 군주 칭기스 칸이 온갖 신고辛苦를 겪고, 분투하며 세운 나라의 역사적 진실을 대대로 잊지 않기를 바란 것이다. 또 그 역사를 남기고자 한 것이 그의 진정한 바람이었다.

『청사』를 출간하는 기회를 빌어 독자들을 위해 몽골 민족의 위대한 선구자의 약력과 작품, 본 저서의 필사본과 출간 현황에 대한 대략적인 사항을 소개하고자 한다.

---

1 **[몽골 현대문 역주]** 올호노드는 몽골의 한 씨족으로 유명한 어울룬 왕비의 친정 가계이다. 칭기스 칸은 이 씨족을 자신뿐 아니라 나라의 외가라고 칭하고, 지극히 존중했던 것을 인잔나쉬는 이 작품에서 여러 번 언급했다.

웨.인잔나쉬 그의 어린 시절의 이름은 하스촐로이다. 청나라 도광제道光帝 17년 4월 16일양력 1837년 5월 15일 조스틴 촐간의 투메드 서부 지역의 '쇼드락 바트 호로'라는 몽골 귀족의 궁전에서 태어났다. 인잔나쉬는 칭기스 칸의 후손이며, 아버지 왕친발은 지역의 부관이었다. '쇼드락 바트 호로' 사람들은 '큰 쇠북'과 '서화書畵'를 수호정령으로 삼아 소중히 여겼는데, 이에 대해 언급한 집안의 가훈시가 있다.

신실한 효를 지극히 행하는
큰 쇠북의 가정
용사가 의에 힘쓰는
서화가 있는 천 년이라네

왕친발은 중심이 곧고 강직한 성품에 문무를 겸비한 인물이었다. 그런 그의 기질대로 네 명의 자식들을 전통적인 가정교육 방식으로 가르쳐, 자식들은 모두 문장에 뛰어난 지식인으로 성장했다. 왕친발은 인잔나쉬가 11살 때 53세의 나이로 운명했다. 왕친발은 1839~1840년에 『청사』의 처음 8장을 저술했다.

어머니 마야요쉬카는 하르친 서부 지역의 한 부마의 딸이었다. 그들 사이에서 8명의 자식이 태어났는데, 그 가운데 큰아들 굴라란사1823~1851와 다섯째 아들 군나촉1833~1866, 여섯째 아들 순웨이단존1834~1898, 일곱째 아들 인잔나쉬 등이 성장했다. 굴라란사는 19세기 몽골의 저명한 시인 가운데 한 사람으로, 불과 스물아홉 해를 살면서 90여 편의 시를 창작한 것이 오늘날에야 알려졌다. 또 그는 중국의 유명한 소설 『수호전』한산기을 몽골어로 번역했다. 인잔나쉬의 둘째 형인 군나촉 역시 어려서부터 시를 창작하고, 그림을 그렸다. 시를 쓰는 동시에 시론에 흥미를 갖고 몽골 시와 한시의 특징을 비교 연구했다. 그러다가 1866년 35세 되던 해 운명했다. 왕친발의 여섯째 아들인 순웨이단존은 역사가이며, 실력 있는 번역가이자 시인이었다. 그는 형 굴라란사가 끝내지 못한 『수호전』을 몽골어로 완역했다. 또 역사 대사전인 『통감강목』을 몽골어로 번역하고, 동생 인잔나쉬가 『청사』를 저술하는 일을 돕고 조언해 주었다. 『청사 보충판』의 어떤 장의 앞뒤에 순웨이단존의 시가 삽입되어 있는데, 예를 들어 제47장 말미에 동생을 고무하고 지지하는 시가 있다.

사나운 적을 조복시킬 수 있는 능력자
위대한 성조 칭기스 칸의
신령한 명을 받아
진심으로 이를 저술하고자 했네
무릎 꿇고 들으며, 탄복하고 기뻐한
순웨이단존 나는
빛나는 아우 인잔나쉬의 말처럼
붓의 힘을 자랑스럽게 여기네

인잔나쉬는 자신의 저서의 한 부분을 쓰고, 형에게 그것을 읽고 들려주며 서로 의견을 나누었던 것이 분명하다.

인잔나쉬가 겨우 다섯 살 때 아버지는 그에게 가계의 족보를 외우게 하고, 조상의 행적을 말해 주었으며, 민족에 대한 뜨겁고 친밀한 마음을 되새기게 했는데, 그는 「원뿌리를 잊어서는 안 된다」라는 글에서 이에 대해 언급하기도 했다. '큰 쇠북'과 '서화'를 '쇼다륵 바트 호로'의 수호정령으로 삼아 존귀하게 여기는 집안의 영향으로 아들 하스촐로는 어려서부터 몽골어, 중국어, 만주, 티베트어를 열심히 익히는 동시에 많은 아름다운 그림을 그리고, 그림에 서정을 조화시켜 시를 결합시켰다. 예를 들어, 구름 그림을 그리고, 그 위에 다음과 같은 글을 썼다.

지평선 너머 흰 구름이 일어나
유심히 살피니 구름이 끝없이 이어지고
휘감기고 접히더니 북풍에 날려
깊고 깊은 푸른 바다에 잠기누나

「흰 구름」이라는 시는 그의 활기찬 어린 시절에 쓴 초기 시의 하나이다. 그의 10대 시기에 붓과 먹의 즐거움을 경험하며 쓰기 시작한 시들을 후에 『인잔나쉬의 어린 시절 배운 습작시』라는 제목으로 책을 엮기도 했다. 그 시집에는 「푸른 바위」, 「어머니를 꿈꾼 시」, 「일깨움」, 「고운 무지개가 스미다」, 「해악 많은 붉은 진세」, 「인간 세상을 견디다」, 「혐오스러운 인간」, 「단비 신선한 비」, 「비할 데 없는 아름다움」,

「특별히 깊고 신성한 것」 등 12편의 필사한 시가 우리 시대에 전해져 내려온다. 산문 저서에 삽입된 시들을 포함하면 인잔나쉬는 수백 편의 시를 썼다.

그 시들을 갈래별로 구분해 보면, 축시와 찬시 계열의 시, 애도시, 비애적인 시, 희극적인 시, 교훈시, 애정시, 자연경관을 노래한 시 등 여러 가지 갈래가 있다. 연구자 델게르산은 그가 몽골 시 장르에 이룬 개혁에 관해 다음과 같이 언급했다.

> 인잔나쉬는 몽골 시의 주된 요소인 두운, 운율의 조화, 음보 등의 관습적인 특징을 가능한 한 철저히 따르는 것을 중시하고, 고대 중국 시의 절구, 율시 규범의 엄격한 규칙을 실제적으로 활용했다. 또 이 두 가지 면의 우수한 구조를 하나의 체계로 만들어 창조적으로 사용하고, 몽골 시 범주에서 리듬은 엄격하지만, 구조가 짧고 간편한 하나의 형태를 창조했다.

1847, 1851년에 아버지 왕친발과 큰형이 연이어 사망하고, 쇼다락 바트 호로의 권한과 위엄이 상당히 떨어지고, 어려서 입양된 형 군나촉은 '친 바트 호로' 사람들에게 억울하게 따돌림을 당했다. 또 3년에 걸친 송사로 인해 상당히 많은 재산을 탕진했다.

인잔나쉬는 18세부터1854 『두견새전*Saran Khökhöö-nii namtar*』이라는 첫 번째 중편소설을 썼다. 20~30세 사이에 여러 지역을 돌아다니며 문인들과 만나 묻고, 사회적 삶과 사회의 그릇된 모순을 눈으로 보고, 귀로 듣고, 마음으로 느끼며 직접 체험했다. 이 기간에 『붉은 구름 같은 눈물』1863, 『단층 누각』1865 등의 소설을 창작했다. 그는 30세 이후 삶의 고통을 연이어 겪었다. 형 군나촉이 사망한 뒤 3년 후에 아내 사란볼로르가 죽고, 또 일 년 뒤에 형 순웨이단존이 왕궁의 관직에서 물러났다. 1870년에는 서부 투메드 호쇼에서 농민봉기가 일어나 이 난리통에 인잔나쉬의 가족들이 피해를 입었다. 인잔나쉬는 이 일에 대해 "종살이를 하던 노비들이 집안의 온갖 종류의 재물을 약탈해 가고, 또 장사 밑천을 잃었으며, 곡식과 감자가 부족해지고 처자가 죽었다. 생각하면 너무도 참을 수 없이 분통이 터지고, 생각하면 할수록 더욱 답답해져 거의 병이 날 지경이 되었다"라고 기록하고 있다.

그는 생활의 악화, 슬픈 이별, 그 당시의 불안정한 혼란 속에서 좌절하여, 편히 지내지 못했다. 이러한 상황에도 마음을 굳게 먹고, 1876~1877년부터 소설 『붉은 눈물을 흘리는 탕힘*Ulaanaa ukhilah tankhim*』[2]을 끝냈으며, 34세부터 아버지가 시작했던 『흥륭한 대원제국의 청사』를 연이어 저술하기 시작했다. 1875년에는 『청사』의 초반부 50장을 이미 끝냈던 것이 분명하다. 이 저서를 쓰는 과정은 거의 10여 년 동안 끊어지고, 1883년부터 다시 계속 작업을 이어 1886년경 제69장을 썼을 것으로 생각된다. 또 1891년에 일어난 소대회 폭동을 피해 진저우 시에서 지냈으며, 그 다음 해 많은 책과 글, 작품의 초고를 분실하는 등의 사건으로 인해 병이 들고, 그로 인해 2월 25일 진저우 시의 의원에서 사망했다.

2 여기서 '탕힘(tankhim)'은 '큰 방', '넓은 강당', '부서' 등의 뜻이 있다.

웨.인잔나쉬는 작가요, 시인일 뿐 아니라 미술가이자 예술 이론가, 번역가, 뛰어난 역사가였다. 그는 "몽골 민족문학의 우수한 유산과 전통을 계승, 발전시키려는 목적으로 문학적 모색을 추구하여 새로운 것을 창조하고, 몽골문학의 주제, 유형, 표현 방법, 형태 등을 매우 풍부하게 발전시켰다".

『청사』를 간행했던 내력을 간략히 언급하면 다음과 같다.

-1924년 경전연구소에서 출간한 『칭기스 성조의 기념서』라는 편저에 『청사』의 제16, 18장 가운데 일부를 편집해 포함시켰다. 이 편저를 1925년 템게트가 주관하는 북경의 몽골문헌위원회에서 재출간했다.

-1928년 북경에 있는 몽골문헌위원회에서 『원나라 역사』라는 제목으로 『청사』 앞 12장을 4책으로 하여 인쇄본으로 출간했다. 이 간행본에는 요목이 포함되지 않았다.

-1937년 공훈 교사인 헤.달흐자브는 중학교 교과서에 『청사』의 제3, 4장 가운데 일부를 포함시켰다.

-1939년 카이루에 있는 '몽골 오탁 소르갈 호랄Mongol utag sorgaal-yn khural'[3]을 주관하고 있던 부흐히식이 필사가인 샤란가를 인잔나쉬의 고향으로 보내 제69장과 요목 제8절을 찾아내, 1939년 석판으로 간행하여 배포했다. 처음의 서언이 없고, 요목이 완전하지 않으며, 어떤 장에는 서두의 표제시가 없기는 하지만 현재 발견된 원본 가운데 가장

---

3 몽골의 윤리적인 것을 가르치고 교화하는 모임.

온전한 원본이다.

-1944년 촐랄트 할가의 테루궁 노욘 인쇄소에서 『청사』의 제18장을 서언과 요목과 함께 납 활자본으로 출간했다. 이 판본의 서두에는 서언이 있으며, 요목 제8절, 각 장마다 끝에 부기인 평언評言이 있다.

-1957년에 내몽골인민출판위원회에서 카이루의 69장 판본을 바탕으로 부족한 부분을 다른 원본과 출판된 저서에서 보충해 3권으로 출간했다.

-이 간행본을 1979년, 1981년에 각각 출판위원회에서 조금 수정하여 재출간하였으며, 1991년 소드빌렉이 다시 수정하여 세 번째 출간을 했다. 우리는 1957년 간행본과 1991년 수정 원본을 대조하고, 자세히 검토하여 이 역서의 번역 작업을 했다.

-1959년 아카데미 학술위원인 체.담딘수렌은 『몽골문학 100선』에 『청사』 요목의 제3절과 본문 제33장을 포함시켰다.

-1961년 데.차간은 중학교 10학년에서 공부하는 읽기 교과서에 『청사』 제3장의 일부를 포함시켰다.

그밖에 오르길은 중국어로 번역하고, 한긴 곰보자브 교수는 요목을 영어로 번역했다.

『청사』는 1939년 69장 석판으로 출간될 때까지 그리고 그 이후에도 몽골인들 가운데 필사본으로 흩어져 있었다. 현대에 발견된 필사본을 언급하면 다음과 같다.

-제.체웬은 1909년 상트페테르부르크 도서관에서 『청사』의 일부인 15책 필사본이 보관되어 있는 것에 대해 보고했다.

-코펜하겐 왕립도서관에 '대원 울루스의 역사'라는 제목의 『청사』 제29장이 있는 15책 필사본의 영인본을 보관하고 있는데, 카이루에서 출간된 원본과 같다.

-북경도서관에는 18장 12책의 완전하지 않은 필사본이 있다. 이 영인본의 원본이 파리에 보관되어 있다.

-울란바토르 국립도서관에 『흥륭한 대원제국의 청사』라는 제목으로 12책 271행의 필사본이 보관되어 있다. 이것은 한길 곰보자브 교수가 북경 몽골문헌위원회에서 1928년에 출간한 원본과 같은 것이라고 밝혔다. 잠스란자브는 『몽골 문학개론』 3권에 "1914년 노스가이 다그단이라는 사람이 호르츠 왕 투덴호르츠 왕 투덴 호쇼는 지금의 수흐바타르 아이막 에르덴차간 솜이다 주변의 도서관에서 『청사』를 발견해 그것을 필사했다. 예전에는 『청사』 필사본들이 상당히 많이 있었다. 임민정부의 초기부터 경전연구소의 연구원들은 웨.인잔나쉬의 작품을 모두 갖추기 위해 조사하고 찾아냈다"라고 기록했다. 이것을 보면 현재 도서관에 있는 필사본은 닥단이 필사한 원본일지 모른다.

-내몽골의 사회과학연구소의 도서관에는 붓과 펜으로 쓴 필사본 원본 8부가 보관되어 있다. 이것들은 1930~1940년대에 필사한 것으로 완전하지 않으며, 어떤 것은 1928년 북경 간행본, 어떤 것은 1939년 카이루 간행본, 1944년 촐랄트 할가 간행본과 부합한다. 다만 부분적으로 단어와 문장을 생략하고, 바꾸어 고친 것이 있으며, 크고 작은 정도의 차이가 있다.

1957년 간행본은 카이루의 판본을 기초로 하여 거의 같은 내용을 포함시키고 있다면, 1981, 1991년 간행본에서는 적지 않은 단어를 수정했다. 1991년 출간된 『청사』 초반부에 있는 편집자의 말에 의하면 "1957년에 출간된 『청사』의 잘못된 단어와 인명, 지명과 적합지 않은 부분을 소드빌렉이 수정하여 바로 잡았다"라고 했다. 간행본의 오자와 한 단어가 엇갈려 있는 것 등을 일정하게 교정하는 것은 올바른 일이라 할 수 있다.

한편 이해하기 어렵거나 의문이 드는 단어를 고치고, 문장 성분의 위치와 단어 결합 조건 등을 바꾸어 문체를 수정하는 등은 작가의 권리를 침해하는 일이며, 작품 원전에 충실해야 하는 요구에 위배된다. 우리가 번역하는 과정에서 이 두 가지 간행본을 대조해 보니, 1991년 간행본에는 제대로 수정되었음을 인정할 만한 것이 있는 동시에 잘못 이해하여 의미를 잃게 한 것, 이해를 돕기 위해 의도적으로 단어를 바꾼 부분도 적지 않았다. 예를 들어, 1957년 간행본에 첫 번째 장의 표제시를

> 하늘로부터 새 시대를 열고, 성조가 세상에 태어났네
> 대지의 힘으로 수증기가 피어오르고, 영웅호걸이 한곳에 운집했네

라고 한 것을 1991년 간행본에는 다음과 같이 바꾸었다.

> 하늘의 힘이 시대를 열고, 성조가 세상에 태어났네
> 대지의 힘과 수증기가 피어오르고, 영웅호걸이 한곳에 운집했네

이처럼 각행마다 단어가 다르고, 내용을 이해하기 어렵게 만들었다. 13~17세기에 활발하게 사용되었던 탈격조사의 '데체~deche, ~에서' 형식을 '다츠daach'라는 단어의 잘못된 쓰임이라고 이해함으로써 '하늘로부터'라고 한 것을 '하늘의 힘'으로 바꾸었다. 또 2행의 '대지의 힘으로'라고 한 것을 시행과 시행을 일정하게 맞추는 대구對句 방식으로 '대지의 힘'이라는 조사가 없는 형태로 생각했던 것 같다.

1957년 출간된 간행본 제8장에 '아! 흥하고 발전하는 나라의 군신은 서로 모두 원수'라고 했는데, 1991년 간행본에는 '원수'라고 한 것을 '은혜로운 자'로 수정했다. 해당 문장을 문맥의 전후 관계에 비추어 생각해 보지 않는다면, 그렇게 고치는 것이 옳은 것처럼 생각될 수도 있다. 그러나 그 부분에 여섯 명의 공훈 대신들 가운데 시리호톡이 전투의 명을 어기고 공격했기 때문에 모홀리 장군이 그에게 처벌을 내리는 내용이 나온다. 그것은 군법을 어기면 그 누구라도 같은 벌을 받게 되며, 칸과 대신, 일반 백성 그 누구도 전혀 차이가 없다. '흥하고 발전하는 나라의 군신'들이 잘못을 했다면 어떤 누구라도 용서하지 않기에 진실로 '서로 모두 원수'였던 것이다. 이렇게 깊이 생각하면 '원수'라는 것은 매우 적합한 단어라 할 수 있다. 또 이 장 앞에서 언급한 것을 확인해 주는 '군주의 법에 우호적인 것을 의지하거나, 군법에 도움을 바라서는 안 된다'라고 한 어구가 있다.

1957년 간행본의 요목 제7절에는 "비유하자면, 오늘날의 일반적인 습속은 자기 일이면서 다른 이의 행위가 잘못되었다고 하기 때문에 여러 가지 충돌이 그칠 때가 없다. 그래서 불경에는 이 세상을 곧 투쟁의 세상, 고통의 세상이라고 했다"라고 했는데, 1991년 본에는 '그칠 때가 없기에'라고 한 것을 '때가 멈추지 않기에'라고 수정했다. 이것은 잘못 고친 것이며, 세상사와 살아있는 자들의 싸움이 결코 멈추지 않고 계속되는 이치를 가리킨 '그칠 때가 없기에'라는 깊은 의미를 잃게 했다.

제51장에는 '끝이 좁은 소매 가리개[4]에 활을 준비하고'라고 한 것을 어미를 바꾸어 '끝이 좁은 소매에 가리개 활을 준비하고'라고 했다. 또 1957년 출간된 책 제3장과 제37장, 1,242쪽에 '봉랍을 녹여 밀봉하고티즈레흐'라고 쓴 것을 새로운 출간본의 1,159쪽에는 '봉랍을 녹여 봉하고롬보더흐'라고 단어를 바꾸었다. 이렇게 단어를 바꾸어서는 안 될 뿐 아니라 비교적 후대의 러시아어에서 차용된 '롬보'라는 단어를 사용한 것은 더욱 도움이 되지 않는다. 그밖에 '시대가 바뀌다'라는 것을 '시대가 지나다', 문어체 '가다에치흐'를 구어체 '가다', '떠나다'로 바꾸었다. 또 '도망치다'의 '조그지흐'라는 단어를 '조그타흐도망가다', '돌아가다에게흐'를 '돌다', '돌아가다에르게흐' 등으로 단어를 바꾸어 쓴 곳이 상당히 많다.

대문호 인잔나쉬는 이처럼 '매우 깊고', '매우 치밀하며', '표현이 매우 적합하고', '매우 집약적으로' 서술한 것을 후대 사람들이 이해하거나 깨닫지 못하고, 자신의 생각대로 수정한 것은 큰 실수라고 할 수 있다. 그러기에 우리는 이 두 간행본의 차이가 있는 곳을 가능한 한 바르게, 최초의 원전에 가깝게 하는 것을 원칙으로 했다.

4 여기서는 'холховч'라고 했지만 제51장 본문에는 'халхавч'라 하여 다른 단어를 썼다. 여기서는 본문대로 'халхавч'로 번역했다.

한편 고유명사 가운데 중국어와 몽골어로 섞어 쓴 것을 1991년 간행본에서는 몽골어로만 쓰는 동시에 중국 명칭을 하나의 원칙으로 질서 있게 정리했다. 우리는 많은 독자들에게 좀 더 쉽게 도움을 주고자 하는 생각으로 일정한 규칙에 따라 옮겼다. 예를 들어, '진국'을 '금나라'로 한 것과 같은 경우이다. 또 독자들에게 이해를 쉽게 하기 위해 드물게 나오는 단어의 의미를 분명히 해서 역자의 해설을 대괄호 안에 이탤릭체로 넣어주고, 뒤쪽에 '역주'[5]라고 썼다. 참고로 저자 자신의 설명은 소괄호를 써서 차이를 두었다. 단어 뜻의 자세한 설명과 다른 부가 정보가 있는 해설을 각주로 처리했다. 드물게 나오는 희귀한 단어의 뜻을 분명히 하여 역주와 각주를 독자들이 이해하기 쉽도록 하기 위해 반복해서 넣은 것도 있다. 또 예를 들어, 카이루 판본과 1957년 출간본의 제43장과 제69장 앞부분에 표제시가 없는데, 이 번역본에 있는 두 장의 표제시는 인잔나쉬가 쓴 것이 아니고, 1991년 출간을 준비하는 사람들 가운데서 부족한 부분을 완성하기 위해 삽입한 것이다.

현재 3책으로 몇 번 출간된 69장 『청사』 이외에 30장 『청사』 보충판 즉, '투메드 필사본'이라고 명명하게 된 다른 한 『청사』의 원본을 발견했다. 독일 몽골학자 에.하이시히가 1942년 내몽골에 체류해 있던 기간에 케신게라는 사람이 가지고 있던 1,400쪽 정도의 필사본으로 영인본을 제작했다. 케신게에게 있던 그 원본은 오늘날 어떻게 되었는지 분명하지 않다. 어찌 되었든 내몽골에서 1958년에 10책으로

5 이 역서에서는 '몽골 현대문 역주'라고 표기했다.

제본한 30장 『청사』의 보충판의 한 필사본을 발견했다. 이 필사본의 30장에는 43-72장이라는 번호가 붙어 있다. 학자 에르덴토그토흐는 그 가운데 22장은 69장 『청사』 2책의 36장 뒤에 들어가고, 8장은 40번째 장 뒤에 들어가면 들어맞는다고 했다.

2002년 소드빌렉이 이를 대조해 맞추어 보고 새롭게 얻은 제40~72장이 있는 필사본은 『청사 보충판』이라는 제목으로 후흐시에서 출판되었다. 인잔나쉬는 69장 『청사』를 쓴 다음, 그 72장을 부기, 보충판으로 새롭게 저술한 것으로 그 가운데 처음 39장은 아직 발견되지 않았다. 우리는 이 보충판을 잊지 않고 별도로 번역하여 한 권의 저서로 출간하는 것이 옳다고 본다.

『청사』의 요목 2절에는 이 저서를 읽기에 앞서 12절의 요목을 반드시 읽을 필요가 있음을 언급했다. 그런데 9~12절 항목은 오늘날까지 아직 발견되지 않고 있다. 또 제2절에는 잘못된 몽골 명칭과 옛 몽골 단어를 모두 설명을 붙여 알기 쉽게 하고, 연도와 나이, 시대, 사건을 분명히 구분했다고 언급했다. 그밖에 또 나라와 지역, 옛 성읍, 몽골 이름들을 앞에 모두 묶어서 출간했으며, 훗날 지식인들이 이 글을 볼 때 반드시 앞에 차이점을 언급한 별도의 사전을 자세히 살필 것을 고한다고 했다. 이것을 보면, 요목의 앞에 또 별도의 사전 한 권이 있어야만 한다.

인잔나쉬는 실제로 작품을 쓰고 완성한 다음, 비로소 그러한 별도의 사전을 한 권으로 엮어 마칠 준비를 했던 것 같다. 『청사』의 앞 60장에는 칭기스 칸시대의 사건을, 마지막 9장에는 우구데이 칸이 보위에 오른 다음에 있었던 사건을 다룬다. 인잔나쉬는 이 69장에서 더 나가 작품을 계속해서 썼는지 어떤지 입증하기는 어렵다. 어쨌든 『청사』는 토곤투무르 칸시대가 끝날 때까지가 전체가 아니라고 한다면 쿠빌라이 칸시대를 온전히 쓰려고 계획했던 것은 의심할 여지가 없다. 예를 들어, 연구자 데스라이자브가 주목한 대로 제21장 평언評言에, "쿠빌라이 세첸 칸 세조 성군시대에 나타난 이 바얀 활불의 이름이 또 바얀이다. 그 바얀이 송나라를 공격한 것을 보라" 이 제21장의 바얀은 오래전의 바얀이다. 그 바얀은 나중의 바얀이다. 이 두 바얀은 다르다. 아주 오랜 후에 비로소 바얀이 나타난다고 했다. 쿠빌라이시대에 공로를 세운 대신이자 군대 대장인 바얀이라 자는 역사적인 인물로 실제로 존재했었다는 것을 『원사』는 기록하고 있다.

어떤 학자가 언급한 대로 『청사』는 전체 120장이어야 한다고 했지만, 그것은 실제로 어떤 근거를 가질 뿐 분명하지는 않으며, 그런 자료가 있다 해도 후대에 부록으로 보충한 저서가 이와 관련이 있는지 없는지 분명히 말하기 어렵다.

인잔나쉬는 『청사』를 기술할 때 몽골 역사에 관한 열 가지 종류의 문헌을 인용했다고 요목에 언급했지만, 그 열 가지 문헌의 제목에 포함되지 않은 다른 여러 자료들을 보고 연구했던 것 같다. 제59장 마지막에 몽골 『황금사*altan tobch*』, 제5장에 『일트겔 샤스티르*Iltgel shastir*』, 제27장에 『칭기스 칸 성조의 제문*Chinggis Bogd-yn san sudar*』 등의 저서명이 나오며, 그밖에 보충판에 사간 세첸의 2행시를 인용했다. 제27장에 "우둔한 사가史家인 내가 이 대원제국의 열세 가지의 많은 문헌과 전기

류에서 보니, 칭기스 칸은 인간의 근본 관계를 침해하는 일이 추호도 없었다"라고 했다.

일반적으로 인잔나쉬가 『청사』를 쓸 때 보고 인용한 저서가 풍부했다는 것을 요목 제3장에서 알 수 있다. 그 장을 보면 한 문인에게 성군 칭기스에 대한 많은 것을 세세히 묻자, 그 문인이 "부관이신 그대 아버님께서 모으신 다섯 수레의 책이 있는데, 어찌 다른 사람에게 묻는 것인가? (…중략…) 부관께서 져나르시어 천장에 닿을 정도로 엄청나게 많이 보관해 놓은 자료와 책장 가득히 수집해 놓은 사서가 집에 있는데, 어쩌자고 다른 동네를 돌아다니면서 다른 이에게 물으며 사람을 이처럼 귀찮게 하는 것이오?"라고 하는 등 화를 냈던 것을 언급했다.

그는 요목 제4절에 또 이렇게 언급했다. "그렇게 이 칭기스 성조에 대한 역사적 기록, 전기, 고사는 위구르어, 티베트어, 한어 또 몽골어, 만주어로 된 여러 문헌에 상당히 많이 나온다."

인잔나쉬는 이러한 여러 언어의 역사서를 보고 이용할 때 적당하다고 생각되는 내용을 선택, 발췌하는 소극적인 편집자가 아니었으며, 자료를 서로 비교하고 대조하여, 사건의 인과, 시기, 고유명사가 어긋난 곳을 자세히 추적하고 연구했다. 그는 무엇보다 먼저 역사적 자료에 신빙성이 있는가 하는 원칙을 따르고, 왜곡되고, 잘못된 단어를 찾아 바로잡는 일에 힘썼다. 인잔나쉬의 『청사』를 역사소설이라는 점에서 평가할 때 그가 이렇게 따랐던 원칙을 잊어서는 안 된다. 만약 『청사』에 『몽골비사』 등의 역사서와 맞지 않는 부분이 있다면, 그것은 인잔나쉬가 실제 어느 자료의 정보를 사실에 부합한 것으로 보았는지 그것을 분명히 해야 할 문제이지, 작가가 마음대로 역사적 진실을 변화시킨 것은 아니라고 할 수 있다. 인잔나쉬는 몽골 자료들의 정보를 대조하고 인용할 때 어떤 단어나 문장 그리고 시행을 그대로 포함시키는 것 외에 대부분 자신의 문학적인 창작 방법론으로 그 의미를 잃지 않게 하여 간략하게 요약하거나, 보충하여 자세히 하는 등으로 내용을 다듬어 포함시켰다. 여기에 술의 해악과 유익에 대해 칭기스 칸의 아홉 대신과 고아 소년의 지혜를 겨루는 이야기 부분에서 토르곤 샤르가 한 말을 예로 들어보자. 『칭기스 칸 전*Chinggis khaan-y tsedeg*』[6]에는

> 지고하신 칸 주군이시여, 말씀해 주십시오
> 세상의 이 큰 잔치 모임에
> 마실 것이 없다면
> 평이하고 무미한 것이 될 것입니다.

라쉬폰착이 저술한 『수정 염주*Bolor erkhi*』에서는

6 **[몽골 현대문 역주]** 1925년, 템게트는 북경 몽골문헌위원회에서 『황금 약사』의 원본을 처음 『칭기스 칸 전』이라는 제목으로 출간했다. 이 저서는 전체 196쪽으로 되어 있으며, 처음 126쪽에 『황금 약사』가 포함되었다. 저서 뒤에는 「3백 타이치오드를 굴복시킨 이야기」, 「칭기스 칸의 아홉 대신과 고아 소년이 지혜로 겨룬 이야기」 등 여덟 가지 종류의 이야기를 합본하여 출간했다. 그것은 대개 칭기스 칸의 지혜와 교훈에 관련된 것들이며, 각각에 독자적인 작은 책자였을 것이다. "내몽골의 조스틴 출간의 하르친 서부 호쇼에서 태어난 템게트(1888~1939)는 몽골 납활자본을 스스로 만들었으며, 1922년 북경에서 몽골문헌위원회를 창립했다. 또 꽤 많은 희귀본 저서를 출간하여 널리 보급한 일이 있는 자이다"(이쉬.초이마, 「몽골 연구논문집」, 69쪽). 인잔나쉬는 17세부터 하르친 서부 호쇼(템게트의 고향)의 군왕 세웩도르지의 왕궁에서 지낼 때 왕의 도서관에서 상당한 양의 몽골 역사서를 읽고 연구했다고 한다.

지고하신 칸 주군이시여, 말씀해 주십시오
풍성한 큰 잔치에 술을 마시지 않는다면
무미한 것이 될 것입니다

롭산단잔의 『황금사』에는

지고하신 칸 주군이시여, 말씀해 주십시오
풍성한 큰 잔치 모임에
마실 것이 없다면
사람들이 모여들지 않아 무미해질 것입니다.

라고 했다면 『청사』 제2장에는 다음과 같이 언급했다.[7]

성대한 이 잔치 모임에
세상의 진미가 모두 갖추어져 있어도
흥을 돋우는 데 도움이 되는 좋은 술이 없다면

---

7 **[몽골 현대문 역주]** 우리가 아는 대로 이 역사적 이야기는 다만 롭산단장의 『황금사』, 『칭기스 칸 전』, 『수정 염주』 세 원전에 기록되어 남아있다. 롭산단장의 『황금사』와 『칭기스 칸 전』에는 고아 소년의 이름을 언급하지 않았다면 『수정 염주』에는 대칸이 그에게 '몽골 보하'라는 이름을 붙여주고, 모홀리에게 맡겨 기르도록 한다. 이처럼 아이의 지식과 능력이 탁월했기 때문에 군사를 지휘하도록 한 것에 대해 언급했다. 그러나 인잔나쉬는 그 소년은 바야고드의 13살 된 고아 소년으로 '소치'라는 이름을 가지고 있었는데, 태조가 오요트 세첸(지성을 가진 현자)라는 이름을 하사했다고 썼다. 소치와 오요트 세첸이라는 이름은 인잔나쉬가 작품화하여 지은 이름일 것이다. '몽골 보하'라는 이름은 『청사』 제64장에 금나라 균주성을 에워싸고 싸울 때 그 이름이 한 번 나온다.

잔치가 한낱 평이해져
최고의 잔치 분위기를 잃게 할 것입니다.

또 『칭기스 칸 전』에는

화살의 갓간[8]이 비록 곧아도
오늬와 깃을 벗어나 쏘면 아니 된다네

『수정 염주』에서는

화살의 갓간이 비록 곧아도
오늬와 깃에서 벗어나 쏘아서는 아니 된다네

라고 했다. 한편 『청사』에서는

화살의 갓간이 비록 매우 곧아도 깃이 없어서는 아니 되고
활의 줨새가 비록 단단하고 힘이 있어도 시위가 없으면 아니 된다네

라고 하여 의미를 확실히 하는 동시에 한 쌍의 대구 형식으로 묘사한 예가 있다.

---

8 오늬 아래 깃을 다는 곧은 부분.

인잔나쉬는 『청사』를 쓸 때 『몽골비사』를 활용했음을 증거할 만한 자료가 작품 속에 상당히 많다. 예를 들어, 『몽골비사』와 그것을 이용한 자료에 기록한 역사적 사건과 어구를 『청사』에서 적지 않게 만날 수 있다. 그러한 예를 대조해 보면 『몽골비사』 164절에 칭기스 칸과 왕 칸이 서로 대화하는 내용을 들 수 있다.

우리를 시기하여
이빨 있는 뱀에 부추김을 받아도
그 부추김에 빠지지 말자
이로 입으로 말하며 서로 믿자
어금니 있는 뱀에게 꼬임을 당해도
꼬임에 넘어가지 말자
말로 대화를 나누며 믿자

이에 반해 『청사』 제6장에는

독사가 물어도 둘이 변치 말고
입으로 의논하며 방법을 모색합시다, 우리가
시기하는 자가 부추겨도 그 계략에 넘어가지 않고
말로 의논하며 방법을 모색하겠나이다, 제가

라고 이해하기 쉬운 말로 문체를 다듬어 표현했다.

또 『몽골비사』 118절에는

형제여, 산 가까이에서 설영하자
말치기가 우리의 움막에 이를 것이다
강 가까이에서 설영하자
양치기, 새끼양치기들이
우리의 먹을 것을 얻을 것이다

라고 자모하가 테무진에게 말한다. 그 말은 『아스라그치의 고사*Asragch nert-iin tüükh*』라는 저서에는 다음과 같이 나온다.

형제여, 산 가까이에 설영하자
말치기들이
쉴 것이다
강 가까이 설영하자
양치기들이
음식을 먹을 것이다

라고 한 것을 볼 수 있다. 또 다른 원전에는 이에 대해 기록하지 않았다. 그 말을 『청사』에서는 다음과 같이 언급했다.

구원의 주군께서는 분을 내지 마십시오

아주 오래 천천히 기다리시면 아실 것입니다
산 가까이 설영하겠나이다, 내가
말치기, 양치기를 쉬게 하겠나이다, 내가
강 가까이 설영하겠나이다, 내가
홀몸인 내 육신을 먹이겠나이다, 내가

『몽골비사』에 예수헤이 바타르가 죽고, 그의 속민들이 주군을 잃고 이동하는 시기에 테무진이 그들에게 떠나지 말 것을 설득할 때 타이치오드의 투둔 기르테는 "깊은 물이 사라졌다. 흰 돌에 금이 갔다"라고 하며 떠나간다. 『청사』에는 또 그 말을 "깊은 호숫물이 마르고, 단단한 바윗돌이 이미 부서졌다"제1장라고 표현했다.

롭산단잔의 『황금사』에는 두 가지 다른 사건에 주르치데이에 관해 언급한 것을 삭제하고 썼는데, 그 가운데 『몽골비사』 제176~208절에 나오는 나이만을 평정한 일, 왕 칸이 사망한 사건, 자모하가 패한 사건, 몽골국을 건립한 것, 천부장들을 제수한 것 등 역사적으로 중요한 사건을 생략시켰으며, 몽골어로 쓰여진 다른 몽골 역사서에도 이러한 내용을 자세히 언급한 것이 없다.

인잔나쉬가 『몽골비사』를 인용할 때 어떤 원전을 사용했는가 하는 문제가 제기된다. 우리가 주목한 바로는 중국어로 된 『몽골비사』를 이용한 것이 거의 분명하다. 『청사』 제60장에는 "또 『대원 울루스의 비사』에 언급한 바로는 잿빛 늑대와 흰 사슴에서 시작되었으며, 25대에 태조를 낳았다고 한다 (…중략…) 많은 중국 사관들이 몽골에 대한 원한을 드러낼 수 없자 (…중략…) 몽골은 원래 잿빛 늑대와 흰 사슴이 관계하여 몽골의 조상을 낳고, 이로써 태조 성군을 낳았다고 멸시하듯 말하며 원한을 풀었다"라고 쓴 것은 이에 대한 분명한 증거이다. 첫째, 『대원 울루스의 비사』라는 것은 『몽골비사』를 가리킨다. 둘째, 잿빛 늑대와 흰 사슴이라는 것은 한자어 번역을 주목한 것일 수 있다.

이 모든 것을 관련시켜 보면 인잔나쉬의 『청사』는 몽골 역사의 다른 문헌과 자료들을 자세히 비교하고, 몽골의 역사서, 연구서와 『청사』의 역사 문헌에 관련된 여러 문제를 분명히 해줄 원전을 연구할 필요가 있다.

이 저서에서는 인물의 구체적인 형상을 더욱 분명히 하는 면에서 역사적 인물의 이름을 바꾸거나 새로이 형상화한 부분이 있다. 예를 들어, 토릴의 딸 차오르 베히를 '솔롱고', 닐하 생굼의 '닐하'를 '얄고'라고 한 것 외에 일부 인물의 이름을 중국 자료에 있는 발음과 가깝게 하여 명명한 경우도 있다. 예를 들어, 알탄, 호차르, 다리다이 등의 이름을 아르타, 호소르, 달지다이라고 했다. 만약 이들이 긍정적인 인물이었다면 아르타는 분명 알탄이라고 했을 것이다. 또 보르치, 모호라이, 보로홀 등 일부 인명이 붙여진 내력을 자신의 견해대로 설명했다. 우리는 이 작업을 하는 데 있어 저자가 쓴 대로 보가르지, 모홀리, 보랄 등으로 전사했다.

웨. 인잔나쉬는 몽골시와 한시를 비교하고, 각각의 특성을 살펴 연구하는 데 그치지 않고 한시의 운율적인 특징을 작품의 시에 흡수시켜 몽골 운문에 새로운 개혁을 꾀한 아름다운 시를 적지 않게 썼다. 한편 『청사』를 저술함으로 또 몽골 산문에 새로운 개혁을 꾀하기도 했다.

『청사』에 몽골의 고대 운문 갈래와 축시, 찬시가 상당히 많이 삽입되어 있으며, 그 외에 민요의 성격을 띤 것도 있다. 게.잠스란자브는 "『청사』에 나오는 찬시의 대부분을 이와 같은 리듬과 발음으로 노래할 때 두음을 맞추어 연결하고, 시의 음보와 리듬에 음운의 길이를 호르[9] 가락에 맞추어 노래하자 정확히 맞았다. 그것을 자세히 살펴보면 구비문학의 특징을 갖는다"라고 했다. 인잔나쉬는 속담, 교훈 등을 그와 같이 운을 맞추어 관련된 상징적인 어구를 여러 번 사용했다. 그 가운데 몇 가지 예를 들어보면 다음과 같다.

사내대장부는 갑옷이 없이도 적을 제압하고
뜻을 가진 사내는 맨몸으로 일을 성취한다제1장

장골에 힘 있는 자는 자신의 몸을 부리고
마음에 힘 있는 자는 만인을 부린다제2장

말 무리 속에서 장대를 잡지 않고
가축의 젖에 손가락을 담그지 않는다제21장

사내대장부에게는 뜻이 필요하고
못된 자에게는 몽둥이가 필요하네

9 몽골 전통 현악기.

큰 위엄을 보이지 않으면
큰 자비를 알지 못하네제12장

사람이 태어나면 일대一代
풀이 자라면 가을 한 철제6장

군주의 법은 우호적일 수 없고
군법에 다른 이의 도움을 바라서는 안 된다제8장

성인은 천지를 신봉하고
군자는 인의를 따른다.
범인은 권력과 힘을 따르고
소인은 물질적 이익을 따른다제12장

한 가지 이익을 취하면 하나의 잘못이 있고
한 가지 훈육을 받으면 하나의 노력이 있다제3장

흥기하는 나라의 신하들은
자신의 죄를 드러내 보이고,
망해가는 나라의 군신들은
자신의 잘못을 덮고 지우네제11장

가축의 젖을 젓고 끓이는 것을 멈추기보다
솥 아래 불을 끄라! 제6장

옷이 너무 많아지면 입는 사람의 몸에 짐이 되고
안장이 너무 무거우면 안장 없는 말 잔등에 무게가 되네
지나치게 귀해지면 사람의 마음에 사단이 생기고
의관에 너무 치중하면 나라의 하층민들에게 괴로움이 되네 제39장

일을 성취하는 자식에게는 날라다 모아다 주지 않아도 일을 이루고
일을 이루지 못하는 자식에게는 비록 모아다 주어도 일을 이루지 못한다 제50장

육신의 영혼은 몸에 없고
지혜로운 정신은 가슴에 없다 제47장

중요한 말은 평화로울 때 하고,
치밀한 전략은 여유로울 때 숙고한다 제54장

역사적 사건을 일반적인 이야기로 서술함과 동시에 사건과 일의 내력을 야담, 축시, 찬시, 시와 노래 등 구비문학의 여러 갈래의 형태로 표현하고, 문학적 형상화, 언어의 여러 가지 조화로운 방법을 폭넓게 이용했다. 이것은 고대로부터 전승되어 내려온 몽골의 역사 기술의 한 특징이다. 웨.인잔나쉬 역시 『청사』를 이러한 방식으로 기술했다. 또

표제시와 각 장의 첫머리에 전체 내용을 압축하여 시화하고, 한 장이 끝날 때 독자들의 흥미를 끌면서 문제를 제기했다. 또 연이은 사건 전개를 뒷장에서 보여줄 것이라고 하며 서사의 마지막을 종결짓는 등 고대 중국의 『삼국지연의』와 『수호전』한산기 등의 고전 작품에서 풍부히 만날 수 있는 문체의 한 형태를 이용했으며, 고대 국가의 역사와 황제들의 실록 등 연대기적인 기록과 마찬가지로 각 장의 앞에 어느 왕정의 어느 해인지를 명시했다. 이렇게 웨.인잔나쉬는 몽골문학과 중국 고전문학의 전통과 역사 기술의 특징 등을 창의적으로 결합시켜 몽골 문학사에 하나의 혁신을 이루었으며, 또한 몽골 산문문학의 첫 역사문학 작품을 저술하는 데 있어 다방면에서 새로운 변혁을 꾀했다.

웨.인잔나쉬가 『청사』를 쓴 주된 목적을 요약하여 말하자면 다음과 같다. 첫째, 그 시대 몽골 민족을 우둔하고 어리석다고 따돌리며 얕잡던 이민족의 멸시에 저항하고, 민족의 얼을 드높이고자 한 것. 둘째, 귀족과 왕족 가운데 자신의 뿌리를 생각지 않은 채 물질적 이익의 노예가 되고, 대다수의 몽골인들이 자민족의 역사를 알지 못한 채 자기 민족을 혐오하는 시각이 생겨난 것을 비판하고, 이를 일깨워 민족애를 갖게 하려는 것. 셋째, 이민족의 문헌에 몽골의 역사와 풍속을 왜곡시켜 기록해 온 것을 논박하고, 이를 바로잡으려고 한 것. 넷째, 몽골인 모두에게 자신의 원 역사를 알게 하고, 더 나가 이를 후대에 전승시켜 유산으로 남기기 위해 이 책을 저술했다.

웨.인잔나쉬는 군주 칭기스 칸 일대기의 위대한 행적을 문학적으로, 매우 진정성 있게 저술하였으며, "성인이라는 존재는 특별히 진정한 마음에서 비롯된 자를 말한다. 인간 세상에서 일반적으로 성인을 터득한 성인과 모방한 성인으로 구분할 수 있는데, 이들은 궁극적으로 타고난 성인의 경지에 이를 수 없다. 태조 칭기스 칸은 타고난 성인이라고 할 수 있다"라고 간략히 결론지었다.

『청사』를 집필할 때 인잔나쉬는 또 자신의 세계관과 세계를 인식하는 철학을 드러내 언급했다. 그는 모든 사실에 중립적인 입장을 견지했다. 부분적으로 인용해 보면, "세상은 천지, 일월로부터 시작해 만물에 이르기까지 모두 음양의 두 기운에서 생겨나고, 오행의 이치가 결합하여 인연을 이루면서, 세상 가득 만물이 퍼져 나갔기 때문에 세상 만물에 이치 아닌 것이 없다. 다만 그 이치를 아둔하게 생각하는 데 가 있다 할 수 있다……". 요목 제7절

'존재'와 '공空'이라는 단어를 말할 때 이것은 서로 다른 두 개 단어이지만 그 뜻은 하나이다. 그것은 존재가 있기에 공없음이라는 단어가 생겨난 것이기 때문이다. 공이라는 하나의 단어가 있기 때문에 또 존재라는 하나의 단어가 만들어진다. 이 존재와 공은 머리와 꼬리가 연결된 하나의 고리와 같은 단어이다. 대략적으로 비유하자면 인간이 살아있을 때는 존재요, 죽으면 공이다. 구체적인 형태를 이룰 수 있으면 존재요, 망가져 수명이 다하면 공이다. 또 비유하면, 지나간 고대 수천, 수만 종류의 정치가들이 살아있을 때는 모두 존재하는 것이었으나, 이제 지나가 모두 공이 되었다. 현재의 우리의 이 나라, 이 육신은 지금 보면 모두 존재하나, 마침내 또 공이 되는 것에서 벗어날 수 없기에 존재이면서 공인데, 어찌 공이 아니라 하겠는가? 우리는 공이 되어 돌아간

뒤 훗날 또 후대인이 되기에 공이면서 어찌 존재가 아니라 하겠는가? 그렇기에 존재라고 한다면 모두 존재하는 것이요, 공이라 하면 모두 공인 것이다. 존재한 뒤에 곧바로 공이 뒤따르며, 공 가운데 존재가 생성되어 나타난다. 그렇기에 존재도 역시 공이요, 공도 역시 존재이다. 이것은 존재와 공이 서로 매우 친밀한 관계로 뗄 수 없는 관계에 있으며, 곧바로 하나의 단어가 될 수 있음을 말해주는 것이 아니겠는가. 요목 제7절

인간 세상에 인류는 천자로부터 거지에 이르기까지 모두 인간이기는 마찬가지이지만 어떤 자들은 행복을 발견했다 하고, 어떤 자들은 고통을 맛보았다고 한다. 행복을 얻은 자는 부귀하고, 고통을 맛보는 자들은 궁핍하다. 이것은 이미 정해진 이치이지만 이 가운데 또 부귀를 누리면서도 괴로움을 맛보는 자가 있고, 가난하면서도 행복을 누리는 자들도 적지 않다. 대부분 고대에 나라를 잃은 군주와 개국한 군주들, 물질을 더 풍요롭게 한 부자들, 물질에 탐욕을 부렸던 백성들은 대부분 모두 괴로움을 겪고 신음했다. 의를 이룬 성인들과 지식을 얻은 학자, 소원을 일룬 백성, 자신의 욕망을 인내한 현자들 대부분은 모두 행복한 삶을 영위했다. 이렇게 괴로움과 행복의 근원은 모두 인간의 마음에서 비롯된다. 요목 제4절

어떠한 행위에 있어 그 잘한 것을 칭찬해도 그 잘못된 점을 살피라. 그 잘못된 점을 혐오하여도 그 좋은 점을 깨달으라 (…중략…) 이 세상의 수만 가지 사건의 좋고 나쁜 점은 세상의 음양의 두 기운처럼 머리와 꼬리로 연결되어 있다. 요목 제5절

이처럼 깊은 의미를 가진 말을 꽤 많이 인용할 수 있다. 여기서 인잔나쉬는 자신이 견지하는 이론적 견해가 이렇다 저렇다 하며 현재화하여 설명하는 대신 어떻게 서사를 기술했는가를 곧바로 근거 삼는 것이 옳다고 보았다.

대문호는 자신의 세계관과 성찰 이외에 깊이 없이 가볍게 생각하는 자의 해악된 행동을 비판하고, 많은 독자에게 몽골을 위해 그 정신을 일깨우는 교훈의 말을 여러 번 기록해 남겼다. 예를 들면, “다른 나라의 사건은 분명히 알면서 자기 민족의 푸른 몽골국의 일은 전혀 알지 못한다”, “자신의 뿌리를 자세히 살피지 않고, 불필요한 당나라, 송나라의 서정시에 힘쓰는 태도에 대해 타이지[10] 인잔나쉬는 많은 날 한숨을 내쉬었다” 등 다른 나라에 기대어 몽골 문화와 몽골 관습이라고 비하하는 정신적으로 자존감이 없는 자들을 비판한 일이 적지 않다. 또 우리 지역의 신중하지 못한 자들은 최선의 노력을 경주하여 자신의 언어와 문자를 살피지도 않으면서, 한두 가지 한자어를 알면 곧 몽골어를 얕잡고, 몽골어로 한인들의 생각을 어떻게 온전히 표현해낼 수 있느냐며 입에서 나오는 대로 지껄인다. 그것은 크게 잘못된 일이다! 그렇게 스스로 애써 노력하지 않고, 은유적이고 함축적인 단어들을 충분히 알지 못하면서 몽골어에 무슨 깊이 있고, 심오한 뜻이 반영되어 있겠느냐고 한다. 그것은 바닷가에서 몸을 씻으면서 바다가 얕다고 하는 것과 무엇이 다르겠는가!”라고 했다.

---

10 왕이나 귀족의 후계자 또는 황족의 후손에게 부여되던 칭호.

인잔나쉬의 이와 같은 말을 이 시대에 연장시켜 말하자면 오늘날 우리 몽골 사회의 매우 심각하고, 마음을 괴롭히는 많은 문제와 직결된다. 위로 부모와 연장자들을 존중하지 않고, 아래로 자식과 손아래사람들을 훈육하지 않는다. 후대 몽골인들은 영원한 일을 생각하는 대신 오직 오늘 내일의 육신의 이익만을 바라보고, 몽골의 물질적, 정신적 자산을 조금도 아끼지 않고 낭비한다. 또 민족의 언어, 문화, 역사를 존숭하기는커녕 뒤처지고 낡은 것처럼 여기며, 다른 나라에 우호적인 자들의 경박함을 모방하고, 아첨꾼들이 알랑대는 것을 믿고, 위선적으로 무언가를 이루고 쉽게 얻고자 한다. 많은 것을 마음으로 또 여러 가지 방법으로 몽골을 해치는 몽골인들이 많아졌는데, 대부분 이를 인식하지 못하는 것이 우리 시대의 쓰디쓴 진실이 아닌가!

우리는 몽골 현대문으로 옮기는 작업을 할 때 원문을 대조하고, 여러 방법을 모색하여 전사하고, 다시 반복해서 자세히 살피며 각주를 붙이는 등 적지 않은 노력을 기울였다고 생각한다. 대문호 인잔나쉬가 『청사』를 저술하기 위해 여러 언어로 문헌 자료를 읽고, 세밀히 살펴 온 힘을 다해 부단히 노력하고 애쓴 것을 생각할 때 참으로 존경스러운 마음을 금할 수 없다.

인잔나쉬 나는 여러 문헌을 대조하여, 이 『흥륭한 대원제국의 청사』를 오류나 의심스러운 점이 없이 서사를 연결해 저술해 나갔다. 이러한 저술 작업은 진실로 마음과 생각, 간장과 폐, 온몸, 눈과 손을 함께 지치게 했다.

천 년의 사건의 내력을 붓과 먹에게 묻고
어지러이 벌어지는 사건을 문헌 자료와 대화하며 기술했네

나의 이 몸과 말, 마음을 지치게 한 것을
후대 지성인들은 살필까, 그렇지 않을까?

민족의 위대한 계몽가 웨.인잔나쉬의 이 정선된 저서를 모두 진심으로 존숭하는 마음을 갖고, 손에서 손으로 전하며 자랑스러운 마음으로 읽기를 바란다. 우리 조상들이 온갖 신고를 겪으며, 독립적인 몽골국과 불후의 풍부한 기록문화 유산을 우리에게 자산으로 남겨준 은덕을 더욱 잘 알고, 과거를 향해 민족적 긍지로 자부심이 더하는 동시에 미래에 몽골 민족의 자긍심을 갖기 위해 온 마음을 다해 뜨거운 의지를 갖는다면, 대문호께서 후대를 믿고 일깨우며, 몸과 말과 마음을 다한 이유를 비로소 깨달을 수 있을 것이다.

마지막으로 몽골비칙에서 현대 키릴 문자로 옮기는 작업을 할 때 상당한 시간을 들여 애쓰며 도와준 제자 페.밤바호롤과 그 외에 제자들에게 깊은 감사를 표한다.

몽골국립대학 정교수 샤라브 초이마
몽골국립대학 교수 막사르자브 바야르사이한

흥륭한 대원제국의 청사

제3권

흥륭한 대원제국의 청사 전체 차례

제3권

청사

제45장

삿된 호사호가 모반을 꾀해 영제를 죽이고,
붉은 피를 흘리게 했네
성조 칭기스 칸이 격노하여 60명의 장수를 이끌고
황하에 이르렀네

계유년癸酉年, 대몽골국의 칭기스 칸 8년, 송나라 영종 가정 6년, 금나라 영제 숭경 2년. 이해 태조 칭기스 칸의 나이 52세였다.

이해 8월 금나라 신하 호사호胡沙虎가 자신의 주군인 영제를 살해하고, 그의 동생 승왕昇王 완안순完顔珣을 황제로 옹립했다. 이해 9월부터 선종 정우貞祐 원년이라 했다. 한편 칭기스 칸은 서하-탕구트의 군주 이준욱에게 명을 하달하여 본국의 병사들을 이끌고 진군하여 금나라의 보안保安, 경양慶陽 등의 큰 지역을 점령하고, 또 요동의 군주 야율유가에게는 병사들을 이끌고 요동 인근에 있는 금나라 땅을 평정하라고 명했다. 칭기스 칸 자신은 몸소 대군을 이끌고, 금나라 북쪽 성 밖 대초원에 진을 치고, 각 성문을 예의 주시하며 안쪽 정황을 살폈다.

이해 3월 계춘季春 야율유가는 왕명을 받아, 곧 자신을 스스로 요왕遼王에 봉하고, 부인 요리씨는 비부인妃夫人에 봉했다. 나라명을 요遼라 했으며, 연호를 원통元統 원년이라 했다. 야율유가가 이러한 정황을 칭기스 칸에게 고하는 표문을 작성하여 올렸다.

"요동 일대의 혼란을 평정하고, 민심을 수습하기가 어려워 잠시 안정시키면서 이러한 것을 준비했습니다. 폐하 앞에 힘을 바치고, 요동을 평정하고 충심을 표하기 위해 큰아들 설도薛闍를 신표 삼아 인질로 보내나이다."

그리고 야율유가는 장자인 설도에게 나라의 큰 뜻을 전하게 하고, 후한 공물을 내어 주어 몽골로 보냈다. 설도는 부왕의 명을 받아 천자에게 올리는 서한과 몇백 수레의 귀한 공물을 가지고, 몽골 칭기스 칸에게 가서 칸을 알현하고 표문을 올렸다. 그리고 몸소 인질이 되어 충심을 보이고, 그 정황을 고하자 칭기스 칸은 야율유가의 진정함을 가상히 여기고 보내온 표문의 뜻을 가납했다. 그리고 곧 설도를 자기 곁에 머무는 것을 윤허하고 곧 화답했다.

그러자 야율유가가 고무되어 편안한 마음으로 금나라 요동 근방의 주州와 부府를 공격하여 몇몇 개의 큰 성을 점령하고, 몽골국에 그 소식을 알렸다. 칭기스 칸은 크게 기뻐하며 그 공훈을 가상히 여겨 후한 상을 내리고, 그의 분투를 치하했다. 5월에 서하국의 작은 군주 이준욱이 자기 나라 병사 10만 명을 선발하여 금나라 서북부 보안保安을 공격해 들어갈 때, 병사들 가운데 차가타이 태자의 가짜 보개를 들려서 쳐들어갔다. 그러자 보안현을 지키던 삭석은 자신의 주州의 신하와 부자, 문관들을 불러 논의한 뒤 성의 백성들을 이끌고 하국의 군주 이준욱을 맞아 그에게 투항했다.

그러자 이준욱은 병사들을 성 밖에 주둔시키고, 스스로 성안으로 들어가 관아에 앉아 새로 투항한 삭석에게 우호적이고 친절한 태도를 보였다. 또 많은 대소신료, 부자, 문인들에게 큰 연회를 베풀어 주었다. 그리고 경양에 부자가 많은데 어떻게 성을 점령하면 좋을지 상의하자, 삭석이 눈을 껌벅이며 안색을 살피다가 잔치가 파한 후 이준욱에게 가만히 고했다.

"이 성을 점령하는 손쉬운 방법이 있습니다. 그들은 병사가 많고 성이 견고한 것에 자부심을 갖고, 성을 굳건하게 지키고 있습니다. 원수께서는 장부 200명을 선발하시어 그들에게 성의 일반 백성, 상인과 농부의 좋지 않은 옷을 입게 하십시오. 그리고 오늘 밤 '우리 성의 부자와 신하들의 가솔을 북쪽으로 데려다가 지내게 할 것이다'라고 거짓으로 알리고 소문을 퍼뜨리면 우리 성의 많은 자들이 분명 그 경양으로 도망칠 것입니다. 그러면 곧 우리가 준비해 놓은 병사들에게 작은 무기를 몸에 숨기게 하고, 그 무리에 섞여 들어가게 하는 것입니다. 그리고 연이어 군대가 성안에 들어가 성문을 지키던 적병을 죽이고 문을 열어젖히면, 쉽게 경양성을 점령할 수 있을 것입니다."

그러자 이준욱이 크게 기뻐하며 곧 200명의 장부를 선발하여, 모든 자에게 좋지 않은 허름한 옷을 입혀 상인과 농부의 모습으로 변장하게 했다. 그리고 그들을 성문에 준비시키고, 자신은 병사의 반을 이끌고 성으로 들어가 성안에 있는 노인과 젊은이들을 남김없이 서하로 쫓아 그곳에 데려다 놓을 거라고 하자, 성의 백성, 부자, 가난한 사람들이 함께 놀라 서둘러 문을 열고 다투어 나갔다. 그러자 문의 병사들이 성안의 백성들과 함께 경양성을 향해 도망쳤다.

다음 날 이준욱이 대군을 이끌고 경양성에 이르자 어려움을 피해 도망친 백성들이 성으로 들어가고 있었다. 그때 준욱은 병사들의 무리에 섞여 들어가 성문의 망루에 올라가 시를 살펴보았다. 경양 도수都守 오부吳符가 이날 이준욱의 군대가 공격하기 위해 온다는 소식을 듣고, 백관과 병사들을 이끌고 성을 단단히 지키며 기다리고 있었다. 그때 서하의 병사들이 진격해 와서 설영했다. 밤에 삼경이 되자 성 밖에서 갑자기 큰불이 일어났다. 성의 남문 쪽에서도 불이 활활 솟구쳐 타올랐다. 그러자 병사들 사이에 대혼란이 일어났다. 변장하고 들어온 서하의 장부들이 수문병들을 베어 죽이고 문 안쪽에서 문을 열어주자, 몽골과 서하 병사들이 성으로 들어와 사방의 성문을 일시에 장악했다. 서하의 병사들은 민첩하게 도수 관아를 포위하고, 오부를 생포해 이준욱 앞에 데려다 바쳤다. 이준욱이 보니 그의 얼굴에 교활함이 가득했기 때문에 그를 참수하고, 백성들을 위무함과 동시에 병사들에게 백성을 범접해서는 안 된다고 명했다. 그리고 먼저 앞으로 가서 문을 연 병사들에게 후한 상을 내리고, 보안성의 동지 삭석을 불러 보안 백성을 살피고 안정케 하라고 명하고 돌려보냈다.

이렇게 몽골과 서하의 거짓 전략을 이용해 두 성시를 점령하자 놀라지 않는 자가 없었다. 이준욱은 두 성을 점령하고, 서둘러 이 상황을 몽골 칸에게 고하기 위해 전령을 보낸 뒤, 두 성 사이에 병사를 주둔시켜 쉬게 하면서 칸의 명을 기다렸다. 이 보고문을 보고, 이준욱을 크게 칭찬하는 칭기스 칸의 조서가 당도했다. 이준욱은 무릎 꿇고 조서를 받아 보니, "장병들을 쉬게 하고, 초가을 말에 진격해 들어갈 것을 준비하시오"라는 칙령이 적혀 있었다.

이준욱은 경양을 점령하는 데 공훈을 세운 삭석에게 칭기스 칸이 내린 상을 전하자 삭석은 상을 받고, 칸이 있는 방향을 향해 무릎을 꿇고 절했다. 한편 금나라 동북쪽에서 요동의 군대, 서북쪽에서 서하의 군대, 정북방에서 대몽골국의 군대, 이 3개로의 대군으로 인해 금나라 위소왕 영제는 큰 난관에 봉착하면서, 어쩔 방도 없이 첫 번째 병사들이 패하고 서경을 빼앗겼다. 그러자 호사호를 중용하여 서부의 부원수로 삼고, 서북부를 지키라고 보냈다.

그때 금나라 승상 도단일은 호사호가 반역할 기미가 있으니, 그를 기용해서는 안 된다고 막았지만 위왕 영제는 그의 말을 듣지 않았다. 정말 호사호는 군사에 관한 일을 등한시했을 뿐 아니라 그의 심복인 완안축노, 유진, 오고륜다라, 독선금수 등을 데리고 사냥을 즐기며 지냈다. 금나라 군주 위소왕 완안영제가 이를 알고 대노하여 사람을 보내 호사호를 문책했다. 호사호는 처음부터 모반할 생각을 품고 있었기 때문에 영제가 질책하자, 그는 심복들을 이끌고 서둘러 연경을 향해 맹렬히 달려갔다.

그때 몽골 군대가 연경성 북쪽 문에 당도해 있었기 때문에 연경성의 동문, 서문, 남문으로 들어갔다. 그때 금나라 승상 도단일이 다른 공무로 출타하여 연경성에 없었다. 한편 도단일은 말에서 떨어져 다리가 부러져 치료를 받고 있었는데, 호사호가 연경으로 들어갔다는 소식을 듣고 들것에 실려 연경 성내로 들어갔다. 그때 이미 호사호의 병사들이 성안에서 종횡무진 제멋대로 난리를 일으키고 있었다. 또 호사호는 완안석고 등과 결탁하여, 황문黃門[1]에게 영제의 큰부인 장 씨에게서 옥새를 가져오라고 황궁에 보내자, 장 씨가 욕설을 퍼부으며 죽어도 옥새를 내어주지 않겠다고 했다. 그러자 호사호가 20여 명의 병사들을 이끌고 황궁에 들어가 정 씨를 때리며 대대로 전해오던 옥새를 강제로 빼앗았다.

승상 도단일徒單鎰은 황제를 만날 생각으로 궁밖에 이르자 궁인이 그를 저지하며, "승상께서는 들어가실 수 없습니다. 호사호가 이미 모반하여 성내를 대군으로 하여금 지키게 하고 있습니다. 누구든 들어가면 죽일 것입니다"라고 했다.

그러자 승상이 어쩌지 못한 채 눈물을 흘리며 집으로 돌아가려 할 때 정말 자신을 잡으려는 병사들이 달려오자, 도단일은 욕설을 퍼부으며 자신의 집으로 돌아갔다.

그때 호사호는 황제의 곁에 있던 권세를 가진 환관 이사중李思中[2]을 들어오게 하여, 그에게 명했다.

"위소왕을 죽이고, 그 머리를 내게 보이라. 내가 나라의 대사를 치르고 난 후에 그대를 제1위 후侯에 봉할 것이며, 대대로 부귀를 누리게 될 것이다."

그러자 8월에 환관 이사중이 곧바로 병사를 데리고 들어가 위소왕을 구금할 때 위소왕이 크게 당혹해하며 궁에서 빠져나가 달아나자,

1 황제의 시종. 문서 전달, 내외 연락, 의식의 진행, 후비나 공주에 대한 위문 등 궁정 내의 사무를 맡아보던 관리.

2 자료에 따라 이사중을 이사충(李思忠)이라고도 한다.

환관 이사중이 병사를 이끌고 쫓아가 그를 사로잡았다. 영제가 하늘을 향해 "이 종놈들이 이처럼 행할 줄 알았다면 일찌감치 몽골 칭기스 칸에게 투항하여, 이 지경에 이르게 하지 않았을 것이다"라고 했다.

환관 이사중이 냉소하며 "당신의 그 몽골 아버지가 어떻게 당신을 구할 수 있겠소?"라고 하며 영제를 단칼에 베어 그 머리를 노란색 보자기에 싸고, 그 육신을 궁 안의 도랑에 던져 버렸다. 그리고 그 머리를 가져다 호사호에게 바치려 할 때 호사호가 이미 그 소식을 듣고 있었기 때문에 심복인 우구렌도라에게 도중에 환관 이사중을 맞아 '황제를 죽인 역적'이라는 죄명을 씌워 살해하게 했다. 이것은 호사호의 간사한 계략으로 죄를 덮어씌운 사건이었다. 영제는 자주 "칭기스 칸이 가까이 다가오고 있다"라고 하며 죽었다. 이튿날 그의 심복들이 그의 뼈를 모아 대충 매장했다.

한편 호사호는 조정에 나와 많은 심복 가운데 한 무리의 심복을 모이게 해 영제의 지난 죄상을 논하고, 그의 봉호를 박탈하고 동해군후東海君侯로 강등시켰다. 또 그의 처자를 궁에 유폐시키고, 검을 들고 문무백관들을 모아 새 황제를 추대할 것을 논의하라고 했다. 그러자 뭇 신하들이 두려워 떨며 논의하여 위소왕의 형이요, 완안경의 동생,[3] 승왕 완안순을 황제로 추대하는 것이 마땅할 것이라고 하자 호사호가 할 수 없이 패주에 가서 그를 맞아와 황제에 앉히고, 연호를 바꾸어 정우貞祐 원년이라 했다. 자신을 스스로 태사이자 상서령, 도원수에 봉하고, 또

3 역사적으로 보면 완안순은 위소왕의 조카요, 완안경 장종의 이복형으로 언급된다.

위왕이라 칭했다.

몽골의 칭기스 칸이 이 소식을 듣고 호사호를 반드시 죽이고 말겠다며 3개 군단의 병사에게 진격하라는 명을 내리고, 곧 남쪽으로 돌격해 들어가 곽대부 성을 포위하고 닷새 동안 연이어 전투를 벌이자 성의 백성들이 성시를 지키던 수장을 죽이고 성문을 열고 투항했다.

한편 칭기스 칸의 넷째 아들 톨리와 부마 체첵이 병사들에게 앞으로 돌진해 들어갈 것을 재촉하여 당강부唐江府 성 앞에 이르자, 오기吳器라는 이름의 장수가 성을 빼앗기지 않으려고 죽을힘을 다해 성을 사수하고 있었다. 그러자 톨리와 체첵은 많은 병사들에게 단호히 명해 밤에 사방에서 공격해 들어갔다. 또 북쪽 문으로 구름사다리를 놓고, 남문쪽에 두 개 사다리를 놓았다. 먼저 태자 톨리와 부마 체첵이 의논하여 군대를 이끌고 사다리를 넘어 성으로 들어가 문을 지키는 병사를 베어 죽이거나 흩어지게 하고, 태자와 부마 등이 남문을 열어 수많은 병사를 성안으로 들어오도록 했다.

이때 칭기스 칸은 이 일을 알지 못하고 있었는데 북쪽 성을 점령했다고 하자, 비로소 톨리와 체첵이 돌진하여 성벽을 넘은 것을 알고 사위와 아들을 칭찬하며 일러 말했다.

"이 두 사람은 진정 우리 집안의 안장과 멍에를 갖춘 준마라 할 수 있다. 그렇지만 이후부터는 이와 같은 모험을 해서는 아니 될 것이다. 전투에 임해서는 신중하게 만전을 기해야 하며, 자신의 몸을 해치지 않고 보전할 수 있어야 영웅호걸이라 할 수 있다. 죽어서 몸을 둘 곳이 따로 있다. 한 도시 한 성에서 가벼이 육신을 버려서는 아니 되느니라!"

그리고 칭기스 칸이 성내로 들어가 관청에 앉아 병사와 백성들을 점검해 보고 있을 때, 모홀리가 성을 지키던 수장 오기를 붙잡아 포박하여 그를 끌어와 칸 앞에 무릎을 꿇렸다. 그러자 칭기스 칸이 오기를 추궁했다.

"나를 대항해 싸운 모든 자를 내가 그대로 용서해 주지 않는다는 것을 그대는 알지 못하는가? 어찌 이런 방식으로 행한단 말인가?"

오기가 칭기스 칸에게 절하며 살려달라고 간청하자 칭기스 칸이 "이 종놈은 오늘 놓아주면 내일 도망칠 것이다. 그렇지만 이 쥐새끼 같은 종놈이 무엇을 할 수 있겠는가? 그를 놓아 보내 주어라!"라고 하며 놓아주자 오기가 떠나갔다.

칭기스 칸이 뭇 병사들에게 상을 내리고 곧바로 남하하여 진격해 들어갈 때 금나라 승상 완안강이 호사호가 반란을 일으켰다는 소식을 듣고 서둘러 군대를 이끌고 연경燕京에 당도하자, 정말 난리가 일어났다. 또 몽골 군대가 회래懷來에 이르자, 서둘러 술호고기와 연합하여 20만 대군을 이끌고 서관을 나와 적군을 맞으려고 할 바로 그때 칭기스 칸의 대군과 마주쳤다. 그러자 금나라 병사들은 머리가 지근거리고 심장이 오그라져 앞으로 한 걸음도 나아가지 못했다.

그러자 모홀리가 명하여 군대를 만 개 발톱을 가진 용의 대형으로 변화시켜, 대오마다 천둥같이 북을 치게 하여 연달아 공격해 들어갔다. 술호고기가 몽골 대군을 대적하지 못하고 황망히 달아나자, 몽골 병사들이 밤낮없이 공격했다. 이때 죽은 금나라 병사의 시체가 40리 이상 널려 있어 기마병이 지나갈 수 없을 정도였다.

이에 모홀리가 단호히 말했다.

"이 금나라 사람들은 우리가 점령한 성들을 다시 자신들이 차지해 지키게 하면서 우리를 해마다 괴롭혀 왔기 때문에 올해 반드시 본때를 보여 징계하지 않으면 아니 될 것이다."

그리고 다시 징을 치게 하고, 대오를 준마의 대형으로 변화시켜 술호고기를 맹추격해 가다가, 고북구古北口[4] 입구까지 추격해 갔다. 험한 협곡을 숱하게 지나며 추격하여 거용관 앞에 이르자, 금나라 군대가 또 거용관居庸關을 철통같이 지키고 있었다. 그러자 성시 밖에 후데르 부스, 후렐 부스 두 장수의 1만 명의 병사를 남겨 지키게 하고, 칭기스 칸은 대군을 이끌고 곧바로 자형관紫荊關[5]으로 달려가 성문을 빼앗고 대군을 이끌고 진군하다가, 오회령五回嶺 고개의 숲을 지키던 대장 왕즙王檝을 만났다. 그는 오회령 아래서 진을 치고 몽골 병사에 저항하며 싸웠다.

사흘이 되자 칭기스 칸이 말하기를 "내가 군대를 이끌고 금나라를 정벌할 때 장수가 접전하여 싸운 것은 이번 한 번뿐이오. 생각해 보아도 이 왕즙이란 자는 금나라 사람 가운데 진정 영웅호걸이 분명하오. 그를 투항케 할 수 있으면 우리나라에 도움이 되지 않겠소?"라고 했다.

그러자 모홀리가 고했다.

---

4 송나라 학자 나벽이 지은 지유에서 "연경 북쪽 100리 밖에 거용관이 있고, 거용관 동쪽 200리 밖에 호북구가 있다"고 했는데, 호북구란 곧 고북구를 이른다. 『금사』를 살펴보면, 금나라 말로 유알령(留斡嶺)이라 부른 곳이 바로 고북구이다. 만리장성의 관문 중 하나(박지원, 김혈조 역, 『열하일기』 2, 돌베개, 2017, 494~495쪽).

5 만리장성 상에 위치하는 관문의 하나.

"폐하의 뜻과 제 생각이 같습니다. 실제로 사르탁그친의 암바가이 칸이 폐하와 싸울 때 주군께서 힘을 좀 쓰자 그가 죽고 말았습니다. 왕즙이란 자를 신이 가서 잡아 오도록 하겠습니다."

이튿날 모홀리는 다섯 호장을 교대로 내보내 교전하게 했다. 그 사이로 모홀리가 스스로 바람처럼 질주해 나가자 왕즙이 크게 의심하며, 창을 돌리며 공격해 왔다. 그러자 모홀리가 말 위에서 몇 번을 돌며 그의 창을 활의 시위로 당겨 빼앗고, 곧바로 공격해 들어가 왕즙의 허리띠를 움켜잡아 말에서 떨어뜨렸다. 그리고 위로 자빠뜨려 제압하여 병졸에게 포박하게 하고, 대군을 이끌고 또 공격해 들어가자 금나라 병사들이 혼비백산하여 두려워 떨며 달아났다. 몽골군이 금나라 병사들의 뒤를 맹추격하며 가다가 밤이 어두워진 후에야 추격을 멈추었다. 왕즙을 포박해 칭기스 칸 앞에 밀며 데리고 오자, 왕즙이 머리를 꼿꼿이 치켜들고 오만한 태도로 서서 조금도 안색이 변하지 않자, 태조가 미소를 지었다.

"손이 있으면서 단 한 사람에게 붙잡힌 공과도 없는 작은 장수가 어찌 혼자 죽음을 두려워하지 않고 나에게 대항을 하는 것이냐?"

그러자 왕즙이 "나는 어려서 가난하고 미천한 삶을 살았소. 그런 내가 금나라의 은혜를 입어 대장군의 지위에 오른 것은 모두 이 나라의 은혜요. 이제 내가 나라를 위해 적군에 붙잡혀 죽임을 당하는 것은 만대에 이름을 남기는 영광스러운 일인데, 어찌 두려워하며 나의 이름을 더럽히겠소?"라고 하자 칭기스 칸이 미소를 지었다.

"내가 금나라에 와서 3년이 되도록 그대와 같은 장수와 대적한 적이

한 번도 없었기에 그대를 대단히 생각하여, 우리 원수元帥에게 일러 생포했던 것이오. 또 그대의 재능을 아깝게 여겨 대업을 이루게 하고, 그 명성을 청사에 남기려 하는 것이오. 무도한 금나라는 부자, 형제, 군신, 종들끼리 서로 반목하고 죽이는데, 그런 나라를 위해 죽어 무슨 좋은 이름을 얻겠소? 사내대장부란 올바른 것을 따르며 진실을 지지하고, 사직을 위해 분투하며 모든 나라를 다스릴 수 있는 자로, 그렇게 할 수 있는 자가 비로소 사내대장부라 할 수 있소. 신하의 충정을 모르는 무지한 군주를 대신해 죽어 무슨 명성을 얻는단 말이오? 오히려 스스로 의미 없이 가벼이 죽어 낳아 주신 부모에게 죄를 짓는 것 외에 달리 무슨 유익이 있겠소? 그대도 보았다시피 금나라의 명장도 우리 군대에 셀 수도 없이 죽임을 당했소. 어느 누구를 특별한 공신에 봉한 적이 있소? 사내대장부이면서 좋은 일을 하지 않고 살아가는 것은 합당치 않소."

칭기스 칸이 일련의 폐부를 찌르는 말을 하자 왕즙이 감동하여 땅에 무릎을 꿇고 절하며 고했다.

"이러한 말씀을 하시는 것을 보면 폐하께서는 저를 죽이지 않고 쓰시려는 생각이 있는 것으로 사려되오니, 신은 이보다 더욱 분투하여 폐하께서 알아보시고 베풀어 주신 귀한 은혜에 보답하겠나이다."

이에 칭기스 칸이 크게 기뻐하며, 서둘러 그를 묶었던 포박을 풀어 주게 했다.

"이자는 참으로 정의로운 장수요."

그리고 곧바로 도통의 지위를 내리고, 호랑이 장식의 금 인장을 하사했다. 그리고 2만 명의 몽골 병사를 내어주면서 산시성을 평정하고, 충심을 드러내 큰 공훈을 세우라고 명했다. 곧 준비 상황을 보고 출정하게 하자, 왕즙은 인재를 알아보고 일을 맡기는 칭기스 칸의 이와 같은 큰 믿음을 생각하고, 곧 산시성 쪽으로 진군했다.

이때 금나라 호사호는 이미 자기 성을 버리고 달아나 황궁으로 들어가 황제를 죽이고 일을 벌이던 때였다. 또 몽골 대군은 오회령 고개를 넘어 탁주涿州와 이주易州를 포위하여 투항케 하고, 다시 제브와 젤메에게 다섯 호장의 병사를 내어 주어 서북쪽으로 공격해 들어가게 했다. 거용관의 뒤 북쪽으로 진격해 들어가 불을 지르고 거용관을 빼앗고, 거용관 밖에 주둔했다. 거용관을 공격하는 척하는 후데르 부스, 후렐 부스[원주] 이 두 이름은 『강목』에서 호쉬, 보차라고 했다. 『원사』에서는 고다, 보차라고 잘못 기록했다 등의 군대를 만나 함께 연합했다.

초겨울 칭기스 칸이 몽골 군대를 3개 군단으로 나누었다. 제1군단은 큰태자 주치 친왕, 둘째 태자 차가타이 친왕, 셋째 태자 우게데이 친왕 세 명에게 9경의 신하 중 세 명, 젊은 장수 10명을 배정해 주고, 5만 병력을 내어 주었다. 그리고 태행산에서 남쪽으로 금나라 군대를 소탕하기 위해 보냈다. 또 제2군단은 동생 하사르 친왕과 벨구테이 친왕에게 9경 가운데 수석 신하 3인과 10명의 젊은 장수 그리고 5만 병력을 내어 주어 황하 연안을 따라 동쪽으로 보냈다. 그리고 칭기스 칸은 모홀리, 넷째 태자 톨리, 부마 체첵, 사이한 소르탈트, 잠발, 젤메, 제브, 다이산, 볼로, 울렌 치르비 등의 군단을 이끌고 남쪽으로 진격해 들어갔다. 또 모홀리 원수에게 다이산, 볼로, 울렌 치르비, 후렐 부스,

후데르 부스 등을 내어 주어 동남쪽을 공격하기 위해 보냈다.

이때 금나라의 새 황제가 보위에 올랐는데, 호사호를 두려워했다. 그가 제 마음대로 전횡을 일삼자 전쟁의 싸우고 지키는 모든 일을 그에게 맡겼다. 호사호는 할 수 없이 발이 아프다며 꾀를 내어 집에 누워 있었다. 그러자 여기저기서 거듭 전령이 와서 고했다.

"몽골의 하사르 친왕의 한 군단이 두 대장과 용감무쌍한 5천 명의 신병神兵를 이끌고 우리 중도 성시의 북쪽에 주둔해 있습니다. 대군이 이미 회하澮河를 건너 가까이 접근해 오고 있습니다."

호사호가 할 수 없이 힘든 척하며 다리가 아프지만 나가겠노라고 했다. 그리고 수레에 올라 뭇 병사들을 몰아 공격하러 나가서 곧바로 잔트, 한드가이 두 장수의 병사들과 접전했다. 그러나 반시간도 되지 않아 호사호의 수레에 몽골의 단단한 화살이 번개 화살처럼 꽂히자, 호사호는 혼비백산하여 뒤로 달아났다. 그러자 몽골의 용맹스러운 병사들이 곧바로 꼬리를 이어 추격해 갔다. 이것은 마치 많은 호랑이들이 양 떼와 개 무리에 달려들어 맹렬히 쫓는 것 같았다. 몽골군이 종횡으로 무차별 돌격해 들어가자 호사호는 크게 패하고, 겨우 목숨을 부지한 채 중도로 달아났다.

그리고 그는 다리가 아파 움직일 수 없다고 꾀병을 부리며, 곧바로 어제 술호고기가 전투에 나가지 않았다고 트집을 잡았다. 그리고 기간을 정해 5천 명의 병사를 주어 내보내자 술호고기가 병사를 이끌고 나갔다. 몽골 군대가 술호고기를 곧바로 뒤쫓으며 중도까지 추격해 갔다. 고기가 정한 시간이 지날 때까지 오지 않자 호사호는 몇 백 명의 병사를 내보내 술호고기를 다시 데리고 와 군법을 어겼다며 처형장으로 끌어냈다. 그러자 선종 황제가 서둘러 사람을 보내 술호고기의 옛 공로를 보아 처형을 면해주라는 명을 내렸다. 호사호가 할 수 없이 술호고기를 죽이지 않고 다시 불러와 병사를 증원해 주며, "다시 나가 사력을 다해 싸워 몽골 군대를 격퇴시키라. 만약 패하면 이제 결코 용서하지 않을 것이며, 반드시 참수하고 말 것이다"라고 했다.

술호고기가 어쩔 수 없이 군대를 이끌고 나가서 싸우러 가겠노라고 했다. 그런데 하늘이 몽골을 도왔기 때문인지 폭풍이 불고, 모래처럼 돌이 마구 굴러 병사들이 도중에 앞으로 전진해 나갈 수가 없었다. 몽골군도 뒤에서 계속 공격해 오자 금나라 군대는 싸우지 못하고 큰 혼란에 빠졌다. 그때 술호고기가 속으로 생각하기를 '호사호가 필시 나를 죽일 것이다. 그에게 죽임을 당하느니 내가 먼저 그를 죽여 원수를 갚고 다시 황제께 참수를 당하리라' 이렇게 마음을 먹고, 군대를 되돌려 곧바로 중도를 향해 쳐들어가 먼저 호사호가 있는 관청을 찾아가 일곱 겹으로 포위하고 압박을 가했다.

그러자 호사호는 상황이 급박해진 것을 알고 서둘러 사다리를 가져오게 하여 달려가 북쪽 성으로 달아나려 하는 순간 옷이 사다리에 걸려 성을 뛰어내리지 못하고 굴러떨어졌다. 그때 그의 살진 배가 걸려 창자가 끊어지고 말았다. 술호고기의 병사들이 그를 잡아 머리를 베어 가지고 술호고기에게 갖다 바쳤다. 술호고기는 호사호의 가솔들을 모두 잡아 죽이고, 호사호의 머리를 가져가 황제에게 무릎을 꿇고 죽을 죄를 지었노라며 그 머리를 바쳤다. 그러자 선종이 원래 그를 죽이고

자 했지만 어쩔 방법이 없어 손을 놓고 지내고 있을 때 술호고기가 호사호를 죽이고 머리를 가져오자 크게 기뻐했다. 선종은 그의 죄를 사면해 주는 것은 말할 것도 없고, 마음의 근심을 제거해 주었다며 동부의 부원수로 봉하고, 호사호를 죽인 일군의 장병들에게도 모두 후한 상을 내리고 지위를 높여 주었다. 한편 호사호의 시신에 죄를 물어 그의 관직을 박탈하고, 그 시신을 수레에 패인 곳에 버리게 했다.

한편 몽골의 장수 왕즙은 몽골과 한인 병사들을 이끌고 사방팔방 정벌을 다녔고, 몽골의 4개 군단의 병력이 금나라 곳곳에 가득하여 금나라의 뭇 병사들이 도망칠 곳이 없게 되었다. 또 모훌리는 강한 군대를 만나 전략을 써서 공격해 나가며, 금나라를 분열케 하여 초토화시켰다.

그때 중장부 성시 안의 부호인 성은 사씨요, 이름은 병직인 자가 친인척을 모두 모아 의논을 했다.

"금나라가 하늘의 도를 범하여 나라가 망하는 데 이르렀소. 이제 나라가 멸망하고, 집안이 쑥대밭이 되는 사태가 목전에 다가왔소. 하늘의 뜻을 따라 몽골에 투항하면 목숨을 구하고 집안을 보존할 수 있소. 백 명이 넘는 우리 집안 사람들을 어찌 지킬 수 있겠소? 그러니 몽골에 투항하여 하늘에 보호를 받으면 어려움에서 벗어날 수 있을 것이오!"

그러자 주위의 사람들이 그 말을 듣고 모두 목숨을 구하기를 간청했다. 사병직史秉直이 곧 몇천 명을 이끌고 몽골 병영에 들어가 총사령관 모훌리에게 투항하자, 모훌리가 하늘의 때를 아는 충직한 양민이라고 하며 그에게 관직을 봉하고자 했다. 사병직이 자신은 이미 나이가 들었다며 고사하자, 그의 아들 사천예史天倪에게 만호후의 직위를 봉했다.

한편 그들 7만 명의 목숨을 고통에서 벗어나게 해주고, 또 처자들을 이동시켜 패주에서 편안히 지내게 했다.

이때 태조는 몽골에 투항한 관리를 도통에 봉하고, 양백우, 유백림의 병사의 수가 많자, 몽골 군대를 4개 군단으로 나누고, 또 요동과 서하의 병사를 합해 여섯 군단으로 나누어 공격하자 금나라는 사면초가에 놓이게 됐다.

한편 섣달에 주치, 차가타이, 우게데이 세 태자 친왕의 군대가 태행산에서 남하하여 보주, 요주, 서주, 남주, 소주, 정주, 맹주, 자주, 상주, 위주, 휘주, 회주,[6] 황하에 이르기까지 점령하여 몽골의 명성을 천하에 떨쳤다. 금나라 사람들은 몽골 병사를 정말 하늘에서 내려온 천병처럼 여겼다. 성시마다 풍악을 울리고, 문마다 향을 피우고, 도중에 연이어 음식을 대접하고, 가는 곳마다 밥을 보내 주었다. 관리들은 그들을 맞아 절하고, 금나라 안에서 평화로운 곳을 가는 것처럼 길을 갔다. 몽골 군대가 성에 들어서면 먼저 성문에 불을 붙이고, 어떤 지역에서는 관리와 백성들을 가리지 않고 모두 살육했기 때문에 그 위엄이 대단하여, 비록 서로 맞서 싸울 수 있는 성이었지만 감히 대적하지 못했다. 일부의 수장들이 대항하려고 성을 나가면 많은 사람들이 반역을 꾀해 성 중의 수장을 죽일지도 몰라 감히 대항할 자가 없었다.

한편 군대가 산서 지방을 지나갈 때 산서성의 대부호들이 자신들의

---

6 원사에 보면 "보주(保州), 수주(遂州), 안숙주(安肅州), 안주(安州), 정주(定州), 형주(邢州), 명주, 자주, 상주(相州), 위주(衛州), 요주(耀州), 회주(懷州), 맹주(孟州)를 점령하라고 명하는 것으로 언급된다(방기혁 역, 「칭기스 칸 이야기」, 『원사본기』 권1(e-book), 슬기야단비야, 2015 참조).

재물의 힘에 자만하여 대항하자, 세 명의 태사, 다섯 명의 태보, 열 명의 태부, 5만 명의 병사들이 갑자기 북을 치며 성으로 들어가 산서성의 평양平陽과 태원부太原府 두 지역을 평정하고, 재물과 부녀자를 노끈으로 묶고, 펠트로 말아버린 것처럼 싹 쓸어가지고 돌아갈 때 도중에 분주汾州, 석주石州, 남주嵐州, 흔주忻州, 대주代州, 무주武州 등 6개 성시를 공격해 빼앗고, 각 성과 백성들을 신하에게 지키게 했다. 만약 도망치거나 도둑질하면 반드시 시비를 가리지 않고 무차별 죽일 것이라고 하자, 사람들이 두려워 떨며 감히 이를 어기는 자가 없었다.

하사르와 벨구테이 친왕과 세 명의 태보, 열 명의 태부가 5천 명의 병사를 이끌고 해안으로 가서 동쪽을 향해 계주에서 동쪽으로 평주, 난주, 요서[7] 등 이 네 개의 큰 성시를 공격해 점령하고 많은 성을 빼앗았다. 태조 칭기스 칸은 태자와 부마 체첵 등과 여러 태보, 태부 등을 데리고 중군에 들어가 웅, 패, 막, 하간, 창, 경, 헌, 심, 기, 여, 기, 은, 복, 개, 활, 박, 제, 태안, 제남, 빈, 체, 익도, 치, 유, 등, 래, 기주[8] 등의 26개 성을 점령하자 이들 성의 사람들이 모두 나와 그들을 맞아 절하며 투항했다. 다만 택주澤州는 완강히 버티며 투항하지 않았다.

이때 모홀리가 중도를 지키며 많은 성을 모아들였다. 그리고 서둘러 칭기스 칸의 뒤에서 소식을 알리자 칸이 명하기를 "내가 중군에 속해 남쪽으로 공격해 들어가 28개 주와 현, 부, 군을 점령할 때 모두가 하

7 본문에는 "준해에서 동쪽 준화, 계주, 평주, 난주, 요서"로 되어 있으나, '준해', '준화'에 대한 정보가 없어 『원사본기』를 참조로 번역했다. 잘못 전사된 것으로 보인다.

8 이 부분은 원사에 언급된 성들을 참고로 했다(방기혁 역, 앞의 책 참조).

늘의 때를 따르고, 힘의 흐름에 따라 투항했소. 이렇듯 자신의 성을 바치거늘, 유독 이 택주성을 지키는 계시季思는 성 위에서 망령되이 욕설을 퍼붓고, 앞서 성을 넘은 나의 몇몇 장수들에게 상처를 입혔소. 조금도 존중하는 마음 없이 많은 백성의 처자가 있는 성 위에 올라 온갖 욕설을 퍼부었소. 그러니 이제 원수元帥께서는 반드시 이 성을 점령하여 우리의 앞길을 평탄케 하고, 나의 분노를 드러내고 위엄을 높이시오. 원수께서는 이들 성을 친히 지키고, 여러 성을 확실히 하시기 바라오. 이것은 어쩔 수 없는 일이오. 28개 성 가운데 그자 혼자 이처럼 내가 이루고자 하는 천하의 대업을 망치려 하니, 하늘을 거스르는 대역죄를 짓는 자들을 모두 죽음으로 심판하시오!"라고 했다.

칭기스 칸이 큰 소리로 명을 내리자 모홀리는 칸이 크게 진노한 것을 알고 감히 그 명을 제지하지 못했다. 다섯 호장과 세 명의 젊은 장수들을 데리고 구름사다리를 넘는 4백 명 이상의 병사를 이끌고 서둘러 택주로 달려갔다. 성으로 들어가기 전에 성문이 닫히자 서둘러 군대를 회군시키는 척하다가 밤에 다시 돌아와서 살펴보니, 성을 지키는 수비병과 많은 백성들이 마음이 안이해져 있었고, 그날 밤 또 구름이 끼어 날이 깜깜했다. 모홀리는 하늘을 향해 큰 소리로 외쳤다.

"천하를 하나로 평정하는 이번 전투에서, 이 시의 성을 함락시키기 위해 모홀리 저에게 계략이 있나이다. 천명으로 성을 무너뜨릴 것이오니, 천부께서는 밝히 살펴 주시기를 바라나이다!"

그리고 사방에서 투항한 성 아래 뭇 장수들에게 대오를 짓게 했다. 자신이 먼저 선두에 서서 다섯 호장을 데리고, 병사들 가운데 선발한

4백 명의 기민한 정예병을 선발해 구름사다리를 성벽에 세우게 하고, 성을 넘어가면서 외치는 함성 소리에 천지가 진동하는 듯했다. 그 소리에 택주성을 수호하던 병사들이 깜짝 놀라 잠에서 깨어나 종횡으로 허둥대며, 붙잡고 매달리며 서로를 짓밟았다.

이때는 아직 3·9추위의 시기였기 때문에 찬 김이 서리고, 눈과 얼음이 얼고 나무와 돌이 모두 얼어서 성에가 끼어 있었다. 이러한 난리의 와중에 많은 병사들이 이미 성의 꼭대기로 올라갔다. 그러자 밖에서 대원수가 구름사다리를 넘어 막 쳐들어가려고 할 때 갑자기 한 줄기 빛이 퍼지는 가운데 칭기스 칸의 용체가 보였다. 또 성 위에서 엄청나게 큰 돌 하나가 굴러 내려와 어느 인가에 부딪치더니 왼쪽으로 굴러떨어졌다. 많은 병사들이 서로 천주天主를 크게 외치며, 성의 망루에 올라가 수비병을 베어 죽였다. 그러자 모홀리의 동생이 많은 병사를 재촉해 사다리에 가득 기어오르게 했다. 오래지 않아 10만 병사들이 성으로 가득 들어가 사방의 네 개 성문, 여덟 개 성루, 성시의 중앙에 불을 붙여 불빛이 환하도록 했다.

그러자 모홀리가 다섯 호장을 데리고 태수 계사를 찾아갈 때 그 사이 모홀리는 네 성문을 단단히 살피며 지키게 하고, 많은 병사에게 그를 찾게 했다. 이즈음 병사들이 그저 적을 추격해 사람을 찾아 죽이지 못하는 상황에 사기가 떨어져 있었는데, 갑자기 이런 좋은 기회가 생기자 모두 기뻐하며 칼을 휘둘러 적을 살육하기 시작했다. 이에 택주성 사람들이 불에 타고, 성을 넘어 달려가려 해도 틈을 얻지 못하고, 성문으로 나가려고 해도 병사들이 지켜 또 나가지 못했다. 다른 사람이 막아서 죽는 자가 십의 여섯이고, 인가 가운데 고랑이 떨어지고, 창촉에 상처를 입은 많은 자들이 헤아릴 수가 없었다.

다음 날 태양이 뜨기 전 열예닐곱 되는 한 어여쁜 아가씨가 와서 모홀리에게 말하기를 "이 성의 백성들은 거의 다 죽었습니다. 실제로 성의 태수와 신하들은 장군님의 뒤에 있습니다. 어찌 붙잡아 백성들이 죽는 것을 구하지 않으시는 것입니까?"라고 했다.

모홀리가 급히 몸을 돌려 보니 한 사람이 어두운 색깔의 델을 입고 달려오고 있었다. 모홀리가 그를 붙잡으라고 명해 그를 잡아 조사해 보니, 가슴에 인장을 품고 또 비단 바지를 입고 있었다. 곧 몸을 돌려 보니 그 여인은 벌써 보이지 않았다. 그러자 모홀리는 분명 수호신이 우리가 살육하는 것을 막고 있는 것이라 생각하고 서둘러 북과 징을 치게 하고, 동시에 살육을 멈추게 했다. 이날 하룻밤에 죽은 시체가 추풍낙엽 떨어지는 듯 무수히 쓰러져 있었다.

한편 붙잡은 태수 계사를 칸에게 데려갔다. 그러자 칭기스 칸이 그가 엄청나게 저주를 퍼부어댔던 태수였기 때문에 은근히 미소 지으며 물었다.

"너는 성을 지키는 태수로 투항하지 않으면 그만이다. 그런데 못된 창기처럼 적을 증오하며 욕하는 것이 네게 무슨 이득이 되겠느냐? 너의 군주에게 무슨 공이 되며, 적에게 무슨 두려운 일이 되겠느냐?"

그러자 계사가 자신을 가리키며 "저는 계사가 아닙니다. 저는 다만 계사를 속여 인장을 가져갔던 것입니다!"라고 온갖 잡소리를 해대며 절을 올리고, 자신이 계사가 아니라고 잡아떼자 칭기스 칸이 벼락같이 진노를 발했다.

"나는 한 번 본 것을 절대 못 알아보는 법이 없다. 사실상 인장이 네게 있으니 빨리 진실을 말하라!"

계사가 사실을 말하지 않자 곧 그의 옷을 벗겨 불에 달군 쇠빗 등으로 고문을 했지만, 그는 여전히 자신은 계사가 아니라고 우겨댔다. 그러자 옆에서 우게데이 태자가 있다가 서둘러 고했다.

"부왕께서는 저자로 인해 진노하실 일이 없습니다. 이 성의 많은 사람들을 몰아와서 저자를 보이면, 그가 계사인지 아닌지 쉽게 알 수 있을 것입니다."

그러자 칸이 옳다 하며 모홀리로 하여금 성의 남녀 몇천 명을 몰아서 데려오게 했다. 그리고 계사를 데리고 나와 소개하자 백성들이 모두 그의 못된 행실로 자신들이 이처럼 고통을 겪는다며 한이 맺혀 있었기에 모두 그가 계사가 맞다고 했다. 칸은 그를 들어오게 하여 다시 묻자, 그는 비로소 자신이 계사이며 목숨을 살려줄 것을 간청했다. 그러자 칸이 크게 미소를 지으며 원수 모홀리에게 그자를 넘겨주었다.

"하늘의 순리를 따르지 않고, 일월日月을 보지 못하는 이 종놈의 눈을 파라. 이 성의 백성들 모두 이 종으로 인해 해를 당해 성의 백성이 다하도록 죽은 것은 그의 해악으로 인한 것이니, 백성들의 눈앞에서 능지처참하라!"

칸의 명에 따라 많은 백성을 불러모아 그의 죄목을 낱낱이 밝히고, 백성들이 이 한 사람의 해악으로 이처럼 하늘의 진노를 사서 성시 가득 사람이 죽었으며, 가장 먼저 하늘의 순리를 따르지 않음으로 많은 백성에게 재앙이 되게 했기에 눈을 파고, 그 혀를 자르고 사지를 잘랐다. 몇천 명의 사람 앞에서 순식간에 계사의 살과 뼈가 보이지 않게 되었다. 칭기스 칸은 높은 곳에서 그 광경을 보고, 몸소 명을 내려 백성들을 모두 돌려보냈다. 그러자 백성들이 "만세!"를 외치고, 그 함성소리가 하늘을 진동했다.

이 소식이 널리 알려지자 모든 성의 백성들이 찾아와 절하며 귀순했다. 이들 무리 가운데 부호인 사천예와 소발질이 몇천 명의 사람들을 인솔해 모훌리에게 와서 귀순했다. 모훌리가 칸에게 고하여 그 두 사람을 모두 만호후로 삼아 치하했으며, 패주霸主에서 지내게 했다.

한편 칭기스 칸은 모훌리와 돌아가 중도中都에 이르러 4개로의 병사들과 함께 연합하고, 병사들을 세 부대로 나누게 하고 중도 주위를 포위했다. 태조 칭기스 칸이 중도를 지키던 승상 완안승휘完顔承暉를 불러내 이르기를 "내 그대 군주를 차마 죽일 수 없소. 그대는 짐의 은덕을 알지 못하오. 나는 이유 없이 전투를 멈추지 않소. 그 작은 중도를 내게 바치면 반드시 그대를 대신으로 삼을 것이오. 내 말을 받아들이지 않으면 반드시 죄를 물을 것이오!"라고 했다. 승상 완안승휘가 그 말을 듣고 아무 말도 하지 않고 절하고 돌아갔다.

한편 칭기스 칸은 3개로의 병사들을 대구大口 협곡에서 하나로 결집하여 대진영을 구축했다. 이해 금나라 하북과 하동 두 지역과 산동성 등지의 수천 리의 금과 비단, 우마를 거적에 말 듯 모두 걷어 갔다. 창고의 곡류를 모두 새로 투항한 백성들에게 나누어주고, 또 검은 타타르흑달단의 인도 황제가 칭기스 칸에게 공물을 보내 왔다[원주] 이와 같거늘 중국 사가들은 『강목』에서 특별히 몽골을 부정적으로 말하고자 기사를 쓸 때, 몽골에 대해 수천 리 금나라 백성의 처자들을 남김없이 살육하고, 은과 비단, 말과 가축, 소, 양, 개, 돼지를 모두 남김없이 가져갔고, 백성들의 가옥과 성시를 불태웠다고 기록했다. 이를 보는 독자들은 상황을 혜량해 보기 바란다. 그 시대 몽골 병사들이 성의 물건들을 취할 수 없었고, 개별적으로 묶을 가지고 곤란한 일이 생기는 것을 애써 찾을 이유가 있었겠는가? 또 남녀를 모두 데려갔는데, 다시 그 성을 점령할 수 있겠는가? 이것은 도무지 말이 되지 않는 사건을 지어내 몽골을 모욕하는 이야기가 분명하다. 어느 나라가 천하를 얻을 때 전투가 없을 수 있겠는가? 세상에 전투가 벌어지면 많은 백성들이 고통을 당하는 것은 예로부터 오늘날에 이르기까지 마찬가지이거늘, 악심을 품은 자들이 몽골을 부정적으로 말하면서 자신의 독설을 드러내어 만 대에 해악을 알렸다. 그렇다면 그것은 진정 하늘의 때로, 하늘을 거스르려는 생각이 아니란 말인가? 또 그들의 『강목』에서 말한 대로 오늘날 한인들은 몽골 가정에 종보다 더 많거늘 지금 또 몽골에 대해 말한 것이 크게 부합한단 말인가? 특히 이는 자기 아버지를 거스르는 것이 아닌가? 또 어찌하여 이처럼 하늘을 거스르고 아버지를 거역하며 이러한 마음을 품고 이상한 말을 하는 것인가?.

이해 3개로의 병사가 모아들인 60개 이상의 주, 군, 현을 투항시켰다. 또 금나라 중도, 통주, 순주, 진정, 청주, 옥주, 대명, 동평, 덕주, 비주, 해주 등 11개 큰 성을 얻었다.[9] 한편 남쪽 지역의 전리품을 몇백만 대 수레에 실어 북방 고국으로 보냈다. 또 섣달 서하의 군주 이준욱은 몸소 정주성을 함락시키고, 세 개 성의 후한 전리품과 공물을 보내왔으며, 칭기스 칸을 알현하고 절을 올렸다. 칸은 준욱을 크게 칭찬하고, 후한 상을 내리고 큰 연회를 베풀어 주었다. 요동의 야율유가가 빼앗은 성의 수를 기록하고, 자신의 둘째 아들을 시켜 후한 공물을 보내 칸

9 본문에는 이 11개 성읍을 점령했다고 했지만, 『원사본기』 1에 보면 이 11개 큰 성읍만이 함락을 면했다고 언급하고 있다.

을 알현하고 절하게 했다.

칭기스 칸은 두 나라의 군주를 맞아 그들을 함께 새해 명절 대연회에 초대해 큰 상을 내렸다. 그리고 손수 술을 따라주며 문무백관을 위로하고, 그들의 공로를 치하했다.

사관 인잔나쉬의 시 한 수

성조 칭기스 칸은 영제가 죽임을 당할 것을 미리 살펴 아셨네
못된 위왕이 죽을 때 불현듯 몽골을 생각했네
용이 한 번 일갈하면서 하늘의 위엄을 떨치고
패역한 자를 벼락같은 기세로 제거했네

제46장

연륜 있는 오랜 나라를 멸하지 않는 성조의 은덕은 장구하고, 위선적인 마음을 바꾸지 않는 금나라의 간계는 참으로 많도다

갑술년甲戌年, 대몽골국의 칭기스 칸 9년, 송나라 영종 황제 가정 7년, 금나라 선종 정우 2년. 이해 성조 태조의 나이 53세였다.

한편 칭기스 칸은 대군을 이끌고 진성의 북쪽 산동山東에 주둔했다. 여러 친왕과 대신들은 금나라와의 전투에서 승리하자 경축의 예로 대연회를 베풀었다. 이때 몽골 지역에서 여러 태사들이 와서 경하하며 칭기스 칸에게 절하고, 태후와 황후의 문안 인사를 전해왔다.

그때 여러 태사와 태보, 친왕, 대신들이 칸에게 고하기를 "폐하께서 열세 살 때부터 위로 강인하신 열조의 원수를 갚기 위해 군대를 조직하기 시작해, 이제 춘추 쉰셋이 되시도록 40년 동안 온갖 신고를 겪으시면서 분투해 오셨습니다. 이제 금나라의 60개 이상의 지역을 정복하고, 열 개 관문을 함락시키고 모두 통로로 만드셨습니다. 작년에 점령하여 빼앗은 성들은 우리 병사들이 철수하자마자 금나라가 다시 병사를 파견하여 지키게 하고, 우리는 다시 반복해 병력을 소모해 가며 싸워 되찾게 합니다. 그때 회복한 지역 모두에 우리의 병사를 주둔케 하고, 관리들에게 지키게 하면 우리 병력의 수가 줄고 장수가 부족해질 것이며, 병력이 분산되기 때문에 성을 지키게 하지 않았습니다. 특히 우리 몽골이 폭력적으로 행하여 성의 백성들을 지나치게 힘들게 하여, 민심을 잃고 나라의 근본에 해가 될까 두려워 잠시 몇 년간 상황을 지켜보려고 했습니다.

이제 크고 작은 주, 군 성읍 전체 60개 이상을 정복하고, 또 모두 그대로 두는 것은 매우 아까운 일이요, 애써 얻은 노고가 헛되게 될 것입니다. 이에 폐하의 군대가 철수하자마자 곧바로 금나라 병사들이 다시 들어올 것이고, 그러면 또 싸워서 찾아야 합니다. 이러한 일로 힘을 쓰게 되면 엄청나게 힘이 들 것입니다. 비록 60명의 다른 관리들을 두고, 60개 군단으로 나누어 성에 지내게 하는 일보다는 작은 일이지만 전투의 그 불안감은 결코 쉬운 일이 아닙니다. 아무리 생각해도 폐하께서 궁의 위아래 사람들을 모두를 데리고 이 금나라에서 지내신다면, 이 40년 동안 애쓰신 공과 신고가 헛되지 않을 것입니다. 폐하께서 이곳에 지내신다면 반드시 견고한 성이 필요할 것입니다. 이 지역은 우리 북방 지역과 비교할 수 없습니다. 만약 견고한 성을 찾으시면 금나라의 연경-중도[1]보다 상급지는 없습니다. 폐하께서 이 승리의 여세를 몰아 중도를 포위해 정복하는 것이 옳을 것입니다. 중도를 점령하여 빼앗는 것이 무엇이 그리 어렵겠습니까? 우리나라 군대가 60여 개의

1 연경은 춘추전국시대 연나라 수도. 중도는 금나라 수도로 두 지명 모두 오늘날 북경을 이름.

성을 점령하면서 상당히 훈련이 되어 강해졌기 때문에 폐하의 명이 일단 내려지면 곧 중도를 점령하게 될 것입니다.

금나라는 비록 송나라와 요나라를 정벌하여 나라를 세웠지만, 우리 몽골보다 앞서 있었던 중원이라 하여, 폐하께서 큰 은덕과 깊은 사랑으로 인간의 근본을 끊지 않고 관대히 취하실 것입니다. 그러나 금나라의 중국 황제는 이를 알지 못합니다. 다만 이를 헛된 말로 여기고 언제든 우리가 그의 중도를 파괴할 수 없다고 생각합니다. 그렇지 않다면 그가 어찌 투항하러 오지 않겠습니까! 이제 성군 폐하께서 그들 황제를 해치지 않고 관대히 대해도, 그들은 우리의 은덕이라고 생각지 않을 것입니다. 그러니 폐하께서 이제 그들의 황제 칭호를 폐하심이 옳을 것입니다. 금나라가 만약 거꾸로 우리를 이긴다면 반드시 우리의 뿌리를 끊을 것이요, 그렇게 하지 못한다면 원한을 품을 것입니다. 또 금나라 백성이 비록 거지가 되어 지내도, 그 금나라 황제라는 하나의 명칭을 가지면 나라의 많은 백성들이 특별히 그를 군주라 하고, 필시 우리 대국을 외적으로 보고, 도적이라고 할 것입니다. 금나라 황제 칭호가 하루아침에 멸하게 되면, 그들 백성들은 비로소 결심을 하게 될 것입니다.

폐하께서는 검과 도끼가 난무하는 속을 다니시며 40년의 세월이 흘러 지금에 이르게 되었습니다. 목하 금나라의 뿌리를 잘라내시는 것을 어찌 그토록 주저하시는 것입니까? 고대 칸들이 나라를 세울 때 어떤 나라를 정복하고, 그 나라 황제를 그대로 남겨두었단 말입니까? 비록 남겨둔 예가 있다 하더라도 이미 힘없고 의미 없는 칭호를 내려 주어 어떤 한 지역에 유폐시켰습니다. 그렇게 해야 비로소 나라를 하나로 결집시킬 수 있고, 만대에 이르기까지 대업을 이루어 불안이 없게 될 것입니다"라고 했다.

그러자 태조 칭기스 칸이 이르기를 "과인이 북방 모래땅에 태어나 문무백관 그대들이 사력을 다해 분투하여 옛 베데국의 국호를 버리고, 대몽골국을 이루었소. 내가 황제 지위에 오르지 않았던 것은 귀한 지위를 좋아하지 않아서가 아니라, 모름지기 황제된 자의 덕에 이를 수 없지 않을까 생각했던 것이오. 나중에 조정의 백관들이 보위에 오를 것을 여러 번 간언하기를 멈추지 않아, 내 할 수 없이 우리의 옛 고향인 인도에서 대사를 일으키고, 세상의 정해진 법도에 따라 황제의 보위에 오르고, 진정 대칸이 되겠다고 만 리 길을 힘들게 갔소. 그때 뜻하지 않게 황금 털이 달린 짐승이 길을 가로막고 절을 했소. '이는 분명 천부의 뜻이다. 분명 내게 대칸에 오를 덕이 없다'라고 생각하고 나라로 돌아왔소. 그러자 여러 대신들이 간곡히 주청하여 과인을 칸의 보위에 오르게 했소. 내 이미 칸이 되었기에 이제 칸의 덕을 행하여 옛 황제들의 근본을 끊지 않으면서 모든 혼란을 평화롭게 안정시키겠다고 하자 여러 대신들께서 또 반드시 금나라의 뿌리를 끊어 없애라 하고 있소.

내가 들은 바로는 세상에 만 년 황제는 없고, 천 년의 나라도 듣지 못했소. 모든 것이 늘 교대되며 돌아가거늘 이제 내 비록 몽골을 건국하고, 금나라를 공격하여 정복해도 마침내 멸망할 때가 오는 법이오. 그때 그 저항하던 상대편이 언젠가 또 우리 자손을 뿌리채 끊어버릴

거라 할 것이오. 짐이 위세를 크게 떨칠 때 금나라, 송나라의 뿌리를 끊어 버리면 천 년 뒤에 사직의 천수가 다하고, 우리 자손이 훗날 또 송나라, 금나라처럼 쇠약해져 갈 때 나라를 빼앗은 상대편 나라가 또 우리의 뿌리를 끊겠다고 십분 생각하여도, 우리의 이 시대에 선한 마음으로 행하면 하늘이 내 자손의 뿌리를 분명 끊어지게 하지는 않을 것이오.

우리 자손들이 많이 태어나 번성하면, 그 가운데 덕과 지혜를 가진 자가 태어나지 말라는 법은 없소. 덕과 지혜를 겸비하면 다른 자 밑에서 살지 않을 것이오. 이렇게 5백 년 1천 년 사이에 또 반드시 다시 흥성하는 때가 올 것이오. 이것은 나의 천백 년 자손을 위해 생각하는 일이오. 그러기에 내 이 생애 무슨 일이 있어도 옛 중원-송나라와 금나라의 종묘를 없애거나 황제를 죽이지 않을 것이오. 이것은 내가 남쪽으로 공격해 올 때 이미 굳힌 생각이오.

하지만 경들께서 좋은 계책을 올려 다른 곳에 옮겨 지내게 하는 것은 가능할 것이오. 금나라가 비록 옛 요나라의 종묘를 없앴지만, 과인은 금나라의 종묘를 멸하지 않을 것이며, 그러면 하늘이 점차 나의 진실과 덕에 부합하게 하실 것이오. 이를 깨닫지 못하는 어떤 자들은 과인이 이 같은 은덕을 지니고 있으면서 '어찌 군대를 이끌고 남쪽으로 가는가? 병사들에 의해 공격을 당하고 죽임을 당하는 그들 백성을 어찌 가엾이 여기지 않는가? 금나라 군주가 다스리는 백성이라는 1만 명의 사람을 공격하고 죽이면서 어찌 한 사람에게 그처럼 관대히 대하는가?'라고 생각하고 또 말하는 자들이 있을 것이오. 그것은 하나만 알고 둘은 모르는 것이오.

여러 대신들은 입장을 바꾸어 생각해 보시오. 전투에서 죽은 자는 다만 한쪽 편에서만 나오는 것은 아니오. 승패의 구별이 있기 때문에 그것을 아울러 생각해야 하지 않겠소? 비록 수많은 자들이 죽지만 모두 그가 싸우다가 화로 죽은 것이기에 그것은 이른바 스스로 죽는 것이라 할 수 있소. 그러니 백성이 죽는 싸움을 벌이지 않고 올바로 투항하는 경우, 우리 군대는 그러한 사람을 단 한 명도 죽이지 않소. 그렇게 한 명의 백성도 헛되이 죽이지 않았거늘 내가 어찌 그 나라 군주를 애써 찾아 죽이겠소?

진실로 과인이 중원을 지배할 덕을 지녔다면 금나라의 황제가 있다해서 나의 황제의 과업을 없애지 못할 것이오. 그 한 사람을 죽여 내게 얼마나 유익이 있겠소? 황제라는 것은 많은 이를 다스리는 자요, 많은 이를 다스릴 수 있을 때 황제라 하는 것이오. 금나라가 망해 나라가 없는데, 황제라는 칭호를 하나 가지고 있는 것이 무슨 황제라 할 수 있겠소? 이것만 가지고도 참을 수 없는 일이거늘 이들 자손을 멸함으로 내게 무슨 유익이 있겠소? 이를 또다시 생각해 보면, 과인의 예전 베데국을 타이치오드가 계속 능멸할 때 우리는 얼마나 이를 갈았소? 그런데 이제 3년 동안 금나라의 대부분을 점령했소. 이는 곧 금나라에 치명적인 일인데, 또 특별히 그 군주를 죽이고, 자손을 끊을 필요가 있겠소? 그 한 사람의 목을 베는 것이 또 중도를 점령하는 데 무슨 필요가 있겠소?

요 몇 년 동안 금나라는 다시 반복해서 화친할 것을 요청하는데도 불구하고, 내가 윤허하지 않은 것은 모든 것은 과인이 결정할 일이기 때문이오. 항상 앞을 내다보며 심사숙고함으로 세상의 근본을 세워주면, 나의 선의로 인해 내 자손들이 잘 살아가게 될 것이오. 그리고 하나의 송나라 하나의 금나라뿐 아니라, 수십 개의 금나라, 송나라도 평정할 수 있을 것이오. 다만 내가 쌓은 선한 공덕이 훗날 자손들에게 만대의 양식이 될 수 있기를 바랄 뿐이오"라고 했다[원주] 이 시대 비록 나라를 잃고 600년 이상이 되었지만 100개 이상의 기(旗)에 또 왕과 베일, 베이스, 공, 타이지 등이 있는데, 이것은 몽골이 원나라가 행했던 선한 보응을 받는 것이라 할 수 있다. 예전에 몇천 세대를 이어온 나라가 아니어도 이런 상황이 된 것은 성군 태조께서 근본을 잘 세우신 은덕의 결과라 할 수 있다.

한편 문무백관과 친왕, 대신들은 칭기스 칸의 사려 깊고, 멀리 내다보는 안목에 탄복하며 절했다. 금나라 군주 선종 완안순은 몽골군이 가까이 진격해 오자 밤낮으로 불안에 휩싸여 사람을 보내 거듭거듭 화친할 것을 요청했지만, 모홀리가 이를 받아들이지 않고 거절했다. 잠발은 금나라가 자신의 부친을 죽인 원한을 품고 있었기 때문에 죽어도 원수를 그대로 두지 않고, 오직 성을 점령할 것을 생각하며 진격해 들어갔다. 그는 오랫동안 이 중도를 점령할 것을 생각했다.

그 사이에 금나라 황제는 곧바로 군대를 모아 요동의 야율유가를 대왕에 봉하고 함께 몽골과 싸우자고 하며 상후라는 태부에게 후한 예물을 주어 보냈다. 태부 상후가 요동에 이르러 야율유가를 만나 황제가 자신을 보낸 정황을 자세히 고했다. 그러자 야율유가는 사신을 조금도 멸시하는 태도를 보이지 않고, 극진히 존중하며 좋은 말로 자신의 진심을 전했다.

"대신께서는 모르시는 것 같소. 하늘의 때가 이미 몽골로 돌아섰소.

북극성이 하늘 북방 가운데서 빛을 더하고 있소. 금나라가 이미 요나라를 공략했지만, 이곳은 나에게 속한 땅이 아니니, 내가 화친하는 것을 좋아하지 않을 이유가 어디 있겠소? 다만 금나라에 투항해도 결국 금나라는 몽골에 투항하게 될 것이고, 그 사이에 나 또한 함께 패망하게 될 것이오. 그렇기 때문에 어쩔 수 없이 마음을 단단히 먹고 하늘의 뜻에 따라 몽골에 투항했소. 몽골인의 성정은 비록 무례하고 거칠지만, 이제 하늘의 별이 모두 몽골에 모였으니 누군가 이를 거역하면 그는 곧 하늘을 거스르는 것이 될 것이오. 역천자逆天者가 어찌 오래 버틸 수 있겠소? 내가 하는 이 말은 조금도 내 마음대로 지어서 하는 말이 아니오. 귀하신 대신께서 천문을 연구한 지 오래되셨지만 마음을 다해 살피시지는 못하신 것 같소. 가까운 현자들에게 물어 대략 천문을 알게 되면 이제 모두가 몽골을 맞아 귀순하게 될 것이오.

새로이 힘을 회복하여 떠오르는 하늘을 따르지 않고, 어찌 천수를 다한 금나라에 투항하겠소? 금나라가 나를 해칠 생각이 없는지는 논하지 않겠소. 금나라 조정에서 나를 대하는 바가 참으로 진실되고, 분명하다 해도 귀순하지 않을 것이오. 금나라 병사와 백성들의 마음은 모두 몽골에 기울어졌고, 그 신하들은 물질적 이득이 될 기회를 얻음으로 모두 마음이 변했소. 몽골의 위엄은 번개와 같고, 몽골의 은혜는 비와 같은데 백성들이 행복을 좇아 귀순하지 않을 일이 있겠소?"

이런 일련의 말에 상후는 꿈에서 깨어난 것처럼 정신이 번쩍 들었다. 야율유가의 큰 걸음걸이의 보폭이 다른 사람들보다 넓고 위엄이 있었다. 실제 그가 금나라에 있을 때 사천관을 비판하는 것을 몰래 들었기 때문에 이날 그가 하는 말을 듣고 마음이 감동되어 곧 야율유가에게 귀순하고, 사람을 보내 자신의 처자를 데려오게 했다. 그러자 야율유가가 크게 기뻐하며 국사를 그와 함께 논의했다.

이를 듣고 금나라 선종 완안순이 크게 진노해 만노萬奴[2]라는 동부지역 대장에게 40만 병력을 주어 요동의 야율유가를 공격하도록 보냈다. 그러자 야율유가가 이미 몽골의 칭기스 칸에게 사신을 보내 표문을 올리자, 칸이 금나라 가까이 있었기 때문에 다이산다락그치, 온지가이, 손지가이, 볼로, 소르탈트, 알흐, 수흐, 후데르 부스, 후렐 부스 이 아홉 명의 장수에게 병사를 내어 주어 금나라 군대를 추격하도록 보냈다.

한편 금나라 군대가 요동의 병사와 마주쳐 대치하고 있을 때 몽골군대가 추격해 와 후방을 공격하자 요동의 병사들도 협공을 했다. 그러자 금나라 병사들이 크게 사기가 꺾여 혼란이 일어나고 병사들이 도망쳤다. 몽골군은 야율유가의 병사들과 함께 이틀 동안 그 뒤를 추격하여 금나라 병사들을 무참히 살육하자, 금나라 병사들이 무거운 병기와 물건들을 모두 버리고 달아났다. 이때 죽임을 당한 금나라 병사의 수가 수천에 이르렀다.

그러자 만노는 패잔병들을 모아 동경東京으로 들어갔다. 이때 야율유가는 몽골군을 마음을 다해 존대하고, 칸의 은혜에 절하며 많은 장병에게 금은으로 상을 내리고, 전리품으로 얻은 수천 대의 수레, 갑옷, 무기 그리고 금은보화를 공훈을 세운 신하들에게 상으로 나누어 주게

---

2 포선만노를 이른다.

했다. 그리고 사신을 보내 표문을 올리게 하고, 칭기스 칸의 은혜에 감사를 전했다. 이 일로 요동이 이미 몽골군의 편이 되자, 금나라 속지인 안동安東의 동지사 아림이라는 신하가 야율유가를 두려워하여 자신의 성시와 속지의 제반사를 모두 야율유가에게 고하고 물었다. 야율유가는 이러한 정황을 자세히 살펴 칭기스 칸에게 고하도록 했다.

오래지 않아 칭기스 칸은 조서를 내려 야율유가에게 아직 빼앗지 못한 요동의 지역을 서둘러 정복하고, 모든 것을 하나로 통합하라고 명했다. 또 지역의 습속에 따라 다스리고, 민심을 모으려면 반드시 그에 도움이 되는 공명을 세우고, 요동을 평정한 후에 직접 와서 자신을 배알하라고 했다.

그러자 야율유가는 그 명에 따라 군대를 점검하고, 요동의 백성을 다스리며 작은 성읍들을 수복하여 현파시[원주] 이 시는 개원시에서 서북쪽에 있으며, 현재도 있을 것이다에서 지냈다. 백성들은 그를 제갈공명이라고 불렀다.

한편 금나라는 좌익 원수 이랄도에게 10만의 병력을 내어 주어 야율유가를 공격하게 했다. 그러자 야율유가는 한편으로 사신을 보내 칭기스 칸에게 알리도록 하고, 자신은 곧바로 상후와 함께 15만 대군을 지휘하여 협곡의 깊은 구렁을 찾아 병사들을 매복시켰다. 그리고 자신은 소수의 병사를 이끌고 접근해 오는 금나라 병사를 맞아 싸우기 위해 산으로 들어가서, 갑자기 대군을 이끌고 급습하자 금나라 장수 이랄도는 계략에 빠진 것을 알고 왔던 길로 달아났다.

그때 산의 협곡에서 상후의 1개 군단의 병사가 나와 싸울 때 이랄도는 급히 산어귀 길로 빠져 나가려고 했다. 그러나 앞으로 열 지어 있던 구덩이가 꺼져 수많은 병사들 사이에서 큰 혼란이 일어났다. 그때 요동의 병사들이 꼬리를 물고 나와 당근을 베고 풀을 베듯 금나라 병사들을 살육하여 죽은 시신이 산협에 가득했다. 그러자 금나라 군대는 대패하고 달아났다. 금나라의 이랄도 군대의 반수 정도가 상처를 입고, 8천 명 이상이 죽임을 당했다. 야율유가는 승리한 전황을 또 칭기스 칸에게 보고했다.

이해 봄 마지막 달 칭기스 칸이 대장막에서 나와 요동의 병사가 전한 서한을 보고 있을 때 중도에서 금나라 군주인 완안순이 화친을 청하기 위해 또 사신을 보내왔다. 스스로 태조를 손위 형님으로 삼아 예를 다해 우호적으로 지내겠다고 하자 칸이 은근한 미소를 지으며, 젤메와 잠발에게 답신을 주어 보냈다. 금나라 군주 완안순은 당도한 사신을 존중의 예로 후하게 대접하고, 서한을 펼쳐보았다.

그 내용은 이러했다.

몽골국의 칭기스 칸은 금나라 군신에게 서한을 보내오. 예로부터 오늘날에 이르기까지 지식과 능력, 권력과 덕을 두루 갖춘 사람이 천하를 다스리고, 진정한 마음으로 만국의 백성을 자애로써 평안케 했소. 그렇게 지덕이 없는 자가 지덕을 가진 자에게 지위를 선양하여 만백성을 다스리게 하고 세상을 평정시켰소. 이제 그대의 금나라는 자식이 부모를 해치고, 신하가 군주를 죽이고, 형제가 서로 다투고, 백성들이 군신들을 반역하는 등 이미 권세도 덕도 지모도 없는 하극상에 이르렀소. 그러니 이제 백성과 조상을 위해 태도를 바꾸어 일찍 황제의 보위에서 물러나기 바라오. 오늘날 북방에는 12명의 군주와 75

개 부족이 있소. 남쪽 지역에는 송나라, 서하, 요나라, 거란 등의 나라가 있소. 이들 나라들은 서로 다투며 400년 이상 천하의 사람들을 잠시도 평안히 지내지 못하게 했소.

나는 하늘의 명에 따라 한결같은 마음으로 13세부터 군대를 조직해, 사방으로 다니며 싸워 75개의 작은 부족과 12명의 큰 나라 군주를 평정했소. 서북쪽으로 탕구트와 티베트, 네팔, 위구르, 회회, 백회회, 검은 사르탁그친, 동쪽의 개머리국, 여인국 등의 많은 나라의 난을 평정하고 하나로 통합한 연후에 황제가 되어 평안한 날을 보내겠다고 했소. 내 나이 45세 때에 남쪽 금나라의 유중로, 유복, 동흠 등이 견디지 못하고, 내게 송사하기 위해 왔었소. 금나라 사람들이 나의 친족인 사인 부호 칸을 죽였다는 것을 비로소 알고 진격하려 했지만, 그대 나라 백성들이 고통을 받을 것을 생각하여 여러 차례 사신을 보내 그 일의 진상을 말하게 했소.

그러나 당신들은 전혀 예도가 없을 뿐 아니라, 도리어 나를 당신들의 종처럼 여기며 사신을 보내왔소. 또 나를 속여 데리고 가 죽이려고 했을 때 나는 이미 그것을 알고 있었소. 또 당신들이 이전 군주를 모해하고, 국모를 죽였을 때 부득이 우리 군대를 출병시켰소. 이에 하늘이 공의를 지지하여 적은 우리 병사들의 수로 많은 병사들을 차례로 누르고, 수많은 지역을 점령했소. 종놈들이 자신의 군주를 음해하고, 국모를 죽였소. 이처럼 몽매히 죽을 때 그대에게 하늘의 때를 보였거늘 내가 또 괴롭혀서 무엇하겠는가 하고 다만 다른 나라와 성省을 점령하고, 그대들 스스로 알기를 기다렸지만, 그대는 자신의 정도를 추호도 알지 못하고 하늘을 거역했소. 특히 갖가지 망령된 행동을 그치지 않아 당신들의 산동, 하북 등의 성을 점령하여, 오늘날 그대 나라의 60개 이상의 성이 모두 나의 소유가 되었소. 또 동쪽에 요국과 서쪽의 서하가 사력을 다해 분투하고, 좌익 부대는 하동으로 출병하여 힘껏 싸워 그대 주위의 모든 지역이 내게 속하게 되었소. 이제 그대에게 속한 몇 개의 성 외에 다른 것은 없는데 또 무엇을 생각하는 것이오? 내 수하에 있는 왕과 대신, 신하, 장수들의 용맹무쌍함으로 그대 나라의 중도뿐 아니라 몇십 개의 중도라도 모두 점령하여 끝장낼 수 있소. 다만 내가 차마 사람들을 해칠 수 없어 마음을 굳게 하여 공격을 하지 않고 지금에 이르렀소. 진정 나의 말이 지나치다고 한다면 60여 개 성을 점령할 수 있는데, 하나의 중도를 점령하지 못할 이치가 있겠소? 그대가 마음 깊은 곳에서 하늘의 때를 깨달아 큰 고통에서 벗어나, 황제의 칭호를 내려 놓으면 공격하지 않겠다고 생각했소.

그러나 그대는 또 깨닫지 못하고 다시 반복해서 화친을 청하고 있소. 만약 그대가 헛된 황제의 칭호를 버리고, 목숨을 보존하고자 한다면 황제의 보위를 내려 놓으시오. 그리고 산동과 하북의 여러 지역을 내게 바치면 내가 그대를 왕으로 봉해 오래도록 평안히 지낼 수 있게 해주겠소! 그래도 나의 많은 장병들의 기상이 조금도 식지 않을 것이오. 특히 그대의 종묘를 폐하고 금나라의 민심을 꺾어, 천하를 평안케 하려는 나의 뜻을 멈추게 하지는 못할 것이오. 만약 믿지 못하겠다면 나의 친왕과 대신들에게 물어서 알도록 하고, 나의 답이 있는 칙서를 잘 살펴보시오.

또 나의 두 신하를 성에 데려가서 장수들에게 후한 예물을 준비하고, 향연을 베풀어 그들 앞에서 화친을 청하시오. 내가 여기서 그대에게 작은 길을 내어 줄 방법을 생각해 보겠소. 이제 그대는 그저 대가 없이 화해를 기다려서는 아니 될 것이오. 내가 일단 중원을 평정할 것이라고 약조하고 먼저 출병했거늘 백관들과 수많은 병사들이 분투하며 전진하는 것을 어찌 막을 수 있겠소? 모두 나 한 사람을 위해 생명을 바치는데, 내가 나무라며 어찌 막겠소? 그대가 잠시 살길을 찾는다면 나의 신하들에게 후한 예물과 향연을 베풀어 그대의 뜻을 청하시오!

금나라 군주와 대신들이 이 칙서를 보고 금나라를 정복하는 것이 몽골 대신들의 손에 달려 있다는 것을 알고, 권세를 가진 대신들의 안색이 모두 흐려졌다. 이에 좌승상과 부원수가 선종에게 고했다.

"타타르인들은 1년 내내 사방으로 정벌하여 말들이 지친 지 이미 오래되었습니다. 이 기회에 우리 성시 안팎의 병사 100만 명을 뽑아 일시에 공격해 그와 일대 결전을 벌이는 것이 옳을 것입니다."

그러자 옆에서 우승상 완안승휘가 제지하며 고했다.

"아니 됩니다. 아니 됩니다. 우리가 병사들을 성내에 데리고 있지만, 그들 가솔과 처자들은 모두 성 밖 산길에 있습니다. 몽골군이 우리 식량을 빼앗아 여러 길의 우매한 백성들에게 나누어주면서 그들 마음을 살 것입니다. 이들 백성 역시 모두 이런 기회를 찾고 있습니다. 만약 지금 몽골과 접전한다면 수많은 병사들이 모두 처자가 붙잡히는 것을 두려워할 것입니다. 둘째, 백성들은 몽골군이 나누어주는 식량을 기꺼워하며, 반드시 항복할 기회를 찾게 될 것입니다. 우리 편의 많은 자들이 모두 속수무책 붙잡히게 될 것입니다. 병사들이 자신의 처자를 보호하지 않고, 우리를 지킬 이유가 있겠습니까? 다른 지역의 병사를 선발하기 위해 오늘 공고를 하면 내일 모여서 곧바로 몽골군이 성을 공격할 것입니다. 일단 이렇게 일이 벌어지면 사직이 평안할 수가 없고, 나라를 지키는 일이 매우 어렵게 됩니다. 이러한 불안을 어찌 기약할 수 있겠습니까? 평화로운 길을 택해 온갖 귀한 예물과 사신을 보내 우호적으로 잘 지내는 것이 좋을 것입니다. 그들이 온 후에 다른 좋은 계책을 생각해도 되지 않겠습니까? 만약 후에 변고가 생긴다 해도 어느 정도 여유가 있을 것입니다. 이제 군대를 일으켜 항거하면 물러설 길이 없지 않겠습니까?"

금나라 군주 완안순은 완안승휘의 말을 옳게 여기고, 곧바로 몽골의 명을 받아들였다. 그리고 사신에게 우호적으로 대하고, 귀순 서한을 완안승휘에게 주어 보냈다. 완안승휘는 칭기스 칸 앞에 무릎을 꿇고 서신을 올리며 칭기스 칸의 명을 충실히 따를 것을 약조했다. 칭기스 칸은 여러 신하들에게 서로 상의하여 결정하라고 명했다.

그때 금나라의 이전 황제인 위왕 영제의 딸 귀국 공주를 위시하여, 춤과 창극을 익힌 5백 명의 어린 소녀와 내시, 비와 빈 100명, 준마 3천 필, 금, 진주, 청금석, 산호, 비단류 등 궁전에서 사용하는 온갖 귀한 물품과 의상, 군대의 갑옷, 무기, 장막 등 총 5백 수레를 몽골에 보냈다. 이 한 번의 후한 예물로 인해 금나라 국고가 크게 축났다. 이 같은 예물을 보내오자 칭기스 칸은 서한을 보고, 여러 친왕과 태사, 태보 등을 향해 "다른 이역에서 귀순할 때 특히 이런 여인들을 첫 번째 예물로 삼는 것은 짐의 정의로운 이름을 더럽히려는 것이 아니겠소? 이것은 대체 무슨 의도란 말이오?"라고 하자 친왕과 대신들이 고했다.

"그것은 신물信物 삼아 올리는 것입니다. 예전에 송나라 역시 금나라에 공주를 보냈기 때문에 그 예법을 귀히 여긴 것입니다."

그러자 칭기스 칸이 이르기를 "금나라 사람들은 색을 탐하기 때문에 송나라가 그들의 뜻에 따라 여인들을 보낸 것이오. 나는 다만 장수와 병사들에게 후한 선물을 보내고, 장병들의 분노를 가라앉히라 했던 것이오. 짐을 즐겁게 하라고 한 것이 아니었소. 세상이 한 집안이 되어 평안하고 태평하면 그것이 곧 짐이 기뻐하는 바요. 일개 작은 소녀와 5백 명의 기녀, 풍부한 금은보화를 내가 어찌 기뻐하겠소? 그 가져온 비단옷과 말, 피륙 등은 나의 군대 전체에 필요한 것이기에 그것은 받을 수 있을 것이오. 그 보낸다는 여인들은 그만두게 하는 것이 낫지 않겠소?"라고 하자 모홀리가 나와 고했다.

"주군이시여, 바다와 같은 마음으로 먼 것을 생각하시어, 금나라에서 보내려는 예물을 모두 가납하심이 옳을 줄 사료됩니다. 공주를 가납하지 않고 예물을 받으시면 그들은 우리를 속이려는 생각을 품을 것이고, 다시 오지 않을 것입니다. 주군이시여, 대업을 이루시기 위해 작은 것은 무시하심이 어떠하신지요? 폐하께서 여색을 좋아하신다는 이름은 적고, 폐하께서 대업을 이루시는 뜻과 금나라가 공주를 바치고 귀순했다는 이름은 큽니다. 그들이 귀순한 뒤 어찌 이끄는가는 폐하의 은덕에 달린 것입니다."

그러자 칭기스 칸이 어쩔 수 없이 그 뜻을 가납하고, 금나라 예물을 모두 받아들였다. 그리고 금나라 군주를 동해군후東海君侯로 봉하고, 조서를 모홀리에게 가져가게 해 금나라 중도에서 보내온 서신에 대한 답을 보냈다. 모홀리가 대군을 이끌고 갈 때 금나라 군주 완안순은 몸이 아프다는 핑계를 대고 나오지 않았다. 대신 승상 완안복과 완안승휘로 하여금 일행을 맞게 했다. 특히 귀순한 장수 곽괄에게 함께 나가 영접하게 했다.

몽골군의 장수와 병사들은 남쪽 두 개 강과 산동, 하북의 여러 성들을 공격했다. 그때 저항하던 성들 가운데서 포로로 잡은 젊은 장수들을 종으로 삼겠다고 칸의 눈앞에 보이자 칭기스 칸이 말하기를 "이들을 데려가 우리 북방에 적응하지 못해 고통을 주느니 차라리 큰 은혜를 베풀어 집으로 돌려보내는 것이 낫지 않겠소? 우리는 이곳에서 오래 머물지 않을 것이오. 그들로 무엇을 하겠소?"라고 했다.

그리고 몇십만의 금나라 병졸들을 고향으로 다시 돌려보내자, 백성들이 그 은혜에 감동하여 눈물을 흘리며 산천이 진동하도록 "만세!"를 외쳤다. 이로 인해 자발적으로 귀순한 자도 수천 명에 이르렀다.

한편 칭기스 칸이 오논강 몽골 땅으로 돌아올 때 첫 번째 영접단으로 두 아우 친왕이 일행을 맞았다. 이때 몽골 지역에 있는 사르탁그친, 위구르 병사들이 뒤쫓아 가다가 많은 한인이 두려워하는 것을 보고 그들을 붙잡아다 자기 나라에 종으로 삼겠다고 그 뒤를 추격했다. 그러나 한인들이 모두 도망쳐 사르탁그친과 위구르 병사들은 수백 명 가운데 자신들의 종으로 삼을 자를 한 사람도 얻지 못했다. 그런 가운데 사르탁그친과 위구르 병사는 저항하던 수십 명의 병사를 살육했다[원주] 하지만 『강목』에서는 몽골을 부정적으로 언급해 몽골이 돌아갈 때 산동과 하북성 가운데 수십만 명의 남녀노소를 남김 없이 몰살했다고 기록했다. 이 말은 우습지 않은가? 몽골이 그들을 이동시켜 일을 시키고 다시 돌려보내는데, 백성을 죽이는 것이 전투에 무슨 도움이 되겠는가? 또 우둔한 몽골인의 어리석음을 비웃지만 데려온 백성들을 어찌 필요 없다고 죽이겠는가? 이것은 한인 사서들이 몽골을 유독 부정적으로 말하고 폄하하려는 얄팍한 시기심의 발로임을 알 수 있다. 나쁘게 말하면서 사실인 양 말하는 것이 도리에 맞단 말인가, 웃기는 일이 아닌가?.

금나라는 몽골에 거짓으로 귀순하고, 또 몽골이 자기 나라에 오지 않을 거라며 백성들의 마음을 속이고 안심시켰다. 그리고 금나라 황제 완안순은 몽골의 위엄에서 벗어나기 위해 남쪽 변경汴京[3]으로 천도하겠다고 하자 상서령尙書令 도단일徒單鎰이 이를 제지했다.

"황제의 대오가 움직여 천도하면 나라 전체의 군민이 모두 두려워하며 동요할 것이고, 북로를 지키는 병사들이 모두 흩어져 수비를 하지 않게 될 것입니다. 이제 이미 몽골과 협상하여 화의를 했으니 도의를 지키고, 뒤로 은밀히 병사를 철수시켜 그들의 마음을 사는 방법으로 이 중도를 지키는 것이 최선의 방책입니다. 원래 흥했던 우리의 땅은 요동입니다. 요동은 산을 의지하고 바다를 끼고 있어 들어가고 물러나며, 지내고 피할 곳이 있어 확고히 지켜낼 수 있습니다. 한편 남경의 사방으로 병사를 모아 또 이 땅에서 다시 흥기할 것을 생각하는 것이 옳을 것입니다. 이것이 용이한 차선책입니다."

금나라 군주 완안순은 도단일이 다시금 반복해 고하는 것을 듣지 않고 천도를 결정하자, 도단일이 죽음을 결심했다[원주] 『강목』에는 도단일을 바르고 현명하며, 사상이 매우 깊은 한 시대 명망 있는 학자라고 칭송했다.

---

3 개봉(카이펑)을 이름. 개봉은 변경, 변량, 줄여서 량이라 부르기도 했다.

그해 5월 금나라 군주 완안순은 변경을 도읍으로 삼아 천도할 때 많은 대신의 간언을 받아들이지 않았다. 평장정사이자 도원수 완안승휘와 좌승상 목연진충穆延盡忠을 남게 하여 태자 수충守忠을 지키고, 중도를 수비하도록 했다. 그다음 6궁의 태후, 황후, 빈과 비 등을 데리고 가 이주시켰다.

몽골의 파수꾼이 이미 본국으로 달려가 이 소식을 전하자, 모훌리가 이튿날 칸에게 고할 준비를 했다. 한편 몽골의 칭기스 칸은 거용관을 나와 도중에 아홉 차례의 대규모 영접단을 만나면서 고향에 당도했다. 그런 뒤 태후의 무릎을 안으며 절했다. 연이어 많은 산천에 향과 불등을 피우고 천지에 제의를 올리고, 조상들의 몽골 산천에 절하며 제의를 올렸다. 또 각 지역의 여러 친왕들과 태사, 태보, 태부, 장수, 병사, 먼 나라의 군주와 병사, 사르탁그친, 위구르의 병사 모두에게 후한 상을 내렸다. 그리고 속지의 노인들에게 작위를 봉하고 상을 내렸다. 또한 금나라 지역의 8할을 얻은 것을 경축하며 몽골의 일반 백성들도 모두 비단옷을 입고, 그 자녀들은 궁전에 들어와 날마다 태후 슬하에서 차례로 놀게 했다. 9위 상경과 대장군, 높은 칭호를 가진 젊은이들에게 상을 나누어 주었다. 다만 금나라 공주를 혼인시킬 곳이 없어 황후에게 내어 주어 딸로 삼게 했다. 황후가 보니 공주가 매우 아름답고 단정하며, 지혜롭고 사랑스러웠기 때문에 작은아들 톨리에게 아내로 삼아 주었다. 톨리도 매우 기뻐했다. 톨리 또한 원래 태생이 매우 위엄있고, 빛이 있었기 때문에 공주도 그를 존중하며 자랑스럽게 여겼다.

한편 공주는 금나라 군주 완안순을 가증스럽게 여기며 남편에게 "우리 숙부는 제가 고아라고 괴롭히며 가축의 머리 삼아 예물로 주었지만, 신첩은 부황의 깊은 은혜로 한평생을 의탁할 큰 인물을 만났습니다. 그러하오니 친왕 태자께서 만약 중도를 공격해 치신다면, 완안순을 반드시 죽여 저를 괴롭힌 원한을 갚아 주십시오"라고 했다.

이때 칭기스 칸은 나라의 정사를 모두 살피고 안정시켰다. 선의태후는 이해 나이 74세로 상당히 고령이었다. 선의태후 나이 20세에 칭기스 칸을 낳았다. 이때 태후의 옥체가 비록 건재했지만 나이가 많았기 때문에 칸은 멀리 원정을 떠나지 않겠다 하고 그 말한 바를 지키고 있었다. 그런데 갑자기 5월 말에 모홀리가 상주문을 올렸다.

"남쪽 금나라의 군주 동해군후가 주군께서 북쪽으로 떠나자마자 남쪽 변경으로 천도를 하여 약속을 어기고 우리를 속였습니다."

그러자 칭기스 칸이 대노하며 명했다.

"금나라 동해군후는 이미 내게 귀순했는데 이제 무엇 때문에 다른 곳으로 옮겨간 것인가? 대체 왜 그런 잔꾀를 부린단 말인가? 여기엔 분명 다른 생각을 품고 대항할 생각이 있는 것이오. 이 못된 한인들은 입은 부드럽고 조용히 말하면서, 속으로 나를 속인 것이니 참으로 분통이 터지지 않을 수 없소. 이 짐승 같은 자들은 어찌 죽음을 깨닫지 못하는 것인가? 그들은 진정 짐이 돌격해 들어가지 않는 은덕을 생각지 않고, 도리어 간계를 부리고 있소. 이미 사태가 이 지경이 되었으니 대원수께서는 100만 대군을 이끌고 금나라로 떠날 것을 알리고, 일부는 남겨 우리의 고토를 지킬 것을 정하고 떠날 채비를 하시오!"

그러자 여러 친왕과 대신들이 크게 기뻐했다. 한편 금나라의 군주 완안순은 양향良鄕 지역에 이르러 호위병들의 말과 갑옷 등 모든 것을 거두어들였다.[4] 그러자 많은 병사들이 원한을 품고 난을 일으켜 자신들의 대장 소온을 죽이고, 찰달, 패석륵, 찰랍이 이 세 사람을 앞세워 서둘러 북쪽 몽골 칭기스 칸에게 송사하기 위해 길을 떠났다. 그때 완안승휘가 변고가 생겨 난이 일어난 것을 도중에 듣고, 서둘러 중도의 군대를 이끌고 노구교 다리 어귀에서 기다렸다. 그런데 찰달 등의 군대가 풍화처럼 달려들어 완안승휘의 병사들을 크게 제압하고, 찰달의 군대가 위엄을 떨쳤다. 완안승휘의 병사들은 감히 대적하지 못한 채 달아나고, 찰달의 군대는 중도 가까운 노구교 아래 주둔했다.

한편 칭기스 칸에게 고할 상주문을 주어 사신을 급히 보내자, 사신이 몽골 도성에 이르러 원수 모훌리 앞으로 나가 장막 아래 무릎을 꿇고 상황을 고했다. 그러자 모훌리가 이튿날 아침 상주문을 가지고 조정에 나가 용상 앞에 올리고 상황을 고하자, 칭기스 칸이 명을 받아적게 했다.

석말명안에게 한인 병사 3만을 내어주고, 다이산다락그치, 시리 호톡 두 장수와 볼로, 소르탈트, 울렌 치르비, 폴고다이 등의 몽골군 2만을 보내고, 찰달의 군대와 연합하여 변경을 공격하여 빼앗으라. 그러나 황제를 죽여서는 아니 될 것이다. 짐의 눈을 피해 적에게 죽었다고 속이고, 몰래 죽이면 죄를 논할 것이다. 다른 사항은 적으로써 대처하도록 하라. 잠발, 제브 두 장수를 먼저

---

4 여기서 호위병은 금나라에 투항한 거란인들로, 이들은 장비와 말을 돌려달라는 말에 자신들을 차별한다고 여긴 사건.

달려가게 하여, 금나라가 약속을 무시하고 마음대로 변경으로 이주해 간 죄를 묻고, 찰달의 정황을 분명히 말하게 하라. 이것이 곧 증거가 될 것이다!

한편 모홀리는 칸의 명을 받고, 조정에서 내려와 각각의 군단에 명령을 하달했다. 석말명안은 많은 병사들을 이끌고 함께 남쪽으로 내려가서, 찰달의 대군과 연합해 곧바로 중도를 포위했다. 몽골군이 당도하자 사람들은 호랑이를 만난 것처럼 모두 혼비백산하여 성시의 문을 굳게 걸어 잠그고, 성의 정상에 올라가 성시를 지켰다.

그때 몽골 사신 잠발과 제브가 변경에 이르러 금나라의 죄를 묻는 칙서를 올리자, 황제가 또 몸이 편치 않다고 핑계를 대며 사신을 만나지 않고 서한을 전해 말하기를 "폐하께서 저를 동해군후로 봉해 주셨기에 내가 동해로 가겠다고 하자, 금나라 백성들이 제게 식량을 비축해 주겠다며 가지 못하게 만류하여, 생각지 않게 내가 가지 못하게 되었습니다"라고 했다.

그때 또 "누구를 남게 해 중도를 지켰소?" 하고 묻자 어떤 신하인지 모른다고 서한을 보내자 몽골 사신이 자신의 나라로 돌아갔다.

금나라 황제 완안순은 서둘러 사자를 보내 태자를 부르라고 명했다. 그러자 한림문지翰林文字[5] 완안소란完顔素蘭이 안 된다고 간언하자, 평장정사 술호고기가 말하기를 "주군께서 이곳에 계시면 태자를 부르시는 것이 마땅할 것이오. 그러니 그대는 경성에 있으면서, 성을 지킬 수 있

5 '응봉한림문자(應奉翰林文字)'로 관직명.

으면 그뿐이오. 어찌하여 태자를 그렇게 위험한 곳에 있게 하겠소?"라고 했다.

그러자 완안소란이 고하기를 "만약 태자께서 오시면, 신은 감히 성의 안전을 보장할 수 없습니다. 태자께서 그곳에 계시면 주군의 분신이신 태자로 인해 만백성은 안심을 하고, 태자의 위엄을 더욱 드높이면서 변방의 많은 병사들이 여러 성을 더욱 공고히 지키지 않겠냐는 것입니다. 그렇게 하면 폐하께서 천도하신 변경에 불안이 없게 될 것입니다. 옛 당나라의 명황[6]이 안록산의 난을 피해 촉 땅으로 피신해 갈 때 자신의 태자를 남겨놓음으로써 나라의 충직한 대신들이 태자를 받들어 당나라를 다시 부흥시켰습니다. 그렇게 우리 금나라도 태자를 남기시어 대국을 다시 부흥시킬 것을 생각했습니다. 이제 만약 태자를 불러오신다면 태자께서 중도를 벗어나자마자 중도는 곧 불안해질 것이며, 백성들은 의지할 곳이 없게 될 것입니다. 조석지간에 우리의 원래 흥성했던 수도가 불안으로 떨며 곧 빼앗기게 될 것입니다"라고 했다.

완안순은 그의 말을 받아들이지 않고 태자를 불러오게 했다. 그러자 중도에 큰 혼란이 일어났다.

---

6 명황(明皇, 685~762) : 당현종을 이름. 당나라 제6대 황제, 본명은 이융기이고 예종의 셋째 아들이다. 명황이라고도 부름. 정권 초기에는 정치를 잘해 수십 년의 태평천하를 구가했다. 그러나 노년에 접어들자 정치를 등한시하고, 도교에 빠져 막대한 국비를 소비했으며, 양귀비를 궁내로 끌어들인 뒤 정사를 포기하다시피 하여 권신 이임보가 국정을 대신 맡아보았다. 천보 14년 안록산의 난이 일어나 사천으로 난을 피해 갔으며, 이듬해 아들 숙종에게 보위를 양위하고 장안으로 돌아온 뒤 죽었다(임종욱, 『중국역대인명사전』, 이회, 2010, 286쪽).

그 사이에 서하국의 군주 이준욱은 병사를 이끌고 들어가 성을 포위해 공격하라는 칭기스 칸의 명에 따라 남송과 동맹을 맺고, "금나라 사천성을 공격하자"고 했다. 그러자 송나라는 기뻐하며 기꺼이 그 제안을 받아들였다. 그러나 나중에 서하의 이준욱이 20만 대군으로 금나라 사천을 공격할 때 송나라는 이 약속을 어기고 군대를 보내지 않았다. 그러자 서하 군대가 단독으로 싸워 금나라 사천을 함락시켰다.

그해 9월 몽골의 칭기스 칸은 대원수 모홀리에게 명하기를 36개로의 대오로 대군을 이끌고 금나라를 향해 진격해 들어가 약속을 어긴 죄를 묻고, 중도를 정복하라고 하자 모홀리가 예를 갖춰 절하고 곧 출정했다. 또 성시 밖 40리 지점에 이르러 장막을 치고 주둔했다. 그리고 많은 장수들을 모이게 해 곧바로 36개로로 진격해 들어갔다. 36개로의 병사들이 금나라 지역을 공격해 들어가자, 금나라 북경의 대장군 은청은 사람들을 모아 군대를 조직하고, 노약자, 일반 평민을 가리지 않고 병사를 징집해 모두 합해 20만 병력으로 모홀리의 군대에 맞섰다. 모홀리가 높은 수레에 올라 그 광경을 보고 내려와 5만 병력을 향해 명했다.

"금나라 군대는 한 무리의 살진 양을 몰아서 데려온 자들로 모두 일반 백성들이다. 우리 군대는 30년 동안 전쟁을 치러온 훈련된 병사들이다. 또 몇 달 동안 싸움을 못해보았기 때문에 이 전투는 정신이 새로워지고, 눈이 밝아지는 일이 될 것이다. 이에 어떤 계략도 필요 없다. 건조시킨 식량을 가지고, 금나라 병사들을 사흘 밤낮을 추격해 살육하라!"

이튿날 모홀리는 적군이 일어나기 전에 먼저 자신의 신병神兵을 이끌고 공격해 들어가자, 금나라의 20만 평민 병졸들이 모두 달아났다. 그들을 화도花道까지 추격하여 병사들의 반을 살육했다. 그러자 은청이 성으로 들어가 자신이 시를 지킬 때 그의 부장군인 완안습열이 원수 고덕수와 대장 은청을 죽이고, 인답호寅答虎를 원수로 삼았다. 몽골의 원수 모홀리가 사천상을 선봉으로 공격해 들어가게 하자, 인답호가 곧 성을 바치고 항복했다. 모홀리는 사천상과 함께 이자는 의로움이 없는 자라며 죽이자고 했다.

그러자 사천상이 은밀히 말하기를 "우리가 이제 상대편을 공격하는 것은 실제 의롭지 않은 행위이니, 그리 행하지 않는 것이 중요합니다. 난을 평정하고 나서 쓸 것인지 아닌지는 우리에게 달려 있습니다"라고 했다.

모홀리가 그를 칭찬했다.

"그대의 말씀이 내 생각과 같소."

그리고 인답호에게 북경北京의 모든 권한을 내어주고, 오야아吾也兒로 병마도원수의 일을 맡도록 하여 북경을 진수케 했다. 이어서 몽골군이 진격해 들어가자 신주, 성주, 익주, 통주 등의 성시 수장이 잇달아 와서 그들을 맞아 연회를 베풀고 투항했다.

또 섣달에 금나라 유주濰州에서 이전李全의 병사가 반란을 일으켰다. 금나라 장경이 산해관 밖에 있는 금주錦州를 점령하고, 현구와 마두를 쟁취하고, 요동과 요서 사이를 점령했다. 그리고 자칭 임해왕臨海王이라 하고, 사신에게 상주문을 들려서 몽골국의 칭기스 칸에게 귀순했다.

그는 몽골의 위세를 빙자하여 주위 몇백 리 사람들을 위협하며 갔다. 그 사이에 또 옛 당나라의 세 개 탑이 있는 흥중부, 동쪽으로 대선산, 남쪽으로 백란하강이 있다[원주] 이것은 서부 투메드 지역의 차오선의 세 탑 지역이다.

그 사이에 대원수 모홀리는 흥중부의 고덕옥, 유포속 두 장수에게 병사를 내어주면서 먼저 협상을 하고, 투항하지 않으면 무력으로 짓밟아 정복하라고 보냈다. 그때 고덕옥은 병사를 이끌고, 유포속은 협상을 하기 위해 흥중부로 갔으나 올리복이 말을 듣지 않자 그를 죽이려고 했다. 그때 그의 수하 신하들이 그를 지키려고 나와 큰 북을 치면서 포위했다. 이에 많은 병사와 백성들이 모여들어 곧바로 올리복을 죽이고, 석천응石天應[7]을 수장으로 삼았다. 그러자 석천응이 서둘러 사람을 보내 변을 고하게 하고, "우리가 성을 바치고 귀순하는 것을 의심하지 마십시오. 이것은 저의 뜻이 아니요, 많은 군민의 소원이기에 제가 외면하지 않는 것입니다"라고 했다.

고덕옥과 유포속 등이 올리복의 머리를 보고 병사를 모아들여 대원수에게 고하도록 보냈다. 그때 흥중부를 지키던 석천응이 또 5만 병력을 주둔시켜 기다리고, 흥중부의 동북쪽 전주全州, [원주] 이곳은 서부 투메드 지역의 동북쪽에 하르성이며, 지금도 토성이 있다에서 또 하나의 군단을 정비하고, 몽골의 대원수가 지나가기를 기다렸다가 그를 맞아 귀순할 준비를 했다.

오래지 않아 몽골 대군이 당도하자 석천응은 아군 병사를 이끌고 흥

7 석천응은 거란인으로 인물됨이 걸출하고 지도력이 있어 고향민들이 그를 많이 의지했다. 무칼리(모홀리)가 남하하자 그의 진영에 가서 항복했다. 무칼리가 위임권한을 행사하여 석천응을 흥중부 부윤, 병마도제독에 임명하고, 금나라 정벌전쟁에 나서게 했다(방기혁 역, 「석천응」, 『원사열전』 권36(e-book), 슬기야단비야, 2015 참조).

중부의 동쪽 백난하의 북부 곽산廓山, [원주] 이것은 서부 투메드 기의 옛 지역 북쪽에 있는 가운데 산이다. 금나라 황제가 사냥을 하던 곳이다 남쪽에 대군을 주둔케 하고, 대원수 모홀리에게 귀순했다.

모홀리는 그가 하늘의 때를 아는 것을 놀라워하며, "그대는 어찌 우리 거친 몽골을 믿고 귀순할 것을 아셨소?"라고 물었다.

석천응이 고하기를 "현자의 말에 따르면 '한기가 남쪽에서 일어나면 세상이 태평할 것'이라고 했습니다. 또 북극성이 북쪽에서 빛났다고 사람들이 말하는 것을 알고 귀순했습니다"라고 했다.

그러자 모홀리가 칸에게 고하여 이들 백성 모두에게 상을 하사하고, 항복한 장수에게 만호후를 봉하고, 석천응에게 대국공 칭호를 하사했다. 이 일이 어떻게 되는지 알고자 하는 독자는 다음 장에서 그 내용을 보게 될 것이다.

사관 인잔나쉬의 시 한 수

> 성조께서 송나라, 금나라를 가긍히 여기심으로
> 특별히 오늘날 그 후손들이 북방 몽골의 삶을 영위하네
> 이후 황제에 오른 명나라 가문이라 하여
> 한 수레 정도의 땅을 차지했다는 것을 들어보았는가?

제47장

성조 칭기스는 중원을 점령하고 대도로 도읍을 옮겼네 쿠빌라이 세첸은 대도에서 태어나 연경을 평정했네

을해년乙亥年, 대몽골국의 칭기스 칸 10년, 송나라 영종 가정 8년, 금나라 선종 황제 정우 3년. 태조의 나이 54세로, 이해 톨리의 넷째 아들 쿠빌라이가 태어났다.

아! 이 장의 서두를 시작할 때 사관 인잔나쉬 나의 노모께서 구토와 설사를 하며 심하게 병환이 나셔서, 충심부와 성심부 두 부 전체가 솥에 물이 들끓듯 난리가 일어났다. 중원의 크고 작은 승려와 속인들이 함께 와서 장수를 비는 다라니경을 외울 때 『강목』을 번역하는 순웨이 단준[1]과 이 저서를 저술하는 인잔나쉬 나는 이미 혼이 나가 저술을 이어나갈 생각을 하지 못했다. 연이어 사흘 동안 바다가 끓고 강이 출렁이듯 황망하여 정신이 없었는데, 날이 훤해지는 아침 갑자기 동쪽 하늘에서 붉은 태양이 솟아올라 만리를 비추자, 어머니 태군께서 차츰

1 인잔나쉬의 친형을 이른다.

건강에 차도를 보이기 시작했다. 그러자 천지에 제의를 올리고, 성조께 향을 태워 올렸다. 가묘家廟에 절하고, 지역 전체가 크게 기뻐하며 비로소 정신을 차렸다.

이러한 경사 속에서 중추 보름이 가까워져 왔기 때문에 모든 창을 깨끗이 닦고, 은은한 향을 피우고 차를 마시면서 마음을 안정시키고, 옥 연적에 검은 먹을 갈아 붓을 다시 적셔 글을 이어 쓰기 시작했다.

노모께서 건강을 회복하시고, 지역이 모두 기뻐하며 웃을 때 쓴 가벼운 시

600가호의 사람들이 노모의 병환으로 근심하고
법도 있는 지역 두 부 전체에 소란이 일었네
고령의 노모께서 쾌차하시자
순간 즐거움의 기운이 하늘에서 내렸네

한편 모훌리는 동주東州에서 귀순해 온 복산흠僕散欽이란 자가 지혜와 지략이 매우 뛰어난 것을 알고 남쪽을 공격하는 한 군단의 원수로 삼았다. 중춘에 금나라 북경을 공격해 정복하고, 저항하는 병사 8만 이상을 쓸어 버렸다[원주] 북경시의 대정부 지역은 하르친 호쇼에 있다. 그리고 다른 지역을 연이어 정복하자, 몇 개 성들이 두려워하며 귀순했다. 그러자 하중부도 귀순하고, 흑류성 지역도 정복했다. 계춘에 대원수 모훌리가 즉시 군대를 이끌고 남쪽으로 진격해 들어갈 때 칭기스 칸 역시 고국에서 대군을 이끌고 72개 조로 군대를 조직해, 금나라를 향해 공격해 들

어갈 때 양의 견갑골로 점을 쳐보았다. 천지에 제의를 올리고 천부에게 향을 올리고 기도하며, 가호해 줄 것을 간절히 소원했다. 귀한 견갑골을 정화하고 아침에 솟아오르는 태양에 올려서 비쳐 보니, 그 안에 사방이 막힌 채 오색 빛이 가운데 쪽을 향해 모여 돌고 있었다.

칭기스 칸이 그것을 보고 놀라며 "이 징조는 무슨 일이 있어도 중원에 이를 것이라는 것을 말해주오"라고 했다.

태조는 또 점을 치려고 복사뼈 두 개를 꺼내 천지에 기도를 올렸다.

"만약 중원에서 지내게 된다면 두 개 복사뼈가 반드시 세 번 던져 세 번 모두 위를 향해 설 것이요, 만약 중원으로 천도하지 않게 된다면 두 개 복사뼈가 반드시 세 번 던져 모두 아래로 향하게 해 주시기를 바라나이다!"

그리고 두 손으로 들어 복사뼈를 흔들어 용상에 던졌다. 세 번 던져 세 번 모두 위로 서서 멈추었다. 그러자 칭기스 칸이 신하를 향해 한숨을 내쉬며 말했다.

"하늘의 때이니 어긋남이 없을 것이오. 올해 금나라 중도를 분명 정복할 것이오. 그리고 그곳으로 필히 옮겨가지 않을 수 없을 것이오. 하늘의 뜻을 어길 수는 없소. 내 비록 주저한다 해도 하늘의 뜻이니 어찌하겠소?"

말을 마친 뒤 오이트 오칙, 오란 가축 두 아우 친왕과 우게데이, 톨리 두 태자 친왕, 다섯 명의 태사에게 명했다.

"내 보아하니 올해 천도하지 않을 수 없을 것 같소. 그러니 그대들은 짐의 소식을 듣자마자 태후와 황후를 위시해 나라 전체의 가호를 이끌고 남쪽으로 오시오. 우리의 고국 땅은 9경의 장수와 궁정을 관할하는 관리들께서 차례대로 지키도록 하시오!"

그러자 백관들이 절하고, 전령을 보내 칸의 명을 사방 변경의 벼슬아치들에게 전달했다. 칸은 직접 중군을 이끌고 남쪽을 진격해 갔다. 그 사이 지난해 첫 번째 몽골 대군과 석말명안, 다이산다락그치 등이 금나라 중도를 에워싸고 시간이 상당히 흐르자, 성시를 지키던 완안승휘는 목연진충穆延盡忠에게 오래도록 군사 일에 관여했다며 군대 호패를 주고 성을 지키게 했다. 그리고 자신은 전체적인 일을 관장하고, 성을 견고히 지켰다. 또 한편 중도에 지원병이 오지 않아 성이 크게 불안한 상황임을 고하는 상주문을 써 지원을 요청하기 위해 전령을 보냈다.

그러자 금나라 군주 완안순이 상주문을 보고 명을 내렸다. 즉, 좌감군 영석과 중산 두 사람에게 진정부의 병사들을 지휘하게 하고, 또 좌도감 오고륜경수烏古倫慶壽에게 대명부의 1만 8천 명의 병력을 지휘하게 했다. 또 서남로에 기병과 보병 1만 8천 명과 하북의 병력 1만 8천명을 함께 내어주고 지휘하게 했다. 또 어사중승 이영李英에게 식량과 풀을 보낼 것을 명하고, 또 대명의 행성 포술로 옛 장수를 함께 내어주며 중도를 구하라고 보냈다. 이영 등이 대군을 이끌고 대명에 이르러 또 수많은 백성을 병사로 징집해 수만의 병력을 더했다. 이영은 병사의 수도 헤아리지 않고 다만 금나라의 주부현을 위협해 약탈했다.

그리고 3월이 될 때까지 주색에 빠져 지내다가 패주覇州에 이르렀을 때 갑자기 붉은 먼지가 하늘까지 닿고, 뒤에서 검은 바람이 불더니 하늘이 무너지고 땅이 폭발하는 듯 엄청난 소리를 내며, 몽골의 대원수 모홀리가 병사들을 이끌고 돌격해 달려왔다. 금나라 병사들이 그 상황을 듣자마자 혼비백산하여 정신을 잃었다. 몇몇 병사들은 놀라 경기를 일으키며 피를 토하고 말에서 굴러떨어졌다.

이에 모홀리는 크게 기뻐하며 큰 북을 치게 하고, 36개로의 병사를 36개 군단으로 편성하고, 큰 나팔을 불자마자 몽골의 36개로의 36개 군단의 병사들이 돌격해 들어가 금나라 병사를 포위했다. 금나라 장수 이영은 중도에 채 이르지 못한 상황에서 적과 마주치자, 싸우지 않고 곧바로 길을 찾아 달아났다. 한편 중도를 포위한 석말명안과 다이산다락그치 등은 중도의 지원병을 요청하기 위해 가는 사신을 붙잡아 정황을 파악하고, 서둘러 전령을 보내 모홀리에게 이를 알렸다.

그러자 모홀리가 곧바로 고북구古北口로 들어가 중도를 다시 철통같이 포위하게 하고, 자신은 대군을 이끌고 금나라의 이영 군대를 맞아 공격해 들어갔다. 이영의 병사들이 여전히 안일함에 빠져 생각 없이 있다가, 몽골군이 하늘에서 내려온 것처럼 느닷없이 쳐들어오자 병사들은 혼이 나갈 정도로 기겁하며 길을 찾아 서둘러 달아나려고 했다.

몽골의 원수 모홀리는 높은 수레 위에 올라가 금나라 병사들을 일시에 살피고, 웃으면서 내려와 곧 철기병들 가운데 500명을 뽑아 다섯 호장에게 지휘하게 하고, 스스로 앞장서 금나라 군대 가운데로 돌격해 들어갔다. 그러자 다섯 호장들은 모홀리와 머리, 사지가 되어 준마의 대형을 이루어 마치 번개가 치듯 돌격해 들어갔다. 모홀리의 병사들이 금나라 병사 가운데로 달려가는 것이 마른 풀 가운데 불덩이 바퀴가 가는 듯했으며, 도저히 그들을 막을 도리가 없었다. 선두로 간 원수 모홀리가 이영의 수호기 아래 이르자 이영이 달아나려 했다. 그러나 모홀리는 이미 그를 대적하기 위해 나와 그를 두 도막으로 베어 버리고, 수호기를 베어 쓰러뜨렸다. 다섯 호장은 이영의 측근 장수들을 모두 베어 죽였다. 그때 금나라 대군이 소리를 지르며 큰 난리를 일으키자, 여러 길의 몽골 병사들이 협공 작전으로 쳐들어가 병사의 반을 항복시키고, 그 반을 살육했다.

중도를 구할 금나라의 1개 조의 병사들이 도중에 모두 흩어져 사라졌기 때문에 중도에 이미 소식이 오고 갈 수가 없게 되었다. 이때 금나라의 이영과 함께 합류했던 경수와 영석의 두 군대가 뒤에 있었기 때문에 몽골군이 이영의 군대를 추격해 돌진해 가자 경수와 영석의 병사들이 격파돼 황망히 앞쪽으로 달아났다. 또 병사의 반 이상이 죽거나 상처를 입었다. 이렇게 해서 중도는 안팎으로 고립되고, 몽골군은 이미 도성을 세 겹으로 에워쌌다. 그 사이에 모홀리도 원병을 제압하려고 금나라 성을 공격하기 위해 진군했다.

한편 칭기스 칸은 대군을 통솔하고 남하하여, 금나라의 투항하지 않은 청주淸州, 순주順州 두 지역을 공격해 들어가자, 그 두 성시의 신하, 병사, 백성들이 100리 밖에서 나와 칸을 영접했다. 그러자 칸이 명을 내려 전군의 원수인 소야선에게 제공과 석천응 등 열 명 장수의 병사들을 내어주고, 또 금주[원주] 이곳은 선양시의 속한 바닷가 근처의 주이다의 임해왕 장경張鯨 등을 데리고 남쪽 동로로 들어가라고 조서를 내렸다. 그때 소야선과 알락 토갈, 샤라브 등이 10개로의 병사를 이끌고 금주에 이르자 금주의 임해왕 장경이 많은 한인을 모으고, 또 10개로의 한인 병사와 합세하여 은밀히 반란을 도모하고 있었다. 소야선이 그것을 눈치채고 사건이 벌어질 것을 두려워하여 서둘러 장경을 붙잡아 칸의 곁으로 데리고 갔다.

그러자 칭기스 칸은 미소를 지으며, 그 연유를 자세히 묻고 진상을 파악한 뒤 명을 내렸다.

"보잘것없는 소인이 어찌 감히 하늘을 거역할 수 있겠는가? 이자를 서둘러 끌고 가서 능지처참하여 많은 주, 부의 투항한 백성들에게 보이라. 그런 뒤 대군을 이끌고 그의 처소와 처자를 제거하도록 하라!"

그리고 장경을 만 개의 칼로 난도질을 하여 베어 죽이고, 투항한 군신들에게 그의 시신을 보였다. 그런 뒤 대군을 이끌고 금주를 공격하기로 했다. 이때 장경의 동생 장치張致가 형이 죽임을 당하고 집안이 쑥대밭이 된 것을 듣고, 서둘러 많은 사람을 모아 금주로 들어가 금주를 지키던 형의 신하인 장사를 죽이고 금주를 점거했다. 그는 왕위에 앉아 자칭 영왕瀛王이라 칭하고, 연호를 흥릉興隆이라 바꾸고 평주平州, 난주灤州, 서주瑞州, 이주利州, 의주義州, 의주懿州, 광녕廣寧 등의 지역을 점령했다. 이 소식은 몽골에 전해지지 않았기 때문에 이 이야기는 잠시 하지 않으려 한다.

한편 알락 토갈, 샤라브 등이 이끄는 대군이 남하하고, 연이어 칸은 대군을 통솔하여 동주同州에 이르자, 기병이 붉은 깃발을 들고 날듯이 달려와서, 모홀리와 석말명안 등의 군대와 연합하여 금나라 중도를 정복했다고 알렸다. 이들이 어떻게 중도를 정복했을까? 모홀리는 병사들에게 명해 성의 팔방에 모래를 채워 넣은 자루를 성보다 높게 쌓아 올리게 했다. 그리고 그 위에 활 잘 쏘는 궁수 5만 명의 병력을 나누어 올라가게 하고, 성 위에 있는 병사들을 쏘아 적군을 맞춘 병사에게 후한 상을 내렸다. 그러자 중도의 사방팔방에 있는 몽골군이 사정없이 활이 쏘자 성 위에 있는 금나라 병사들이 감당하지 못하고 무차별 화살에 맞자, 성을 지키는 병사들이 모두 겁에 질려 성 위를 기어다녔다.

목연진충이 그러한 상황을 보고 급히 앉으려고 하는 바로 그때 한 개 화살이 빠르게 날아와 그의 오른쪽 어깨를 정통으로 맞추었다. 목연진충은 성의 사다리 아래로 굴러 떨어졌고, 그를 따르던 좌우의 병사들이 내려와 화살을 뽑아 상처 난 곳에 약을 발라 주었다. 다행히 사정거리가 멀고 화살촉에 독약이 없었기 때문에 부상이 그리 심하지는 않았다. 목연진충이 급히 성에서 내려와 달아날 궁리를 할 때 완안승휘가 이 소식을 듣고 몸소 성으로 올라가, 많은 병사가 이미 머리를 들 수 없게 된 것과 또 몽골군이 높은 성루에서 쏜 화살이 번개처럼 빠르게 날아와 이미 성을 지킬 수 없게 된 것을 목도했다.

성이 곧 섬멸될 상황에 이른 것을 보고, 서둘러 목연진충을 모이도록 해 논의하기를 "우리 군주께서 우리 두 사람을 믿고 이 성을 지키게 했소. 이 성안에는 폐하의 귀비와 빈, 비, 폐하의 숙질들이 계시고, 대궁전 안에는 몇몇 나라에서 보낸 진귀한 금은보화가 있는데, 우리가 지킬 수 없게 되었으니 죽음으로 나라에 충정을 다합시다!"라고 했다.

목연진충이 매우 화를 내며 목숨을 다해 성을 지키자고 하는 이유를 묻자, 완안승휘가 크게 분노하며 자기 집으로 돌아갔다. 이때 병권이 모두 목연진충의 손아귀에 있었는데, 진충이 나가서 싸울 마음이 전혀 없자 완안승휘는 완전히 어쩔 도리가 없어 나라의 태묘에 제의를 드리고, 자신의 가묘에 예를 올렸다. 그리고 좌우사낭중左右司郎中 조사문趙思文 등의 신하들을 불러 말하기를 "일이 이미 이 지경에 이르렀으니, 죽음으로 나라에 보답하고자 하오. 이 가운데 만대의 이름을 남기는 자가 있다면 나의 이름을 남기지 말기 바라오!"라고 부탁했다.

모두 입을 다물고 아무 말도 하지 않자, 완안승휘가 고개를 저으며 장탄식을 했다.5월 초하루에 상서성영사尙書省令史 사안석師安石을 불러 자신의 군주에게 충성을 다하고 나라의 기강을 바로잡을 유표를 적게 했다. 또 평장정사 술호고기의 간계함을 폭로하고, 그가 나라를 위하는 마음이 없음을 고하고, 이어 자신이 중도를 지키지 못한 죄를 적게 했다. 그리고 그 유표를 자신의 뎰에 달게 하여 내어주고, 집안의 귀하고 소중한 재물을 집에서 부리는 노인과 어린아이, 나이든 자와 젊은 사람들에게 나누어 주었다. 그러자 가솔들이 모두 눈물을 흘렸다. 완안승휘는 안색이 조금도 변하지 않고, 차분하게 천천히 안석에게 말했다.

"완안승휘 나는 어려서 오경과 많은 서적을 독파하고, 스승과 벗들의 가르침을 열심히 배우고 지키며 힘써 오다가, 오늘에 이르러 이 지경이 되었소. 성읍이 무너지고 집안이 망하고, 목숨의 끝에 이르렀소!"

그리고 안석이 쓴 유표의 끝에 두 글자[2]를 썼다.

---

2 이 책의 본문에는 그 두 자가 무슨 글자인지 잘 나타나지 않으나 다른 자료에 의하면 '최후(最後)'라는 두 글자를 써 보이고 붓을 던졌다고 언급하고 있다(방기혁 역, 「완안승휘」, 『금사열전』 권39(e-book), 슬기야단비야, 2015 참조).

그런 다음 사안석에게 이르기를 "그대는 내가 이처럼 진중하고 이처럼 큰 슬픔에 빠졌다고 낙담하지 말고, 무슨 일이 있어도 마음을 다잡아 몸을 굳건히 하고 잘못된 길, 왜곡된 길로 빠지지 말기를 바라오!"라고 하자 안석은 그의 말을 듣고 눈물을 흘리며 보니, 완안승휘가 술을 한 잔 가득 채워 마셨다.

안석이 나와 문에 이르렀을 때 갑자기 안에서 사람들이 우는 소리가 크게 나서 서둘러 가보니, 벌써 독약이 든 술을 마시고 뒤로 넘어져 죽어 있었다. 안석은 애통함을 견디지 못하고 눈물을 흘렸다. 집안사람들은 시신을 관에 모셔 대전에 안치했다. 이에 장례를 치르는 일은 말하지 않겠다[원주] 금나라 가운데 유일하게 진정한 신하였는데, 생각지 않게 이처럼 죽음을 맞았다. 이것으로 보면 혼란한 사직에 충신은 사라지고, 삿된 신하들은 흥하는 것이 천리인가? 참으로 어렵도다. 어찌 말해야 좋을까?. 완안승휘의 애통함을 세세히 말할 여유가 없다.

그날 밤 중도를 책임졌던 목연진충은 두 겹의 갑옷을 입고, 귀한 물건과 백성들의 귀한 재물을 챙겨 자신의 친인척, 형제, 처자식, 성의 병사들을 모두 데리고 성문으로 나가 달아나려 할 때 중도에 남아있던 금나라 황제의 비와 빈, 가까운 친왕의 가솔들이 그 소식을 듣고, 모두 모여 통현문으로 쫓아와 왜 우리를 두고 가느냐고 따져 물었다. 그러자 목연진충이 거짓으로 그들을 속이며 말하기를, "그대들이 어찌하여 이 백만 병사들 가운데를 뚫고 나가겠습니까? 제가 먼저 병사들을 이끌고 나가 몽골군과 죽을힘을 다해 싸워 길을 낸 후에 여러분들을 성에서 나가게 할 것입니다. 그렇지 않다면 몽골군에게 모두 짓밟히지 않겠습니까?"라고 하자 많은 사람이 그의 말에 속아 다시 성으로 돌아갔다. 그러나 목연진충은 이미 성에서 나가 틈을 보다가 몰래 달아났는데 어찌 돌아오겠는가? 이때 몽골군이 이미 성벽을 넘어 들어가 피운 불이 성시 사방에서 타오르며 불빛이 하늘에까지 닿았다. 몽골 병사들은 아홉 개 성문을 단단히 지키고 있었다.

한편 목연진충은 한밤중에 달아나다가 중산中山에 이르러 뒤에서 추격해 오는 병사가 없자, 크게 기뻐하며 안도의 한숨을 길게 내쉬었다. 그는 자신의 가솔들을 점검해 보며 사람들에게 말하기를 "내가 만약 궁의 비빈과 친왕들을 성에서 나오게 했다면 어찌 이 중산에 이를 수 있었겠는가?"라고 했다.

그들이 변경에 이르자, 그 사이에 안석이 변경에 와서 완안승휘의 유표를 선종에게 올렸다. 그러자 선종은 그를 상서령에 봉하고, 광평왕廣平王으로 추존했다. 목연진충이 황제를 알현하자 금나라 군주는 목연진충이 중도를 잃고, 사직의 태묘를 등한시하고, 비와 빈을 버려둔 죄를 전혀 묻지 않았다. 또 한마디의 변명도 듣지 않고 여전히 원래대로 평장정사의 직분을 맡겼다. 아, 하늘은 어찌하여 사람의 마음을 이렇게 변하게 하는가? 완안승휘의 자손은 종이 되고, 목연진충은 주인이 되었다. 또한 완안승휘의 유표도 소용없게 되었다. 완안승휘는 이미 예상하고 있었으면서 받아들이지 않을 유표를 어찌 고하려 했을까? 분명 답답한 심중의 말을 할 데가 없어 그렇게 했을 것이다. 목연진충은 후에 내외적으로 반역하여 죽임을 당했다.

한편 중도를 포위했던 몽골군은 중도에서 활을 쏘면서 쳐들어갈 일이 없게 되자, 잠발이 먼저 성을 넘어가 상황을 파악하고 소리를 신호로 보냄으로써 모두 함께 성벽을 기어 올라갔다. 이때 성안에 있던 친왕과 대신, 일반 백성들이 함께 다투어 문을 향해 달려갔다. 그러자 석말명안이 높은 성루에 올라가 금나라 친왕과 대신, 병사들에게 크게 소리쳤다.

"그대들은 빨리 각각 집으로 들어가 문을 단단히 닫고 있으라. 이제 문을 열어도 때는 이미 늦었다. 먼저 도망친 자들은 군법으로 다스릴 것이다. 이 일은 너희들의 생각과 관계없다. 우리는 너희의 많은 자들이 반항했다 하여 너희들을 죽이지 않았다. 다만 병사들이 많으면 군법으로 통제하기 어려워, 너희 많은 자들이 죽임을 당할까 두려운 것이다. 내일 아침 황제의 명이 내려질 것이다!"

그러자 친왕과 대신, 백성들이 서로 밀치며 각자 집으로 돌아갔다. 거리에 사람이 하나도 없는 무인지경이 되자, 석말명안이 서둘러 금나라 황제의 궁을 포위하게 하고, 내궁에 있는 몇천 명의 궁녀와 여인들, 몇 대에 걸친 황제의 빈과 비 등을 스물한 개 궁에 들여보내며 말했다.

"그대들은 마음을 초조해하며 죽을까 두려워하지 마시오. 우리의 칸께서는 천자이시며 실제로 자애로우신 군주요. 그대들을 죽이지 않을 것이니, 그대들은 잘 지내도록 하시오. 우리 주군께서 오시면 분명 그대들에게 평안한 곳을 마련해 줄 것이오. 이때 부질없이 죽으면 무슨 소용이겠소!"

그리고 곧 창고의 물건을 모아 점검하고, 창고를 담당하는 신하에게 장부를 만들어 검토하게 했다. 이튿날 모훌리 원수의 부府에 들어가 오색 국의 뭇 병사들에게 단단히 일러 일반 백성들을 함부로 범하지 못하게 했다. 특히 다섯 호장에게 5백 명의 병력을 내어 주어 성시 안팎을 철저히 순시하도록 했다. 그리고 많은 백성들에게 선포하기를 "만약 우리 병사들이 훔치거나 백성들을 범하는 일이 있으면, 와서 고하도록 하라. 만약 군법을 어기면 잡아 죽일 것이다!"라고 했다.

중도를 평정하고 한편 사람을 보내 황제를 오실 것을 주청했다. 다섯째 되는 날 사르탁그친의 한족 병사가 중도 평민의 준마 한 필을 가져간 것에 대해 이를 조사하고, 앞장서 일을 벌여 이 사건에 연루된 알바라는 자를 참수하여 사람들에게 보이게 했다. 이 일로 몽골 대군을 성 밖에 주둔시키고, 군법을 엄수하게 했다. 이때 칸에게 고하기 위해 중도를 점령한 붉은 수호기가 이미 달려갔기 때문에 붉은 기의 승전 소식이 하주賀州에 전달되었다.

한편 칭기스 칸은 사람을 보내 북방의 태후와 황후 등에게 중추에 남쪽으로 오라는 소식을 알리고, 자신은 중도에 이르러 정양문正陽門으로 들어갔다. 그리고 3중의 성문으로 들어가 9중 궁궐 천자 황제의 용상에 올라 남쪽을 향해 좌정했다. 문무백관들이 절을 올리고 나자 칭기스 칸이 명을 내려, 3년 동안 많은 장수와 병사들이 분투한 공을 구별하여 상을 내리고, 이어 금나라의 몇 대에 걸친 비와 빈, 완안 황족의 황제 가까운 친족 왕공들을 조사하고 기록하여 이를 고하게 했다.

칭기스 칸이 또 이르기를 "짐의 문무백관들이 분투함으로 중원의 중도를 얻었으니 다른 사람들이 이미 세워놓은 것을 차지한 것에 대해 의당 준비한 군주의 노고를 생각하여, 금나라의 옛 황제들에게 제의를 올리게 하라!"고 명하고, 네 명의 태자를 보내 금나라 옛 황제들의 종묘에 모두 제의를 드리게 했다. 그리고 이 중도의 명칭을 바꾸어 대도大都라고 했다.

그때 금나라의 여러 친왕과 뭇 백성에 이르기까지 모두 조사를 하다가 갑자기 완안승휘의 죽음의 연유를 알아내고, 칭기스 칸에게 고하자 칸이 탄식했다.

"이 사람을 얻지 못한 것이 안타깝도다!"

태조는 모훌리를 보내 그에게 '충의왕'이란 칭호를 추서하고, 그의 위패에 제사를 드리게 하자, 성안에서 눈물을 흘리지 않는 자가 없었다. 모훌리는 칭기스 칸에게 백성들의 마음을 얻고, 이름을 널리 알려 다른 성읍을 점령할 때 보다 손쉽게 하기 위해, 창고를 열어 대량의 곡식을 내어 성 안팎의 백성들에게 나누어 주어 구휼하기를 청했다. 그렇게 해서 백성들은 전쟁으로 재난을 당하고 삶이 황폐해졌으며, 금나라가 하늘의 때를 어겼기에 백성들이 물불의 고통을 겪었다며 집집마다 많은 하사품을 내리고, 식량을 나누어주게 했다. 그러자 중도의 백성들은 칭기스 칸이 진정 천자라며 크게 감복했다.

그때는 뜨거운 여름이었기 때문에 칭기스 칸은 더위를 피해 대도의 서쪽 편 호수 정원이 있는 곳으로 가면서 40리 거리의 대도를 둘러 보았다. 성의 궁전과 게르가 있는 거리, 산천, 호수, 사원, 교량을 살펴보고, 친족인 사인 부호 황제의 아들 잠발을 향해 말했다.

"그대는 두 가지 공에 세웠소. 먼저 금나라를 공격한 자네의 민첩함이 훌륭했고, 둘째 금나라로 남하할 때 그대는 거용관을 향해 앞서 길을 인도해 갔소. 이제 그대는 또 죽음을 두려워하지 않고 앞장서서 먼저 성을 넘었소."

그러자 잠발이 절하며 고했다.

"모두 성군께서 하늘의 위엄에 따라 부왕의 원수를 갚을 수 있었습니다. 그렇지 않았다면 벌레 같은 신 등이 어찌 부왕의 원수를 갚고 이처럼 큰일을 할 수 있었겠나이까!"

칭기스 칸이 그 말을 듣고 은근히 미소 지었다.

"그렇게 자네 부친을 생각하며 분투했던 것은 곧 짐을 생각한 것과 같은 것일세. 이제 이 성 중에 있는 넓은 지역을 택해 보게. 지역의 가운데 서서 사방으로 활을 쏘아 그 쏜 규모의 궁을 자네에게 주겠네!"

잠발이 절하며 고하기를 "제 부친은 비록 금나라 조정의 지시로 돌아가셨지만, 손을 대서 살해한 자는 복산규僕散揆입니다. 이제 폐하의 은혜로 복산규를 참수하고 부왕에게 제의를 지냈지만, 이제 특별히 복산규의 집을 차지하면 그 집안의 크고 작은 것을 생각지 않을 것입니다"라고 하자 칭기스 칸이 그의 뜻을 윤허했다.

그리고 모홀리에게 일러 말하기를 "복산규의 관저를 점검하게 하시오."

가서 보니 대장군의 궁이기에 규모가 매우 컸고, 잠발이 그 처자를 죽이려고 하자 모홀리가 이를 말렸다. 그리자 잠발이 복산규 집안의 몇백 명의 가솔들을 모두 종으로 부리는 것이 좋겠다고 하자 칭기스 칸이 그의 말을 제지하고 말했다.

"나의 부황이신 예수헤이 바타르 성조께서는 어려서부터 모진 핍박을 당하는 자들을 구제하고, 약해진 것을 들어 올림으로 용사가 되셨으며, 나를 낳으시고 천하를 다스리게 하셨오. 특별히 다른 사람의 약한 상황을 이용하는 것은 칸의 일이 아닐 뿐더러 용맹한 용사의 기질을 가진 일반인도 하지 않을 일이오. 무고한 남녀와 수백 사람을 괴롭게 하는 것이 나의 사직에 무슨 도움이 되겠소?"

그리고 완안 씨족의 비와 빈 등을 비롯해 왕공들에 이르기까지 각기 얼마만큼의 귀중품과 조상의 위패, 가첩家牒 등을 주어 수레에 싣게 하고, 위아래 신분의 사람들에게 함께 은덕을 베풀어 백성들을 감읍하게 했다. 또 잠발의 병사로 그들을 지키게 하여 변경汴京으로 보낼 때 완안승휘의 자식에게 작위를 봉하고, 처자와 집안의 재물을 모두 내어주고, 의로운 충신의 자식이라 하여 가장 먼저 보냈다[원주] 이와 같거늘 『강목』에서 한인 사관들은 우리 몽골을 부정적으로 언급한다. 즉, 몽골이 중도를 점령한 뒤 불을 놓아 일체의 것을 불태웠으며, 수개월 동안 불과 연기가 꺼지지 않았다고 했다. 이것은 완전히 날조된 것이다. 태조 칭기스 칸은 몸소 중도에 큰 은혜를 베풀었다. 이는 곧 태조 칭기스 칸이 금나라 황제를 부끄럽게 하고, 뭇 백성들의 마음을 감화시킨 일이다.

한편 백성들은 이 일로 모두 크게 감동하고, 각자 자신의 지역으로 가서 지냈다. 이 일은 한 현자의 마음을 움직였다. 그것이 누군가 하면 옛 요나라의 자손이요, 금나라 신하였던 야율초재이다. 그는 성 안팎의 전화戰禍의 고통에서 백성을 구하고, 또 은혜를 베풀어 곡식을 나누어 주어 살게 해 주었다 하여, 백성들을 이끌고 길가에서 칭기스 칸의 은혜에 절했다.

칭기스 칸이 눈을 들어 보니 사람들을 이끌고 온 그 사람은 8척 장신에 나이가 서른이 넘어 보였으며, 세 가닥의 멋진 수염을 하고 있었다. 분명 공평무사한 현인이요, 학자이기에 그의 근본과 이름을 듣고, 그의 사람됨을 떠보기 위해 말을 멈추게 하고 물었다.

"요遼는 송나라에서 먼 옛 나라이고, 금나라는 요를 공격하여 흥기한 나라요. 금나라 군주가 그대를 붙잡아 종으로 삼았소. 이제 짐이 금나라의 성읍들을 점령하는 것은 모두 그대의 원수를 갚는 일이 될 것이오. 그대는 기쁜 마음이 드시오, 아니면 그렇지 않소?"

그러자 야율초재[3]가 읍하며 고했다.

"저의 선조 때부터 이미 금나라 신하가 되었는데, 이제 와서 어찌 제 군주를 원수로 생각할 수 있겠습니까? 이것은 모두 소신의 운명입니다!"

칭기스 칸이 고개를 끄덕이며 명했다.

"이자는 하늘의 때를 아는 자이니, 내 옆에 있게 하라."[원주] 이 야율초재는 한족의 서기로 몽골을 따랐다 하여 그를 증오하여 『강목』에 이렇게 썼다. "야율초재는 요를 멸한 금나라와 금나라를 정복한 나라의 두 군주를 섬겼다. 요나라로 말하면 금나라에 귀순한 것은 아버지가 없는 것이요, 다시 금나라에서 몽골에 귀순한 것은 군주가 없는 것이다. 그에게는 아버지와 군주가 없다"라고 욕하며 비하했다. 이러한 견해는 모두 잘못된 것이다. 고대 무왕은 아버지가 공격하지 못한 군주 주왕(紂王)을 공격하여 제

3 야율초재(1190~1244) : 몽골제국 초기의 공신. 자는 진경, 시호는 문정(文正). 요나라 왕족 출신으로 옛 요나라 태조 야율아보기의 장남인 동단국 야율돌욕의 8대손. 그의 집안은 대대로 금나라를 섬겼다. 태조가 정벌에 나설 때마다 점을 치게 했으며, 정치고문으로 서역 원정에 종군했다. 태종 때 중서성에 임명되어 크고 작은 국사에 관여했다(임종욱, 『중국역대인명사전』, 이회, 2010, 898쪽). 야율초재가 세 살 때 부친이 세상을 떠났다. 그래서 어려서부터 한족 출신의 어머니로부터 중국식 교육을 받았다. 그는 특히 천문, 지리, 역법, 정치에 밝았고, 유교, 불교, 의학, 점술에도 능했다. 칭기스 칸은 많은 전쟁에서 언제나 야율초재의 전략 전수와 점성술을 존중하며 따랐고, 정치 분야에서도 언제나 그의 의견을 경청했다(소준섭, 『중국사 인물 열전』, 현대지성, 2018, 292쪽).

거했다.[4] 그렇다고 그를 또 아버지와 군주가 없다고 말할 수 있는가? 또 상나라의 세 인자仁者 가운데 비간(比干)이 죽었다.[5] 미자(微子)는 떠나고, 기자(箕子)는 종이 되어 기다린 후에 또 주나라 무왕에게 귀순했다. 그는 또 주나라 황족의 신하인데, 그를 또 군주와 아버지가 없다고 말할 수 있는가? 야율초재는 금나라에 귀순한 지 몇 대가 된 자신의 아버지를 그가 버린 것이 아니며, 금나라가 요나라를 멸하자 몽골에 투항한 것은 참으로 합당한 일이다. 어찌 금나라를 요나라의 주인으로 말할 수 있는가! 아, 한인 사서가 붓을 대어 자신의 못된 저의를 드러내는 것이 어찌 이처럼 무례한 것인가! 이것으로 보면 몽골을 부정적으로 비방한 것을 알 수 있을 것이다

야율초재는 원래 요동의 군주 단왕 야율배돌욕의 8대손이요, 야율리耶律履의 아들이다. 그는 금나라 원외랑員外郎이었다.

목하 중도가 이미 정복되자 야율초재는 백성을 데리고 가서 칸을 만났다. 몽골의 칭기스 칸도 요동의 중심인물을 찾고 있었기 때문에 바로 그를 발견하고 곧 일러 말했다.

"금나라는 원래 요동의 신하였는데, 자신의 군주를 죽이고 종으로 삼았소. 내 이제 특별히 금을 공격하여, 요의 대답을 듣고자 하였기에 요의 자손을 찾은 지 한참 되었소. 그대는 원수를 갚아주는데, 어찌 공경스런 마음으로 절하지 않는 것이오?"

---

4 문왕은 주나라가 대업을 이루기 전에 죽었다. 문왕이 죽자 그 아들 발(發)이 뒤를 이으니, 그가 무왕이다. 그는 포악이 더해가는 주왕을 공격할 때 아버지 문왕의 위패를 수레에 싣고 원정이 문왕의 의사임을 표시하였다(김희영, 『이야기 중국사』 1, 청아출판사, 2020, 69~70쪽).

5 비간은 상나라 때 주왕의 숙부이다. 소사(小師)라는 직책에 있으면서 악정(惡政)을 간했는데, 주왕이 "성인의 가슴에는 구멍이 7개 있다 하니 열어보자"라고 하며 그의 간을 도려내어 죽였다고 한다(임종욱, 앞의 책, 623쪽).

그러자 야율초재가 고하기를 "신의 선친께서 이미 금나라를 섬기셨기에 신은 금의 신하가 되었습니다. 그러니 어찌 감히 두 마음을 갖고 군주와 아버지께 반목하겠나이까?"라고 했다. 칸은 야율초재의 말을 가상히 여겼다. 그때 금나라의 역曆이 정확히 맞지 않자 칸이 야율초재에게 경오년의 역을 자세히 살펴 쓰게 했다.

한편 칭기스 칸이 공로를 세운 문무백관을 불러 연회를 베풀 때는 뜨거운 여름이었기 때문에 대도의 서쪽, 물이 많은 호수 궁에서 연회를 베풀었다. 연회 이틀째 되는 날 잔치 자리에서 네 명의 태자를 자기 옆 자리에 가까이 앉혔다. 악기가 연주되자 문무백관들이 절을 올리고 앉은 다음, 술이 세 번 돌아가고 다섯 가지 음식이 나왔다.

그때 칭기스 칸이 네 태자를 향해 물었다.

"이 세상에 가장 큰 지락至樂 무엇이더냐? 너희 넷이 자신의 생각을 말해 보거라!"

그러자 큰태자인 주치가 자리에서 일어나 읍하며 고했다.

"신의 생각으로는

많은 말들이 여러 번 새끼를 낳아 번성하고
말들이 힘차게 경주하며 달리고
궁전을 모두 깨끗이 정돈하고
오래도록 잔치를 베풀며 즐거움을 누리면
그것이 최고의 지락일 것입니다"

칸이 또 차가타이를 보자 둘째 태자 타가다이가 나와 무릎을 꿇고 고했다.

"신의 생각에는

못된 적을 가루가 되도록 쳐부수고
강한 자를 지치도록 부리며
책략가를 경외하게 하고
모든 자를 노예가 되도록 복종시키면
그것이 지락일 것입니다."

칸이 또 우게데이를 보자 셋째 태자 우게데이가 서둘러 일어나 무릎을 꿇고 고했다.

"신의 생각으로는

부황께서 온갖 신고를 겪으시며 세우신
귀한 사직을 오래도록 공고히 지키며
온 나라의 백성들을 먹이고
나이든 노인과 새로운 젊은이들을 안심케 하고
이역의 모든 나라를 정복하여 모으고
모두 함께 세상을 평안히 살게 하면
그것이 최고의 지락일 것입니다."

칭기스 칸은 얼굴에 희색을 드러냈다. 칸이 넷째 태자 톨리를 바라보자 톨리가 서둘러 나와 무릎을 꿇고 고했다.

"신의 생각으로는

용감한 사내대장부들을 무리 지어 거느리고 가서
노련한 매를 손에 받쳐 들고
넓은 초원에 이르러
즐거움이 넘치도록 사냥을 하면
그것이 최고의 지락일 것입니다."

그러자 칭기스 칸이 미소를 지으며 문무백관을 향해 일러 말했다.

"둘째 태자는 일찍이 어려서부터 나를 따라 여러 번 원정을 다녔기 때문에 마음속에 용사가 존재하고 있소. 그러기에 서방의 탕구트 티베트와 사르탁그친, 흰색 옷을 입는 회회국을 점령하게 할 수 있었소. 셋째 태자 우구데이는 나이가 어리지만, 도가 높은 성인의 말을 했소. 진정 왕도의 말이라 할 수 있소. 이는 남쪽 붉은 나라 중원 낭기아드 지역의 여러 가지를 알고 있기 때문에 그곳의 황제로 세울 수 있을 것이오. 첫째 태자 주치, 막내 태자 톨리는 작은 지략은 알지만 큰 과실은 깨닫지 못하고 있소. 이는 어린아이의 말에 불과하오. 너희 두 사람은 북방의 옛 터전인 몽골 이외에 다른 지역을 다스리기는 어려울 것이다. 큰태자 주치는 톡그목 이외의 나라를 다스릴 수 없다. 넷째는 잘

들어라. '육체 일에 힘쓰는 사내는 자신의 몸을 부리고, 마음에 힘쓰는 자는 다른 이를 부린다'고 했거늘 어찌 미련하게 몸의 즐거움을 쫓는 것이냐?"

그러자 고국에서 부대신인 아르가손 호르골즈가 태후, 황후의 안부를 전하러 와서 고했다.

"오칙, 가촉 두 친왕께서 말씀하길 태후께서 고령이시고 여행길을 떠나는 시기가 너무 더운 때라 이동이 쉽지 않다고 합니다. 폐하께 아뢰어 초가을 초순에 그곳에서 출발하여 중추 중순에 도착하면 되지 않을까 하셨습니다."

칭기스 칸은 이를 받아들이고, 사신을 보내 그에 대한 답을 전하게 했다. 이어 좌우의 신하들에게 태후 맞을 준비를 하게 했다. 또 그곳 날씨가 매우 더웠기 때문에 칸은 환주桓州에 속한 양경凉京에 이르러 차가타이, 톨리 등에게 "한 군단의 병력을 이끌고 서북쪽으로 들어가라. 하사르와 벨구테이 친왕은 한 군단의 병력을 이끌고 대도를 지키고, 선조들을 제의할 준비를 하라. 좌익의 모홀리 총사령관은 원래의 대군을 통솔하여 주위의 지역들을 평정하고, 그런 뒤 병사를 징집하여 금주錦州에 가서 장경의 아우 장치를 제거하고, 그 주변의 다섯 성시를 점령할 준비를 하시오. 짐은 초겨울에 남쪽 변경汴京을 공격하기 위해 갈 것이니, 대군과 성을 지킬 장병들을 일찍부터 구별하여 안정적으로 준비하시오"라고 명했다.

그리고 부서마다 각각 필요한 명령을 내렸다. 주악이 일제히 연주되기 시작하자 금나라 종과 옥으로 된 바라가 모두 울려 퍼졌다. 궁전의 시녀들이 목소리를 높여 노래하고, 은은한 향기가 주위를 감돌았다. 칭기스 칸은 내궁에 좌정하여 용상의 휘장을 내렸다. 문무백관들도 흩어져 돌아갔다.

며칠 동안 날이 상당히 더웠기 때문에 곧 대오를 정렬하여 출발하려고 할 때 또 남방에 있던 소야선이 급히 말을 몰아 달려와서 고했다. 하간河間, 창주滄州, 헌주獻州 이 세 성시의 백성들이 반란을 일으켰다며, 군대를 보내 달라고 요청했다.

그러자 칭기스 칸이 매부이자 부마 보토와 한인 장수 왕즙에게 용맹한 정예군 3천 명을 내어 주어 반란민을 토벌하기 위해 보내고, 측근의 친왕과 대신 그리고 부마 체첵으로 하여금 뒤에서 대오를 지휘하게 했다. 환주에 속한 양경을 상도上都라 하고, 칸의 여름 별장지로 삼았다. 칸은 여름이라 그곳으로 갔다.

한편 금나라 중도에서 보낸 일행이 변경에 이르러, 몽골 황제가 자신들을 보낸 정황을 말하고, 선조의 위패를 가져온 것과 충신의 유골, 그 자손들을 작위를 봉한 것 등을 고할 때 금나라 황제 선종 완안순은 몸이 아프다며 선조의 위패를 영접하여 절하지 않고, 몽골 사신을 후하게 대접하지도 않았다. 그러자 잠발이 노발대발하며 돌아갔다.

그때 부마 보토와 대장 왕즙이 3천 명의 병력을 이끌고 하간시[6] 등지에 이르러 북을 치자 부마 보토가 선두에 서서 난무하는 창과 화살을 피해가며 성벽을 기어 올라갔다. 10여 명을 베어 넘어뜨린 후 수많

6 허젠시. 허베이성 창저우 시의 행정구역.

은 병사들이 잇달아 올라가 함께 남문을 빼앗아 열자, 대군이 성으로 밀려 들어와 시를 점령했다. 그리고 창주滄州를 공격하여 점령하고, 모든 병사를 모아들여 점검했다. 그리고 밤에 부마 보토 장군이 왕즙과 논의하면서 보토가 이르기를 "향후 잘못된 것은 내가 책임지겠소"라고 했다.

이튿날 보토가 크게 진노하며 뭇 백성들에게 모질게 질책했다.

"너희들은 참으로 의로움이 없는 자들이다. 얼마 되지 않아 우리에게 투항하더니 또 오래지 않아 다시 금나라로 기울어 귀순했다. 이러한 태도는 신의도 없고 아는 것도 염치도 없는 짓이다. 금나라에 귀순할 때 우리가 배치했던 관리를 죽이고, 다시 몽골에 귀순할 때 금나라 관리를 죽였다. 이처럼 죽이면 이 세 개 성에서 이제 서로 사람이 남아날 수 없을 것이다. 그러니 모두 죽여 불의를 뿌리 뽑겠다."

그리고 대군에게 세 개 성의 백성들을 모두 데려와 남녀노소를 불문하고 남김없이 몰살시키겠다고 하자 백성들 사이에서 큰 소동이 일어났다.

그러자 왕즙이 서둘러 옆자리에서 내려와 원수 보토 앞에 무릎을 꿇고 은혜를 베풀어 뭇 백성들의 잘못을 용서해 달라고 청하자, 부마 보토가 이르기를 "우리가 떠난 뒤에 이 불의한 백성들이 배반하지 않을 것이라는 것을 그대는 확실히 보장할 수 있소이까?" 하고 물었다.

왕즙이 자리에서 내려와 백성들에게 맹세를 받아내고 다시 무릎을 꿇었다. 그리고 자신의 처자를 담보로 삼고, 백성이 배반하지 않는다는 보증의 글을 올렸다. 그러자 세 성의 백성을 죽이지 않고, 모두 살려주되 다른 곳으로 옮기기로 결정했다. 그런 다음 병사를 내보내 그들을 이동하게 명령을 포고한 뒤 보토와 왕즙은 함께 탁자에 앉아 연회를 즐길 때 보토가 말하기를, "왕즙, 그대는 폐하를 섬기며 자신이 나쁜 사람이 되고, 내가 좋은 사람이 되면 아니 되었소? 특히 좋지 않은 자를 몽골이 쓰고, 괜찮은 사람을 한인이 취한 이것은 그대가 잘못 생각한 것이 아니오?"라고 했다.

왕즙이 얼굴이 붉어지며 서둘러 앉은 자리에서 일어나 "제가 한때 깊이 살피지 못했습니다"라고 다시 반복해서 말하자, 부마 보토가 크게 웃었다.

"아니, 괜찮소. 내가 그저 우스갯소리를 한 것이오. 내가 나쁜 사람이 되어 거짓 위엄을 보이면 사람들이 나를 믿을 것이고, 만약 그대가 나쁜 사람이 되어 헛되이 사람을 속이고 위협하면 어찌 그 허물이 드러나지 않겠소?"[원주] 이 시험하는 말은 보토가 참으로 원수의 권한이 있음을 보여준다. 어찌 뜻이 불분명하다 하겠는가? 위엄과 은혜를 함께 사용한 것이다

보토는 웃으며 왕즙의 두려워하는 마음을 풀어 주었다. 그리고 붉은기를 가지고 칸에게 알리기 위해 사신을 보내고, 연이어 군대를 대도에 회군시키고 칸을 맞을 준비를 했다.

이때 칭기스 칸은 사천예史天倪[7]를 우익의 부원수로 삼고, 모홀리와

---

7 사천예는 연 지방 영청 출시이며, 그 동생 사천택과 함께 몽골 제국의 한족 출신의 항장이다. 그의 아버지 사병직은 의리를 숭상하는 사람이었는데, 1213년 무칼리 국왕이 금나라 정벌에 나서 가는 곳마다 승리하자, 집안 식구들을 모아 의논하고, 탁주에 가서 무칼리 국왕에 귀순했다. 무칼리는 사병직을 등용하고자 하였으나 그의 아들을 추천하여, 사천예를 만호장에 임명했다. 그의 동생 사천택과 함께 몽골의 금나라 멸망에 일조한다(방기혁 역, 「사병직, 사천예」, 『원사열전』 권34(e-book), 슬기야단비야, 2015 참조).

합세하여 보낼 때 금으로 주조한 호부虎符를 주어 보냈다. 이에 사천예 원수가 승전 소식을 가지고, 성에 사신을 보내 상황을 알리는 상주문을 올렸다. 이때 모홀리가 이끌고 간 36개로의 병력과 친왕 하사르, 벨구테이의 10개로의 병력, 태자 차가타이, 톨리의 10개로의 병력 이 세 방향의 대군들이 대거 중원을 향해 진격해 갔다. 그 나가는 형세는 마치 내리막길에 수레바퀴를 놓은 것처럼 빠르게 질주하며 저절로 굴러가는 듯 거침이 없었다. 그들이 가는 곳에서 이들을 맞아 귀순했을 뿐 아니라, 주변 지역에서도 마찬가지로 사신을 보내 스스로 와서 귀순했다.

8월 초여드레 칭기스 칸은 양경에서 나와 태후를 맞았다. 궁의 모든 것을 가지고 전체가 대도에 이르자, 지역의 작은 신하들이 길 양쪽에 서서 절하며 일행을 맞았다. 그리고 차가타이, 우구데이 두 태자를 위시해 태후 이하 일행을 아홉 영접단의 영접의 예로 맞았다. 도중에 인가의 백성들은 몽골군이 자신들을 죽이지 않을 뿐 아니라 상으로 돈도 주었기 때문에 길가에 서로 비집고 무릎을 꿇고 앉아 새 황제가 지나가는 것을 보니, 그 모습이 마치 하늘에서 내려온 천자같이 보였다. 선의태후는 큰 가마 가운데서 남모르게 조용히 천지신께 기도했다.

이윽고 일행이 대도의 남문으로 들어가 3중의 문으로 된 성시 안을 지나 9중 궁궐에 이르러 태후를 궁으로 모셨다. 칭기스 칸을 위시하여 나라의 모든 사람이 태후께 절을 올린 후 축하 잔치를 베풀었다. 그때 선의태후가 보니 봉황이 새겨진 흰 옥으로 된 난간에 용이 감고 있는 황금 기둥이 윤기가 흘렀다. 또 금은보화로 수놓은 휘장에 반짝이는 진주가 달려 있고, 칠보로 된 용기가 수정 탁자 위에 정렬되어 있었다. 궁 안에는 향기로운 냄새가 하늘에 이르고, 천상 음악이 귀에 들려왔다. 궁전은 비취를 박아 장식되어 있었고, 궁전 바닥은 옥으로 깔려 있었다. 칭기스 칸을 위시해 황후, 태자, 공, 부마, 친왕과 대신들, 문무백관이 술을 올리고 절할 때 9단의 제단에 해와 달, 뭇별들이 빛나듯 사람의 심장을 뛰게 한다. 그러자 선의태후는 천지를 향해 두 손을 모아 기도했다. 술을 받고 칸과 황후에게 다시 술을 따라주고, 축사를 했다.

> 나의 아들 왕의 귀한 사직이 영원히 굳건하고
> 며느리의 모든 자손들이 천하를 덮어 가득하기를 바라네
> 산 같은 네 명의 자식들은 사방을 다스리고
> 하나뿐인 바위같이 든든한 버팀목인 사위는 대대로 번성하기를 기원하네!

이렇게 축사를 하고, [원주] 이 축사대로 오늘날 여러 지역의 왕손들이 또 세상 반을 지배하고, 부마들이 네 지역에서 대대로 귀한 존재가 되었다고 말한다 또 이르기를 "아내는 훌륭한 남편을 만나면 전륜성왕의 부인이 된 것 같고, 지혜로운 자식을 낳으면 여의주의 주인이 된 것 같다고 하오. 이처럼 나는 어려서부터 천지의 신령을 힘써 의지하고, 선조들을 존숭하며 진정으로 이와 같이 높고 귀함에 이르러 조상들을 최선을 다해 공경하는 며느리가 되었소. 이것은 모두 황제의 노고라 할 수 있소"라고 했다.

그런 뒤 황후가 중궁에 들어와 좌정하자 동서의 귀비와 문무백관들이 황후에게 절을 올렸다. 황후는 칸에게 예를 갖추고, 서로 반대편에

앉아 축하 연회를 베풀었다.

그때 칭기스 칸이 말하기를 "전날 밤 꿈에 해 가운데 내 모습이 보이는 꿈을 꾸었소. 이 꿈에는 분명 이상한 무언가가 있소"라고 하자 황후가 또 미소를 지으며 말했다.

"저는 해 안에서 주군과 톨리가 보였습니다. 이 꿈을 꾼 지 사흘이 되었지요."

그 말에 칸과 황후가 크게 놀랐다. 그때 갑자기 시종이 와서 조용히 황후에게 고하는 말을 듣고서 칸에게 축하주를 따라 주었다. 칸이 그 이유를 묻자 황후가 미소를 지으며 "때마침 폐하와 제가 꾼 꿈에 맞추어 좋은 소식이 전해졌습니다. 넷째 태자 톨리의 큰부인이자 신첩의 친정 규수가 오늘 오시에 사내아이를 낳았답니다. 집안 가득 향기가 퍼지고, 주위에 열기가 가득하다고 합니다"라고 했다.

칸과 왕비의 코끝에 정말 좋은 향기가 진동하고, 열기를 느끼며 안으로 들어가서 보니, 원래 톨리 친왕에게는 비에서 태어난 세 아들이 있었다. 그런데 톨리의 큰부인 칠게렌시[8]에게서 아들이 태어난 것이었다. 칭기스 칸이 '내 꿈에 나의 모습이 해에 비쳐 보였기에 내가 다시 변해 세상에 태어난 것 같도다' 하고 생각했다. 또 남쪽 중원에 와서 낳은 자손이라 그 이름을 쿠빌라이라고 지어 주었다. 그러자 황후가

---

8 역사적으로 보면 그녀의 이름은 '소르칵타니 베키'이다. 칭기스 칸이 툴루이(톨리)가 어렸을 때 케레이트 종족의 군주 옹 칸의 형제 자아 감보의 딸을 부인으로 맞아 주었다. 그녀의 이름은 소르칵타니 베키였다고 언급된다. 툴루이의 둘째, 셋째 아들은 다른 비에게서 태어나고, 장남 뭉흐와 넷째 쿠빌라이, 다섯째, 여섯째 아들의 그녀에게서 태어났다고 언급하고 있다(라시드 앗 딘, 김호동 역, 『칸의 후예들』, 사계절, 2005, 253~256쪽).

좌우의 신하에게 분부하여 그 이름을 적게 했고, 이름을 지어준 은혜에 절하게 했다. 톨리가 남쪽을 공격하러 간 사이에 아이를 해산했기 때문에 대신 다른 부인에게 아이를 안고 데려오게 하여 톨리를 대신해 은혜에 절하게 했다. 칸은 네 딸과 네 부인과 네 환관에게 아이를 정성껏 양육하라고 맡겼다.

그리고 다음 날 북이 세 번 울리고, 나팔을 다섯 번 불고, 금 종과 옥 바라 소리를 울리며 칸을 조정에 오르도록 했다. 칸이 궁에 좌정하자 사방에서 온 상주문을 계속해서 올렸다. 그 가운데 부마 보토가 하간부河間府를 공격한 일과 또 금주 가까운 홍라산紅羅山의 한 요새의 5만 병력을 이끄는 대장 두수杜秀가 귀순의 뜻을 고한 일, 또 금나라 선종 황제가 화친을 요청한 상주문, 두 아우 친왕이 산해관 내의 15개 지역을 점령한 일, 또 두 태자가 산동山東의 14개 지역을 정복했다는 상주문, 또 사천예가 금나라 평주를 정복하자, 그 성을 지키는 관리 기주라는 자가 투항했다는 상주문, 또 대원수가 숭산嵩山, 동관潼關에 이르기까지 몇 개의 옛 성과 주를 점령해 빼앗았다는 상주문, 또 요동의 야율유가가 친히 칸을 배알하고 절하기 위해 온다는 것을 고한 글, 또 금주錦州의 장경의 아우 장치를 공격할 때 태자가 몽골 보가, 오야르를 증원했다는 상주문이었다. 칭기스 칸은 매우 중요한 이 8가지 상주문에 하나하나 친필로 기록하여 회답했다.

> 부마 보토는 나의 명을 소홀히 하지 않았기에 제일 먼저 그 공로에 대한 상을 내리고, 또 후에 다른 나라에 봉할 것이다. 특히 금나라의 화친은 이전의

조건대로라면 곧 화친의 명을 진행하라고 하고, 또 홍라산에서 귀순한 두수는 하늘의 때를 따라 투항한 것이니 독려하여 그를 절도사에 봉하고, 출정하여 군사 일에 힘쓰게 하라. 두 아우 친왕의 공에 대해 먼저 상을 내리고, 앞선 공을 기록하여 나중에 다른 나라에서 직위를 봉하도록 할 것이다.

특히 대원수 모홀리에게 으뜸의 으뜸상을 내릴 것이며, 짐의 델과 갑옷, 무기를 하사할 것이다. 또한 우수한 공로자의 장부에 가장 먼저 기록하고, 다른 나라에 큰 직위를 봉할 것이다. 또 사신을 보내 요동의 야율유가가 와서 절하는 것을 윤허하는 답서를 전하게 하고, 금주錦州의 반역자 장치를 토벌할 것을 고한 대로 원수 모홀리에게 맡겨 결정하게 하라. 올해 새로 이동해 왔으니 올해 안에 함께 도읍에 이르도록 하라!"

봉황 보개를 쌍으로 들자마자 칭기스 칸은 용포의 소매를 털고 천상의 주악이 울려 퍼지는 가운데 내궁으로 돌아갔다. 문무백관은 사방으로 흩어져 각자의 일을 해결하기 위해 각 부서로 돌아갔다.

한편 원수 모홀리는 수하의 한인 대장 세첸 타오에게 3천 명의 병력을 내어주고, 메헤이 보다와 함께 합세하도록 보냈다. 그 사이에 또 칭기스 칸은 친히 남쪽으로 들어갈 장군과 병사 모두가 준비되자 보가르지, 출론 두 사람을 좌우익의 대장으로 삼고, 24명의 태사, 태보, 태부 장수들을 이끌고 주악을 울리며, 칸의 대오로 남쪽으로 진군했다. 10월 초순 대군이 출발하여, 어아락강에 이르러 세 번째 병사를 선발하고, 먼저 사이한 소르탈트에게 1만 병력을 내어 주었고, 서하의 남부군을 통솔하여 경조京兆로 들어가 동관으로 갈 때 대원수 모홀리가 그 소식을 듣고 서둘러 사람을 보내 칸을 동관의 길이 어려움이 있어 여기서 다른 길을 찾았다는 것을 고하도록 했다.

칭기스 칸이 회군하여 갈 때 잠발이 조용히 고하기를 "남쪽 숭산 가운데 한 좁은 길이 있습니다. 100리 가운데 험한 고갯길을 금나라가 이미 훼손해 놓았다고 들었습니다. 원수께서 분명 그 길로 들어가셨을 것입니다. 신이 먼저 그 길을 살펴보기 위해 가겠습니다"라고 하고 앞서갔다.

칭기스 칸이 숭산에 이르자, 모홀리가 칸을 영접하러 나와 절하고 조용히 몇 마디를 고했다. 숭산에 들어가 이틀을 가지 않아 정말 험하디험한 산의 정상에 이르자 잠발이 벌써 와서 쇠로 된 창 자루로 다리를 놓고 큰길을 만들어 놓았다. 이튿날 그 다리를 건너 숭산을 넘어 곧 여러 주와 군을 점령할 때 여러 주군의 사람들이 몽골군을 보고 하늘에서 내려왔다며 놀라 혼비백산하여 흩어져 달아났다. 몽골군이 변경 가까이 이르자 금나라는 크게 다급한 상황에 놓였는데, 산동의 한 군단인 화모군 5만 명이 있었기 때문에 후한 상을 내려, 변경에서 20리 밖의 관성關城을 사수하며 싸워 겨우 변경을 지켜낼 수 있었다.

그러자 몽골군이 돌아가 섬주陝州를 점령하고, 때마침 강물이 얼어서 강을 건너 중원으로 갈 때 도중에 동관을 안에서 함락시키며 진격해 나갔다. 금나라는 뒤에서 옛 도성을 지키기에 바빴다. 몽골군이 사방에서 공격한 지역은 남김없이 모두 투항했으며, 몽골군의 위엄이 사해에 널리 떨쳤다. 칭기스 칸은 경도京都에 가서 지냈다.

그런 뒤 요동의 야율유가가 어떻게 곧바로 오게 되었을까? 원래 야율유가는 칸의 명으로 금나라 동경을 함락시키고, 칸에게 절하기 위해 대도로 가려고 할 때 부하 가특가可特哥가 만노의 아내 이선아李仙娥를 빼앗는 사건이 일어났다. 야율유가가 크게 분노하며, 이는 옳지 않은 일이라고 비난했다. 그러자 가특가가 마음속으로 배반할 마음을 품었다.

그때 야율유가의 신하 야사보 등이 상의하여 야율유가를 칸으로 추대하려고 하자 야율유가가 여러 사람에게 일러 말했다.

"그대들은 존귀함의 좋은 것은 알지만 큰 고통의 해는 알지 못하고 있소. 나는 원래 평민으로, 뜻을 가지고 군대를 조직해서 요동을 점령했소. 몽골 칭기스 칸이 원수 아즈나이 메르겐로 하여금 요동을 공격하기 위해 보냈을 때 우리는 우호적으로 지내기로 함께 삽혈동맹을 맺었고, 나는 이미 몽골에 투항했소. 몽골도 나를 전혀 배반하지 않았소. 그런데 이제 내가 몽골에 배반한다면 하늘을 거스르는 일이 될 것이오. 사람이 하늘을 거스르면 필시 큰 고난이 닥치는 법이오. 이 요왕도 다스리는 자가 적지 않소. 한 사람 아래 만 사람이 있으며, 만 사람 위에 있는데 다시 또 무엇을 바라겠소?"

야율유가가 신하들의 말을 받아들이지 않자 뭇 신하들이 백성들과 논의하여 반드시 칸에 오르도록 하겠다고 했다. 야율유가는 방법이 없어 아프다는 핑계로 처소에서 두문불출했다. 야율유가는 사람들이 흩어지자 큰아들 야율설도耶律薛闍를 데리고 금패와 은패, 갖가지 보화, 비단 등을 60대의 수레에 싣고, 밤에 몰래 처소를 나와 대도에 있는 칭기스 칸을 알현하기 위해 갔다.

그때는 계동 12월 초하루였다. 야율유가가 칭기스 칸에게 절을 올릴 때 사방의 옥으로 된 문이 훤하게 열리고, 8개 길의 등불이 빛을 발하며 타올랐다. 문무백관은 용으로 장식된 궁으로 별처럼 모여들어 봉황이 날개를 펴듯 양쪽으로 질서정연하게 대오를 이루고 섰다. 신호탄 다섯 발이 연달아 울리면서 동시에 세 번의 신호를 보내자, 천상의 악기 소리가 멀리서 들려왔다. 나라에 향냄새가 은은히 퍼지고, 천상에서 울려 퍼지는 북과 바라 소리가 궁에 울렸다. 은빛 불등이 눈을 부시게 하고, 칸의 군대가 대오를 이루고 서 있었다. 천자가 궁으로 나오자 문무백관들이 일제히 절했다.

그러자 칸이 명하기를 "오늘 조정에 한인 대신 가운데 가장 먼저 투항한 자를 배알케 하시오!"라고 하자, 태부 사이한 소르탈트가 고했다.

"한인 신하 유백림劉伯林이 가장 먼저 항복했습니다."

칸이 이르기를 "유백림은 어려움을 당했을 때 투항했소. 그것을 어찌 투항이라 할 수 있겠소?"라고 하자 사이한 소르탈트가 크게 두려워하며 서둘러 몇 번을 숙고하다가 갑자기 요동의 야율유가가 생각나 급히 무릎을 꿇고 고했다.

"진정 성심을 다해 투항한 자는 요동의 군주 야율유가입니다."

그러자 칸이 그 말을 인정했다.

"그 말씀이 옳소. 요동의 야율유가는 만 리나 떨어진 먼 곳에서 마음을 다해 귀순해 왔소. 아무도 그와 비교할 수는 없을 것이오. 먼저 요왕 야율유가를 알현토록 하시오!"

그러자 3공 6경이 모두 "예!" 하며 여러 사람 가운데 야율유가를 극진히 모셔 궁에 인도해 들어가게 했다. 그러자 야율유가가 칸 앞에 무릎을 꿇고 칸을 배알했다.

칸은 눈을 들어 야율유가를 자세히 살피고는 그의 곧은 성품을 보고 기뻐하며 미소지었다.

"야율유가, 그대는 어찌하여 천 리 먼 곳에서 과인을 알아보고 투항하려 마음을 먹었소?"

야율유가가 고하기를 "천자는 멀어도 별처럼 가까이 계십니다. 폐하께서 비록 먼 곳에 계신다 해도 북극성처럼 가까이 계십니다. 천체의 형상으로 신성한 군주를 분명히 알아보았나이다"라고 하자 칸이 그 말을 듣고 옳게 여기며, 야율유가에게 계속해서 요동을 다스릴 군주의 금부와 왕의 호부를 만들어 주고, 왕위를 계승할 아들을 고하라고 했다. 야율유가가 큰아들 설도를 고하자 칸이 미소 지으며 말했다.

"진정 아비가 아들을 데리고 온 것은 참으로 잘한 일이오. 내가 그대 몇 사람의 아들이 교대로 나를 알현하러 올 때 보니 그대 큰아들 설도가 그대의 자리를 이을 만하더이다. 설도는 지금 어디에 있소?"

그러자 야율유가가 고했다.

"폐하 곁에서 힘을 바치게 하려고 데리고 왔나이다."

칸이 크게 기뻐하며 설도를 궁으로 불러 지위를 계승할 공의 작위를 상으로 내리고, 자신의 곁에 남아 있게 했다. 그리고 야율유가에게 백성의 수를 묻자, 야율유가가 "90만 이상이 됩니다"라고 답했다.

"그대의 요동 군사 3천 명을 보내시오. 내가 훈련이 어느 정도 되었는지 보겠소!"

그리고 야율유가가 보내온 60대 수레의 귀한 물품과 금은보화를 흰 가죽 자루에 펼쳐 놓고 천지신령께 보여 고하고, 나라 창고에 넣도록 했다. 야율유가는 칭기스 칸에게 절하고 조정에서 내려왔다. 그밖에 그날 칸은 조정에서 명해 태사인 몽골 보가, 오야아의 군대가 장경의 아우 장치를 공격하여 제압하자 장치가 달아났으며, 금주 등지의 평주, 난주, 서주, 유주, 기주, 광녕부 등의 성읍[9]을 모두 빼앗았다는 상주문이 올라왔다. 칸은 곧 그 공을 가려 논공행상을 하고, 군대를 철수하라는 명을 내리고 태자 우구데이를 앞서가서 맞이하라고 했다. 또 다른 한 표문이 이르렀는데 금나라에서 사신을 보내 예를 갖추어 은혜를 구하고 화친할 것을 고했다. 또 오르트 보드로고트의 아들 사인 모호가 윤허해 줄 것을 청하는 상주문을 보며, 칸이 사인 모호에게 어떻게 하면 좋을지 물었다.

그러자 사인 모호가 고하기를, "여러 친왕과 대신들께서 논의한 바는, '폐하께서 대규모 사냥에서 늑대들을 모두 잡으셨는데 어찌 토끼 한 마리를 놓아 주시는 것인가?'라고 했습니다."

칸이 머리를 끄덕이며 그 표문에 대한 답장으로 "산동과 하북의 여러 성을 바치고, 그대의 황제 칭호를 거두라. 내가 그대를 하남왕河南王에 봉하여 하남 지역을 다스리게 할 것이며, 후대에 종묘에 제의를 드리는 것을 전승케 할 것이다. 이와 같이 하면 내가 군대를 파병해 공격

---

9 다른 자료에 보면, 장경의 동생 장치(첨)가 그 형이 주살되었음을 분하여 여겨, 금주에 웅거하면서 반란을 일으켜 평주, 난주, 서주, 이주, 의주, 광녕주를 약탈하였으며, 무칼리가 몽골부카 등 군사 수만 명을 이끌고 가서 토벌하니, 여러 고을에서 장치(첨)가 임명한 수장과 실무관원들을 죽이고 항복해 왔다고 언급하고 있다(방기혁 역, 「무칼리」, 『원사 열전』 권6(e-book), 슬기야단비야, 2015 참조).

하는 것을 멈출 것이다"라고 하는 칙서를 잠발에게 주어 변경으로 보냈다. 이에 금나라는 생각한 일을 이루지 못했기 때문에 공격할 준비를 했다.

한편 야율유가는 그날 조정에서 내려와 자기 아들을 남겨놓고, 먼저 태부 걸노乞奴와 통고여統古與 두 사람에게 몽골군 300명을 데리고 가게 하여 앞서 보내고, 자신은 그 뒤에서 천천히 갔다. 그때 걸노와 통고여가 못된 생각을 품고 요나라로 돌아가서 가특가를 꾀며 말했다.

"그대가 만노의 아내를 빼앗아 정도에서 벗어난 것을 황제께 송사하여 그대를 붙잡게 하려고 우리를 보냈소. 그대가 배반하지 않으면 반드시 곧바로 잡힐 것이오."

가특가가 벌이 두려워 곧 걸노와 통고여, 야사불耶斯不 등과 상의하여 '야율유가가 몽골에서 죽었다'고 거짓 소문을 퍼뜨렸다. 그리고 많은 사람을 이끌고 반역을 도모하여 자칭 천왕天王이라고 칭하고, 국호를 대진大眞이라 했으며 천위天威 원년이라 했다. 그리고 몽골군을 잡아 죽일 때[10] 병졸들이 도망치다가 도중에 야율유가를 맞으며 와서 가특가가 배반하여 칸위에 오른 정황을 고하자 야율유가가 웃었다. 그리고 곧 대도로 돌아가 칭기스 칸을 알현하고 이를 고하자 칸이 "괜찮소. 그대는 속민들을 잃었다고 탄식하지 마시오. 내가 그대에게 해를 지내고 준마와 철기명을 보내 그대의 지역을 아낌없이 되찾아 주겠소"라고 하자 요왕이 감동하여 그 은혜에 절했다.

---

10 이때 가특가는 태조 황제가 보낸 300명을 죽여 버린다(방기혁 역, 「야율유가」, 『원사열전』 권36(e-book) 참조).

칭기스 칸은 요동을 공격하라는 명령을 내리고 병사를 점검했다. 이어서 몽골의 대장 사천예의 군대가 흥주興州를 공격하여 점령하고, 성을 지키던 절도사 조수옥을 생포하여 압송해 왔다. 그러자 칭기스 칸이 은혜를 베풀어 그에게 원래 지위에 있도록 하고, 사천예에게 그를 지휘토록 했다. 그리고 조수옥을 사천예의 군대에 배속시켜 공을 세워 보이라고 명했다.

연말이 되어 4개로의 대군이 차례로 돌아오자 칭기스 칸은 태자를 위시해 태사, 태보 등으로 대군을 맞이하게 했다. 특히 원수 모홀리의 군대가 돌아올 때는 칭기스 칸이 친히 성에 나가 모홀리를 맞아 술을 따라 주었다. 여러 장수들이 조정에 모이고, 칸이 보좌에 올라 좌정하자, 문무백관이 절한 뒤 사방에서 투항한 성의 수를 적은 상주문을 올렸다.

그것을 보면 남쪽 금나라를 정벌한 이 5년 사이에 정복한 성읍의 수가 총 892개가 되었다. 칭기스 칸은 연지燕地를 정하고, 축하연이 벌어지는 사이에 천지, 일월, 선조에게 제의를 올렸다. 문무백관은 태후와 황후 등에게 예를 다해 절하고, 만백성에게 조서를 내려 죄인을 사면하고, 큰 연회를 베풀었다. 그리고 크고 작은 공로의 정도에 따라 상을 내렸다. 또 다음 해 정월에 이어서 봉작을 결정하라고 명했다.

그리고 사방 성시의 군신들이 새해를 맞아 칸에게 신년 하례를 위해 모두 대도에 모여들었다. 칭기스 칸은 예전 몽골의 신하와 아우 친왕들, 태자 친왕들을 데리고 연회를 열어 새해 명절을 축하했다. 그때 넷째 태자 친왕 톨리를 불러 술을 한 잔 따라주며 말했다.

"올해 8월 초여드레에 태어난 너의 넷째 아들 쿠빌라이는 분명 비범한 사내가 될 것이다. 이 손자를 낳을 때 여덟 가지 신기한 사건이 있었다. 첫째는 나의 꿈에 응했고 둘째, 황후 역시 꿈을 꾸었다. 셋째, 대도를 점령했고 넷째, 좋은 향기가 나고, 열기가 집안에 가득했다. 다섯 번째, 홍라산에 이르러 대장 두수가 투항했고, 여섯 번째, 부마의 군대가 승리했다는 소식이 왔다. 일곱 번째는 아우 하사르의 승전보가 도착했고 여덟 번째, 너의 군대가 승리했다는 소식이 전해졌다. 이어서 모홀리 원수가 여러 성읍을 점령했다는 이 모든 일은 손자 쿠빌라이가 태어난 날에 맞추어 전해졌다. 이렇듯 이 아이는 분명 80세 이상 장수할 것이며, 천하를 하나로 통일하여 그 이름을 존귀하게 할 듯하다. 또 이 아이가 태어나면서 우리나라 군대가 군단마다 모두 크게 승승장구했다. 이러한 길조는 바로 이 아이 탄생의 길조와 부합한다. 네가 비록 천성이 우직하나, 너의 이 아이는 분명 덕과 지혜를 갖춘 큰 인물이 될 것이다. 잘 키워 선조에게 보답하도록 하거라!"

그러자 톨리를 위시해 문무백관은 칭기스 칸이 이렇게 손자를 축복하자, 모두 기뻐하며 절하고 대 연회를 즐겼다.

사관 타이지 인잔나쉬의 시 한 수

> 금강석은 단단한 돌에서 자라나고
> 모든 성인은 모름지기 굳센 지조에서 태어나네
> 태평의 예조가 조정에 나타나
> 천하를 통일하여 평정하라는 천명이 드러났네

제48장

사해의 5색 국가를 10개 지역으로 나누어 자식들에게 분봉해 주었네 삼공육경의 대신과 아홉 공신을 위해 연회를 베풀고 담소를 나누었네

병자년丙子年, 대몽골국의 칭기스 칸 11년, 송나라 영종 가정 9년, 금나라 선종 황제 정우 4년, 이해 태조 성조 칭기스 칸의 나이 55세였다. 이 장부터 몽골의 사건이 매우 많기 때문에 이전과 마찬가지로 상세히 서술할 수 없다.

한편 정월 초하루 인시寅時에 칭기스 칸이 조정에 오르자

만국이 가득 신년하례를 위해 모여들었네
문무백관이 단 아래서 잔을 올렸네
나라의 영전令箭이 연이어 소리를 내며 날아갈 때
신하, 친왕, 대신들이 모여들었네
금 불등이 사방에서 반짝이며 모여들고
단향의 향기가 사람의 마음을 설레게 하네
잘 닦은 백옥의 단 위에 금사, 은사로 짠 비단이 가벼이 하늘거리고

먼지 한 점 없이 정결하고 빛나는 곳에 대신들이 모여드네
소식을 알리는 다섯 번째 영전이 이르자
황금 종, 옥 바라가 함께 음향을 발하고
커다란 궁전의 청동 종이 아주 멀리서 울리며
9중 궁궐 천상의 악기가 주악을 시작하네
칸의 채찍소리가 세 번 울리자 곧 잠잠해지고
궁전에 풍악 소리가 가득 울려 퍼지네
별빛 어두운 곳에 용등이 비추자
만민을 다스리시는 성조 칸이 내려오셨네
뭇 신하들이 신호를 따라
앞으로 무릎을 꿇고 절할 때 일체 말 없이
3*3 아홉 번 앞뒤로 예를 다해 절을 올리고
장수의 복을 기원하며 만만세를 외쳤네

그런 뒤 칭기스 칸이 밖으로 나가 오색 진미의 제수를 갖춰 천지에 축수하고 돌아와 태후에게 절을 올렸다. 곧 궁에서는 만국이 새해 아침의 예식대로 즐거운 연회를 베풀었다. 붉은 태양이 동쪽 하늘에서 떠오르자, 칭기스 칸은 내궁으로 입궁했다. 뭇 신하들은 조정에서 나와 물이 흐르고 구름이 흘러가듯 사방으로 흩어져 각자 집에 돌아가 집안일을 마치고, 용시에 연회의 종과 북이 울리자 문무백관이 궁으로 나왔다. 성군이 보좌에 좌정하자 백관들이 절했다.

그러자 칭기스 칸이 말하기를 "이 세상 사람들에게는 대개 연분이

있으며, 부모님은 머리요, 형제는 수족이며, 처자는 옷이라 할 수 있고, 신하는 갑옷과 투구와 같다 할 수 있소. 오늘 짐은 인륜을 시작으로 하나하나 구분해 말하려 하오. 첫째, 나의 부왕의 형상을 금으로 만들어 태묘에 모셔 제의를 드리시오. 특별히 짐의 어머니 태후께서는 춘추가 일흔일곱의 고령이 되셨기에 나라의 큰 창고에서 황금 천 냥, 백은 만 냥, 피륙 10만 필을 지원하고, 속지인 892개 성읍의 창고를 열어 재물을 내어, 속국의 60세 이상의 노인들에게는 하나의 몫을 주고, 70세 이상은 두 개의 몫을 주며, 80세 이상은 세 개의 몫, 90세 이상은 네 개의 몫, 100세 이상은 다섯 개의 몫을 분배하고, 110세 이상의 노인은 짐을 알현토록 하시오. 특별한 상을 하사할 것이오. 120세 이상의 어르신을 찾으면 먼저 '나라의 어르신'이란 칭호를 올리고, 지팡이를 짚게 하여 나를 알현케 하시오. 특별히 달리 봉할 칭호가 있소. 만약 그 이상의 어르신을 발견하게 되면 모두 가마에 앉혀 내게 모셔오도록 하시오. 별도로 대할 일이 있소. 한 사람 당 선물로는 은 한 냥, 피륙 한 필, 열 되의 곡식으로 그 양을 정하도록 하시오. 80세가 넘은 어르신일 경우 황금 한 돈을 더해서 드리도록 하시오.

이 가운데 탐욕적인 자는 분명 나이를 높여서 그 상을 속이는 자가 있을 것이오. 그런 자는 반드시 그 친족과 친지, 이웃에게 물어 자세히 조사하여 발본색원하시오. 그렇게 해도 또 속이는 자가 나오면 중한 벌이 내려질 것이오. 이들 상은 다섯 분의 국노國老께 관장하게 하고, 그 가운데 네 분은 외지로 나가 조사하고, 한 분은 나라 안에 남아 조사하게 하시오. 또 5대 악인 이외에 죄인을 일시에 감형해 사면해 주시오. 이러한 명령을 전국에 알리시오. 이것은 나의 부모님의 은혜에 보답하기 위한 일이오. 게다가 나 역시 쉰다섯의 나이가 되어, 점점 늙어가는 자의 반열에 서게 되었소. 비록 송나라, 금나라 두 나라를 아직 평정하지 못하고, 천하를 하나로 통일하지 못했지만, 중원의 반과 북방의 동서부 지역을 아울러 세상의 반을 정복했소. 범사에 세심히 살펴 숙고하지 않으면 아니 될 것이오.

지금 내가 관심을 두고 생각하는 일이 있소. 송, 요, 금나라 이들 나라는 특별히 하나의 사직을 생각한다 하여 어떤 한 자식를 황제에 봉하면 다른 태자들이 황제가 되는 것을 막고, 이름뿐인 친왕이나 후侯로 봉하여 그들이 변심하여 반역하고 다투는 것을 경계한다고 하오. 내가 볼 때 그러한 것들은 모두 자신을 속이고 남을 속이는 일이오. 내가 원래 범인인데 어떻게 지금 이 자리에 오를 수 있었겠소? 만약 칸의 보좌에 오를 덕을 가졌다면 평민이라도 칸이 되는 것을 막을 수 없소. 진정 칸에 오르는 자가 모든 것을 지킬 수 있는 덕이 없다면 칸이 된다 해도 그 지위를 잃고 말 것이오. 나는 몽골의 사직을 이루고 오늘에 이르렀소.

세상의 법도로 비록 나누어져 있어도, 변천해 가는 세상사에는 하늘의 뜻에 따른 각각의 질서가 있소. 내가 만 년을 따를 수 있는 이치가 있겠소? 나의 자손과 신하들의 후손들을 오래도록 생각해도 달리 방법이 없었소. 이렇게 상당히 여러 해를 생각하다가 지난해 이 대도를 점령하고 금나라 사람들이 겁에 질려 슬퍼하는 것을 보고, 한 가지 방법을 생각했소. 이제 내게는 네 명의 아우와 네 아들, 매제, 사위, 이들 열 명 이외에 네 명의 장군사준, 여섯 대신, 9경卿들이 있소. 이들을 서로 다른 먼 지역을 다스리게 하여 각자 자신의 뜻을 마음껏 펼치도록 왕에 봉하면 무슨 싸움이 있겠소? 실상 싸우든 어쨌든 모두 나의 자손이니 능력 있는 자가 황제가 될 것이오. 이 말은 비록 예법과 규범에 위배되는 것 같지만 끝내 여기서 벗어날 수 없소. 10명의 본가 자손들과 9경의 공훈 있는 집안의 어느 누군가 세력을 얻어 흥하면 곧 내가 흥하는 것과 같지 않겠소?"

그리고 친왕 벨구테이를 불러 말했다.

"둘째 아우 친왕 너는 귀한 사직을 이루기 위해 등골이 찍히도록 물불을 가리지 않고 죽을힘을 다해 싸워 형인 나를 지키면서 오늘에 이르렀다. 형도 이제 늙어가고 있다. 그러니 너희들 각자의 입지를 갖도록 해주겠노라. 내가 이처럼 귀하게 된 것은 네 명의 형제와 4준, 여섯 대신, 조정의 9경 모두가 사력을 다해 분투하여 이루어낸 결과이다. 내가 오늘 머무를 곳을 얻었기에 이제 너희들의 머물 곳을 일러줄 때가 되었다."

그리고 칭기스 칸은 한 사람 한 사람에게 작위를 봉했다. 둘째 동생 친왕 벨구테이는 북쪽 지역의 오마이, 수센기 두 지역의 20만 호를 다스리게 하고, 오마이 왕에 봉해 이들 지역을 식읍으로 주었다. 셋째 동생 친왕 하브트 하사르에게는 호르친부와 라오사진 이 두 지역의 2만 호와 망간 이스라의 10부족을 다스리게 했으며, 호르친의 왕으로 봉하고, 이를 가산으로 삼아 주었다. 넷째 아우 친왕 오이트 오칙에게는 오그니오드, 게게테이, 발초탄, 하르 체렉 이렇게 네 개의 작은 지역을 식읍으로 주고, 2만 호를 다스리게 하였으며, 케레이트의 왕으로 봉했다.

그리고 태자들을 부르자 전체 7명의 아이들이 앞으로 나왔다. 광헌 황후 부르트겔진에게서 태어난 주치, 차가타이, 우게데이, 톨리 네 아들 그 밑으로 세 아이가 태어났다. 서궁의 귀비 골린 사란 부인에게서 다섯째 태자 길구렐, 동쪽 궁의 귀비 주스트 부인에게서 여섯째 태자 주르츠, 또 동궁의 둘째 귀비인 주스릭 부인에게서 일곱째 아들 주르치다이가 태어났는데, 이 세 태자는 아직 십대였기 때문에 관직에 봉하지 않았다. 다섯째 태자 길구렐은 태어날 때부터 매우 수려하고, 금과 진주처럼 윤기가 흐르며 빛이 났기 때문에 이름을 길구렐이라고 했다. 여섯째 태자는 태어날 때 마침 주르친 부족이 투항했기 때문에 주르츠라고 했다. 일곱째 태자가 태어날 때는 주르치다이 부족을 투항시켰기 때문에 이름을 주르치다이라고 했다. 태조의 이 세 자식은 후에 그 이름이 드러나지 않았는데, 분명 후에 먼 나라에 봉해졌기 때문일 것이다.

한편 칭기스 칸은 큰아들 친왕 주치를 북쪽 톡그목 대국의 칸에 봉하고, 지역을 식읍으로 주었다. 둘째 태자 친왕 차가타이는 병법에 능했기 때문에 서부 서역국, 흰 모자를 쓴 회회국 전체의 칸에 오르게 하고, 그 지역을 식읍으로 주었다. 셋째 태자 친왕 우구데이는 지모가 뛰어나고 사려 깊었기 때문에 남쪽 중원을 다스리는 칸으로 삼고, 이 지역을 식읍으로 내어 주었다. 넷째 태자 톨리는 곧고 용감했기 때문에 북방 고토인 40만 푸른 몽골을 다스리는 칸으로 삼고, 몽골을 분봉하여 본토를 지키게 했다[원주] 지금의 남북 지역은 모두 예종(睿宗) 톨리 칸의 소유이다. 아! 성조 칭기스 칸 선조는 그 당시 그처럼 지역을 분봉하였는데, 후에 명나라에 사직을 빼앗기고 달아나 몽골 땅에서 살았다. 만약 다른 나라처럼 한 사람에게 통치의 권한을 주었다면 지금의 황손들이 어디서 지내며 어떻게 살았을까? 진실로 성조께서 하신 작은 일도 천 년의 득이 되는 것을 말해 무엇하겠는가?.

또 자신의 매제요 부마인 보토에게 이질즈, 미질드, 차일즈 이 지역을 식읍으로 주고, 세 나라의 칸으로 봉했다. 이밖에 나라의 다섯 명의 국노國老, 다섯 명의 태사, 네 명의 장군4준, 여섯 대신, 9경 모두 각각 한 지역을 식읍으로 주고, 그 지역의 군주로 삼았다. 그 외에 나중에 귀순한 공신을 한 주의 수장으로 삼고 백호장, 천호장, 만호장에 봉했으며, 조서로 각각 지위에 봉한 다음 첫째 태자 주치와 넷째 태자 톨리를 불러 명했다.

"너희에게 북방 지역을 주었다고 다른 지역을 받은 자들과 다투지 말라. 북방은 재해가 적고 재앙이 심하지 않다. 장기적으로 보면 훗날 북방이 더 나을 것이다!"

그러자 백관들이 "만세!"를 여러 번 외치며 절하고, 모두 대연회에 참석하여 잔치를 즐길 때 칭기스 칸은 동생들과 아들, 친인척, 신하, 나라의 백성들에게 이렇게 말했다.

지혜로운 자들을 사방으로 보내 계략을 써 나라를 모아들임으로
많은 자를 다스리고, 모두를 지키는 대칸이 되었네
음양의 이치를 알면 힘든 강적을 복종시키기 쉽고
덕과 의를 알면 다른 자를 자기 뜻대로 이끌기 쉽네
몸으로 용맹하면 한 시대의 용사요
지혜를 갖춘 용사는 만 대의 호걸이라네

세상에 사람들이 많아도 살펴 아는 자가 적고

살아있는 자는 많아도, 일을 생각하고 끝내는 자가 적네

수만의 병사, 군마보다 나라의 법을 아는 한 사람의 현자가 낫네

사나이는 자신을 재물로 장식하기보다 덕으로 장식하고

여인들은 용모를 중시하기보다 지성으로 자신을 장식하라

높은 산의 정상이 험하고

넓은 바다의 얕은 물길이 없어 멀다고 낙담하지 마라

무겁다고 체념하지 말고, 움직일 방법을 생각하라

가볍다가 얕잡지 말고, 자신의 능력을 가늠하라

넘을 수 없는 고개가 있다고 생각하며

어떻게 해서든 넘어야 한다고 심려하지 마라

무슨 일이 있어도 넘을 수 없는 강을 넘어야 한다고 생각지 마라

넘고 건너는 것은 오래 생각하면 방법을 찾을 수 있고,

거꾸로 움직이는 것을 오래 생각하면 묘안을 얻을 것이네

한마음을 가진 사나이는 사나이가 아니라 보배요,

두 마음을 가진 사나이는 사나이가 아니라 여인네라 할 것이네

한마음을 가진 여인네는 여인이 아니라 사나이라 하고

두 마음을 품은 여인네는 여인네가 아니라 악귀라 할 것이네

자신의 잘못을 다른 이에게 물어 알고

마음의 실수를 스스로 살펴 반성할 것이네

화살촉이 비록 곧고 단단하나 깃이 있어야 하고

활의 쥠새가 비록 단단하고 힘이 있어도

시위가 없이는 활이 될 수 없네
사람이 비록 용맹스럽게 태어나도 무기가 없어서는 아니 되고
자식이 비록 지혜롭고 영리해도 가르침이 없어서는 아니 되네
마음은 몸의 주인, 마음이 혼미해지면 몸은 곧 자리에 눕고
군주는 나라의 칸, 군주가 잘못하면 나라는 곧 망할 것이네
잠은 몸을 보양하지만 지나치게 자면 병이 되고
행복은 인간이 추구하는 바이나
행복이 지나치면 근심이 이르네
그릇된 일에 탐하는 마음을 버리고
어떠한 일이 있어도 그릇되이 행하지 말라
좋은 일은 확고히 뜻을 세워 일을 이루라
사람이 비록 지혜롭다 해도 배움 없이는 아니 되고
준마가 비록 빠르다 해도 타지 않고는 알 수 없네

말을 마치고 또 태자들에게 "인간의 연회 가운데 최고의 연회는 어떤 것이라 생각하느냐?" 하고 물었다.

그러자 차가타이가 "낡은 해를 뒤에 하고, 새해를 맞아 길조 가득한 명절 잔치가 최고의 연회일 것입니다"라고 했다.

칸이 미소 지으며 말했다.

"어린아이가 아직 태어나지 않아 이름을 지어주지 못하고, 어머니 배에서 나오지 않아 아직 빛을 보지 못하다가 새로운 해를 맞이하여 누군가의 이름을 짓고, 아버지를 얻고, 보살피는 어머니를 알게 된 그

것이 인간의 최고 행복이요, 최고 기쁨일 것이다! 이후에 너는 부모에게서 태어난 날 경축의 예대로 잔치를 하고, 부모에게 제의를 드리면 그것이 바른 예일 것이다. 이 가운데 내포된 의미가 참으로 깊다!"라고 했다.

칭기스 칸의 말을 듣고 조정의 문무백관이 놀라 절했다. 칸은 백관들에게 명하여 각기 생각하는 바를 이야기하라고 하자, 태자 차가타이가 고했다.

"쓰러지지 않은 나무에 예리한 톱이 필요하고, 쓰러진 나무에는 재주 있는 장인이 필요합니다. 세워지지 않은 사직에 용감한 장수가 필요하고, 세워진 사직에 현명한 스승이 필요합니다. 여러 가지 도를 알지만 말하지 않는 현자보다 지나간 것을 설명하여 말하는 어리석은 자가 낫습니다. 보화가 넘치는 먼바다보다 문밖에 있는 작은 우물물이 낫고, 지식과 능력을 갖추었으나 말하지 않는 현자보다 여기저기서 얻어들은 것을 말하는 바보가 낫습니다. 귀한 지위를 얻는 것에 재물을 쓰는 부자보다 늘 변함없이 구제하며 살아가는 빈자가 더 낫습니다!"

그러자 우게데이가 고했다.

"인간이 후회하는 종류에는 여섯 가지가 있습니다. 그것은 먼저 지식과 능력을 열심히 익히지 않으면 그것을 사용해야 할 때 후회하고, 귀하게 되어 청렴하게 살아가지 않으면 지위가 떨어질 때 후회합니다. 부자가 되어 행복할 수 없으면 빈한해진 때에 후회하고, 술에 취해 절제하지 못하면 깨어날 때 후회합니다. 말이 많으면 손해를 보고 나서야 후회합니다. 현명한 신하는 이 여섯 가지를 자신에게서 멀리하지 않는 것이 좋을 것입니다.

세상에 또 세 가지 가엾은 일이 있습니다. 먼저 귀하게 된 연후에 낮아지는 것이 가엾고, 먼저 부자였다가 후에 가난해지는 것이 애석하고, 어리석은 자가 많은 가운데 한 사람의 지혜로운 자가 가엾습니다. 병아리 새끼가 날갯짓하며 날아다니다가 쥐를 잡아먹고, 그 기세로 날쥐에 살그머니 다가가다 고양이에게 잡아먹힌다고 했습니다. 이 세 가지는 모두 애석한 일입니다."[원주] 이것은 무슨 의미인지 잘 알지 못한다. 문헌에 있는 대로 기록했다

그러자 칸이 은근히 미소를 짓고 고개를 끄덕이며 말했다.

"현명한 신하는 나라의 보배요, 현명한 아내는 집안의 보배라 할 수 있다. 아무리 작은 일이라도 시작하지 않으면 일을 이루지 못하고, 아무리 자식이 총명하게 태어나도 가르침이 없으면 능숙할 수 없다. 다른 사람에게 존경을 받거나 가벼이 여김을 받는 것은 자신에게 달렸다. 마니륜을 돌리고 멈추게 하는 것은 우리 손에 달려 있다. 살진 말을 먹이지 않았는데, 어찌 살이 마르지 않을 수 있겠는가? 친한 친구를 일깨우지 않으면 어찌 잘못을 알겠는가? 사랑스런 자식을 가르치지 않으면 어찌 규범에서 멀어지지 않게 할 수 있겠는가? 포옹하고 있는 여인을 떼어놓지 않으면 어찌 음란함에서 벗어날 수 있겠는가?"

그때 오요트 세첸이 그 사이에 끼어들고, 여러 대신이 한 마디씩 하며 서로 이야기할 때 칸이 "내 귀가 듣게 하고, 마음을 기울이게 하시오"라고 했다.

오요트 세첸이 칸의 명에 따라 고했다.

온 나라 백성들의 행복은 군주의 보호 안에 있고
부인된 자의 행복은 사랑하는 장부의 좋은 점에 있네
백성들의 흠뻑 취함은 군주의 은혜에 있고
사직의 평안함은 만백성의 희락에 있네

그러자 오욘고가 이렇게 고했다.

독주가 뱃속에 들어가면 주군의 법에 저촉되고
엄격한 법에 갑자기 걸리면 모든 이의 조롱감이 되네
어둠 속에서 쥐가 먹이를 배불리 먹다가 나오는 것을 잊고
달려오는 고양이에 잡혀 안타깝게 먹이가 되네

사이한 소르탈트가 그 뒤를 이어 고했다.

검은 영양이 바위와 싸우면 자기 몸을 다치게 하고
백성이 황제와 싸우면 그 머리가 베어지네
거북이가 조개와 싸우면 몸이 집히고
이역의 나라가 침략해 주군과 싸우면 나라가 멸하네

그러자 토르곤 샤르가 고했다.

개가 새끼를 낳을 때 적어도 세 마리 다섯 마리를 낳는데

온순함 없이 서로 물고 뜯으며 하나로 무리를 이루지 못하네
양이 무리 지을 때 그 수가 많아도 한자리에 모이고
서로 해침 없이 천만으로 화목하게 무리를 이루네
나라를 위해 적과 싸울 때 사냥개처럼 달려가고
궁에 돌아와 사직을 지킬 때 초원의 양처럼 무리를 지으리라
주군을 지키고 지낼 때 집 개처럼 지키고
돌아와 법을 준수할 때 울타리의 양처럼 지키리라

그러자 태사 데이 세첸이 고했다.

개와 같은 진실한 벗을 얻기 힘드네
빈자에게 키워졌어도 부자를 따르지 않고
평민에게 키워졌어도 권문세족을 따르지 않네
용맹한 장수가 되어 개에 미치지 못할까?
열 개 몸과 하나의 머리를 가진 물고기는 살아가기 쉬워도[원주] 이 열 개 몸과 한 개 머리를 가진 물고기는 『산해경』에 나오는 것을 보았다
아홉 개 머리와 하나의 몸을 가진 새가 살아가기는 참으로 어렵네![원주] 이 아홉 개 머리와 하나의 몸을 가진 새는 『산해경』과 『만보전서』에 모두 나온다

칭기스 칸이 이를 옳게 여겼다. 그때 태보 모홀리의 델에 기름이 많이 묻자, 모홀리가 그것을 다시 다시 닦았다. 이를 보고 보가르지가 웃으며 말했다.

“기름진 잔치, 피 묻은 담비, 그 주인이 중요하지, 물건은 손상되기 쉬운 법. 그것을 어찌 부질없이 닦으며 마음 아파하는 것이오?”

그러자 태보 모홀리가 웃으며 화답했다.

“태어난 육신은 죽는 것이니 죽을 때까지 주군을 위해 분투할 것이오. 내 물건이 해지고 해질 때까지 아낄 것이오.”

칭기스 칸이 활짝 웃으며 기뻐했다. 그리고 두 태보를 모두 가상히 여기며 칭찬했다. 태사 우르룩 노욘과 바얀 노욘이 서로 가까이 앉아 칸의 연회에 참석해 즐기고 있을 때 칸은 평소에 그 두 사람의 선한 성품을 알고, “그대들은 우의 있는 형제로 지내는데, 이 형제라는 도의를 내게 말해 주겠소?”라고 하자 두 사람이 서둘러 고했다.

빈한하고 어려운 시기에 서로 돕고
고귀하게 되었을 때 서로의 말과 뜻이 통하고
아침저녁 그 과실을 일깨워주며
각자 서로에게 스승이 되는 것입니다

그러자 칭기스 칸은 그 말을 옳게 여기며, 국노國老 초이촐리에게 물었다.

“어르신께서는 아무 말씀도 하지 않으시고, 어찌 젊은이들의 말을 듣고만 계십니까?”

그러자 초이촐리가 급히 무릎을 꿇고 예를 갖춰 고했다.

예리한 칼이 닳으면 잘 자를 수 없고

경주마가 늙으면 달릴 수 없고

힘센 장부가 늙으면 헛된 이름이 되네

신이 늙었기에 다른 사람의 말을 귀담아듣고 있나이다!

칸이 그 말을 듣고 미소를 지으며 즐거워했다. 그리고 차간 칸에게 물었다.

"태사께서도 몇 마디 말씀하시어 어찌 여러 사람에게 교훈이 되게 하지 않으십니까?"

차간 칸이 서둘러 무릎을 꿇고 예를 갖춰 고했다.

좋은 갑옷이라도

잔치에 입으면 어울리지 않고

존엄한 포고령이라도

조정에 붙이면 적합지 않네

주군의 사랑이 깊어도

주군을 위해 힘쓰고

주군의 자비가 커도

진정 주군을 두려워하네!

그러자 칭기스 칸은 그의 말을 칭송했다.

"참으로 충직한 신하의 말씀이오!"

칸이 리데르 세첸에게 그의 생각을 묻자, 리데르 세첸이 서둘러 무릎을 꿇고 예를 갖춰 고했다.

실수 없는 영웅호걸
비할 데 없는 현자 이 둘은 무엇입니까?
죽음을 잊고 충직하게 나라를 위해 분투하는 자가 호걸이요,
자신의 잘못을 스스로 돌아보는 자가 비할 데 없는 현자입니다

그러자 칸이 머리를 끄덕이며, 그 말이 옳다 칭찬하고 여러 사람을 향해 말했다.

좋은 벗의 엄한 말을 성심껏 따르고
헤어진 뒤 그 마음을 생각하면
이것은 진정 형제와 벗의 진정한 도리라네
나라의 예법이 올바르면
만인이 우러르고
친형제처럼 사랑하면
고난을 함께 했던 벗들이 감복한다네
군신이 현명하다면
백성들이 모두 우러를 것이요,
부자가 사랑하고 효를 다하면
모두가 칭송할 것이네

형제가 서로 사랑한다면
모든 이가 칭찬할 것이요,
자손이 효를 다하면
먼 곳에서도 칭송이 자자할 것이네
아내가 온화하고 상냥하면
온 동네 사람이 칭찬할 것이요,
사랑하는 벗 사이에 서로 견고한 믿음이 있으면
오랫동안 다른 이에게 칭송을 받을 것이네!

이렇게 많은 신하가 서로 이야기를 나누고, 칸에게 도움이 되고 사직에 필요한 말들을 주고받으며 하루 동안의 잔치를 파했다. 그런 다음 며칠 동안 관직과 상을 내리고 연회를 베풀었다.

정월 설이 지나고 두 개의 상주문이 올라왔다. 하나의 상주문은 이러한 일이다. 요동의 요왕 야율유가의 의롭지 못한 네 명의 신하인 걸노, 금산, 청구, 통고여 등이 연합하여 요동의 백성들을 속여, 야율유가가 몽골에서 죽을 때 야시불을 황제로 삼으라는 유언을 했다고 거짓 공포하고, 야시불을 등주에서 황제로 앉히고 나라의 이름을 '대요大遼', 연호를 천위天威라 했다. 또 야율유가의 형 야율독랄을 충직하다 하여 억지로 평장정사로 삼고, 그 관직을 구별하여 차례로 백관을 두었다. 그리고 몽골의 칸이 분명 가만히 두지 않을 것을 알고 있었기 때문에 그들과 맞서 싸울 것인지, 자신들을 지킬 것인지를 논의하면서 새로운 군신들의 마음이 서로 어그러졌다. 군주 야시불은 몽골에 맞서 싸우겠다고 하고, 신하 걸노는 피할 방법을 찾아보자고 했다. 야시불이 그의 생각을 받아들이지 않고 진노하여, 걸노와 청구의 관직을 박탈하고 쫓아 버렸다. 그리고 병사를 이끌고 의주懿州와 광녕廣寧을 빼앗자 청구가 금나라에 귀순했다. 걸노는 뭇 사람들과 상의하여 병사들을 매복시켜 야시불을 곧바로 생포하여 죽이고, 스스로 황제가 된 이러한 일이었다.

두 번째 상주문은 금주의 장치가 금나라에서 병사를 빌려와서 금주를 다시 빼앗아 점령하고, 싸울 준비를 하고 변경을 시끄럽게 하고 있다는 것이었다. 칭기스 칸은 상주문을 살피고, 아즈나이 메르겐과 호다르가 바타르에게 명했다.

"알흐, 수흐, 온지가이, 손지가이, 볼릭그트 바르스, 실릭그트 바르스, 호볼리, 쇼볼리 이 8명의 장수를 내어줄 것이오. 10명의 장수가 10만 대군을 인솔하여 야율유가를 데리고 가서 요동 땅을 다시 찾아주고, 배반한 도적들을 뿌리채 쓸어 버리시오. 특히 가을에 유석의 남은 잔당을 공격할 때 금주의 장치를 함께 제거하시오. 짐이 올해의 점을 쳐보니, 우리 군대가 올해 금나라에 들어가도 별 이득이 없는 것으로 나오니 옛 나라를 평정하는 것이 나을 것 같소!"

그때 모홀리가 고하기를 "금나라를 그대로 두면 아니 됩니다. 비록 이득이 없어도 공격하는 것을 멈춰서는 아니 될 것이니, 상황을 보고 결정하시는 것이 좋을 듯합니다"라고 했다.

칭기스 칸은 그의 말을 옳게 여기고 잘 방비하라고 지시했다. 한편 야율유가가 칭기스 칸의 은혜에 절하고, 병사들과 함께 요동을 향해 들어갔다. 아들 설도는 칭기스 칸 옆에서 힘을 바치도록 남겨놓고, 둘째 아들을 데리고 갔다. 모훌리가 또 많은 장수들을 정돈하고, 대군을 이끌고 남쪽을 향해 진군했다. 그사이 요동의 걸노는 큰아들 아이鴉兒[1]를 대원수로 삼고, 대군을 양로로 나누어 금나라의 변경인 개주開州와 보주保州를 공격하여, 금나라 성 가까운 곳에 가서 마구 빼앗고 살육했다. 그러자 금나라 개주를 지키던 장수 중가노, 변성구는 개주와 보주의 병사를 이끌고 밤에 갑자기 걸노의 아들 아아의 군대를 덮치며 공격하자, 아아의 병사들이 생각 없이 무심히 있었기 때문에 크게 패하고 달아났다.

그러자 걸노의 병사가 금나라 군대를 맞아 뒤로 공격하며 싸웠으나 걸노의 병사들도 갈팡질팡 어지러이 달아났다. 금나라 군대가 두 개 군단을 제압하고, 크게 승리하고 돌아갈 때 야율유가가 지원을 요청해 데리고 온 몽골의 10만 대군이 연이어 이르러 요동으로 진격해 들어갔다. 요동의 많은 백성은 야율유가가 죽지 않았는데 죽었다고 속여 자신들을 움직이게 한 것을 비로소 알고, 크게 두려워 떨며 많은 사람들이 그를 따랐다.

또 몽골군의 힘이 매우 강력했기 때문에 이르는 곳에 진격해 들어가는 것이 무인지경을 가는 것 같았다. 야시불이 빼앗은 의주와 광녕을 모두 되찾고, 백성들을 임황부臨潢府로 이주시켰다. 또 그의 친형 야율독랄과 아내 요리씨, 두 어린 아들과 2천 호 이상의 가호와 백성들을

1 자료를 통해 보면, 아이는 (야율)걸노의 아들이 아닌 것으로 나타나는데 진위를 알 수 없다.

모두 찾아 임황부에 거주시켰다. 그리고 다시 걸노의 군대를 추격해 들어갔다. 걸노는 몽골 장수들이 만만치 않다는 것을 알고 있었기 때문에 처자를 모두 버리고 달아났다.

그러자 몽골군이 그의 처자를 모두 모아가지고 또 추격했다. 다급해진 걸노는 금산, 함사, 통고여 등을 데리고 고려高麗로 달아났다.[2] 도중에 처자를 원망하며 옆에 있는 신하에게 불만족스럽게 트집을 잡았다. 금산이 그의 상태가 심상치 않은 것을 눈치채고 밤에 함사, 통고여와 상의하여 걸노 부자를 베어 죽였다. 그리고 금산 스스로 보위에 올라 국왕을 자칭하고, 연호를 천덕天德 원년이라 했다.

이에 통고여가 곧바로 들어가 "너는 군주를 죽였으니, 나도 너를 죽여 버리겠다!"라고 소리치며 금산을 붙잡아 머리를 베고 많은 것은 차지했다. 그리고 법을 강화하고, 사람들을 애써 경계하는 모습을 드러냈다. 함사는 그가 계략을 생각하기 전에 연병장 뒤에서 그를 베어 쓰러뜨리고, 급히 군대를 정비하고 막 출발하려 할 때 몽골 대군이 돌격해 오자, 함사는 몽골군이 쉽지 않다는 것을 알지 못한 채 적군을 맞아 싸웠다. 그때 북을 치자마자 호다르가 바타르가 나와서 함사를 생포하고, 많은 병사를 데리고 진격해 들어가 요동의 여러 성과 주, 부를 거

---

2 1216년 8월 거란의 왕자 금산(金山)과 금시(金始)가 하(河)와 삭(朔) 지방을 공격하면서 대요수국왕(大遼收國王)을 자칭했다. 그들은 몽골군에게 쫓겨 동쪽으로 이동하다가 개주관에서 금군 3만 명과 대치상태에 들어갔다. 전쟁이 소강상태에 접어들자 거란은 고려의 북계병마사에게 군량을 원조하지 않으면 고려를 침공하겠다고 협박했다. 하지만 고려 측에서 들은 척도 하지 않자 금산 왕자는 그 달에 아아(鵝兒)와 걸노(乞奴)에게 공격을 명했다(이상각, 『열정과 자존의 오백년 고려사』, 들녘, 2010, 293~294쪽). 그러나 걸노는 결국 금산에 의해 죽임을 당한다.

두어들였다. 그러자 곧 함사의 동생 함신이 일군의 병사를 이끌고 고려로 들어갔다.

그때 붉은 깃발을 든 전령을 보내 승전 소식을 전했다. 바로 이때 왕즙이 갑자기 배반하여 홍중부를 점령하고, 백성들의 마음을 동요시켜 이반하게 하자, 이웃 지역의 관부에서 지원할 곡식과 풀을 모아들이며 이를 급히 알렸다. 칭기스 칸은 이 소식을 듣자마자 요동에서 승리한 병사들에게 그곳에서 기다려 금주를 공격할 준비를 하라고 명했다. 또 대원수 모홀리에게는 서하국의 서북부 변경에 이르렀으니, 최근 홍중부를 점령하고 배반한 왕즙을 붙잡아 제거하라고 명했다. 또 남방의 젊은 장수들 가운데 여덟 명의 장수를 뽑으라고 하고, 그들에게 병사를 내어 주어 동관 쪽으로 들어가 앞길을 열게 하라는 명령을 기록하게 하여 각각 전령을 보냈다.

한편 초봄에 모홀리는 칸의 명으로 서하국에 이르러, 서하 병사를 이끌고 금나라 국경에 들어가려고 했다. 그때 서하의 작은 군주 이준욱이 금나라 신하 포선만노와 우호적으로 지냈는데, 그가 선동하는 말과 자극하는 생각을 여러 날 계속 듣다가 이전의 규약을 잊고, 그와 연합하여 몽골국에 등을 돌릴 것을 논의하며, 이준욱이 마음이 움직였다. 모홀리의 군대가 당도해 그의 병사를 뽑아 지원하도록 하자, 이준욱이 이반할 시간적 여유가 없었기 때문에 노약한 병사들을 내어주고 스스로 와서 자신의 고충을 말하자, 모홀리가 그의 저의를 이미 파악하고 나가서 심복들에게 말했다.

"이 사람은 마음이 변했소. 분명 배반할 뜻을 품고 있소. 다만 그것을 증거할 사람이 없으니 이번에는 붙잡지 않을 것이오. 언젠가 죄상이 드러나는 것을 기다릴 것이오."

그리고 그것을 알지 못하게 겉으로 칭찬하며 좋은 말로 위로하고, 서하의 병사들을 점검하고 있을 때, 곧이어 왕즙이 반란을 일으켜 중흥부를 점령했다고 하자 '분명 칸께서 나를 남으라고 하실 것이다'라고 생각하고 있는데, 칸이 전령을 보내 정말 그에게 중흥부를 수복하고, 다른 장병들을 나누어 남쪽으로 들어가 위세를 보이라고 명했다.

그러자 모훌리는 다이산다락그치와 볼로 두 사람을 부르고, 여러 장수를 불러모아 누가 남쪽으로 가기를 원하는지, 누가 자신을 따라 북쪽으로 들어갈 것인지를 물었다. 찬드간 세첸의 아들 살리진, 바이진, 보랄의 아들 오한타이, 보도란, 오르트 보드로고트의 아들 사인 모호이 다섯 젊은 장수가 서둘러 앞으로 나와 고했다.

"저희가 동관을 점령하기를 원합니다."

그러자 모훌리가 기뻐하며 즉시 다이산다락그치에게 명했다.

"그대들은 힘써 진군하시오. 내가 곧 뒤따라갈 것이오."

모훌리는 5만 병력을 내어 주어 보내고, 자신은 홍중부를 공략할 전략을 생각하고 있을 때 생각지 않게 나이만부의 알탄샤가 대도에서 처자를 데리고 북쪽 고향을 순찰하러 가는데, 마침 모훌리가 이곳에 있다는 것을 알고 인사를 하러 왔다. 모훌리가 크게 기뻐하며 알탄샤를 위해 연회를 베풀었다. 모훌리가 밤에 그의 귀에 대고 몇 마디 일러주자, 알탄샤가 크게 기뻐하며 갔다.

한편 모훌리는 대군을 3개 군단으로 나누고, 한 군단은 지름길로 백랑하白浪河 대로로 들어가고, 한 군단은 요동의 동북쪽 길로 들어가고, 한 군단은 지름길로 흥중부의 서북부 승릉홍 대로로 들어갔다. 이때 몽골군이 세 방향에서 협공해 들어가자, 홍중부를 에워싼 부근 지역의 많은 백성의 여인네들이 목숨을 보존하기 위해 홍중부로 갔다. 왕즙은 사람이 필요한 시기였기 때문에 모든 사람을 성안으로 들여보내 주었다. 그 가운데 남자를 뽑아 성을 지키게 했는데, 오래지 않아 몽골의 3개로의 대군이 그곳에 이르렀다. 병사들이 홍중부를 둥글게 에워싸고, 대원수가 남문 아래 와서 왕즙에게 사건의 내력을 물으려고 부르자 왕즙이 성루 위로 올라갔다. 모홀리가 분노하며 반역의 이유를 묻자 왕즙이 말했다.

"나는 당신의 신하가 아니오. 어찌하여 나를 배반했다고 하는 것이오?"

그러자 모홀리가 호탕하게 웃었다.

"무식하고 어리석은 놈, 우리 천병天兵을 어찌 함부로 얕잡아볼 수 있단 말이냐? 너를 이제 단 한 마디로 붙잡게 하마!"

"붙잡으라!" 하는 명이 떨어지자 성루 위에서 무기가 움직이는 소리와 병사들의 시끌벅적한 소리가 났다. 성 아래서는 병사를 맞아 문을 활짝 열고, 모홀리가 돌진해 들어가자 성루에서 알탄샤의 두 아내인 솔롱고와 사이한 후르가 왕즙을 붙잡아 포박하고, 20여 명의 병사들이 그를 밀어 성루 아래로 데리고 왔다. 알탄샤는 네 명의 편장을 베어 죽였다.

한편 모홀리는 병사들에게 명하여 백성들을 안정시키고, 관저에 들어와 좌정하고 보니 알탄샤는 칸의 명대로 북방을 순시하기 위해 처자를 데리고 가는 길에 모홀리를 만나 그가 명한 대로 홍중부의 일반 백성과 섞여 성으로 들어가 모두 남장을 하고 남문을 지키고 있었다. 그리고 모홀리의 군대가 오는 것을 기다렸다가 성문을 빼앗아 성문을 열었다. 알탄샤는 공을 세운 것을 기뻐하며, 자신이 앞장서 2, 30명의 수행원들을 이끌고, 생포한 왕즙을 모홀리 앞에 데려와 무릎을 꿇렸다.

모홀리가 관청에 들어가 좌정하고, 왕즙의 가솔을 찾아 붙잡아 오게 하여 20여 명의 부인을 모두 계단 밑에 무릎을 꿇렸다. 두 명의 수려한 모습의 장수가 왕즙을 밀며 데리고 오자 모홀리가 서둘러 앉은 자리에서 일어나 인사를 했다.

"호걸이신 옛 친구는 그간 안녕하셨소?"

그리고 말하기를 "부마께서 그대를 벌써 죽이라고 내게 몇 번이나 말씀하셨는데, 그때 나는 믿지 않았소. 그러나 실제로 오늘 대명천지에 그대의 죄상이 드러났소"라고 하자 왕즙이 또 원래 성격대로 오만하게 성질을 부려댔다.

"나는 금나라 사람이기에 금나라 성을 지켰을 뿐이오."

그가 큰 소리로 말하자 모홀리가 성안에 우뚝 서 있는 세 개 흰 탑을 가리키며 물었다.

"이 세 개 흰 탑파는 누구의 것이오?"

"당나라시대에 만들어졌소."

"그런데 어찌 금나라 것이 되었소?"

그러자 왕즙이 또 대수롭지 않은 태도로 머리를 흔들며 건들대자 모홀리가 웃었다.

"그대는 남쪽 지역의 글을 배웠으나 한인 장수의 이름을 크게 실추시켰다. 무엇보다 몽골에 귀순한 자는 실제로 금나라 도적이었다. 얼굴에 수염이 있으면서 화장한 여자에게 붙잡혀 또 어찌 쓸데없이 입을 벙긋거리는 것이냐? 처음에 죽이지 않은 것은 금나라 충신을 죽이지 않은 것이요, 이번에 필히 죽이는 것은 두 나라의 도적을 죽이는 것이다. 이처럼 성질을 부리면서 누구를 속이려 드는 것이냐?"

모홀리가 크게 꾸짖으며 좌우편 병사들에게 소리치자 양편의 호랑이, 표범 같은 용맹한 병사들이 기습적으로 왕즙의 발의 복사뼈를 차서 무릎을 꿇렸다. 왕즙의 머리 가득 꽃을 꽂게 하고, 얼굴에 분을 바르고, 두 귀에 귀걸이를 걸게 하고, 몸에는 아녀자의 델을 입혔다. 그의 갑옷과 투구, 군마와 무기는 솔롱고와 사이한 후르의 부하 여인에게 들고 있게 했다. 많은 이에게 하지 말아야 할 일의 본을 보이며, 왕즙을 성시 밖으로 끌어내 왼쪽 방향으로 세 번 돌게 했다.

"두 마음을 가진 음탕한 여인을 오늘 처형할 것이다."

그러자 홍중부 사람들 가운데 웃지 않는 사람이 없었다. 망나니가 곧 검을 뽑아 그 머리를 베어 버리고, 붉은 기를 갖고 달려가게 하여 알탄샤와 그 부인들의 공로를 분명히 드러냈다. 또 이 사건을 칸에게 고하기 위해 전령을 보냈다. 모홀리는 병사를 쉬게 하면서 그곳에서 잠시 칸의 명을 기다렸다.

한편 동관潼關 쪽으로 진격해 들어간 다이산다락그치의 군대는 서하국의 2만 병력을 이끌고, 서하의 관중 지역을 통해 금나라 국경으로 들어갔다. 그런 뒤 동관으로 들어가 금나라 서안西安을 경유해 갈 때 성을 지키던 금나라 절도사 포노호 장군이 성을 버리고 달아나 막 동관으로 들어가려고 할 때였다. 그때 동관 밖에 매복해 있던 몽골군 살리진, 바이진, 온지가이, 손지가이, 오한타이, 보도란 등의 병사가 그를 보자 큰 소리를 외치며 들어가 포노호를 생포했다. 그리고 문을 지키던 적편의 젊은 장수들을 성루로 불러 포노호의 머리를 자를 것이라며 목에 검을 대고, 성문을 열면 놓아줄 것이요, 성문을 열지 않으면 죽일 거라고 위협했다. 그러자 포노호가 당황하여 어쩔 줄 모르며 성시를 지키던 장수들에게 온갖 것으로 간청했다.

"속히 성문을 열어 내 목숨을 구해주면 그대들에게 죄가 없는 것은 물론이려니와 상전에 보고하여 상을 내리도록 할 것이다!"

그의 말을 거역할 수도 없고, 성을 지키는 수장인 포노호가 자신들에게 죄가 없다고 했기 때문에 성문을 열어 몽골군을 들여보냈다. 몽골군이 원래 문을 열면 포노호를 놓아주겠다고 했기 때문에 성문으로 들어가 관청에 좌정한 뒤 포노호를 놓아주는 문제를 상의했다. 여러 젊은 장수들이 그를 죽이자고 하자 모훌리의 아들 볼로가 나와서 다이산다락그치에게 고했다.

"우리가 금나라를 공격하는 것은 나라를 얻고자 분투하는 것입니다. 한 사람을 죽인다고 해서 무슨 도움이 되겠습니까? 금나라는 우리 몽골이 강하지 않다고 생각하여 얕잡아 보고 이처럼 배반한 것입니다. 이 못된 한 사람을 죽임으로 우리 군대에 무슨 유익이 되겠습니까? 도리어 그 한 사람을 죽이지 않음으로 금나라 만백성이 우리 몽골이 강하다는 것을 알게 될 것입니다."

다이산다락그치가 맞다고 응수하며 포노호를 풀어 주었다. 그리고 연회를 베풀어 주고, 옷을 입혀 보내 주었다. 그때 젊은 장수들이 불만을 겨우 참고 있는데, 바이진 진영의 문밖에서 갑자기 그와 마주치자, 포노호가 크게 두려워 소리치며 도망쳤다. 많은 병사들이 몽골인의 말은 진실하고, 일단 한 말은 지킨다고 칭송하며 귀순했다.

한편 병사들이 동관에 불을 놓아 불태우고, 돌과 벽돌을 보름 동안 무너뜨려 성을 평지처럼 만들고 다시 남쪽으로 연이어 돌격해 들어갔다. 그리고 소주蘇州의 속지 성을 공격해 빼앗을 때 몽골군은 천둥처럼 위엄을 떨쳤다. 한 사람이 열을 공격하면서 살기가 충천하고, 병사들의 말발굽 먼지가 산천 가득 뽀얗게 일어났다.

모홀리는 칸의 명을 받들어 대군을 이끌고 남쪽으로 공격해 들어갔다. 10월에 남쪽 길의 병사들이 이미 동관을 함락시켰기 때문에 탄탄대로 무인지경을 가는 것 같았다. 모홀리 군대가 금나라에 진격해 들어가자, 이러한 정보가 이미 금나라 황제에게 보고 되어 어사대 관리가 나와 고했다.

"동관은 함락되고, 몽골군은 중요 지역으로 깊이 진격해 들어갔습니다. 이제 우리 도성은 상당한 준비를 했기 때문에 그들이 와서 포위하지 못하고, 하남의 속주와 현 지역을 모두 점령했습니다. 또 변경 부근의 주와 현, 성읍을 점령하고, 중도를 빼앗기는 사태가 목전에 닥쳤습니다. 그리하여 지역을 사수하던 대신과 백성들이 엄청나게 두려워하고 있습니다. 바라옵기는 폐하께서 사직을 견고히 하여 병사를 보내

몽골군을 쫓아내고, 동관을 새로 중수하여 견고히 지키게 하시기를 바랍니다. 또 대원수 아리부손을 다시 기용하고, 경성 가운데서 싸울 뜻을 품은 장수를 징집하여 10여 명의 장수를 조직해 아리부손에게 합세하게 하십시오. 정예군에게 후한 상을 내리고, 이들을 움직여 주위를 순시하게 하는 한편 싸우게 하면서 또 성을 지킨다면 잃었던 하북을 되찾고 사직을 일으킬 수 있을 것입니다."

그러자 황제 완안순은 그의 말을 받아들여 군대 관리에게 그대로 처리하라고 명했다. 그때 상서성이며 평장정사를 역임하던 대원수 술호고기가 나와 고했다.

"어사대 간원의 말씀은 붓 아래로 장수를 내려가게 하고, 종이 위에 병사를 대오 짓는 탁상공론에 불과한 생각입니다. 평소에 군 진영에 가지 않아 군대의 일을 조금도 알지 못합니다. 싸우고 지키는 것을 깨닫지 못하고, 다만 허언으로 공을 세우는 것을 알 뿐입니다. 목숨을 다해 분투하지 않습니다. 원래 문관들은 권력을 누리면서 장수들을 개, 돼지처럼 보면서 군대의 요직을 모두 삭탈하여, 이제 실제 병사가 들어와도 군대에 동원할 자가 없게 되었습니다. 그렇기에 우리의 사직이 이처럼 된 것입니다. 왼쪽을 힘쓰면 오른쪽이 위험하고, 오른쪽을 힘쓰면 갑자기 왼쪽이 위험한 지경이 되었습니다.

폐하께서 일을 명하실 때 우리는 특별히 의미 없는 미사여구로 장식하고, 시와 찬시로 장식하여 주군을 깊은 쾌락에 빠지게 합니다. 사직이 고통을 받을 때 헛된 말로 지껄이고, 나라가 멸하면 병사들은 모두 죽고 맙니다. 그럴 때 문관들은 성을 바치고 자신은 좋은 편에 설 것입니다. 중도가 함락되면 이와 같이 되지 않겠습니까? 이제 폐하 앞에서 그들은 선한 사람이 되어, 우리를 모두 개, 돼지 취급을 하니 얼마나 우매한 자들입니까? 폐하의 은혜를 대대손손 받으면서 화살 한 개로도 은혜를 갚을 수 없으면서 이제 공염불로 대의를 말하고, 크게 즐거워하는데 그것을 누군들 못하겠습니까?"

그러고 술호고기는 변경汴京만 사수하고 밖으로 나가지 않자, 황제는 문관들을 내보내 화친하는 것이 최선이라고 하며 싸우려고 진격하지 않았다. 모홀리가 또 병사를 이끌고 성에 이르자, 몽골군이 나날이 공격해 왔기 때문에 지키던 주, 군이 모두 함락되어 큰 피해를 입었다. 이미 잃은 성을 다시 찾을 수 없게 되자 금나라 군주는 예전부터 무관과 군대를 경시하고 문신을 중시했던 것을 크게 후회했다. 아무리 후회해도 이미 장수들은 달아나고, 문관들만이 관청 문에 가득했다. 황제는 눈이 튀어나오고 입술을 꿈틀거렸지만, 그 외에 달리 할 수 있는 일이 없었다. 이제 좋은 말로 기만하면서 죽임을 당하지 않도록 몽골에 투항할 준비를 했다. 이로써 금나라는 근육이 늘어지고, 체력이 떨어져 국력을 잃게 되었다.

그때 모홀리는 대군을 이끌고 남쪽으로 진격하고, 다이산다락그치의 군대는 동관을 지나 금나라 변경을 돌아 주, 군 성읍을 정복했다. 모홀리가 크게 기뻐하며 후한 상을 내리고, 칸에게 이를 보고하는 한편 변경을 무너뜨릴 계략을 논의했다. 금나라의 몇 개 성省의 군대를 모두 변경에 모이게 했기 때문에 공략하는 데 어려움이 있었다. 그때 갑자기 회군하라는 칸의 명령이 하달되었다. 11월에 남쪽 병사들이 불리하니, 철수하라고 명했다. 모홀리는 크게 당황했다. 명을 어기면 신하의 도리가 아니요, 회군하면 지금껏 점령한 여러 성읍이 아까웠기 때문이었다. 모홀리는 방법이 없자 군대를 남겨놓고, 자신은 다이산다락그치와 볼로에게 달려가 엄히 명해 대군을 맡기면서 점령한 성을 확실히 지키게 했다. 그리고 자신은 칸이 있는 대도로 달려가자, 칭기스칸은 그가 혼자 온 이유를 묻고 황급히 그를 불러들이라고 했다.

모홀리는 칸을 배알하고, 군대를 물러나게 할 수는 없음을 고했다.

"패하지 않으면 깨닫지 못합니다. 만약 패하면 깨닫게 될 것입니다. 제가 법을 지키면 공고해질 것이며, 무슨 일이 있어도 우리 성읍을 빼앗기지 않을 것입니다."

칭기스 칸은 속으로 그 말의 뜻을 깨닫고, 곧 나라의 친위대와 요동의 군대를 이끌고 금주의 장치를 공격하게 했다. 그러자 모홀리가 칸의 정예병을 이끌고 금주 부근에 거의 이르렀을 때 생각지 않게 유석산보라는 지역을 토벌케 하기 위해 오야아를 보낼 때 그에게 이르기를 "그대는 유석의 적병을 급히 공격하라. 그들은 장치의 심복이기 때문에 장치가 분명 비호하러 갈 것이다. 그가 가면 내가 병사들을 이끌고 돌아가는 길을 끊고 싸우면 한 번에 즉시 제거할 수 있을 것이다!"라고 하며 보냈다.

또 몽골 보하[3]의 한 군단 병사를 영덕현 서쪽 10리 지점에 매복시키고, "유석의 군대를 포위하면 장치도 그 소식을 듣고 포위를 풀기 위해

3 앞에서 나온 '몽골 보가'와 동일 인물로 보인다. 일반적으로 '몽골부카'라고 이르기도 한다.

올 것이다. 그 귀로를 끊으라"라고 명해 보냈다.

그리고 모홀리가 한밤중에 정예군을 이끌고 소식을 기다리고 있었다. 유석을 공격하자, 정말 장치가 유석을 구원하기 위해 간 것을 몽골 보하가 그 귀로를 끊고 서둘러 모홀리에게 보고했다. 모홀리가 크게 기뻐하며 대군을 이끌고 신수현에 이르러 적병을 맞아 공격하자, 몽골 보하가 뒤에서 협공해 크게 승리를 거뒀다. 몽골 보하는 17세로 혈기가 넘치는 나이였기 때문에 반드시 장치를 잡아죽이겠다며 적진으로 돌격해 들어갔다. 몽골 기병의 손발이 닿는 대로 적군들이 모두 말에서 굴러떨어졌다.

한편 장치는 자신의 말이 명마인 것에 자만하여 금주로 도망쳐 들어가 문을 단단히 걸어 잠그고 나가지 않았다. 모홀리의 군대가 그 뒤를 추격해 들어가 몇 번이나 공격했지만, 성을 점령하지 못했다. 그러자 성 주위를 포위하고 망루를 세우고, 금주의 서문에 신수神水, [원주] 오늘날의 가릉강이다가 있었기 때문에 자루에 모래를 가득 채우고, 디딜 계단을 만들어 예리한 화살을 쏘아댔다. 그러자 한 달이 채 되지 않아 장치의 우두머리 신하인 고익高益이 여러 사람들과 상의하여 장치를 붙잡아 포박하고, 성문을 열어젖히고 몽골군에 항복했다.

그러자 모홀리는 할 수 없이 고익에게 상을 내리고, 장치를 칭기스칸에게 보냈다. 칸은 장치를 죽이고, 왕즙과 장과, 장치 이 세 명의 목에 그 죄상을 써서 붙이고, 사방으로 조리돌리며 사람들에게 보였다. 그 사이 소주蘇州의 한 부대에서 소장인 와이진이 갑자기 큰 공을 세우겠다며, 각 대대에 숨기고 금나라 변경을 몰래 기습하기 위해 5천 명의 병력을 이끌고 나가려 할 때, 서정胥鼎이라는 장수가 이를 알고 변경 부근에 나와 싸워 몽골군을 대패시켰으며, 몽골군 가운데 2백 명 이상의 사상자가 났다. 와이진도 왼손 약지가 잘리고, 아랫니는 화살에 맞았다. 와이진은 크게 후회하며 병사들을 이끌고 밤에 성으로 들어가 아무 소리도 내지 않았다. 대원수의 지시를 받은 다이산다락그치, 볼로 등이 이미 그 사실을 알고 있었지만 모르는 척하며 원수 모훌리를 기다렸다.

그 사이에 금나라 태수 포선만노는 서하국의 이준욱과 만나 치밀한 계략을 세우고, 몽골에 투항해 왔다. 칭기스 칸이 포선만노를 보니 음험한 눈빛에 입술이 얇고, 매우 호색적인 사람이었기 때문에 그의 아들을 남겨 인질로 삼았다. 이 포선만노라는 자는 또 변덕스러운 사람으로, 그의 아들은 전처에게서 낳은 아들이었는데, 이름은 첩가라고 했다. 포선만노는 자주 자기 기분을 걷잡지 못했는데, 마침 갑자기 일이 잘 맞아 떨어지게 되자 크게 기뻐하며 기꺼이 아들을 남기고 돌아갔다. 그리고 곧 칭기스 칸을 배반하고, 자칭 하왕夏王이라 했다. 국호를 동하東夏라고 했으며, 연호를 가원嘉元이라 했다. 그러자 칭기스 칸은 대원수 모훌리와 논의하여 남쪽 군대를 철수하도록 명했다. 그다음 일이 어찌 되는지는 다음 장에서 보게 될 것이다.

사관 인잔나쉬의 시 한 수

형제와 자식들에게 나라를 분봉하여 다스리게 함으로

오늘날에도 몽골에 그 삶이 남아있네
공연히 혈육 간에 경계하고 괴롭혔다면
승리한 몽골이 멸망한 즉시 그 근본은 곧 사라져 버렸을 것이로다!

제49장

태보 모홀리의 공이 막대하여 국왕 태사에 봉하고, 어머니 태후가 고령이 되자 백탑을 세웠네

정축년丁丑年, 대몽골국의 칭기스 칸 12년, 송나라 영종 가정 10년, 금나라 선종은 해마다 전투에서 패하자 연호를 정우에서 흥정興定으로 바꾸고, 이해를 그 원년이라 했다. 황제가 바뀐 것은 아니며 여전히 완안순 선종이었다. 이해 칭기스 칸의 나이 56세였다.

새해 명절 아침 태조 칭기스 칸은 여러 가지 의례와 주악이 끝나자, 먼저 양의 견갑골을 조금 태워 점괘를 보며 한 해 일을 살폈다. 칸은 한숨을 쉬며 여러 대신에게 "올해 짐은 비록 중대사가 있어도 친히 나갈 수 없을 것이오. 금나라에서 이득을 얻을 수 없을 뿐 아니라, 올해 내게 세 가지 문제가 있소. 첫째, 태후께서 옥체가 편치 않으시고 둘째, 가까운 종실 가운데서 반역을 꾀하는 일이 있을 것이오. 셋째, 국경에서 불시에 재난이 생길 것이오!"라고 하자 가까이 있던 야율초재가 크게 탄복하며 무릎을 꿇고 절했다.

"폐하께서는 진정 천신이요, 신성하고 현철하신 황제이십니다. 신이 천문지리를 조금 알기에 주군을 위해 천문을 살피니 올해 폐하에게 세 가지 흉한 일이 있었나이다. 폐하께 닥칠 날과 시를 보시고 알려 주시기 바랍니다."

칭기스 칸이 크게 기뻐하며 또 그 진위를 알고자 자신의 본 점괘를 자세히 살피며 날과 달을 알아내고, 야율초재에게 말했다.

"내가 그 일들을 겪을 줄은 알아도 날과 시를 알아내지 못하였소. 경께서 적어서 고하도록 하시오."

그러자 야율초재가 서둘러 일어나 사이한 소르탈트, 오요트 세첸에게 말하여 적어서 칸에게 올리자 칸이 추측했던 일시와 다르지 않자 칸이 귀인을 얻은 것처럼 크게 기뻐했다. 그리고 야율초재에게 곧 손수 술을 따라주며 칭송하여 말했다.

"이는 필시 천부께서 보내 주신 현자가 분명하오!"

칭기스 칸은 그를 조정의 작은 대신의 이름으로 부르는 것을 피하고 "사이한 사할트"[1]라고 부르게 했다.

야율초재가 그 은혜에 감사하며 고하기를 "이 가운데 우리 군에 그다지 위험이 있는 것은 없을 것입니다. 국경에 도둑이 들어도 큰 해는 없을 것입니다. 한편 좋은 예조가 있는데, 그것은 조정에 큰 신하가 한 사람 나온다는 것입니다. 폐하께서는 이에 관심을 두셨습니까?"

칭기스 칸은 점괘에서 그런 한 사람을 얻었고, 아직 채 말하지 않은 상황이었는데 이제 야율초재의 입에서 그 말이 나오자 크게 기뻐했다.

"내 점괘에 그런 대신이 나오는 것으로 나타났소. 내 말하지 않고 있었소."

---

1 "멋진 수염을 가진 자"라는 뜻의 이름.

그러자 야율초재가 고하기를 "대장성大將星이 폐하의 궁을 지키고 있었습니다. 궁의 안팎으로 황금빛이 퍼져나갔습니다"라고 하자 칭기스 칸이 크게 기뻐하며 그를 칭찬했다.

한편 선의태후가 올해 칸을 밖으로 출정하지 못하도록 조정에 명했다. 그러자 어느 쪽의 군대도 움직이지 않고 명을 기다렸다. 이해 정월에 금나라 황제 완안순은 서하를 정벌할 것을 논의했다. 그는 남쪽에서 송나라, 북쪽에서 몽골 이 두 나라를 두려워했다. 송나라를 정벌하기 위해 다음 병력을 준비하고, 4월에 금나라의 오고륜경수등이 군대를 나누어, 송나라의 북쪽을 공격해 들어가 번성樊城을 침범하고, 조양棗陽을 포위했다. 이때 송나라의 제치사 조방趙方과 이각李珏, 동거의董居誼가 대군을 이끌고 와서 금과 벌인 전투에서 일시에 승리하고, 병사들을 회군시켜 지역을 단단히 지키며 또 병사를 훈련시켜 금나라를 공격할 준비를 했다.

이때 금나라, 서하, 몽골 이 세 나라 사이에 기화상祁和尙이란 도적이 소동을 일으키고 있었다. 그는 무평武平 지역을 점거하고, 곡식과 풀을 모아들이며 못된 짓을 자행하고 있었다. 또 독만국이 반란을 일으켰다는 보고가 이어졌다. 그러자 몽골의 사천예가 군대를 이끌고 가서 포위하여 공격하고, 대화로 그 반을 항복시켰다. 한편 칸의 명을 듣기 위해 전령을 보냈는데, 소식을 들은 칭기스 칸이 그를 칭찬하고 다시 조서를 내려 금나라를 그저 가만히 버려 두지 말고, 정벌을 늦추지 말라고 명했다. 또 사이한 소르탈트에게 네 명의 장수를 내어 주어 사천예를 돕도록 보냈다. 또 독만이 반란을 일으킨 사건에는 태보 보랄에게

2만 병력을 내어 주어, 독만국을 공격하여 평정하라고 명했다. 그리고 보름이 되지 않아 두 군단의 병사들을 모두 출병시켰다.

이해 칭기스 칸은 뜨거운 여름을 북쪽 관주의 양경시 상도上都에서 지내기 위해 4월 초하루에 태후, 황후 등을 모시고 상도로 갔다. 대도에는 여러 태사와 태부, 태보, 소사, 소부, 소보, 3공 6경의 신하들을 남겨 시를 지키게 했다. 여러 경과 친왕들이 성시를 지키고, 공격할 준비를 하면서 대도에 남았다. 태조 칭기스 칸은 태후가 고령이었기 때문에 큰 가마에 모시고 천천히 상도로 출발했다.

이때 금나라가 거병하여 송나라를 공격하자, 송나라의 제치사 이각, 동거의가 지역을 단단히 지키면서, 잠시도 평안을 얻을 수 없는 것에 짜증이 났다. 중하 5월에 금나라 북쪽의 반을 모두 몽골에 빼앗겼다. 몽골과 감히 교전하지 못하고, 송나라의 양앙襄陽, 조양[원주] 이 지역들은 자원이 풍부한 넓은 지역으로 몇몇 풍요롭고 아름다운 성읍들이 있다 등지를 침범하려고 할 때 송나라 조방이 황제에게 개전을 고했다. 그리고 3로의 대군을 이끌고, 매복해 있는 금나라 병사를 공격해 크게 승리를 거두었다. 금나라 군대를 추격하여 죽인 병사의 수가 수백 명에 달했으며, 시신이 땅에 즐비했다.

한편 패한 금나라 군대가 돌아가는데, 갑자기 몽골국의 사이한 소르탈트의 군대가 진격해 왔다. 금 병사들이 이들을 맞서 싸웠으나, 크게 패하고 변경으로 달아났다. 그러자 사이한 소르탈트가 변경을 돌아 발주渤州에서 적을 맞아 금나라 장수 금고를 섬멸하고 발주를 점령했다. 그러자 금나라 황제 완안순이 또 화친을 요청하는 조서를 보내고, 군대를 이끌고 사천경을 지원하기 위해 갔다. 그 사이 금나라 이전李全이라는 자가 태수를 배반하고, 해도海島로 들어가 대군을 조직하고 5만 병력으로 송나라로 들어가 항복했다. 송나라에서는 이전을 대원수로 삼고, 금나라를 공격하기 위해 준비했다.

몽골 대군은 반년 동안 휴식을 취하고, 서하의 군주 이준욱에게 한 갈래의 군대를 보내라고 명했다. 이준욱이 이를 거부하자 모홀리가 칸에게 보고했다. 날이 시원했기 때문에 칭기스 칸은 중추에 궁전 사람들을 데리고 대도로 갔다. 백관들이 절을 하고나자 칸은 여러 신하에게 명을 내려, 대도의 남쪽 샤르가 평원북경 남쪽에 있는 지역에 큰 단을 쌓게 했다. 중추 보름 전날 태보 모홀리를 단에 오르게 하고, 수많은 악기를 연주하게 하여 대군을 모아들였다.

그리고 칸이 모홀리에게 손수 누런 황금 인장과 붉은 칠을 한 활과 금패, 은검, 임명패 등을 하사했다. 국왕과 조정의 최고위 태사, 말을 타면 몽골의 전군을 통수하고, 말에서 내리면 국사를 결정할 권한이 주어졌다. 위로 태부에서 아래 말단에 이르기까지 모두 그의 명에 따른다. 봉해진 이러한 직위는 세세토록 계승하며, 황금 인장을 쥐게 했다. 그리고 홍기라드 부족의 10개 군대와 오색국의 100만 병사를 함께 지휘케 하고, 또 9개 술이 달린 흰 수호기를 잡게 내어 주었다. 그리고 천자와 맞먹는 은혜를 베풀고, 거기에 더하여 남쪽 운연雲燕 지역을 다스리는 행성 일을 겸하도록 했다.

"짐이 어렸을 때 고초를 당하고 지내며 타이치오드에게 붙잡혀 도망칠 때, 그대는 혼자 몸으로 몽둥이를 쥐고 나를 찾아 왔소. 그때 그대는 나의 친동생들보다 더 놀랍게 생각했던 마음을 오늘에야 비로소 이루게 되었소. 이제 남쪽으로 와서 5년이 되었고, 그동안 862개 성읍을 점령하고, 중원의 천자의 보위를 차지하기까지 그대가 분투한 바를 한마디로 다 열거하기 힘들지만 그대를 일반 관직에 봉하는 것 외에 중책에 봉한 적이 한 번도 없는데, 그대는 분투하여 혁혁한 공을 더한 것에 진정 탄복했소.

먼저 보가르지 장군을 한 지역의 군주로 봉할 때 그대가 오랫동안 세운 공이 있지만, 내가 그 공을 드러내지 않은 것은 진실로 그대의 마음을 시험해 보려 했던 것이오. 이제 천하의 대부분을 점령했는데, 그대의 생각이 예전보다 더 치밀하고 유연해졌소. 또한 애쓰는 바가 더욱 치열해진 것을 보면 그대는 진실로 만대의 지혜로운 장수요, 대신이라 할 수 있소. [원주] 『강목』에서 태사 모훌리에 대해 '태사 국왕 모화리는 지혜로운 용사요, 강인하고 용의주도한 군계일학의 뛰어난 지략가'라고 기록했다. 이것은 어쩔 수 없이 그의 인물됨이 탁월하여 기록한 것이리라

이제 태행산 북쪽 지역을 짐이 몸소 점령하여 평정하려 하오. 태행산 이남은 그대가 모아들여 평정하도록 하시오. 그대는 나의 한쪽 팔이오!"라고 하고 손수 술을 따라 주고 이렇게 축원했다.

적과 싸우며 동지가 된 태사 국왕 모훌리여
어려서부터 즐거움과 신고를 함께 겪으며
동서남북 사방으로 원정을 갈 때
자랑스럽고 의로운 용사로 형제와 같았네
조금도 쉬지 않고 분투하고 용감히 싸우며

나라의 귀한 사직을 이루어 나가
짐을 중원의 황제에 오르게 했네
만 대의 청사에 길이 남게 했네

국왕 태사 모홀리는 칭기스 칸의 은혜에 뼛속까지 감복했다. 그는 모자를 벗어 칸의 한없는 은혜에 절했다. 또 천자의 은혜를 감히 종이 물리칠 수 없다며 이 모든 것을 받아들이고, 단 위에서 붉은 수호기를 돌리며 호래[2]를 외치고 또 백색 수호기를 세웠다. 그때 칭기스 칸은 모홀리에게 델을 입히고 모자를 씌우고, 대오를 짓고 무기를 들게 하여 천 년의 예법대로 백색 수호기를 건네주었다. 그리고 자신의 수호기를 들고 내려와 제단과 깃발 대오를 모홀리에게 남겨 주고, 문무백관, 만백성과 더불어 큰 연회를 베풀었다. 그리고 곧 남쪽을 점령하기 위해 모홀리를 진군시켰다.

국왕 모홀리는 칭기스 칸이 상으로 내린 용 문양의 보개와 봉황 깃발, 사자 가죽으로 된 장막, 호랑이 문양의 작은 깃발과 갑옷 위에 입는 누런 겉옷, 많은 활 가운데 마법의 황금 샤와,[3] 철 패를 쥐게 하고, 남쪽으로 들어가 금나라 수성遂城과 여주蠡州 등의 시를 모래를 쥐듯 점령했다. 이에 금나라 군주가 대경실색하여, 4명의 상서성尙書省을 기용하여 남쪽 하남성의 남경南京을 다시 복구하게 하고, 이를 중경中京이라

2 자신이 소원하는 바가 이루어져 그 결과가 돌아올 것을 기원하며 외치는 소리로 보통 '호래, 호래, 호래' 세 번을 외치는 습속이 있다.

3 여기서 '샤와'는 무슨 의미로 사용되는지 정확하지 않다. 문장으로 보아 일반 활과 다른 '마법의 활'이 아닐까 생각된다.

고 했다. 몽골군이 급박히 쳐들어오면 피할 준비를 했다.

그러자 몽골 국왕 모홀리의 군대가 또 동쪽으로 진군하여 익도, 치주, 등주, 유주, 밀주 등을 평정할 때 여주蠡州를 사수하던 금나라 장수 이곡이 성이 견고한 것을 자만하여 백성을 강제로 병사 삼고 보름 동안 공격을 했다. 이에 국왕 모홀리가 대노하여 성의 네 개 문 위의 성루를 대포로 쏘게 했다. 그러자 성문 위의 성루가 포에 맞아 큰불이 일어나 성루 아래 병사들이 제대로 있지를 못했다.

그때 사방의 한인 군대의 용감한 병사들이 공을 세우기 위해 기꺼이 바퀴 달린 사다리를 밀고 오자 이곡李曲의 수하 장수들이 성을 이미 지킬 수 없음을 알고 성문을 열자마자 몽골 병사들이 물밀듯 들어와 이곡을 찾아 포박했다. 모홀리는 성에 있는 자들을 모두 살육하라고 명했다. 한편 그 지역의 조진趙瑨이란 자가 이미 모홀리에게 투항하고, 모홀리를 따라 종군하여 그를 백호 서리로 삼았는데, 그가 급히 무릎을 꿇고 기어와서 모홀리 앞에 눈물을 흘리며 간청했다.

"소신의 어머니와 형, 처자가 모두 이 성안에 있습니다. 대왕께 간청하는 바는 소신의 제 한 몸으로 이 성안의 많은 생명을 바꾸려 하나이다. 왕이시여 자비를 베푸셔서 제 한 몸을 죽이시고, 많은 생명을 구해주십시오!"

조진이 슬프게 울며 간청하자 모홀리가 마음속으로 은근히 기뻐하며, 조진의 의로운 마음으로 백성을 죽음에서 면하게 할 것이라는 공고를 그에게 알리도록 했다. 그러자 조진이 급히 쿵 소리가 나도록 땅에 고개를 박으며 절을 하고, 법의 신호기와 포고문을 들고 성시로 달려 들어가 국왕의 명을 큰 소리로 알렸다. 이에 따라 민가를 침범한 병사들을 진압하고, 병사를 보내 성문을 지키게 했다. 한편 이곡을 성시의 백성들이 붙잡아 넘겼다. 국왕이 이곡을 베어 죽여 많은 이에게 보였다. 곧 6개 성을 평정하고, 이어서 동쪽으로 진격하고, 익도 등의 주와 군을 연이어 공격해 들어갔다.

한편 사천예는 점령한 지역의 난적 기화상을 공격하다가 힘에 밀려 곤란에 처해 있을 때 칸을 대신해 사이한 소르탈트를 보냈다. 그의 군대가 당도하여 도중에 적군을 맞아 후방에서 공격해 들어가자, 기화상의 군대가 패해 달아나다가 사천예의 병사들이 파놓은 구렁으로 떨어져 붙잡혔다. 그때 사천예는 기화상의 목숨을 살려줄 방도를 일러 주어 금나라 수성의 소 원수元帥를 투항케 하기 위해 보내자, 소 원수가 의심하여 그를 성으로 들여보내지 않았다. 그러자 기화상이 2만 명의 병력을 이끌고 성시를 지키는 선봉이 되겠다고 하자, 소 원수가 이를 허락하여 그에게 식량과 상을 주고 성에서 지내게 했다.

이어 몽골의 사천예의 병사가 이르자 기화상의 군대가 몽골군을 맞아 싸워 몽골군을 제압하고 추격했다. 그러자 소 원수가 기화상의 군대를 신임하고, 성의 병사들을 이끌고 추격해 갔다. 그들이 은교 다리에 이르렀을 때 몽골의 사이한 소르탈트의 군대가 나타나 뒤를 이어 계속 공격하자 기화상의 군대가 사천예의 병사와 연합하여 돌격해 들어갔다. 소 원수의 군대가 몽골의 3개 군단의 병사들에게 패하고, 한 곳에 모이자 사이한 소르탈트와 사천예, 기화상의 병사들이 일곱 겹으로 둥글게 포위하여 맹공격을 했다. 그것은 마치 호랑이가 양 떼에 들어간 것 같았으며, 풀을 베듯 무차별 살육을 자행했다. 금나라 소 원수 주위에 포위된 병사들이 무기를 버리고 항복하자 사천예와 사이한 소르탈트, 기화상이 의논하여 해가 진 후 금나라 병사의 델과 모자를 겹쳐 입고 새로 투항한 병사를 앞세워 앞길을 열게 하고, 병사 가운데 몰래 잠입해 일제히 함성을 외치며 소 원수를 생포했다. 그러자 소 원수의 군대가 혼비백산하여 기旗를 버리고 투항했다.

그 이튿날 성읍 부근에 이르러 소 원수의 목에 검을 대고 성을 빼앗고, 수성을 평정했다. 사천예는 붉은 깃발을 들고 소 원수를 데리고 대도로 질주해 가서, 소 원수를 바쳤다. 그러자 칭기스 칸이 사천예의 군대에 후한 상을 내리고, 그에게 소 원수의 관직을 보충하도록 그의 자리에 봉했다. 또 기화상과 소 원수를 사천예 아래 지위에 임명하고, 세우는 공을 보면서 사용하라고 했다.

이어 금나라에서 화친을 요청하는 사신이 오자 그 요구를 승낙하고, 사이한 소르탈트를 변경으로 보냈다. 그는 칸의 명에 따라 점령한 성을 온지가이, 손지가이, 안도, 소보다이 네 장수에게 지키게 하고 돌아갔다. 이때 서하의 옛 군주 이안전이 사망했다. 그 아들 이준욱은 오만하고 고압적이며, 지식이 일천하고 재주가 없었다. 부왕이 몽골에 투항한 것에 절치부심하며 몇 년이 흘렀으나, 힘이 미치지 못해 감히 반란을 꾀하지 못하고 있었다.

그런데 그때 금나라의 포선만노가 몽골에 항복을 가장하여 투항하는 척하고, 그 아들을 인질 삼아 내어 주었다. 그리고 그 틈에 몰래 배반하여 곡식과 풀을 모으고, 성을 단단히 구축하여 나라 이름을 남하南

夏[4]라고 했다. 또 서하와 암암리에 결탁하여 반란을 모의하자 이준욱은 마음의 결심을 하고, 나라 안에 있는 성시를 둘러보고 싸우고 지킬 것을 은밀히 준비했다. 또 달아나게 되면 피할 곳을 미리 생각하고, 친히 서량西涼을 둘러보기 위해 갈 방법을 생각할 때, 몽골의 친왕 차가타이 태자가 부인을 데리고 본가로 갔다.

그렇게 보름이 되어 갑자기 대도에서 태후께서 편찮으셔서 여러 친왕들이 대도에 모였다고 하여, 차가타이 태자가 부인을 데리고 대도로 달려가자 3궁과 6원 사람들이 모두 태후의 병환에 크게 근심하고 있었다. 그때 몽골에 황교가 널리 전파되지 않았었고 또 도사와 비구니를 칸의 명으로 완전히 금하고 있었기 때문에 이런 부류의 사람들의 삶이 매우 어려웠다. 여러 대신들이 참을 수 없이 괴로워하는 칸의 표정을 보고 분명 태후의 병환 때문이라는 것을 알고 고하기를 "이 대도 가운데는 사방에 가르침이 특출나고 이름난 사원과 탑, 제단이 아주 많습니다. 폐하께서 명을 내리시어, 향을 피우고 치성을 드리게 하면 도움이 될 것입니다"라고 했다.

그러자 칭기스 칸이 이르기를 "덕이란 결핍된 자를 구제하고 힘을 잃은 자를 회복하게 하고, 가난한 자와 고아를 돕는 것을 말하오. 불필요한 헛된 말을 좇는 것은 한 나라를 다스리는 군주가 할 일이 아니오. 그러나 나라 가운데 여러 죄인의 진위를 가려 사면령을 내리는 것은

---

4 여기서 '남하'라고 하였으나 원래 포선만노는 '대진(동진)'을 국호로 세운 뒤, 몽골에 항복하고 아들을 인질로 보냈다가 다시 독립해 이름을 '대하(동하)'로 바꾼다. 여기서 왜 '남하'라 했는지 알 수 없다.

가능한 한 가지 일이오. 또 삿된 죄인을 우리 집안을 위해 놓아주는 것은 피해를 입은 양민들에게 도움이 되지 않으며, 해를 입힌 죄인에게 기회를 주는 것이 얼마나 대단한 덕이 되겠소! 이러한 일은 내 마음에 있지 않소. 비록 그러해도 예로부터 전승되어 내려온 역대 황제들의 시대로부터 이러한 일이 있어왔으며, 나의 어머니 태후의 병환을 위해 시작하는 일이니 아니 될 것이 없을 것이오. 곧 지역마다 대역죄를 범한 죄인 이외에 다른 죄인을 사면해 주고, 성읍 가운데 있는 여러 사원과 제단, 탑마다 여러 친왕들을 보내, 향을 피우게 하고 제를 올려 태후의 만수무강을 기원하시오!"라고 명했다.

이 명이 내려지자마자 태후의 병환이 호전되고 식사를 할 수 있게 되자, 칭기스 칸은 크게 기뻐했다. 칸은 모후 곁에 있으면서 약을 달이고, 왕궁 태의원의 한인 의원들을 불러와 진맥을 보게 하면서 태후께 약을 올렸다. 태후가 밤에 편히 잠이 들어 새벽이 밝아올 때 잠에서 깨어나 보니, 칸과 황후가 모두 곁에 있었다. 태후가 말하기를 "나는 원래 평민 출신이다. 이제 황제가 천하를 지배하여 내가 나라의 어미라는 귀한 자리에 이르렀다. 내가 젊어서 어려움을 겪었지만, 나이가 들어 즐거움을 누리며 살았다. 또 지금 나이 일흔이 넘었구나. 내게 말할 수 없는 기쁨과 감사하게 생각할 일이 있지, 죽을 때 후회하고 원망할 일이 터럭만큼도 없다. 이렇게 평온한 마음으로 죽고 나서 하늘에 태어날 것을 기원하는데, 이 대도의 오른편 흰색 칠보로 만든 한 작은 탑에서 십여 살 정도의 까까머리 동자가 몸에 붉은 옷을 장식으로 두르고 나를 이끌어 하늘 궁으로 데려갔다. 그리고 주위를 돌며 하늘궁을 보여주고 말했다. '국모께서 수명의 복이 끝났을 때 이곳에 오셔서 태어날 것입니다. 이제 칸께서 천하에 다섯 가지 복을 행하셨으므로 국모께서는 수명이 연장되셨습니다'라고 하며 나를 인도하여 지상에 내려와 그 탑에 절하게 하자마자 동자가 그 탑 안으로 들어갔다.

그때 세 개 불상 앞에 황금 잔에 불등이 타고 있는 것을 보고 절하고 나오자, 몸이 좋아지고 온몸이 편안해졌다. 그 탑에 몸소 가서 제의를 드리고 잘 살펴봐 다오. 내가 전날 대도 안을 돌며 보니 서쪽 시에 부서지고 퇴색한 흰 탑이 있는 것 같았는데, 내가 꿈에서 탑 앞뒤를 보니 분명 그 탑이 맞는 것 같았다"라고 했다.

칸이 어머니의 말을 듣고 크게 놀라는 한편 또 기뻐했다. 칸은 황후를 대동하여 규모가 큰 대오를 지어 그 흰 탑에 분향하기 위해 갈 때, 문무백관이 앞서가서 탑 주변에 있는 쓰레기, 먼지, 기왓조각, 벽돌을 치우자 그 탑 아래 붉은 가사로 둘러 몸을 가린 8, 9세 된 까까머리 동자승이 그곳에 있었다. 아이에게 물어보자 그 동자승은 자신이 탑의 주인이라고 했다.

이윽고 칭기스 칸이 도착해 보니 그곳에 매우 낡고 빛바랜 작은 탑이 있었는데, 그 주위는 모두 오래돼 건물이 무너져 있었고, 그 탑만 남아있었다. 탑의 높이는 5장丈 이상을 넘지 않았다. 탑의 기단 아래 한 어린 승려가 합장하고 서 있었다. 칭기스 칸을 보고 무릎을 꿇고 절하자, 칸이 그를 보니 그 타고난 모습에 빛이 있었으며 세속적인 범상한 존재가 아니었다.

칭기스 칸이 묻기를 "승은 어디서 왔고, 이름이 무엇이더냐?"라고 하자 그 어린 승려가 고했다.

"소승은 서부 티베트의 아난드 가르보 로사와 스님의 제자로, 이름은 팍그와라 합니다. 저는 이 탑을 지키고 있습니다."

"이 탑에 무슨 내력이 있느냐?"

칸이 놀라 물었다.

"이 탑에는 인간의 수명을 연장시켜 주는 신비한 힘이 있습니다."

"기와와 벽돌 더미에 무슨 사람을 도울 능력이 있단 말이냐?"

"이 안에 인도의 부처님의 사리와 금 호로병이 있는데, 병에 수명을 더하는 성수가 담겨있고, 금잔에 꺼지지 않는 영원한 불등이 있습니다. 이러한 것의 법력은 무궁하여 성심을 다해 기원하면 반드시 효력이 있습니다."

칸은 팍그와 승려의 말에 놀라며 물었다.

"그대는 이 탑을 지키고 있으니 이 탑이 어느 시기에 세워졌는지 알지 않겠느냐?"

그러자 팍그와 승려가 고하기를 "한나라 명제께서 서천에서 제일 먼저 불경을 구해올 때 몇몇 도승들을 모시고 와 불교를 전파시켰는데, 그때 이곳에 탑을 세우고 미래 부처님의 가르침을 전파하는 근본으로 삼았습니다"라고 했다.

그러자 칸이 이 어린 승려가 고하는 말이 명확한 것을 보고, "이 탑 안에 있는 부처님의 사리라는 것이 무엇이냐?" 하고 묻자 동자승이 대답하기를 "부처님의 사리라는 것은 부처님의 몸에서 나온 살아있는 구슬을 말합니다"라고 했다.

"천상의 성수라는 것은 무엇이냐?"

"황금 호로병 안에 담황색의 향기로운 냄새가 나는 성수입니다."

그러자 칸이 또 물었다.

"영원한 불등이라는 것은 무엇이냐?"

"한 치 높이의 금잔에 가득 기름을 넣고 불등을 밝혔는데, 꺼지는 때가 없다는 것을 의미합니다."

칸이 놀라 다시 물었다.

"이러한 것들이 이 탑 안에 분명 있단 말이냐?"

"분명 있습니다. 제가 어찌 감히 폐하 앞에서 거짓말을 여쭙겠나이까?"

"이러한 것들이 정말 있는지, 이 탑을 훼손하지 않고 볼 수 있겠느냐?"

그러자 동자승이 "우리 스승이신 아난드 가르비 로자와 스님께서 폐하께서 이 탑을 훼손하실 것을 두려워하여, 폐하께 문을 열어드리라고 저를 보내셨습니다"라고 했다.

칭기스 칸은 기쁨을 감추지 못하고 그 문에 대해 묻자, 동자승이 탑의 동북쪽에 서서 탑의 넓은 기단을 가리켰다.

"이 사이에 한 줄로 된 2층의 벽돌을 들어내면 문이 있고, 그 문 안에 말씀드린 것들이 있습니다."

그러자 칸이 명하여 동자승의 말대로 한 줄로 된 2층의 벽돌을 들어내자, 정말 한 개 작은 돌문이 나타났다. 그 가운데 문밖에 하나의 작은 돌비석이 있었다. 그 위에 몇 줄의 붉은 단사로 새긴 글이 있었는데, 그 내용은 다음과 같았다.

"천 년 후에 몽골의 칭기스 칸이 이 문으로 들어와 불상과 부처님의 사리를 보고 성수를 맛보며 불등에 기름을 더하리라."

칭기스 칸과 황후는 이 석비를 보고 놀라움을 금치 못하고 크게 기뻐했다. 그리고 석비를 치우게 하자 문의 황금 자물쇠가 닫혀 있지 않고, 그 반만 걸어서 채워 놓은 상태였다. 칸이 크게 놀라 손수 자물쇠를 열고, 문을 밀고 들어가자 반대편에 문이 하나 더 있었다. 자물쇠가 또 채워져 있지 않고 반쯤 채워 있었다. 칸이 손수 자물쇠를 열고 들어가자 안이 깜깜했다. 서둘러 불등을 가져오게 하여 보니, 안쪽으로 들어가는 통로가 있었다. 그 길을 통해 안으로 몇 걸음 걸어 들어가자 또 아치형 천장이 있었고, 그곳에 북쪽으로 통하는 길이 있었다. 남쪽 면으로 나가는 문이 있었는데, 그 문은 안에서 큰 돌로 눌러 놓았다. 그 위에는 "예전에 다녔던 문"이라고 쓰여 있었다. 북문을 열고 들어가자 자물쇠가 옆에 걸려 있었다. 그 옆에 "몽골의 칭기스 칸이 이 문을 열 것이다"라고 쓰여 있었다. 이것은 모두 위구르 문자로 쓰여 있었다.

칭기스 칸과 황후는 기쁨을 감추지 못하고 그 문을 밀어 열자, 그 안에는 이미 불등이 빛을 비추고 있었으며, 위로 올라가는 옥돌로 된 단이 있었다. 단 위로 올라가 제단에 이르러, 칸과 황후가 불등을 잡고 앞으로 걸어 들어갔다. 칸이 불등을 들고 보니, 반대쪽에 칠보로 장식한 단 안에 사람 크기 정도로 조형된, 빛이 퍼지는 금으로 된 삼존 불상이 있었다. 불상의 자태와 얼굴은 지극히 자비로운 모습을 하고 있어, 사람들이 불상을 보자마자 불심을 낳게 했다. 앞쪽 제단에는 빛나는 일곱 가지 진귀한 보석으로 덮여 있고, 백 가지 제물과 제의 용품이 쌓여 있었다. 제단 앞에는 한 자 정도의 너비와 한 자 정도의 깊이, 세 자 높이의 순금 촛대 안에 누런색의 기름이 가득 있었으며, 밝디밝은 불등이 켜져 있었다.

칭기스 칸은 또 제단 위를 보니 한 자 높이의 진귀한 칠보로 장식한 용기가 있었다. 칸이 그것을 들고 손 위에 떨어뜨려 보니, 정말 용기에 물이 가득 들어 있었다. 다시 물을 손바닥 위에 떨어뜨려 보자 정말 담황색의 향기로운 냄새가 나는 물이었다. 그 물을 맛보자 정말 기막히게 맛이 있었다. 이에 칭기스 칸은 명하여 크게 놀라 작은 동자승을 불러들이게 하여 칭찬하며 물었다.

"부처님의 사리라는 것은 어디에 있느냐?"

그러자 동자승이 "이 용기 안에 있습니다. 제단 위에 있는 쟁반에 부어 보시면 나올 것입니다"라고 했다. 칸은 손수 성수를 그 쟁반 위에 붓자 정말 성수와 함께 녹색의 작은 콩만한 구슬 세 개가 나왔으며, 그것은 오색찬란한 빛을 발했다. 칸이 손바닥에 구슬을 놓고 보니 참으로 놀랍기 그지없었다. 여러 태자, 비와 빈, 공주를 불러들여 모두에게 보여주겠다고 하자, 동자승이 공손히 절하며 고했다.

"이것은 칸의 조정과 불교의 비의적인 것입니다. 젊은 왕비와 공주 등은 들어올 수 없습니다. 들어오게 하겠다면 들어올 수 있는 한 사람이 있습니다. 그는 을해년에 태어난 폐하의 세 살 된 쿠빌라이라는 손자입니다. 폐하께서 그 손자를 이곳으로 들어오게 하여 절을 시키고, 불등을 보게 하는 것이 좋을 것입니다."

이번에 이곳에 올 때 태후 이외에 3궁 6원의 사람들이 모두 왔기 때문에 칸의 손자 쿠빌라이 역시 와 있었다. 칭기스 칸은 크게 기뻐하며 곧 곁에 있던 친왕들을 내보내 손자를 안고 데려오게 했다. 그러자 쿠빌라이가 진심으로 기뻐하며 그 작은 동자승에게 안겨 주위를 구경했다. 탑의 내부는 모두 옥으로 장식해 지어져 있었다. 아래 석문 위에 구멍이 하나 있었고, 위쪽 문으로 들어가자 작은 통풍구 하나가 있었다. 이에 칸이 사리와 성수를 다시 원래 자리에 두고, 성수를 태후에게 조금 가져다드리려고 했지만, 그곳에 그릇이 없자 팍그와가 고했다.

"그 수정 접시가 바로 태후께 성수를 가져다드릴 용기입니다."

칸이 그러냐며 그 용기에 성수를 반쯤 담아 돌아와 손자 쿠빌라이에게 올리게 했다. 그리고 성수를 한 모금 떨어뜨려 드릴 때 쿠빌라이가 어리기 때문에 그릇 밑을 잡고 있었는데, 용기 아래서 황금 동전 하나가 굴러떨어졌다. 쿠빌라이의 손에 떨어진 것을 칸이 놀라 집어 보니, 그 한 면에 "대원통보大元通寶"라는 네 글자가 있었다. 칸이 그것을 집어 원래 자리에 두려고 하자, 쿠빌라이가 아직 어렸기 때문에 그것을 잡고 아무리 해도 내놓으려고 하지 않자 팍그와 동자승이 말했다.

"이것은 이 손자 칸의 것입니다. 폐하께서 손자에게 주시는 것이 옳을 것이라 사료됩니다."

그러자 칸이 그렇게 하도록 윤허했다. 그리고 불상에 예를 갖추어 절을 하고 보니 제단 옆에 또 하나의 용기와 또 하나의 갈색 촛대가 있었다. 칸이 불등을 들고 보니 "칭기스 칸이 더하는 기름과 성수"라고 쓰여 있었다. 칸이 크게 놀라 촛대에서 기름을 덜어 황금 촛대에 기름을 더할 때 보니 황금 촛대의 기름이 동전 하나만 하게 우묵해졌기 때문에 그 가장자리에까지 기름을 더하고 성수를 가득 채웠다. 칠보 향을 피우고, 황후 등을 돌아가게 했다. 그리고 야율초재를 불러 그에게 이 사건의 내력을 자세히 말하고, 감실에 있었던 글과 여러 가지 신이한 것들을 보여 주었다. 병의 성수를 접시에 붓고 사리를 보여 주었다. 그런 뒤 다시 원래대로 넣어놓고 용기를 놓자 황금 그릇 아래 몇 개의 글자가 있었다. 그것을 들고 보니 다음과 같이 쓰여 있었다.

"이 탑은 언제가 몽골 칭기스 칸과 만날 것이다. 탑의 진실을 알고 문을 닫은 후 밖으로 둘러쌓으면, 곧 일이 끝나고 탑이 완성될 것이다."

그 글은 모두 한자로 쓰여 있었기 때문에 야율초재가 칸에게 한자를 풀어 고했다. 그리고 서둘러 소매에서 붓과 벼루를 꺼내 그 글자를 손바닥에 썼다. 칸이 다시 예를 갖추어 절하고 나올 때 한 개 문을 나와 문을 잠그고, 세 번째 문을 잠근 뒤 비석으로 누르고 원래대로 문을 메우게 했다.

궁으로 돌아와 이튿날 좌우 신하들에게 명했다.

"짐이 칸이 되어 권력을 잡았기에 이 탑을 열어보았소. 이 탑의 내력을 들으니 훗날 또 나와 같은 칸이 여러 번 나와 이렇게 자주 보다가는 필경 탑이 파손되고 무너지고 말 것이오. 그러니 사인 모호, 난사르로 하여금 사람들을 동원시켜, 이 탑 주위로 세 겹의 담장을 튼튼히 축조하여 무너지지 않게 하시오."

그리고 태후에게 성수를 올리자 자신의 꿈과 매우 일치했기 때문에 성수를 맛보았다. 그러자 심신이 평안해지고 몸이 한결 좋아졌다. 칸이 서둘러 그 흰 탑 가까이 있던 동자승을 찾아오게 했지만, 팍그와 동자승이 탑에 몇 줄의 한자를 쓰고 어딘가 가 버리고 없었다. 칸이 서둘러 야율초재를 보내 그가 쓴 글을 베껴 가지고 오게 해서 보니, 그 글은 다음과 같았다.

"소승 팍그와 저는 불교를 널리 전파시킬 성조를 만나 절을 올렸기에 돌아가 사부께 이를 알리고자 합니다. 불교를 전파시키시는 성조께서 '원元'이란 글자로 천하를 평정하셨을 때 다시 와서 힘을 바치겠나이다."

그러자 야율초재가 고하기를 "불법은 우리 유학보다 더 심오하기 때문에 그 깊이를 알 수 없습니다. 다만 미래 일을 앞서 예측해 아는 것은 예로부터 있어왔던 일입니다. 고대 문왕文王이 한 지역의 제후였을 때 군주 주왕이 불에 타 죽을 것을 면전에서 점쳤습니다. 무왕[5]이 나라를 평정한 후에 원수元帥 자아子牙[6]는 제나라에, 주공周公은 노국에 왕으로 봉했으며, 모두 그 자식들이 가서 다스렸습니다. 치리 기간의 길고 짧은 차이는 있지만 주공이 말한 '훗날 나의 노국魯國은 분명 쇠하게 되고, 자아의 제나라는 분명 호전적이 될 것이다'라고 했습니다. 후에 800년이 지나지 않아 정말 그렇게 되었습니다. 그것은 빠르게 정권을 잡아 백성을 강압하여 다스린 경우 후에 무너질 때 더 빨리 망하게 되는 것을 보여줍니다. 한편 관대하고 자애로움으로 다스리면 천천히 망

5 본문에서는 '그의 신하 주공'이라 했으나 '무왕'으로 해야 문맥이 맞을 것이다.
6 자아는 강상(강태공)의 자. 주나라 문왕, 무왕을 도와 주나라를 건국한 일등공신. 본래 그의 성은 강씨였지만 그 봉지를 성으로 삼아 여상(呂尙)이라 불렀다. 주 문왕 서백창의 눈에 띄어 그를 궁궐에 모셔 스승으로 삼았다. 서백창은 그에게 태공망이란 호를 지어 주었다. 여상은 후세 용병술과 주나라의 권모를 말할 때 그 주모자로 존숭되었다(소준섭, 『중국사 인물 열전』, 현대지성, 2018, 31쪽).

하게 되는 것을 알았습니다.

오늘날의 송나라 소강절邵康節이 천진교에 와서 두견새 소리를 듣고 천하가 크게 혼란할 것을 예견했습니다. 이러한 것은 모두 예조로 알았습니다. 이 탑은[원주] 흰 탑은 곧 북경의 서쪽 시에 있는 백탑이다. 어떤 기록에는 명나라가 또 한 번 파괴해 그 안에 있는 것을 찾지 못했다고 했다 원래 탑을 세웠던 현자는 분명 앞날을 예조하는 현인이었을 것입니다"라고 했다.

그러자 칸이 머리를 끄덕이며 "우리나라를 건국할 때 어려움이 있었지만, 내 고분분투하여 대업을 이룬 것은 그리 어렵지 않았소. 분명 오래지 않아 멸망하지는 않겠소? 경께서 한 번 살펴보시기 바라오"라고 명했다.

야율초재가 명을 받고 다시 내려와 사흘이 되어 분명한 것을 분별해 낼 수 없었지만 "갑자甲子를 세 번 더하게 되면 큰 나라를 다스리실 것입니다. 후에 천 년 동안 세 번 흥성하고, 중원에서 빛나실 것입니다"라고 했다. 칸은 야율초재의 말이 예조에 부합되었기 때문에 마음속으로 탄복하고, 그를 이전보다 더 자애롭게 대했다.

궁 안은 평안했다. 한편 칸의 명으로 태보 보랄과 투르베는 4만 명의 병력을 이끌고 배반한 독만국 적군을 공격하기 위해 진격해 갔다. 그 지역은 산과 바위가 굽이굽이 이어져 있고, 또 깊고 얕은 강들이 흐르고, 춥고 더워 기후가 일정하지 않았으며 사람들이 성격이 괴팍했다. 보랄과 투르베 두 장군이 상의해 말했다.

"이 전투에 시간을 끌면 이득이 될 것이 없소. 반드시 속전속결로 결판을 내야 할 것이오."

그리고 곧바로 앞으로 돌진해 들어가 독만부의 수장 부석이 지내는 성으로 들어가 난리를 일으켰다. 부석이 달아나자 몽골군이 그 뒤를 추격하여 그를 붙잡았다. 성을 점령하고, 사방의 성문을 닫았다. 또 부석의 자식과 손자들을 내보내 주위의 성읍을 평정하여 모아 오도록 했다. 또 공을 세운 차례를 정해 모두 큰 신하로 삼는 척하고, 부석을 위시해 많은 사람을 데리고 나가 다른 사람들은 모두 죽이고, 부석을 칸 앞에 데리고 갔다.

한편 칭기스 칸이 부석에게 그들이 배반한 이유를 묻자, 부석이 모든 이유를 아랫사람들에게 전가했다. 칸이 그 부석이란 자를 보니 용렬하고 어리석기 짝이 없는 사람이었다. 그가 큰일을 도모하고 추동할 수 있는 인물이 아니었기 때문에 원래 관직에 있게 하여, 먹을거리를 주면서 대도에 억류해 지내게 했다. 그리고 보랄과 투르베를 독만부에 보내 그 지역을 지키게 했다.

이때 궁 안에서는 태후의 건강이 쾌차하여 집안 잔치를 벌이고 있었는데, 나라의 문무백관들이 축하의 예법대로 모두 천지에 제의를 드리는 것이 좋겠다고 주청했다. 그런 뒤 나라 전체에 축하연을 여는 포고령이 내려졌다. 이때 여러 친왕과 태자들이 모두 성시에 모여들었다. 태자 친왕 차가타이의 부인인 서하국의 공주 이안전의 딸과 이준욱의 여동생 이준영이 태자 차가타이 쪽의 자리에 앉아 있다가 한숨을 쉬며 말했다.

"태후마마의 병환이 쾌차하여 그 경사로 궁 전체가 모두 축하연을 베푸는데, 황후마마께서 진심으로 기뻐하시는 것을 보니 참으로 자식과 조금도 다르지 않네. 우리는 황후 어머니에게 저처럼 힘을 드리지 못하니 참으로 한이 되는구나."

그 말을 들은 차가타이가 깜짝 놀라며 한편 의심이 들어, 잔을 놓고 추궁하며 그 말의 이유를 물었다. 그러자 이준영이 할 수 없이 눈물을 흘리며 말했다.

"저희 아버님은 하늘의 때를 아시고 많은 백성을 평안케 하기 위해 딸인 저를 아낌없이 당신 나라에 가장 값진 선물로 보내셨지만, 이에 대해 신첩은 아버님께 참으로 나쁜 생각을 하고 원망을 품었습니다. 그러나 이곳 성조 폐하께서는 우리가 다른 나라 사람이라고 생각지 않으시고, 신첩을 종으로 삼지 않으셨습니다. 그리고 태자 그대와 인연을 맺어 주시고 며느리로 삼아 주신 지극한 은덕으로 외방 사람을 품어 주시고, 먼 곳의 사람들을 오게 한 것은 진정한 덕의 소치라 할 것입니다. 저는 또 하늘 궁에 들어온 것을 알고 감읍하고 있습니다. 이렇게 얻은 당신 본가의 덕에 충성을 다하고자 하는데, 저희 오라버니 이준욱은 비록 양자이긴 하지만, 저희 아버님의 보위를 차지하고 제의를 이으며, 부황의 이러한 자비와 태자에 대한 보살피심을 생각하고, 나라의 군주 보위에 앉아 더욱 힘써 나라의 평안을 구해야 마땅하거늘, 어리숙한 마음으로 늘 못된 인간의 이간질하는 말을 사실로 믿고, 다른 일이 일어날 것을 경계합니다.

일전에 제가 태자와 고향에 갔을 때 오라버니 이준욱은 의심하여 말하지 않았지만, 제가 아랫사람에게서 오라버니에 대해 얻어듣고 권고하려 했습니다. 그러나 그의 인간됨이 좋지 않아 분명 우리 부부에게 해를 끼치게 될 것이며, 배반을 멈추지 않고 오히려 일을 더 서두를 수 있기 때문에 할 수 없이 그대로 있다가, 이곳에 태후께서 옥체가 편치 않으시다 하여 달려왔었나이다. 신첩이 보니 그가 반역할 것이 분명합니다. 그가 하늘을 거스르고 반역하여 죽는 것은 두렵지 않습니다. 다만 저희 부친의 사직을 훼손하고, 나라를 폐망하게 하는 것, 백성이 흩어지고 조상의 제의가 끊어지는 것이 두려울 뿐입니다. 태자께서는 저희 나라의 이 네 가지 어려움을 어찌 구해내실 수 있으십니까?"

그러자 차가타이가 부인 이준영을 가상히 여기며 그녀의 손을 잡고 "그대가 사내였으면 하국을 진정 잘 지킬 수 있었을 것이오. 그대의 오라비는 분명 나라를 잃을 것이오. 그대가 이미 여자로 태어났으니 나라를 폐망하게 하는 죄가 어찌 그대에게 돌아가겠소?"라고 하자, 이준영이 눈물을 닦으며 말했다.

"딸이든 아들이든 모두 부모의 자식이니 그 어느 누가 부모에게 은혜를 갚으며 살아가는 것을 책망할 수 있겠나이까? 제가 지금 태자께 간청하는 것은 무슨 일이 있어도 대책을 강구하여, 저의 오라버니가 반란을 일으키지 않고 나라와 사직을 지키며, 조상의 선조 태묘를 잃게 하지 않을 것을 간구하는 바입니다."

그 말에 차가타이가 한참을 생각하더니 이윽고 말했다.

"그가 이미 그대를 생각지 않고 오직 자신의 생각을 이루는 것만을 생각하는데, 당신이 그를 생각하여 어찌하겠소?"

"신첩이 오라버니를 생각하는 것이 아니라, 저의 부모의 제사가 끊어지고 나라가 망하는 것을 두려워하는 것입니다."

그러자 차가타이가 이르기를 "그대가 이미 여자로 태어난 것을 생각하여 자신의 목숨을 지키고, 집안을 지키면 족한 것이 아니겠소? 친정의 예법과 나라 백성을 생각하여 어찌하겠소? 그가 반역하면 그대가 먼저 한 말을 부왕께 분명히 고하고, 그대에게 죄가 이르지 않게 하면 될 것이오!"라고 했다.

"그때는 이미 늦습니다. 태자께서 여인을 좋아하여 소첩을 비호해 말한다고 할 것입니다."

그러자 차가타이가 고개를 끄덕였다.

"맞소, 맞소! 그러니 그대 생각에 어찌하면 좋겠소?"

"아녀자인 제 생각으로 오라버니 이준욱을 꾀어 이곳에 오게 하여, 은밀히 그의 마음을 위로하고 반역하는 것을 막으면 하국의 만백성에게 다행스러운 일이 될 것입니다. 또한 소첩의 아버님께서 원래 행하시던 좋은 뜻과 부합할 것이며, 선조 종묘의 제의가 끊어지는 데까지 가지는 않을 듯싶습니다. 그렇게 되면 두 가지 것을 이루는 계략이 아니겠습니까?"

그러자 차가타이가 웃었다.

"그대는 늘 친정을 시댁보다 더 사랑하는 것 같소. 그대의 오라버니가 모반을 도모하면 나라와 백성들이 우리에게 모여들어, 모름지기 나라가 망하는 데까지 이르지는 않을 것이오. 그것은 그대가 기울인 마음 때문일 것이오. 이제 금나라 위소왕의 기국 공주 역시 그대와 마찬가지로 예물로 보내 왔소. 기국 공주를 아우 친왕 우구데이와 맺어 주었는데, 그녀는 어찌 금나라를 조금도 비호하지 않고 오히려 대도를 점령하자 크게 기뻐한 것이었겠소?"

그러자 이준영이 길게 한숨을 내쉬었다.

"태자께서는 어찌 그리 어긋난 말씀을 하십니까? 그녀를 어찌 제게 비유하실 수 있으십니까? 그녀에게 금나라는 첫 번째 원수의 나라입니다. 금나라의 모두가 궁중에 들어가 그녀의 아버지를 죽이고, 그 자손을 끊어 버리려 했을 뿐 아니라 다른 나라에 아부하기 위해 남은 하나뿐인 딸을 이곳에 보낸 것은 참으로 가증스러운 일이 아닙니까? 저의 경우는 그와 다릅니다. 저는 부왕께서 만백성을 평안히 살아갈 수 있도록 하기 위해 당신의 자식을 아끼지 않고 바친 것인데, 이는 세 가지 것을 갖춘 최선의 방법이었습니다. 부왕께서 사직이 훼손되지 않고, 백성을 힘들게 하지 않고, 딸을 수치스럽게 하지 않는 이 세 가지를 갖춘 성심을 다한 좋은 일이었습니다. 그런데 저의 양 오라버니가 어리석어 실수하게 되면 나라가 패망하고, 집안이 파탄이 나는데 신첩의 마음이 어찌 무너지지 않겠습니까?"

차가타이가 그녀의 말과 마음이 모두 사실이었기 때문에 그녀를 크게 칭찬했다.

"당신 말은 모두 맞는 말이오. 내일 내가 나라의 1위에 계신 어른들과 상의하여 결정하겠소. 다만 한 가지 그대 오라비가 모반한다는 증거가 없기에 어찌 말을 꺼내야 좋을지 모르겠소?"

그러자 공주가 이에 대해 "그것은 참으로 쉬운 일입니다. 오라버니를 무슨 방법으로든 꾀어 이곳에 데리고 와서 좋은 말로 유도하고, 그 수하 사람과 부인, 그의 여인들이 잘못되는 것을 말해 집안의 평안을 위하도록 일깨우세요. 이같이 하는데도 후에 정말 모반하여 자신을 망하게 한다면 이는 하늘의 뜻인 것을 제가 어찌 구할 수 있겠습니까? 예전에 친정을 생각하고, 남편을 설득하던 여인을 오늘날까지도 욕을 합니다. 또 남편을 생각하고, 친정을 망하게 하는 것도 역시 비난을 받았습니다.

옛날에 진나라 문공이 제나라에서 얻은 강 씨는 남편을 조력하여 친정을 지킬 수 있었습니다. 그녀야말로 현처라 할 수 있지요. 이제 저의 친정을 원수처럼 여기면 어찌 효부의 도리를 다한다고 할 수 있겠습니까? 지키지 못하고, 알지 못하는 척하다가 친정이 망하면 부왕의 뜻을 어겨 한 나라가 망하는 것입니다. 몰랐다면 모를까 일단 알았으면 두 집안의 화평을 이루는 것이 마땅한 일일 것입니다. 애써도 되지 않으면, 그것은 하늘이 정한 운명이요, 친정에도 시댁에도 죄가 없을 것이며, 저의 원을 다 이룬 것이 될 것입니다."[원주] 서하국의 준영 공주와 금나라 기국 공주는 모두 몽골 종실의 며느리가 되었다. 금나라 기국 공주의 원한이 모두 금나라에 있었던 것은 자신의 아버지를 위한 것이었으며, 서하의 준영 공주의 생각이 서하국에 있었던 것 역시 부왕을 위한 것이었다. 이처럼 두 공주가 자신의 부친을 위한 것은 모두 한 집안 문제였는데, 그 성격은 참으로 다르다. 모두 잘못이라고 말할 수 없다

그러자 차가타이가 칭찬하며 나가 여러 태사, 태보 등과 이준욱의 문제를 논의했다. 그러나 이 일은 칸께 고하기가 어렵고, 모반한 일이 드러나지 않았으니 태자가 집안일로 고하면 좋을 것이라고 했다. 차가타이가 그 말을 옳게 여겨 칸이 내궁으로 나오자 이러한 집안사를 분명하게 고했다. 그러자 칭기스 칸이 차가타이의 처자를 칭찬하고 '오

한테'[7]라는 칭호를 하사했다. 그리고 곧 차가타이가 집안일을 구실로 하국의 이준욱을 데려오도록 사신을 보냈다.

차가타이는 나라의 군대 대오를 이끌고, 인척의 예법대로 하국으로 갔다. 서하의 이준욱은 금나라 포선만노가 새로 세운 동하東夏에 충동질을 받고, 이미 반역하기로 결심을 하고 있었다. 다만 몽골국의 강성함을 두려워하여 계략을 생각하고 있었다. 그때 수하의 신하들이 모두 모반하는 것을 제지하자, 방법이 없어진 그는 갑자기 서량西涼을 생각했다. 만일의 경우 일이 실패하면 그곳에 가서 다시 재기할 수 있을 것으로 생각하고, 나라의 대신과 신하들 몰래 다른 핑계를 대고, 몇백 명의 기마병을 이끌고 서량을 살펴보기 위해 갔다.

곧이어 서하에 당도한 차가타이 친왕은 이준욱이 서량으로 간 것을 듣고 십중팔구 모반을 계획하고 있음을 알고, 내년에 동하를 점령하려는 문제로 반드시 만나서 상의할 것이 있다고 핑계를 대고 뒤에서 추격해 갔다. 차가타이가 서량에 도착해 이준욱을 만나 인사를 나누고 말하기를, "내년에 반역한 포선만노를 공격하고, 한 개 군단은 송나라의 길을 통해 금나라로 쳐들어갈 것을 상의하기 위해 모시러 왔습니다"라고 했다.

이준욱이 비록 의심이 들기는 했지만 할 수 없이 함께 나라로 돌아왔다. 또 대도에 이르자 이준욱이 물었다.

"무슨 중요한 논의와 명이 있다면 곧 사람을 보내 이르면 될 것을 특

---

7 '사려 깊다'는 뜻.

별히 친히 오신 것은 무슨 까닭이오?"

그러자 차가타이가 "형님께서는 모르실 것입니다. 지금 요동의 야율유가의 일군의 성을 함사喊舍가 점령하고 있습니다. 부황께서 형님과 상의하여 형님의 능력 있는 장수를 기용하여 보내, 요동을 정벌하게 하라고 하셨습니다. 형님이 가지 않으시면 아니 됩니다"라고 하자 이준욱이 할 수 없이 함께 가서 칸에게 절하고 칸의 명을 들었다.

그 말인 즉, 여동생을 만나 그녀가 뭐라 말하는지 들으라. 명년에 몽골군과 연합하여 배반한 요동의 함사를 공격하기 위해 병마를 정비해 준비하라는 것이었다.

이것은 다른 일로 우회하여 상대를 제압함으로 순종케 하는 계략이었다. 이때 선사의 동생 함사가 고려의 변경을 빼앗아 군대를 모으고, 다시 요동을 점령할 준비를 하고 있었다. 야율유가가 칭기스 칸에게 군대를 청하자, 칸이 상태부 베두네의 얄고산의 아들 하조실을 좌익의 대장군으로 삼고, 10만 병력을 내어 주었다. 그리고 요동의 함사와 고려를 공격하여 평정하라는 명을 내렸다. 그러고 나서 또 칸은 손수 성지聖旨를 써서 야율유가에게 다른 계략을 일러 주어, 그 아들 설도에게 주어 보냈다. 야율유가가 그것을 보고 크게 기뻐했다.

한편 옛 거란국의 군주 육가陸哥가 단국을 다스리며 자칭 대원수라고 하며 지내고 있었기 때문에 그에게 가서 힘을 합쳐 협조해 줄 것을 청하자, 육가가 이를 수락했다. 또 한편 새로 세워진 동하의 군주 포선만노에게 병력 협조를 요청하자, 만노가 또 10만 대군을 보내 지원해 주기로 했다. 야율유가가 크게 기뻐하며 또 고려의 철왕[8]에게 가서 지원병을 요청하자, 철왕이 자신의 지역이 점령당하고 있었기 때문에 기꺼이 40만 대군을 내어 주었다.

야율유가는 이들을 연합하고 나서, 칭기스 칸의 비밀스런 명을 이룬 상황을 앞서 보고했다. 칸은 야율유가의 진정성을 기뻐하며 그를 칭송했다. 그리고 그에게 상으로 델과 모자, 갑옷과 투구, 화살과 전통, 안장과 멍에, 왕의 의전 대오에 맞는 보개, 수호기, 깃발 등을 그 아들에게 주어 보냈다. 야율유가는 100리가 되는 곳에서 나라 사람들을 데리고 나와 향과 탁자를 준비하고 절하며 그 일행을 맞았다. 이에 고려와 거란국이 크게 놀라고, 한편 크게 두려워했다. 이에 대한 내용은 다음 장에서 보게 될 것이다.

사관 인잔나쉬의 시 한 수

> 진정 효심으로 태후를 보살피며 백탑을 중건했네
> 밝고 넓은 지혜로 일의 정황을 밝혀 야율초재를 탄복케 했네
> 관대한 은덕으로 태사를 왕으로 봉하고, 금패를 하사했네
> 명철하신 군주께서 군대를 보내 포선만노를 투항케 했네

---

8 철왕은 고종을 이른다. 고종(高宗, 1192~1259) 고려 제23대 왕(재위 1213~1259) 이름은 철, 자는 대명. 강종의 맏아들. 1212년 태자에 책봉되고 이듬해 강종의 뒤를 이어 즉위했다. 그는 역대 왕 가운데 가장 오랜 46년 간 재위하면서 몽골의 30년 침공을 겪었다. 또 1236년 몽골항쟁 당시 불교의 힘으로 몽골군을 격퇴하고자 대장도감을 설치하고, 유교를 장려했다(임종욱, 『한국역대인명사전』, 이회, 2009, 62쪽). 그의 휘가 왕철이기 때문에 이 저서에서는 고종을 '철왕'이라 이른다.

제50장

태사 국왕 모홀리는 금나라의 일곱 개 성을 토벌했네 태자 친왕 차가타이는 서하국의 백관들을 태형으로 징계했네

무인년戊寅年, 대몽골국의 칭기스 칸 태조 13년, 송나라 영종 가정 11년, 금나라 선종 흥정 2년이었다.

한편 모홀리는 나라에 돌아가지 않고 남쪽을 정벌하기 위해 진군했다. 정월 초하루 아침 동생 다이산다락그치와 그의 아들 볼로 등이 와서 칸의 새해 평안의 인사를 고하고, 점령한 남쪽 성읍과 주, 군의 수를 기록한 문서를 올렸다. 칭기스 칸은 새해를 맞아 상을 주어 보낼 때, 요동에서 전령이 와서 동하와 거란, 고려 이 세 나라의 병사를 정비한 것을 고하자, 칭기스 칸은 하조실의 10만 대군과 서하의 이준욱의 군대를 파병하도록 명했다. 그때 하조실의 수하인 다다통가의 아들 동준, 힐고이, 사인 모호, 테스겔 바르스 등의 네 장수를 함께 보냈다.

하조실은 네 장수를 데리고 북로로 들어서고, 야율유가는 사병과 거란 육가의 군대, 동하의 군대 또 고려의 4만 병력 등 총 80만 병력을 이끌고 함사가 지내는 성을 여덟 겹으로 포위했다. 함사는 이런 상황을 생각지 않고 있었기 때문에 대경실색하여 서둘러 성의 망루에 올라가서 보니, 사방의 병사가 에워싼 형세가 날개가 있어도 빠져나갈 수 없어 보였다. 곧 망루에서 내려와 관헌으로 돌아와 여러 신하를 불러들여 말했다.

"나는 원래 야율유가가 죽었다는 걸노의 거짓말에 속아 배반한 것이 사실이오. 이제 무엇을 말하기가 어렵게 되었소. 그대들은 마음을 편히 하고, 사흘이 지나면 투항할 것이라고 하고 성을 공격하는 것을 멈추게 하시오. 내가 지금 투항하는 것이 두려운 것이 아니라 야율유가를 만나 그의 얼굴을 마주하는 것이 부끄러울 따름이오. 나는 그에게 붙잡히지 않을 것이오."

그리고 술을 마시기 시작했다. 주위에 성을 지키던 많은 병사들이 울었으며, 이틀째 한밤중이 되지 않아 중앙 관청에서 큰 곡소리가 나기 시작했다.

이튿날 날이 밝은 뒤 모든 병사들은 함사의 시신을 관에 넣고 관아 안에 모셔 두었다는 말을 들었다. 또 몽골군과 야율유가의 군대가 성을 물과 불처럼 급작스럽게 공격해 오자 백성들이 크게 두려워했다. 서둘러 성문을 열고 함사가 목매 죽은 이유를 말하고 투항했다.

야율유가가 검에 피를 묻히지 않고, 요동의 속지와 병사, 백성을 모두 다시 얻고, 많은 사람을 서루에 이동시켜 지내게 했다. 그리고 큰 연회를 베풀어 첫 번째 자리에 몽골 칸의 사신 하조실을 앉히고, 술을 세 번 돌리고, 요리가 다섯 번 나온 뒤 네 나라 군대 대장군들을 향해 말했다.

"어리석은 나는 태생이 우매하고, 생각이 고지식하며, 지략이 일천한 사람이오. 다만 여러 스승의 가르침을 힘써 들었기에 오늘 진정한 군주를 만나 힘을 바침으로 생각한 모든 것을 이루었소. 그렇지만 나는 원래 일개 평민으로 어찌 왕의 지위에 오를 수 있겠소. 이 잔치 자리에 젊고 나이 드신 분들이 모두 계시니, 내가 오늘 이 자리에서 한마디 하고자 하오. 내가 알기로는 특출난 인물은 20년에 한 사람이 나오는 것으로 알고 있소. 우리 칭기스 칸께서는 5천 년에 한 번 나올 만한 천신과 같은 인물이오. 그를 거역하는 사람은 물론이려니와 그를 건드리는 산과 바위도 부서져 마땅하오. 이제 세상에 남은 작은 나라도 마침내 모두 정복될 것이오.

우리 요나라에 불교가 전파되었다고 해서 거슬리는 일이 없을 것이오. 언젠가 한 사람이 성불하면 9족이 하늘에서 태어난다는 말이 있듯 진정한 성조 영웅이 태어났으니 9대에 걸쳐 천자가 될 것이라고 하오. 그것을 알지 못하는 자들은 나를 아첨꾼이라고 하지만 실상을 아는 자들은 나를 신중하고 분투하는 자라고 말하오. 인간으로 태어난 이상 다른 사람 아래 있기를 원하는 사람은 한 사람도 없소. 내가 어찌 특별히 종이 되기를 원하겠소? 다만 하늘을 거슬러 사람들이 죽고 나라가 망하는 것이 두려웠던 것이오. 이것이 곧 내가 귀순한 진정한 이유라 할 수 있소."

그러자 동하東夏와 고려가 모두 투항할 마음을 품었다. 다만 거란의 군주 육가 원수만은 속으로 이를 거역할 뜻을 다졌다. 그때 하조실이 "대왕께서 과찬의 말씀을 하십니다. 우리 주군께서는 표리가 부동하시며 한결같이 진실하십니다. 그러니 어찌 외방이 자신을 낮추지 않겠습니까!"라고 하며 여러 사람에게 술을 권하며 마실 때 야율유가가 다시 말했다.

"남쪽 서하국은 원래 대국이오. 그의 늙으신 군주 안전께서는 먼 것을 생각하시고, 지식이 대단하셨기에 속국의 큰 어려움을 극복하실 수 있었소. 그에 비해 그 아들 이준욱은 일을 망쳐 큰 고통을 초래할 것이오. 이번에 오지 않은 것은 폐하의 지극한 사랑을 저 버리는 행위라 할 것이오. 여러 젊은 장수들은 그에게 큰 고통이 이르는 것을 보게 될 것이오!"

그때 요동 땅이 이미 평정되어 많은 병사들이 사방으로 흩어졌다. 솔롱고국[1]의 대원수 홍덕선, 동하東夏의 대원수 호도 두 사람이 야율유가와 몽골 하조실의 손을 잡고 헤어지는 것을 아쉬워했다. 그러나 분명하게 투항하겠다는 말을 드러내 말하지는 못했다. 10리 밖까지 가서 전송할 때 하조실이 또 손을 잡고 말했다.

"두 대원수께서 하늘의 뜻을 깨달으신 것을 소신이 알았습니다. 다만 다른 나라 신하가 말할 수 있는 일이 아니기에 저는 성조 주군께 잘 고하겠습니다!"

그리고 곧 헤어져 길을 떠났다. 다만 거란의 육가 원수는 모른 척하고 돌아갔다. 한편 하조실이 대도에 돌아와 이러한 정황들을 모두 칸

---

1 이 저서에서는 고려를 '솔롱고스', 또는 '고리'라고 하고, 어떤 경우에는 '솔롱고'라고 하기도 한다. 한편 '솔롱고스'와 '솔롱고'를 달리 사용하기도 하는데, 여기서는 '고려'를 의미한다.

에게 고했다. 야율유가의 둘째 아들을 인도해 칸을 배알하게 하고, 아버지 유가를 대신해 그 은혜에 절하게 했다. 또 큰아들 설도를 칸의 사신으로 삼아 연회를 베풀어 주었다.

한편 칭기스 칸은 조정에 나와 병사의 수를 더해 하조실의 군대를 조직하여 거란을 공격하고, 솔롱고에 상을 보내라. 태자 친왕 차가타이는 열 명의 장수를 데리고 10만 대군으로 서하국의 이준욱을 붙잡아 오라. 만약 거역하면 나라를 점령해 빼앗으라. 그 나라는 마침내 너의 땅이 될 것이다. 배은망덕한 자는 하늘이라도 구하기 어려운 법. 서하국의 옛 군주 이안전의 제사가 끊어지지 않게 하라. 그의 친족에게 특히 온후한 자를 택해서 제사를 성실하게 이어가게 하라. 그런 다음 새로운 동하에 그의 진실을 묻고, 그 아들 첩가를 우리 이곳의 인질로 두고 또 어찌 다른 나라와 우호적으로 지내는지, 만약 다른 뜻이 없다면 그 이유를 분명히 고하게 하라고 각각에 일을 분담하여 보냈다.

한편 이해 얼음이 녹자마자 2월부터 금나라가 몽골이 두려워 감히 침범하지 못했다. 다만 상대를 괴롭히는 데 익숙해져, 송나라 지역을 마구 점령하자 송나라에서 금나라가 병력이 미치지 못한다는 것을 알고, 이 기회에 옛 원한을 갚겠다고 마음먹었다. 두 나라는 4월이 지나서까지 서로 공격을 했다.

그때 몽골군은 금나라가 화친을 하자고 했다가 이를 무시하자 남방으로 쳐들어갔다. 금나라 하남의 중경을 지키던 경략부사 묘도윤苗道潤이 그의 군대가 패하자, (평소 묘도윤과 사이가 좋지 않았던 가우가 그를) 죽이겠다고 한 것을 신하 백상이 구해내어 대원수 장유에게 고했다.[2] 몽골군이 자형관으로 나갔기 때문에 장유가 도윤의 많은 병사들을 이끌고 몰래 공격하기 위해 가자, 몽골군의 정탐꾼이 그 소식을 듣고 고하려고 왔다.

이때 태사 국왕 모홀리가 자형관으로 나가 서경에서 서쪽 지역에서 숙영했다. 몽골의 석말명안의 4개로의 군단이 자영관 밖에 남아 매복하고 있었다. 이어 금나라 대원수 장유의 대군이 도착해 밤에 진을 치려고 하기 바로 전 석말명안이 신호탄을 쏘자 4개로의 병사들이 일제히 일어나 돌격했다. 금나라 병사들이 원래 몽골군을 간이 떨어질 정도로 두려워하고 있는 데다가 또 갑자기 매복한 병사의 계략에 빠지자 정신을 잃고 혼비백산 사방으로 흩어져 달아났다. 이제 병사들은 더 이상 원수의 명령을 듣지 않았다.

일이 이렇게 되자 장유는 명령 내리는 것을 멈추고, 자신의 심복을 데리고 길을 찾아 달아났다. 낭아령 아래 이르러 빠르게 달려 겨우 고개 정상에 이르렀을 때 산 너머에서 병사들이 돌격해 오고, 선두에 선두 장수가 민첩하게 앞으로 달려왔다. 장유가 그 상황을 보자마자 말을 돌려 달아나자, 몽골 장수가 벌써 그를 추격해 그를 붙잡아 데리고 갔다. 그 상황을 보면, 대장수 하트 투무르, 돌가 투무르가 석말명안과 함께 의논하여 이곳에 이미 한 군단의 병사를 매복시키고 있었던 것이

---

2 이 문장은 내용이 생략된 듯하며 의미가 분명하지 않다. 원사열전 「장유소」 조에 보면 묘도윤이 장유소를 구해주고 조정에 고해 그에게 관직을 얻게 해준다. 그런데 묘도윤이 부하 장수 가우남에 의해 피살되는 사건이 벌어진다. 그런 뒤 묘도윤의 부하 하백상이 장유소에게 묘도윤이 차던 호랑이 금패를 바치니 이로써 장유소가 경략 사령부 일을 맡게 되었다고 언급하고 있다(방기혁 역, 「장유소」, 『원사열전』 34권(e-book), 슬기야단비야, 2015). 괄호 부분은 역자가 문맥을 살펴 보충해 넣었다.

다. 바로 그때 금나라의 장유가 도망쳐 이 길로 와서, 이 두 장수에게 붙잡혔다. 이때 장유의 가솔들은 대군의 뒤를 쫓아 하국으로 가려고 하다가 이번 자형관 대전투에서 모두 붙잡히고 말았다.

이렇게 해서 하트 투무르와 돌가 투무르가 장유를 포박하여 석말명안에게 데리고 가자, 석말명안이 대군을 모아들이고 대장막에 앉아 장유를 데리고 오게 했다. 그리고 좌우 신하들이 장유에게 무릎을 꿇으라고 하자 그는 조금도 대수롭게 여기지 않았다.

석말명안이 "그대는 붙잡혀 와서 어찌 무릎을 꿇지 않는가?" 하고 묻자 장유가 냉소하며 말했다.

"이것은 참으로 이상한 일이오. 그대는 그대 나라 군대의 수장이요, 나 역시 한 나라 군대의 수장이니 서로 같은 장수가 아니겠소? 만일 내가 그대를 붙잡으면 죽일 것이오. 그대가 나를 붙잡아 포박했으니 나를 죽이면 그만인데, 어찌 나에게 무릎을 꿇으라 하는 것이오? 사내대장부는 죽임을 당하는 것을 돌아가는 것처럼 여기고, 사는 것을 꿈처럼 여기오. 그러니 내가 어찌 죽는 것을 두려워하여, 그대에게 목숨을 구걸하며 무릎을 꿇어야 한단 말이오? 나를 죽이면 끝나는 일이오. 사내대장부를 욕되게 할 수는 없소. 그대는 비록 우리나라를 배반한 못된 역적이지만, 원래 타고나길 우리의 피로 타고났소. 어찌 무지한 몽골의 버릇없는 행태를 드러내 누구를 위협하는 것이오?"

그러자 석말명안이 속으로 그의 용사로서의 충직함에 탄복하며, 하는 말마다 모두 옳은 말을 한다고 인정하며 웃으면서 일어나 포승줄을 풀어주게 했다. 그리고 그에게 술을 따라주며 진심으로 존중하는 태도로 대하자, 장유는 불같이 맹렬한 노기를 어쩔 수 없이 누그러뜨리며, 달리 방법 없이 석말명안이 주는 술을 받아 마셨다. 석말명안이 한 훌륭한 장수를 얻은 것에 기쁨을 감추지 못하고 서둘러 큰 연회를 베풀었다.

"세상의 충직한 이름은 누구나 원하는 바요, 세상의 악명을 싫어하는 것은 인지상정이오. 다만 충직하기는 쉬워도 군주를 구하기는 어려운 법이오. 군주를 구할 수 없다면, 자기 몸을 해쳐 자신의 이름을 위해 분투하는 것이요, 자신의 군주를 위해 분투한 것이 될 수 없다는 것을 대원수께서는 분명히 아실 것이오. 이제 우리 금나라의 백관들은 헛된 공론으로 성을 세우는 일에 익숙하고, 안이한 말로 공을 세우는 데 힘을 쓸 뿐 큰 전쟁에서 용병술을 쓸 수 있는 장수가 없게 되었소. 이에 작은 아이에 불과한 술호고기는 병법을 조금도 알지 못한 채 세상의 병권을 잡았지만, 그 수하의 진짜 능력을 가진 장수들은 임무를 충실히 수행하기 어렵소. 이를 황제가 어찌 알겠소?

또 그들 가운데 공론을 일삼는 문관들은 자신의 하등의 불필요한 말을 태산처럼 여기오. 황제의 성과 병사, 백성들이 일단 점령당하면 스스로 독약을 먹거나 목을 매 여인네처럼 한 번 죽으면 만 가지 사건과 만 가지 잘못이 모두 사라지고, 충성된 마음이 있는 것처럼 되어 의롭다고 일컬어지오. 우리는 이 피비린내 나는 곳에 뛰어들어 무기를 들고 돌진하며, 백 번 죽고 백 번 살아나면서 주군을 위해 만 개 화살과 천 개 무기에 죽어도 아무런 소용이 없소. 이처럼 되었기에 금나라가 망하는 것은 이미 정해진 바라 할 수 있소. 태산처럼 중하다는 것은 한 신하가 죽어 나라 전체를 평화롭게 할 수 있는 것을 말하며, 그런 자가 비로소 큰 의인이라 할 수 있소. 진퇴양난의 상황에 봉착해 스스로 목숨을 끊는 것을 어찌 의롭다 할 수 있겠소? 그런 실로 교활하고 위선적인 아첨꾼 신하들이 만약 우리처럼 은덕 있는 군주를 만났다면 그보다 앞다투어 투항하지 않았겠소? 그러니 우리의 이 같은 군대 장수들이 죽는 것이 금나라에 개, 돼지가 죽는 것처럼 보일 터인데, 죽는 것이 무슨 대수겠소? 누가 우리를 의인으로 장부에 기록하겠소?"

이 일련의 말에 장유는 길게 한숨을 내쉬었다.

"장군의 말씀이 모두 옳습니다. 다만 우리 부모님이 모두 살아 계신데 어찌 내가 방관할 수가 있겠소?"

그러자 석말명안이 서둘러 말했다.

"봉황과 극락조는 천 리 먼 곳에 떨어져 있어도 그 마음이 통하고, 귀형의 부모님이 곧 나의 부모님이 될 수 있소. 아우인 내가 부모님이 놀라시지 않도록 조심하며 성에 들어가 극진히 모시겠소!"

그러자 장유가 서둘러 안으로 들어가 부모님의 무릎을 껴안고 울며 절하고 나와, 석말명안의 은혜에 보답하며 절했다. 그리고 곧 진심으로 몸에서 피를 내어 뿌리며 맹세하고, 몽골에 투항하자 석말명안은 크게 기뻐하며 서둘러 널리 알리고, 장유의 군대를 모아 오게 하여 보니 8만 이상이 되었다. 급히 표문을 쓰게 하여 장유를 집안 가솔들과 함께 국왕 모홀리에게 보냈다. 병사들이 이미 석말명안의 표문을 태사 국왕 모홀리에게 앞서 가져다 올렸기 때문에 국왕은 크게 기뻐하며 몸소 군대 진영 밖으로 나와 그를 맞았다. 장유는 몽골 대신이 이처럼 정중한 태도로 장수의 마음을 받아들이는 것을 보고, 머리를 숙이고 무릎을 꿇고 기어가 절했다. 국왕 모홀리가 서둘러 예를 다해 말리자 장유가 한숨을 쉬며 말했다.

"제가 나라의 후한 은혜를 입었으면서, 뜻하지 않게 마음대로 행하다가 충과 효를 모두 잃었습니다. 이제 비록 죽는다 해도 별 의미가 없게 되었는데 대왕께서 이처럼 귀히 보시니, 장유 제 이 육신과 명예, 생명, 뜨거운 피를 모두 사용할 때가 되었나이다. 이제 제가 어찌 뒤로 물러설 수가 있겠습니까? 먼저 저희 부모님이 이 나라에 계십니다. 돌아가신 군주께 도움이 되고, 부모님께 은혜를 갚을 수 있을 것입니다! 대왕께서는 마음을 편히 하시고, 저를 연경에 보내 주십시오. 마지막까지 분투하겠나이다!"

그러자 국왕 모홀리가 크게 기뻐하며 손수 술을 따라주고, 곧바로 장유를 대도로 보냈다. 그때 칭기스 칸은 금나라의 대원수 장유가 투항했다는 것을 이미 듣고 있었기 때문에 장유가 칸을 배알할 때 원래 관직에 맞는 의관을 갖추어 입게 하고 들여보내라고 명을 내렸다.

"금나라는 인재를 알아보지 못하오. 장유 그대가 비록 충성을 다한다 해도 그 공을 말할 사람이 없으니 소용이 없는 것이오. 그대가 이제 충성을 할 수는 없다 해도 효를 이루었소. 내가 그대를 보니 성품이 곧은 용사인 것이 분명하오. 나는 믿는 자를 의심하지 않소!"

그리고 좌우 신하에게 명해 장유가 지내던 연경의 옛 지역을 살펴보게 하고, 옛집을 잘 정비하여 그의 부모를 지내게 했다. 또 장유를 예전 관직에 더하여 하북을 안정시키는 도원수로 봉해 떠나보냈다. 그러자 장유가 비로소 몽골 군신의 마음이 이처럼 한결같이 덕이 있음을 알고, 온몸과 마음으로 경외하며 투항했다.

한편 모홀리는 장유를 맞아 인사를 나누고, 관할 성읍과 지역, 병사와 백성에 이르기까지 모두 장유에게 맡겼다. 그리고 모홀리 자신은 서경의 서쪽으로 회회국을 지나 동쪽으로 진격해 들어가, 먼저 산서성의 태원부를 에워싸 몇 겹으로 포위했다. 그러나 태원성이 견고하고 백성들이 또 부유하여 며칠 동안 공격을 해도 함락되지 않았다. 그러자 병사들에게 명하여 나무 방패를 쥐고, 흙주머니를 만들어 성의 네 모퉁이에 높은 단을 쌓게 했다.

그리고 한편 땅을 뒤흔드는 한인 포수를 찾게 하고, 성시의 서북쪽 모서리 아래 웅덩이를 파 땅에 화약을 묻게 했다. 보름이 되지 않아 땅에 묻은 화약과 흙으로 쌓은 토단이 완성되자 먼저 화약에 불을 붙이게 했다. 그러자 화약이 한 번에 폭발하여 태원부太原府의 서북쪽 모퉁이가 30여 장 높이로 튀어 오르며 무너졌다. 그때 성을 지키던 금나라 대원수 오고륜덕승烏古倫德升이 있는 힘을 다해 무너진 성벽에 큰 수레를 놓고 흙자루를 네 겹, 다섯 겹 쌓아 올려 막았지만 몽골 병사들이 토단 위에서 쏘고 던지는 활과 돌이 비처럼 쏟아져 내려, 금나라 수비군이 조금도 움직이지를 못했다. 성이 이미 점령당할 위기에 처하자 덕승이 집으로 돌아가 어머니와 아내에게 말했다.

"우리 금나라는 그 수를 다했고, 해마다 성읍을 잃어 지금에 이르게 되었습니다. 저는 특별히 마음을 쏟아 이 성을 수년간 지켜왔습니다. 그러나 이제 이미 힘과 기력이 다해 성이 무너지고 백성들이 죽기에 이르렀습니다. 이제 제가 죽으면 제 머리를 잘라 주군께 보내 주십시오. 이는 저의 죄의 대가입니다. 몽골이 본다고 해도 상관없습니다. 어쩌면 우리 가정을 지켜줄 수 있을지도 모릅니다!"

그런 뒤 덕승이 목을 매고 죽자, 가족들은 차마 그 머리를 자르지 못했다. 그러다 몽골군이 성을 무너뜨리고 쳐들어오자 할 수 없이 덕승의 머리를 잘라 누런 비단 보자기에 싸서 성을 나가는 바로 그때 몽골군에게 붙잡히고 말았다. 병사들이 상관에게 고하자 모훌리가 그 연유를 조사하여 상황을 알아내고, 덕승이 의롭게 죽은 것을 애석하게 여겼다. 그의 가족에게 손대지 못하도록 지키게 하고, 덕승의 시신을 묻어주게 했다. 그리고 그에게 '의로운 자'라는 칭호를 내리고 비를 세워주었다. 덕승의 친인척, 처자식이 모두 와서 진심으로 울며 귀순했다. 그의 머리는 서한과 함께 금나라에 보내졌지만, 금나라에서는 그 머리를 성에 들이지 않았다.

이미 이 소식이 다른 지역에 전해졌다. 태원 부근에 있던 큰 성인 평양은 병사의 수가 적어 힘이 약하고, 또 황제에게 상주문이 모두 전해지지 않았기 때문에 평양성을 지키던 이혁李革이 홍성, 심양과 대책을 논의했다. 그때 홍성과 심양이 많은 병사를 이끌고 성을 버리고 달아나자고 하자 이혁이 말했다.

"그대들이 많은 병사를 데리고 달아나 삶을 도모하시오. 원래부터 내가 이 성을 지켜왔는데 이제 무슨 면목으로 황제를 뵙겠소? 태원부를 지키던 덕승의 목을 보냈으나 받아들이지 않았는데, 내가 무슨 생각을 하겠소? 다만 내 뜻하는 바를 행할 것이오!"

그런 뒤 홍성과 심양에게 인장과 장부를 내어주고 황제가 있는 곳을 향해 절을 하고, 목을 베어 자결했다[원주] 성을 지키지 못하면 죽는 것과 다름이 없고, 일을 이루지 못하면 충의를 다할 수 없는 것인데, 주군을 위해 되돌리지 않고, 원수를 갚지 않은 채 다만 죽는 것, 그것으로 무슨 대단한 충의가 될 수 있단 말인가? 이러한 것들은 모두 자신의 이름을 위해 죽는 것이다. 아, 참으로 힘든 일이다.

이때 몽골군이 이미 평양성을 포위하고 사흘째가 되었는데, 홍성과 심양 두 장수가 많은 병사를 데리고 서문으로 나간다고 소동을 일으키다가 동문으로 나가 도망쳤다. 성시의 뭇 백성들이 이혁의 시신을 보이며 성문을 열고 투항하자, 국왕 모홀리가 그 연유를 자세히 묻고 한숨을 쉬었다.

"태원의 덕승이 죽고 평양의 이혁이 죽은 것은 매우 다르다. 덕승은 병사들을 붙잡히게 하고, 성을 무너지게 한 연후에 목을 매 죽었으며, 또 그 머리를 보내 사후에 이름을 남기려 했다. 그런데 평양의 이혁은 때를 알고 군민을 평안히 하고 목을 베어 자결했으며, 그 이름을 남기려고 하지 않았다. 이는 충성된 의인이라 할 수 있다!"

모홀리는 이혁의 가족을 지키고, 그의 무덤에 '충성된 의인'이라는 글을 남겨 비석을 세워주고 두 성을 평정했다. 또한 창고를 점검하고, 곡식 장부를 만들었다. 그리고 곧 승리의 여세를 몰아 흔주, 대주, 택주, 노주, 분주 등의 성을 포위하자, 절도사 완안와출호完顔訛出虎와 성을 지키던 원수 납합포자도納合蒲剌都 등이 이들 성의 병사들을 모두 하나로 연합시켜 노주에 모이게 하고, 다른 성을 모두 버렸다. 그때 몽골 대군이 다른 성들을 모두 평정한 뒤 노주를 포위하자, 노주의 병사들은 백성들을 믿고 저항하며 싸웠다. 그때 갑자기 굉음이 울리며 성시 남문 옆쪽에서 화약이 폭발하고 파편이 20장 위로 튀어 오르며 성이 무너졌다.

몽골군이 그 여세를 몰아 곧바로 돌격해 들어와 물불을 가리지 않고 무차별 살육을 자행했다. 이때 완안와출호와 납합포자도 등이 모두 난군에 의해 죽임을 당했다. 이 성의 백성이 엄청난 희생을 당하자 모훌리가 서둘러 무고한 사람들을 죽이지 말 것을 명하고, 병사들을 겨우 진정시켰다. 이들 일곱 개 성읍을 평정하고, 태원과 평양의 큰 지역의 지도와 승리를 거둔 수호기, 상주문을 칸이 있는 대도로 보냈다. 이때 칭기스 칸은 상도를 떠나 대도로 돌아왔기 때문에 오래지 않아 답신과 상이 내려졌다.

그때 금나라의 대원수 무선武仙은 몽골 태사 국왕 모훌리의 대군이 하북 지방을 평정하고, 태원과 평양 등지를 공격하기 위해 간 사이 틈을 얻어 10만 대군을 이끌고 하북의 장유의 관할지 만성滿城을 공격하기 위해 가서 성을 포위하려 할 때 인근 성의 신하가 장유에게 와서 이 상황을 고했다. 그러자 장유가 한밤중에 달려와 하루 밤낮을 멈추지 않고 싸웠다. 만성의 병사들도 나와 합세하여 싸우자 금나라 원수 무선의 병사들이 상대 병사들을 감당하지 못하고 힘이 부쳐 달아나려 했다. 그러나 틈이 생기기 전에 양편의 적군을 마주하게 되자, 무선의 병사들이 혼비백산하여 곧바로 흩어지기 시작했다. 장유가 많은 병사를 이끌고 북을 치고 공격해 들어가자 무선의 군대가 허겁지겁 달아나기 시작했다.

그러자 그 뒤로 몽골군이 연이어 추격해 가서 손쉽게 갑옷과 투구, 무기, 수레를 끄는 말, 깃발을 모두 빼앗았다. 또 거기서 멈추지 않고 100리를 추격해 가서 무선의 병사들 가운데 반을 살육했다. 그 정황 속에서 무선은 미친 듯이 두려워하며 달아나다가 말에서 떨어져 두 개 이가 부러졌다. 장유는 적을 토벌하고, 몽골군이 승리를 거둔 소식을 국왕에게 고하기 위해 전령을 보냈다. 모홀리 역시 급히 칸에게 전투의 상황을 고하자 칸이 장유에게 갑옷과 투구, 안장과 멍에를 상으로 보내왔다.

이제 거란과 서하국의 정황을 말하려고 한다. 차가타이 친왕이 칸의 명을 받고 마음속으로 이준욱을 향해 크게 분노하며, 급히 서둘러 대군을 이끌고 서하로 가서 북을 두드렸다. 서하국의 수도 흥주를 포위하고, 군주 이준욱에게 욕설을 퍼부었다.

"아버지를 거역하고 군주를 배반한 무지한 종놈. 우리 부황께서 너의 부친에게 은혜를 베풀어 나라를 멸하지 않았을 뿐 아니라 친척과 너의 칸의 칭호를 없애지 않고 어느 정도 공물을 받고, 적은 규모로 병사를 사용했다. 그런데 이제 그 은혜를 잊고 부왕의 뜻을 저버린 채 서하국의 백성에게 괴로움을 주며 배반을 도모하고, 몽골에 필요한 병사를 징집하는 일을 거역했다. 또한 칸의 은혜가 바다와 같이 깊고, 인척 관계를 중히 여기시는 고로 너를 관대히 대하지 않았더냐? 죽음을 찾는 어리석은 종놈아, 네가 하늘을 거역하는 것이더냐? 서둘러 나와 벌을 받고 투항하면 죽음을 면하게 해줄 것이다. 만일 네가 미련하여 깨닫지 못한다면 곧 일시에 공격하여 서하국을 멸할 것이다."

그러자 이준욱이 일이 벌어졌음을 깨닫고, 크게 놀라 서둘러 성시 위에 올라가 말했다.

“내가 배반했다는 증거가 무엇이오? 나는 몸이 편치 않아 요동에 병사를 이끌고 갈 수 없었소.”

그러자 차가타이가 큰 소리로 호통을 쳤다.

“그렇다면 앞서 올 수 없는 이유를 고하고, 다른 장수에게 군대를 맡겨 보낼 수 없었단 말이냐? 우리에게 투항하지 않은 거란과 고려조차 모두 나라에 힘을 바쳤다. 너는 이미 투항했을 뿐만 아니라 인척의 은혜를 받았거늘 어찌 이같이 여우와 토끼 같은 행동을 하는 것이냐?”

그러자 이준욱이 할 말이 없어 차가타이에게 간청했다.

“큰태자 친왕께서는 잠시 군대를 거두시고 분노를 가라앉히시지요. 내가 지금 곧 나가면 나를 죽이지는 않겠지만 태자의 분노로 때리고 상처를 입히지 않겠소? 나의 죄가 드러나기도 전에 제가 고통을 당하지 않겠습니까? 그러니 태자께서는 잠시 군대를 물리시고, 노여움을 가라앉히신 연후에 사흘이 지나서 내가 벌을 달게 받기 위해 대도로 가겠소.”

“그 말이 분명한가? 어리석게 굴지 말라. 칸께서 은혜를 베푸실 생각이 있으시기에 나를 보내신 것이다.”

차가타이는 군대를 철수시키고, 20리 밖에 주둔했다. 이준욱은 여러 신하와 싸울 것인지 물러설 것인지를 논의하자 뭇 신하들이 모두 못마땅해 했다.

“그저 우호적인 나라를 화나게 하여 이제 큰 화를 초래했습니다. 주군께서 일찍 투항하지 않으면 성시 안에 백성들이 난리를 일으킬까 두렵습니다."

그러자 이준욱이 발을 구르며 후회해도 소용이 없자, 불현듯 한 가지 방안을 생각해 냈다. 여러 대신들을 모아 귀순하러 갈 것이라고 속이고, 자신의 가까운 친인척과 사랑하는 자들에게 자기 뒤에서 따라 나오라고 했다. 이튿날 한밤중에 이준욱은 서쪽 성문으로 나가 서량으로 잠입해 들어갔다. 이에 성시의 많은 신하와 백성들이 몽골이 공격해 올 것을 두려워하여, 서둘러 가서 차가타이 친왕에게 이러한 정황을 고하자 차가타이가 천둥처럼 진노하며, 서하국의 문무대신들을 모두 붙잡아 관청에 데리고 들어가 호통을 쳤다.

"그대들은 어찌하여 그 무지한 군주를 일깨워 막지 못하고 도망쳐 명을 거역하는 데 이르게 하였는가? 나의 장인 이안전께서 이런 인간들을 무모하게 먹여 살리신 것이 아닌가? 모두 끌어내 처형하라!"

그러자 좌우의 용사들이 모두 앞으로 나가, 4, 50명의 문무대신을 붙잡아 포박하자 차가타이가 또 분통을 터뜨렸다.

"이제 천군이 이르렀는데 너희들이 공격을 할 수 없게 되자, 그자에게 계략을 알려주며 달아나게 했다. 또 그자는 대장부인 척하며 나를 속였다. 가족들에게도 도움이 되지 않는 이런 종놈들이 나라와 백성들을 어찌 지킬 수 있단 말이냐? 너희들은 하릴없이 서하국의 은혜를 대대로 받지 않았더냐? 빨리 끌고 나가 모두 처형하라!"

병사들이 서둘러 앞으로 나와 백관들을 끌고 내가자 서하국의 백관들이 간담이 서늘해져 큰 소리로 외쳤다.

"우리를 죽이는 것은 부당합니다."

그들이 소리치자 차가타이가 분노하며 소리쳤다.

"너희들을 죽이는 것은 전혀 부당하지 않다. 너희들에게 배반할 마음이 없었다면 그 무지한 놈을 붙잡아 우리에게 데려다 주어 심판을 받게 하지 않고, 어찌 놓아 주어 보낸 것이냐? 빨리 죽여라"라고 소리치며 끌어내게 했다.

그러자 서하국의 문무백관들이 기겁하며 눈물을 흘렸다. 그때 이안전의 큰부인 전 씨가 양자로 삼은 아들이 말을 듣지 않고, 딸 이준영을 믿고 따르지 않은 연고로 이준욱이 오지 않았다 하여 몽골군이 백관들을 모두 죽이려고 데려갔다는 소식을 듣고, 서둘러 조정에 나와 울며 사위 차가타이에게 간청하며, 백관들의 진실을 말했다. 그러자 차가타이가 할 수 없이 백관을 돌려보내고 와서 또 분을 참지 못했다. 이 무지한 놈들을 죽이지 않아도 태형을 가하지 않을 수 없다 하여, 다섯 명이 돌아가며 40대씩 태형을 가하라고 하자 매를 맞은 무관들은 이를 악물고 견뎠지만, 문신들은 허벅지가 부어 절룩거렸다. 그리고 백관들이 조정에서 내려와 절뚝거리자 거리의 사람들이 그 광경을 보고 큰 소리로 웃었다.

한편 차가타이는 이준욱의 일가가 모두 달아났기 때문에 전 씨에게 물어 가까운 혈족을 찾으면 본인의 눈으로 직접 알아내라고 일렀다. 친척 아이들을 몇 명 뽑아 데리고 가서 직접 보고 이준안이라는 자를 지목하게 하여, 성시를 지키고 종묘에 제사를 지내게 하도록 명했다. 다른 나랏일은 모두 대도에서 관장하기로 하고, 이준욱을 언젠가 붙잡으면 그때 처형하겠다고 알렸다.

그리고 곧 동하국의 포선만노에게 그의 아들 첩가를 인질로 보내고, 어찌 또 다른 나라를 세워 황제를 칭하는지 그 이유를 묻기 위해 사신을 보냈다. 그러자 포선만노가 차가타이 친왕의 용맹스러움을 익히 알고 있는 데다 이제 예전의 대국이었던 서하국을 이미 정복하고 또 죄를 인정하고 물을 사신을 보내오자, 사신을 귀히 대접하고 앞서 죄를 받아들이고 대원수 호도에게 조서를 올리게 했다. 호도가 옛 서하국에 와서 태자 차가타이에게 절하고 고했다.

"우리 군주 포선만노께서 사실상 다른 뜻이 있으셨던 것은 아닙니다. 또 황제 폐하께 충성을 다하기 위해 그 지역을 모아들일 생각으로 그런 칭호를 올렸습니다. 만일 칭호를 올리지 않으면 많은 이들을 모아들이고 평정하기 어렵기 때문입니다. 그렇게 해서 저희 주군께서 거짓 칭호를 사용해 민심을 안정시키고, 공물을 바칠 수 있게 되었습니다. 만약 배반할 마음을 먹었다면 어찌 아들 첩가를 그곳에 인질로 두고 해마다 공물을 열심히 보낼 수 있겠나이까? 그렇게 폐하께서 요동을 공격하실 때 또 힘을 바쳐 공을 세우지 않았습니까? 10만 대군으로 야율유가에게 협력한 것은 이미 폐하께 힘을 바친 일이 아닙니까? 야율유가는 또 폐하의 신하이고, 우리가 폐하의 신하에 합세하면 이미 폐하에게 힘을 바친 것이 될 것입니다.

이제 우리 군대를 어느 방향으로 가라 명하시면 우리는 즉시 그쪽으로 진격해 갈 것입니다. 동하라고 칭한 것은 첫째, 송나라와 금나라에 공물을 바치지 않고 둘째, 지역의 어리석은 백성을 모아 안정시키려

한 것입니다. 어찌 감히 폐하 앞에서 그렇게 명명했겠습니까? 대왕께서는 노여움을 누그러뜨리시고 사정을 전하시어 상전에 고해 주시기 바랍니다."

차가타이가 그 말을 듣고 크게 역정을 냈다.

"그대는 입에 발린 소리로 나와 말장난을 하러 왔는가? 그대의 저의는 모르겠으나 그 정도 생각을 하지 못할 까닭이 있는가? 그대는 한편 병사들을 모아 병력이 보강이 되면 또 힘을 겨룰 생각이 아니었소? 이제 요동의 야율유가는 폐하께서 봉하신 요왕이지만, 그대 하국은 누가 봉한 하국이란 말인가? 대국이 사신을 죽이는 법은 없지만 벌할 수는 있소. 이자를 곤장 100대를 쳐서 서둘러 돌려보내도록 하라. 그대는 포선만노에게 스스로 오라 이르라."

그리고 좌우의 용사들에게 소리치자 호도를 눌러 쓰러뜨리고 바지를 벗겼다. 호도가 크게 당황해하며 큰 소리로 외쳤다.

"대왕께서 신하인 저를 치시면 왕의 체면이 떨어지시고, 후에 황제께서 들으시면 왕께 진정 질책이 돌아올 것입니다."

차가타이가 크게 놀라 잠시 그를 놓아주며 물었다.

"그대에게 곤장을 치면 어떻게 내 체면이 떨어지며, 칸께선 나를 어떻게 질책하신단 말인가?"

그러자 호도 원수가 바지를 껴입으며 조급하게 말했다.

"태자 친왕께서는 폐하의 아들이요, 폐하의 원수元帥이며, 폐하의 사신입니다. 또한 폐하의 눈과 귀요, 조정의 태보이자 기둥이요, 근간이자 큰 신하이십니다. 그런데 다른 나라의 조서를 올리는 보잘것없는 장수에게 곤장을 치시는 것은 대원수요, 대신하께서 하실 일은 아닌 줄 압니다. 한 작은 사신을 치시는 것이 대왕의 하실 일은 아닐 것입니다. 또한 황제께 고할 표문을 올리기 전에 곤장을 치신다면 대국의 큰 예법에 어긋나는 일일 것이기에 황제께서 분명 태자를 질책하실 것이라 사료됩니다. 소신이 곤장을 몇 대 맞는 것이 무슨 대수이겠습니까? 다만 사람들이 태자를 조급하다고 조롱하고, 황제께서 또 큰일을 이루지 못했다고 야단을 치실 것입니다. 소신이 요동의 소요를 진압하고 힘을 바치기 위해 갈 때, 황제 폐하의 사신 하조실로 하여금 진정한 내막을 직접 전하게 하려고 했던 이유가 있습니다. 이제 폐하의 태자께서 우리 같은 아래 신하를 태형으로 벌하시는 것은 전혀 합당치가 않습니다. 소신에게 태형을 가해 벌주시면 태자께 오점이 되실 것입니다."

그러자 차가타이 태자가 한참을 생각에 잠겨 있다가 물었다.

"그런데 내가 저번 날 서하국의 백관들을 모두 40대 곤장으로 벌을 주었소. 나의 이러한 처사 역시 올바르지 않다는 말이오?"

호도가 고하기를 "그 벌한 것은 그들에게 구원이 되었습니다. 그들의 군주가 배반하여 도망쳤기 때문에 처형을 면하게 하고, 친인척의 예로써 채찍으로 벌하여 그 죄를 끝낸 것은 그들에게 행운이었습니다. 신의 경우는 귀순하고자 와서 공물을 바치겠다는 첩문을 올린 사신일 뿐입니다"라고 했다.

태자 차가타이가 꽤 오래 생각하다가 미소를 지었다.

"호도의 말이 옳도다. 내가 이자를 때리면 소인이 되는 것이 아니겠는가? 이자는 진실한 자라 할 수 있다. 그러니 첩문을 가지고 나를 따라 칸께 고하러 갑시다."

호도가 할 수 없이 넓적다리의 살을 떨며 고통에서 벗어나 모자를 쓰고 절하고 나오자마자, 하국의 백관들과 만나 길게 한숨을 쉬며 하늘을 향해 두 손을 모아 합장을 했다.

"아아, 참으로 무섭고 위험하기 그지 없었소! 태자께서 어찌 그리 진노를 하는지!"

그러자 서하의 곤장을 맞은 신하들이 웃으며 말했다.

"우리의 부마 태자께서 비록 진노는 하셨지만, 악의는 없습니다. 그날 우리 백관들을 치실 때 다섯씩 눕게 하여 곤장을 쳤습니다. 그때 가늘고 굵은 소리, 단단하고 약한 온갖 소리가 났습니다."

그는 또 백관들에게 물었다.

"그대들은 서하국을 세워 100년 가까이 될 때까지 이처럼 맞은 일이 있었소? 참으로 우습고 어처구니없는 일이오!"

차가타이를 두려운 것이 자신의 군주를 두려워하는 것보다 더했다. 문무백관들은 아침마다 더 일찍 조정에 나가 온갖 일에 더욱 힘썼다. 느닷없이 한두 가지 일을 결정하거나 국사를 묻고 감찰하기 위해 부름을 받은 신하들은 얼굴이 사색이 되어 온몸을 떨며 계단을 오르다가 넘어져 서로 돕기도 했다.

그때 차가타이는 두 하국[3]의 일을 묻고 또 병력의 반을 남겨 나라를 지키게 하고, 나머지 반을 데리고 대도로 돌아왔다. 동하와 옛 하국이

3 동하와 서하를 이름.

결정한 사안의 첩문을 접어 그것을 가져와 올리자, 칭기스 칸은 그것을 보고 차가타이가 서하국의 백관들을 벌한 일에 대해 웃으며 차가타이를 향해 일렀다.

"아우는 나이가 서른이 넘었으면서 어찌 어린아이같이 성질을 부렸는가?"

그러자 차가타이가 동하의 사신을 때리지 않은 것을 크게 기뻐하며 동하의 첩문을 올렸다. 칸이 그것을 보고 고개를 끄덕이며 붓을 들어 다음과 같이 썼다.

> 이준욱은 나이가 어려서 상황을 잘 깨닫지 못하는 것이다. 이미 명령을 어기고 군대가 오지 않았지만, 그가 반역하여 군대가 맞서는 일은 없었다. 이제 달아났지만 아마도 마음이 조급해져 벌인 일이기에 스스로 죄를 인정하러 올 것이다. 그러면 죄를 면해주고 옛 관직을 그대로 유지하게 할 것이며, 우리나라에서 대신이 가서 국사를 함께 이끌게 할 것이다.

또 포선만노의 첩문을 보고 다음과 같이 지적했다.

"나라 명을 지은 것은 투항한 나라의 예의가 아니다. 명년에 반드시 직접 하례를 하러 와서 짐이 관직을 하사해 주는 것을 받으라. 무력으로 공격하는 것을 잠시 멈추고, 태자 차가타이는 이 두 나라의 일을 처리하는 데 있어 공로가 있는 듯하니 대오에 노란 기를 상으로 내리겠다!"

그리고 칭기스 칸이 자리에서 내려오자 차가타이가 그 은혜에 절했다. 그리고 조정에서 나와 동하의 원수 호도를 불러 칸의 명을 말하고 또 상을 내렸다.

"내가 그대에게 곤장을 치지 않은 것이 옳았소. 그대가 나를 일깨운 것은 잘한 일이오!"

그러자 호도가 절하며 칸의 조서를 받아서 돌아갔다.

이 일은 잠시 멈추고 이제 하조실[4]이 거란에 간 일을 언급하려 한다. 한편 하조실은 칸의 명으로 대군을 이끌고, 모니산의 거란의 육가를 공격하기 위해 갈 때 도중에 고려를 지나가면서 칸의 칙령을 보내자, 고려의 철왕고종이 서둘러 향단은 준비하고 예를 갖춰 절하며 칭기스 칸의 칙령과 상을 받았다. 그리고 서둘러 대원수 홍덕선에게 40만 병력을 내어 주어 하조실을 맞아 향연을 베풀게 했다. 한편 칭기스 칸의 명에 따라 병력을 합세해 출정하는 것을 고하라고 보내자 홍덕선이 크게 기뻐했다. 그는 서둘러 직접 앞으로 달려가 큰 강가에 대진영을 세우고, 몽골 원수 하조실이 이르자 길 옆에서 무릎을 꿇고 술을 올려 일행을 영접했다. 그가 칸의 사신에게 예를 다하자 하조실이 곧 환대에 우호적으로 예를 다하고, 함께 연회를 베풀며 크게 즐거워했다.

하조실은 홍덕선에게 "그대는 우리나라의 칸께서 진정 천자인 것을 어찌 아셨소?" 하고 묻자 홍덕선이 고했다.

"대몽골국에 천자가 나타났다는 것은 우리만 알았던 것은 아니고 송나라, 금나라, 요나라 모두 알았지요. 폐하의 춘추가 올해 쉰일곱이시

4 『고려사』에는 '합진'으로 등장한다.

지만 폐하의 별은 200년 전에 나타나 송나라, 금나라, 요나라의 학식이 있는 신하들이 모두 기록해 두었습니다. 어찌 몽골을 알지 못하겠나이까?"

"그렇다면 그 가운데 우리 폐하에 관련하여 어떤 증거가 있소?"

홍덕선이 고하기를 "하늘을 18개 성省으로 구분하고, 사방팔방으로 나누어 정하는 것과 몽골 황제에 관련되는 눈에 보이는 현상으로 분명합니다. 폐하께서 군대를 조직하시고 지금까지 행하신 일들을 보면, 한 분의 칭기스 칸뿐 아니라 몇백 명의 칭기스 칸이라 할지라도 그 많은 적에게 죽고도 남았을 것입니다. 어찌 이같이 전투마다 군대를 거느리고 진군하실 수 있겠습니까?"

"그대의 나라에는 박식한 인재들이 적지 않은 듯하오."

하조실이 진영으로 들어가자 두 번째 영접단으로 고려 왕이 또 중군의 대원수 조충趙沖[5]으로 하여금 술을 올려 맞이하게 하고, 연회를 베풀어 환영했다. 세 번째 영접단으로 철왕이 직접 나와 하란산 정상에 게르를 세워 일행을 그곳으로 인도해 맞았다. 서로 예를 다해 인사를 나누고 나란히 자리에 앉아 대연회를 베풀었다.

고려 왕이 몽골 사신 하조실을 보니, 조금도 서둘러 묻는 법이 없고, 하는 말마다 나라에 보탬이 되는 말을 했다. 또 인간의 마음을 어루만지고, 다른 지역을 지키는 태도를 보였다. 철왕은 마음속 깊이 그를 대단하게 여기며 한담을 나누었다.

---

5 조충(趙沖, 1171~1220) 고려 중기 문신. 1216년 문관으로 상장군을 겸했으며, 고종의 묘정에 배향되었다(임종욱, 『한국역대인명사전』, 1772쪽).

"귀 대국에 귀 대신과 같은 자가 얼마나 있소이까?"

그러자 하조실이 몸을 일으키며 말했다.

"우리나라에는 저와 같은 대신이 초원에 가득하고, 저보다 열 배나 훌륭한 대신이 36명이나 있습니다. 특별히 문무에 능통한 대신이 가득하고, 또 9경이 계십니다. 어찌 저를 대단히 여기십니까?"

그 말에 고려 왕이 크게 놀라, 곧 홍덕선과 조충에게 1만 명의 병력을 내어주고, 하조실의 군대와 함께 거란을 공격하기 위해 진군하게 했다. 거란의 군주 육가가 그 소식을 앞서 듣고 9만 이상의 병력을 이끌고 달아나, 고려의 속지인 강동성을 빼앗아 지내고 있었다. 그러자 몽골과 고려 두 나라의 병사들이 산과 들을 덮고 빛을 번쩍이며 해와 달을 가리고, 바다가 출렁거리듯 진격해 가서 강동성을 다섯 겹으로 에워쌌다.[6] 그때 하조실은 잠시 공격을 하지 않고 말을 타고 나와 사방을 돌며 지형을 살피고 돌아와서, 고려의 조충과 홍덕선에게 물었다.

"두 장군께서는 이 성을 빼앗을 계략이 있으십니까?"

두 장군이 "우리가 놀라 계략을 생각하지 못했습니다!"라고 하자 하

---

6 1218년 7월 거란군이 다시 대규모 군사를 일으켜 고려 경내를 위협하자 조정에서는 조충을 원수로, 김취려를 병마사로 삼아 출전시켰다. 9월까지 고려군은 총공세를 취해 은산과 독산에서 승리를 거두자 거란의 장수 탈라가 도망치고, 남은 주력군 5만여 명은 강동성에 들어가 농성했다. 고려에서 거란군의 횡포가 계속되자 몽골와 동진, 고려가 공히 동아시아의 이단아 거란을 함께 토벌하기로 합의했다. 1218년 12월 합진(合眞)과 찰라가 이끄는 몽고군 1만 명이 포선만노가 파견한 호토의 군사 2만 명과 함께 압록강을 넘어와, 거란군이 장악하고 있던 화주와 맹주, 순주, 덕주를 차례로 함락시키고 거란군의 주력이 웅거하고 있던 강동성을 포위한다. 1219년 1월 김취려와 조충이 이끄는 고려군은 몽고군, 동진군과 합세하여 강동성을 맹렬히 공격했다. 3개국 연합군의 합동작전에 견디지 못한 거란군은 지도자인 왕자 함사(喊舍)가 목을 매어 자살하자 성문을 열고 항복했다 (이상각, 『열정과 자존의 오백년 고려사』, 들녘, 2010, 297쪽).

조실이 "이 성을 빼앗는 데 있어 병사 한 사람 갑옷 하나도 다치지 않게 할 한 가지 계략이 있습니다. 두 장군께서는 제가 성을 되찾는 것을 보세요!"라고 했다.

하조실은 곧 북을 치고 성시 주변 5리 밖에 큰 구덩이를 파게 했다. 하조실은 먼저 삽과 도끼를 든 병사에게 구렁을 파게 한 지 보름이 되지 않아 구렁 하나가 만들어졌다. 서북쪽에 흑룡강의 강물을 가는 구렁으로 끌어들여 성시 쪽으로 흘러가게 했다. 천우신조로 며칠 동안 남풍이 불자 강물이 바다같이 물결치며 강동성을 물로 범람시켰다. 보름이 되지 않아 성 가운데 병사와 백성들이 홍수로 인해 난리가 일어났다. 큰 재해로 먹을 곡식이 없어 하루를 일 년처럼 지냈다. 또 이상하게 강물이 하늘에 닿을 듯이 성을 뒤덮고, 날이 갈수록 물이 더해지자, 많은 병사와 백성들이 마음이 변해 육가를 붙잡아 죽였다. 또 그의 머리를 베어 가지고 헤엄을 칠 수 있는 사람에게 그 머리를 가지고 가게 해 투항했다. 하조실이 그 정황을 알고 물을 건널 수 있는 몇천 명의 병사를 성에 들여보내 진위를 조사하게 하고, 곧 구렁을 무너뜨려 물이 성에서 빠져나가게 했다.

그런 뒤 거란의 많은 사람을 투항시켜 강동성을 평정하고, 거란의 많은 병사를 옛 지역으로 이주시켜 흩어져 지내게 했다. 그리고 고려로 돌아와 그 나라 군주인 철왕에게 감사를 표하자, 고려 왕이 성대한 연회를 준비하여 후하게 대접했다. 그리고 형제의 맹약을 맺고 하란산 정상에 올라 천지에 제의를 지냈다. 고려가 해마다 공물을 보내겠다고 하자 하조실이 크게 기뻐했다.

"대왕께서는 분명 하늘의 뜻을 아는 명철함이 있으십니다. 우리 주군 칭기스 칸께서는 범인이 아니시며, 태후께서 출산하실 때 흰빛이 가득한 황금색 천신을 꿈꾸시고 우리 칸을 낳으셨습니다. 후에 여러 가지 하늘 예조를 본 것은 말해도 믿지 않으실 것입니다. 또 입에서 나오는 말씀은 조금도 헛된 것이 없습니다. 주군께서 한 번 기뻐하시고 한 번 웃으시면 하늘이 함께 움직이죠. 기뻐하시고, 진노하시고 분노하시면 그에 따라 천둥과 번개가 칩니다. 이러한 것은 모두 직접 제 눈으로 본 일이며, 이제 대왕님의 나라가 하늘의 이치를 따르고, 주군께 귀순하신다 하기에 신은 대왕님께서 현명하다는 것을 알았습니다.

만약 대왕님께서 귀순한 것을 들으시면 황제 폐하께서 곧바로 매우 흡족해하실 것은 말할 나위도 없습니다. 이제 대왕님이 이와 같으시니 우리 황제 폐하께서는 공물이나 물질적인 것 때문이 아니라 폐하의 사업에 함께 참여케 하시고, 많은 이에게 섬기게 하려는 뜻을 가진 것입니다. 대왕님께서 그 뜻에 부합하니, 이제 공물을 바치고 서로 적과 전쟁이 없이 지내고자 하시면 그것이 대왕님께서 하늘의 뜻을 아는 대사일 것입니다. 다만 대왕님의 지역이 상당히 멀어 사람들이 왕래하기 불편하니 해마다 한 사람의 신하와 열 명의 수행원을 보내 공물을 바치기 바랍니다. 그렇게 하면 오래토록 평화로이 지내게 될 것입니다."

그러자 고려의 왕이 크게 기뻐하여 기꺼이 그의 말을 받아들이고, 황제에게 고할 첩문을 써서 사신을 보내기로 했다. 몽골 병사들에게 값지고 귀한 물건 100수레와 1천 포대의 군량을 보내자, 하조실은 고려의 군주와 손을 잡고 눈물을 흘리며 헤어져 승리한 병사들을 이끌고 국경으로 들어왔다.

한편 하조실은 전투에서 승리하고, 얻어온 공물과 첩문을 가지고 도착하자, 칭기스 칸을 대신하여 난사르를 보내 첫 번째 영접단으로 일행을 영접하게 했다. 두 번째 영접단으로 하사르의 아들 태자를 보내 영접하게 했으며, 세 번째로 태자 우구데이가 성시 밖에 나와 영접했다. 하조실이 성읍으로 들어가 칸에게 절하자 칭기스 칸이 손수 술을 따라주고 고리공[7]이라는 칭호를 하사해 주었다. 연이어 요나라 왕 야율유가가 100수레의 비단과 금은보화를 싣고, 귀한 예물을 보내와 친히 칸을 배알하자 칭기스 칸이 분부했다.

"이후에 예물을 더 이상 바치지 말기 바라오. 그대의 속민들이 어렵고 힘들게 생활하는데 누가 될까 두렵소. 내가 칸이 된 것은 많은 이를 평화롭게 하기 위함이지, 많은 이의 물건을 취하기 위함이 아니오. 나의 한 집안, 한 몸이 한 신하 정도의 필요한 것을 쓸 수 있으면 되는 것 아니겠소? 옛말에 '이루어가는 집안의 아들은 져날라 주지 않아도 이루고, 망하는 집안의 아들은 아무리 모아다 주어도 망한다'고 하였소. 필요 없는 물건을 산처럼 쌓아놓는 것보다 필요한 한 줄의 교훈의 말이 낫소. 경께서는 자신의 나라에서라도 지나치게 낭비하지 마시오. 물질은 모두 백성들의 피와 땀으로 이루어진 것이오! 쾌락을 절제하고, 분투함으로 뜻을 이루기 바라오. 그 아름다운 궁을 중원의 황제가 차지하고, 멀리 있는 나라가 절하기 위해 오지만 그것이 무슨 유익이

7 여기서 '고리'는 '고려'를 일컫는다.

있겠소? 내가 이제 그대 아들 설도를 보니 사람이 강직하여 훗날 그대 자리를 잇게 될 것이오. 특별히 우리 일상의 교훈을 마음을 다해 경청하고, 꾸미고 장식하는 것을 좋아하지 않으면 분명 큰일을 할 그릇이 될 것이오.

나는 이 대도를 얻고 성안에 들어와 이것저것 둘러보니 쓸데없이 낭비하는 것들이 많은데, 이런 황제가 어찌 천자가 될 수 있겠소? 백성들이 힘에 겨워 소리치지 않겠소? 그러니 금나라 병사와 백성들의 절망감이 우리 군대에 매번 패한 원인이라 할 수 있소. 그러한데 물질적 사치가 일을 이루는 데 무슨 도움이 되겠소? 만약 그것을 군대와 백성의 힘을 키우는 데 사용했다면 어찌 금나라가 이 지경이 되었겠소! 그러니 이러한 것들을 자식 손자들에게 가르치지 않으면 아니 된다는 것을 유념하기 바라오. 세월이 오래 지나면 나의 말을 어찌 기억하겠소?"

그러자 야율유가가 크게 기뻐하며, "만세! 만세!"라고 몇 번을 외치며 절했다.

사관 인잔나쉬의 시 한 수

> 뜻하지 않게 금나라 장유는 몽골에 귀순하고
> 거란의 육가는 우둔하여 강동성에서 죽었네
> 서하국의 준욱은 불의하게 서량으로 달아나고
> 고리국 철왕은 거짓 없이 천자를 우러렀네

제51장

가상하게 고려는 별자리를 살펴
태조 성군에게 귀순했네
운수가 다한 서역은 하늘을 거슬러
칭기스 칸에게 공격을 받았네

기묘년己卯年, 대몽골국의 칭기스 칸 14년, 송나라 영종 가정 12년, 금나라 선종 홍정 3년. 태조 칭기스 칸은 이해 나이 48세가 되었다.

초봄 칭기스 칸이 궁전에 나오자, 백관들이 절을 한 뒤 사이한 소르탈트와 하조실 등이 상주문을 올렸다. 첫 번째 상주문은 동쪽 솔롱고 고려국의 군주 철왕이 자신을 대신해서 윤공취尹公就와 최일崔逸이라는 두 태부로 하여금 예물 30수레와 첩문을 보내왔다는 내용이었다. 두 번째 상주문은 서부 탕가트의 남북 쪽에 있는 서역[원주] 이를 서강(西羌)이라고 한다. 또 회회국이라고도 했으며, 호톤이라고도 했다. 이들은 모두 회교도이다의 여러 부족들이 반란을 일으켜 서하국 등의 침입을 그치지 않고 있다는 내용이었다. 세 번째 상주문은 송나라로 군대가 들어가 금나라를 공격했다는 내용이었다.

한편 칭기스 칸은 솔롱고의 고려에 상을 내려 치하하기 위해 조서를 주어 상태부 하조실과 폴릭그타이를 고려에 보내라고 했다. 서하국의 동무, 부석 두 태부에게 조서를 주어 보내, 서쪽 서강의 여러 회회인들에게 어찌 반란을 일으키는지 그 이유를 물어오도록 하라고 했다. 송나라와 금나라 일은 하북을 지키는 장유에게 명해 보내 총괄케 하고, 상황을 보면서 논의하여 고하라고 각각 명을 내렸다.

야율유가가 돌아와 칭기스 칸을 배알하고 문안을 고했다. 사이한 소르탈트가 또 큰 소리로 "여러 대신은 고할 일이 있으면 고하시오. 고할 일이 없으면 폐하께서 내궁으로 드실 것이오!"라고 말했다.

백관들이 아무 말이 없자 봉황과 극락조를 장식한 현악기와 피리를 불기 시작하자 용포를 한 번 털고, 칭기스 칸은 내궁으로 들어갔다. 백관들이 서둘러 흩어져 조정에서 내려가 각기 말을 타고 사방으로 흩어지는데, 그 모양이 흡사 구름 떼가 이동하는 것 같았다.

그들 가운데 하조실이 앞서 출발하고 이어서 폴릭그타이가 떠났다. 솔롱고국을 향해 갈 때 그 소식이 이미 고려에 당도했기 때문에 고려의 군주 철왕이 첫 번째 영접단에 태부 박시윤을 보내 맞이하게 하고, 두 번째 영접단에 원수 조충으로 하여금 일행을 맞게 했다. 세 번째 영접단으로 나가 자신이 직접 큰 강 건너편 강가에 대진영을 준비하고 향안香案을 비치하고, 대열 지어 무릎을 꿇고 칸의 조서를 받았다. 그리고 칸의 사신을 후하게 대접하여 대향연을 베풀고, 나라로 맞아들여 황제가 내린 상을 많은 이에게 보였다. 황제가 상으로 하사한 옷과 모자, 의관에 관련된 물품을 많은 이에게 보이고, 향연을 베풀고 자기 나라 백성들에게 보시를 내려 칸의 은혜를 알렸다. 그리고 해마다 공물 바치는 법을 제정했다. 두 사신에게 후한 선물을 하사하자, 두 사람은 모두 받지 않고 나라에 돌아가 명을 수행한 정황을 고했다.

이해 봄 금나라 하북의 심주, 익주, 진주, 정주 등 네 개 주를 지키는 장수 가우와 무선은 성을 굳건히 지키면서 그대로 가만히 있지 않고, 하북시를 지키던 몽골의 도원수 장유와 싸워 원수를 갚고 성읍을 빼앗자고 할 때 금나라 장수 무선이 가우에게 "우리는 몽골과 싸우는 것보다 싸우지 않는 것이 더 나을 것 같소. 대신 우리 병사들을 훈련시켜 성을 공고히 지키고, 그들이 와서 침범하는 것을 기다리는 것이 나을 것이오"라고 했다.

그러자 장수 가우가 "올해 그들은 무슨 일이 있어도 그대로 가만히 있지 않을 것입니다. 더욱이 반역한 도적 장유가 교묘한 계략을 쓰고, 또 힘이 엄청나게 강해졌습니다. 계략을 세우고 우리를 공격해 오기 전에 우리가 먼저 손을 써서 그를 죽이면 하북 지역을 다시 온전히 수복할 수 있을 것입니다. 몽골이 하북을 먹는 것을 장유에게 맡겼습니다. 장유를 죽이면 하북은 곧바로 우리의 땅이 될 것입니다!"라고 했다.

가우가 무선의 말을 듣지 않고 결단코 싸우겠다고 하자, 무선이 할 수 없이 그의 뜻에 따라 장유를 공격할 계략을 세웠다. 가우가 말하기를 "장유는 강인하나 화를 잘 내는 사람입니다. 그를 분노케 해 성 밖으로 나오게 합시다. 우리가 공산孔山에 병사를 매복시키고, 그를 그곳으로 유인하여 죽입시다. 제가 먼저 공격하기 위해 가겠습니다. 장군께서는 20리 밖 소나무 숲에서 매복해 기다리십시오. 내가 패한 척하며 달아나 그곳에 이르면 장군께서 나와 맞아 싸우십시오. 제가 또 달아나 20리 밖 대나무 숲의 보이지 않는 곳에 숨어서 장군을 기다리겠습니다. 장군께서 도망쳐 나오면 공산 계곡으로 들어가 산의 양 협곡에서 쇠뇌를 가진 병사를 매복시켜 기다리십시오.

제가 그곳에서 어느 정도 맞붙어 싸운 뒤 곧 그를 이끌고 산으로 들어가면 그는 분명 따라 들어올 것입니다. 그의 병사가 계곡 입구에 반 정도 들어오면 장군께서는 곧 양편에서 공산 입구를 나무와 돌로 막으십시오. 그때 제가 다시 회군하여 싸우면 분명 장유를 죽일 수 있을 것입니다"라고 했다.

무선이 그의 말을 듣고 어쩔 수 없이 네 개 군의 병사를 모아 세 개 군단으로 나누어 한 군단은 네 개 성 밖을 지키도록 보내고, 두 개 군단은 가우와 무선 두 사람 각각 한 군단을 지휘하여 곧 장유를 공격하기 위해 가자, 장유가 그 소문을 듣고 놀라고 한편 의아해 했다.

"이놈들이 어찌 감히 나와 겨루겠다고 온다는 것인가? 분명 모종의 치밀한 계략이 있는 것이 분명하다. 면밀히 살피지 않으면 아니 될 것이다."

그리고 사방에 정탐꾼을 풀어 사흘 동안 정탐을 하고, 공산에 병사가 매복해 있는 것을 알아내어 장유에게 와서 고하자 장유가 웃으며 말했다.

"그래 보아하니 그런 계략이었군. 이 두 종놈이 죽음을 애써 찾아 나로 하여금 또 몽골에 공훈을 세우게 하는구나."

장유는 성문을 단단히 닫고 아프다고 핑계를 대고 닷새를 나가지 않자 금나라 병사들이 오만해져 온갖 욕을 해댔다. 장유가 엿새째 되는 날 축시에 많은 병사를 배불리 먹이고, 또 병사들이 사흘 동안 먹을 건조 시킨 양식을 지니게 하라고 명했다.

그리고 인시에 갑작스럽게 병사들이 성의 네 개 성문으로 일시에 나가 공격했다. 그때 가우의 병사들이 무방비 상태로 있었기 때문에 진영을 거둘 새도 없이 정신없이 흩어져 도망쳤다. 그때 가우가 북을 두드리고 장유를 맞아 싸웠다. 10여 번 교전하다가 말을 돌려 군대의 말미를 지키며 싸웠다. 그러다 도망쳐 곧바로 소나무 숲의 남쪽에 이르자 무선의 군대가 나와 장유를 맞아 싸웠다. 가우가 먼저 공산 쪽으로 달아났다. 무선은 장유와 대결할 상대가 아니었기 때문에 먼저 병사들을 보내고 연이어 또 군대 말미를 지키며 싸우다 달아났다. 20리를 가서 대나무 숲 가까이 이르렀을 때 가우의 병사가 곧바로 장유를 맞아 싸웠다.

장유가 자신의 병사들에게 이르기를 "이들은 분명 공산 계곡 가운데 병사들을 매복시켰을 것이다. 이번에 이 가우를 어떻게 해서든 산으로 들어가지 못하게 하고 붙잡아 죽여야 한다. 어느 누구도 뒤로 물러서는 자는 죽음을 면치 못할 것이다"라고 단단히 명했다.

가우의 군대가 이르자 장유가 갑자기 나팔을 불었다. 그러자 양 군단의 병사들이 일시에 돌격해 들어가 가우의 군대를 포위했다. 가우가 크게 놀라 서둘러 길을 찾아 도망치려고 할 바로 그때 장유와 마주쳤는데, 10여 번을 접전하지 못하고 급히 달아나려 했다. 가우가 잡고 있던 창을 몇 번 돌리며 다시 도망치자, 장유가 크게 일갈하며 뒤에서 검을 휘둘러 가우의 어깨와 뒷목을 두 도막으로 베어 버렸다. 가우가 말에서 떨어지고, 장유는 군대를 이끌고 추격해 가우의 병사들을 공격했다. 가우의 병사들은 가우가 참수되고 군대 기가 쓰러지자, 아우성을 치며 사방으로 흩어져 갔다. 그러한 병사들을 장유가 지체 없이 에워싸 모두 죽여 버리겠다고 하자, 상황이 막바지에 이른 것을 알고 많은 병사들이 앞으로 나와 무기를 버리고 항복했다. 그러자 장유가 서둘러 말했다.

"만약 너희들이 살고자 한다면 기를 세우고 예전처럼 공산으로 도망쳐 들어가 무선을 붙잡아 오라. 그러면 너희들의 목숨을 살려주겠노라!"

그 말에 많은 병사들은 기꺼이 그 말을 따랐다. 그때 장유는 가우의 갑옷과 투구를 갖추어 입고 스스로 앞장서 말을 타고 무기를 들고, 병사에게 수호기를 들게 했다. 그리고 자신의 병사에게 가우 병사의 갑옷을 입히고 투구를 씌웠다. 또 수호기와 깃발을 들게 하고, 뒤에서 추격하는 병사인 척하라고 일렀다.

"우리 군대가 산 계곡으로 들어가면 너희들은 계곡으로 들어가지 말라. 산등성이로 가서 계곡 안에 매복해 있는 병사 뒤에서 활을 쏘아 공격하면, 그들이 궁지에 몰려 계곡에서 내려와 강을 따라 올라갈 것이며, 분명 우리 군대를 자신의 군대로 알고 갈 것이다. 그렇게 되고 나서 내가 돌아 공격하면 승리할 것이다."

장유는 곧 전방의 병사를 후방으로 삼고, 후방의 병사를 전방으로 삼았다. 또 가우의 병사를 자신의 병사로 삼고, 자신의 병사를 가우의 병사로 삼아 곧바로 달려가 공산에 이르렀다. 그리고 가짜 가우가 서둘러 도망쳐 강으로 들어갔다. 뒤이어 장유의 병사들이 달려가 갑자기 북을 치고, 군대를 두 개 군단으로 나누어 산의 양쪽 등성이로 올라가 매복해 있는 무선의 병사를 뒤에서 포위하면서 곧바로 활을 쏘아댔다. 무선이 크게 당혹해하며 어찌할 방법이 없자, 서둘러 병사를 이끌고 강을 따라 올라가 가우의 병사와 합세하기 위해 가까이 다가갔다.

그러자 가우의 군대 가운데서 갑자기 포성이 울리더니 강 아래로 연이어 달려갔다. 그러자 무선이 크게 놀라 어쩔 줄 몰라 허둥대고 있을 때 양편의 군대가 함께 공격해 오자, 무선의 군대는 한 번도 싸워보지 못하고 패하고 말았다. 무선이 가우를 보니 그는 가우가 아니었다. 다시 보니 그는 장유였기 때문에 손발을 어찌해야 할 바를 모르고 허둥대며 달아날 곳을 찾지 못했다. 장유가 한 번 창을 치며 공격해 들어가자 무선은 창 아래로 빠져나가 달아났다.

장유는 승리의 여세를 몰아 수많은 병사를 이끌고 가면서, 양 군단의 병사들을 앞으로 두어 양 군단이 달아나는 병사인 것처럼 가장하고, 안으로 자신의 병사들에게 수호기와 깃발을 들게 했다. 기양祈陽과 곡양曲陽 두 성으로 도망쳐 들어가는 병사인 척하며 한밤중에 쳐들어가자 성의 백성들이 등불을 내려 살펴보니 정말 자신들의 병사였기 때문에 서둘러 성문을 열어 들여보내 주었다. 한순간 장유는 성읍을 점령하고, 많은 병사를 모으고 백성들을 안정시켰다. 이 같은 상황 속에서 공산의 병사들은 스스로 와서 투항했다.

이레 안에 장유는 기양과 곡양, 공산을 장악하고 곧 대군을 이끌고 하주, 은주, 이주, 유주 이 네 성읍을 포위했다. 이때 이 네 성읍 가운데 대장 한 사람이 죽임을 당하고, 한 사람은 붙잡혔기 때문에 저항하여 싸울 수가 없었다. 그러자 모두 성문을 열고 투항했으며, 하북의 대부분이 몽골국의 속지가 되었다. 장유는 이들 성읍과 지역을 점령하고, 대도에 고하기 위해 전령을 보냈다.

이때는 4월이라 칭기스 칸과 궁의 사람들이 모두 더위를 피해 상도上都로 떠났기 때문에 나라의 큰일은 모두 그곳에 가서 고했다. 오래지 않아 칸으로부터 장유에게 상이 하사되었으며, 그때 붙잡히지 않은 무선을 반드시 붙잡아 하북을 평정하라고 명했다. 장유는 하북 지역에서 명성을 크게 떨쳤다.

이때 송나라 국경에서 장복張福이라는 자가 반란을 일으켜 수천 명의 병사를 모으고 모두 붉은 띠로 머리에 둘러 그들을 '홍건적'[1]이라고 했다. 이자들은 송나라, 금나라 하국의 세 나라를 종횡무진 이곳저곳 출몰하며 다녔다. 6월 송나라에 들어가 몽골 군대를 피해 다니다 송나라 북쪽을 방위하는 대장군 안병의 군대와 마주치게 되었다. 안병은 군대를 두 군단으로 나누고 한 군단을 몽골군이라고 소문을 내고 도적을 속여 추격하면서, 자신의 병사를 준비해 놓은 사천四川의 산속으로 들어가게 했다. 그리고 두 군단이 함께 협공하여 몇천 명의 홍건적 병사를 물리치고, 장복을 살해하고 도적을 섬멸했다.

그 사이에 또 금나라는 자기 지역을 몽골에 빼앗겨 다급해지자, 못

1 전사한 본문에는 홍건적이라 했으나, 홍건적은 원대 말에 일어난 농민폭동의 주된 세력을 말한다. 이들은 붉은 두건을 머리에 둘러 표식을 삼았기 때문에 홍건군 혹은 홍건적이란 명칭이 붙여졌다. 그런데 여기서 등장하는 홍건적은 『금사본기』 선종조에 보면 '홍오적'으로 언급되고 있다(방기혁 역, 「선종 오도보 이야기 2」, 『금사본기』 권15(e-book), 2015 참조).

살게 구는 데 익숙해진 금은 송나라 땅을 급습하기 위해 황족 완안와가完顏訛可에게 5만 병력을 주어 보냈다. 송나라 지역을 점령케 하기 위해 군대를 보내자 송나라의 많은 백성들이 크게 고통을 당해 사방에서 난리가 일어났다. 그러자 송나라 태수 맹종정孟宗政과 호재흥扈再興이 논의하여 계략을 모색해 두 군단의 병사를 합쳤다. 그 중 한 개 군단를 가짜 몽골군으로 조직하여 조양棗陽에 매복시키고, 다른 2개로의 군대를 동서에 매복시키고 기다렸다.

그때 금나라의 완안와가가 주의를 기울이지 않고 가다가, 조양에 이르러 병사를 주둔시키려고 하는 데 갑자기 몽골 깃발이 보이고, 북쪽 편에서 병사들이 나타났다. 혼비백산하여 공격하지 못하고 곧바로 서쪽 길로 달아났다. 그때 송나라 맹종정의 대군과 만나 패하고, 돌아서서 동로東路로 달아나려 하다가 동로의 호재흥의 병사들과 만나 싸워 또 패했다. 황급히 도망쳐 중로의 북쪽 편을 뚫고 나갈 때 거짓 몽골군이 그들을 맞아 돌진해 왔다. 송나라의 3개로의 병사들이 하나로 합쳐져 공격하자, 금나라 군대는 조양에서 대패하고 말았다. 송나라 군대는 멈추지 않고 그대로 추격하여 등주까지 추격해 적을 죽이고 나서야 비로소 공격을 멈추고 회군했다. 이 소식이 전해지자 금나라에서 몽골이 송나라와 연합했다고 크게 두려워하며 떨었다. 이는 잠시 언급하지 않으려 한다.

한편 칭기스 칸은 정월에 명하기를 서하국은 서역국에서 가까우니 그곳에서 사신 동무와 부석 두 사람으로 하여금 조서를 전하게 하라고 했다. 그것은 서역의 군주 살라딘에게 조서를 보내 이득과 폐해를 낱낱이 언급하고, 난리를 일으키는 이유를 묻기 위해서였다. 이때 서역은 두 개로 양분되어 있었다. 북쪽은 회회의 군주 살라딘이며, 남쪽 지역의 군주는 네리게였다. 이 두 사람은 모두 각 지역의 칸이 되어 2~30개 성을 다스리고 있었다. 그곳은 탕구트과 티베트에서 멀지 않은 곳에 있었다. 이 두 지역 이외 몇몇 지류로 백의족과 회회 등 여러 부족들이 몽골에 투항했는데, 다만 이 두 부족국가는 투항하지 않았을 뿐 아니라 도리어 소요를 일으키고, 다른 나라를 급습하여 주변 부족들을 어지럽혔다. 칭기스 칸이 서하에서 사신을 보내자 서역국의 군주 살라딘이 사신 동무를 살해했다.

그러자 부석이 황급히 와서 상황을 칸에게 보고했다. 칭기스 칸이 크게 진노하며 보가르지와 보랄 두 태보에게 좌우익의 대군[2]을 지휘케 하고, 자신은 세 명의 태자와 알탄샤, 토스호 등의 10개 부족의 민병을 이끌고, 또 보가르지와 보랄에게 남북 두 하국의 군대를 이끌고 출병케 할 때 수호기에 제의를 드렸다. 태후의 옥체와 앞으로의 원정에 대해 점을 쳐보니 점괘가 모두 나쁘게 나오지 않았다. 야율초재에게도 점괘를 보게 하자 전혀 해로운 것이 없었기 때문에 곧 하사르, 벨구테이 두 친왕과 출론, 초 메르겐, 찬드간 세첸, 호드간 베히 네 명의 태보

2 **[몽골 현대문 역주]** 13~14세기부터 몽골은 군대를 조직할 때 우익과 좌익(여기서 '익'은 '가르(гар)'를 사용)의 군대라는 단어를 사용했다. 『몽골비사』에 우익, 좌익이라는 단어가 총 12번 나오는 중에 우익, 좌익 군대라는 합성어가 각각 2번씩 나오는 것을 볼 수 있다. 그리고 행정의 분할과 동서쪽이라는 의미로 사용했다. 『황금사』 등 16세기 역사서를 자세히 살펴보면 위의 단어들을 만날 수 있는데, 그 외에 좌로 군대, 좌익(여기서 '익'은 어깨를 뜻하는 '무르(мөр)'와 날개를 뜻하는 '지구르(жигүүр)'를 사용) 군대라는 단어들은 만날 수 없었다. 만주가 강성해져 정권을 세운 후 군대-행정제도에 좌우익(무르)이라는 단어를 사용했다. 인잔나쉬가 이 단어를 사용한 것은 만주어의 영향일 것이다.

에게 대도를 지키게 하고, 전체적인 일을 태사 데이 세첸, 토르곤 샤르에게 맡겼다. 또 북방 지역을 오칙, 가촉, 톨리 세 친왕과 시리 호톡, 하르 히루의 두 태보, 리데르 태사, 세 명의 국로國老에게 지키게 했다. 칭기스 칸은 몸소 제브, 젤메 두 태보와 세 명의 호장인 사이한 소르탈트, 오요트 세첸, 오욘고 등과 함께 대군을 통솔하여 서역으로 원정을 떠났다.

보가르지와 보랄 두 태보는 남북의 두 하국 군주와 병사를 이끌고 칭기스 칸의 일행을 영접했다. 북쪽 하국의 군주 포선만노가 두려워하며 칸을 배알하고, 죄를 인정하자 칸이 질책했다.

"나의 군대가 남쪽을 정벌하고 북쪽 지역을 평정하면서 여유가 없어 서쪽 서역국을 남겨놓게 되었고, 많은 사람에게 해가 되었소. 그대는 병사와 함께 따라 나가 싸우시오. 특히 포선만노 그대는 비록 마음대로 나라명을 지었지만, 그대 자식이 나의 곁에 있기에 내가 심하게 꾸짖지는 않았소. 지금도 그대는 그 나라명을 그대로 쓰고 있는 것이오?"

그러자 포선만노가 절하며 고했다.

"그것은 백성을 안정시키기 위해 속이는 가짜 명칭입니다. 친자식을 폐하 곁에 있게 하면서, 어찌 감히 다른 생각을 품겠나이까? 지난해 폐하의 귀에 들어간 부끄러운 소식이 있다고 들어 국호를 전혀 사용하지 않았습니다!"

그 말에 칭기스 칸은 더 이상 쓸데없이 노기를 띠지 않았다. 요왕의 아들인 설도와 하왕의 아들 적격을 함께 세워 놓고 말했다.

"설도의 부친 야율유가는 앞서 나라를 세워 국호를 짓고 요동을 내게 바치고 귀순했소. 적격의 부친 포선만노는 먼저 짐에게 투항한 후에 국호를 지었소. 그렇지만 현자와 우매한 자, 얻고 잃는 것에는 차이가 있기에 또 여전히 죄를 더하지 않고 적격을 자애롭게 대했소. 지혜로운 자는 세상의 이치를 훤히 알기에 마음이 안정되고, 생각이 깊고 변함없는 마음을 끝까지 견지하는 것이오. 그러나 우매한 자는 세상의 이치를 알지 못해 마음이 안정되지 못하고, 이랬다저랬다 하며 생각이 두 갈래로 갈라져 일을 그르치게 되는 것이오. 포선만노 그대는 일으켜 세우는 것은 알아도 멈추는 것은 알지 못하고 있소!"

이렇듯 일련의 훈계에 포선만노가 두려워 떨며 절하기를 멈추지 않자, 칭기스 칸이 그의 죄를 사해주며 명했다.

"서역을 공격하고 돌아온 후에 얼마나 공을 세웠는지 볼 것이오."

그런 뒤 칭기스 칸은 대군을 이끌고 출정했다. 이때 서역의 군주 살라딘이 이 소식을 듣고, 병사 50만을 조직하고 수하 신하들을 모이게 했다. 여러 신하들이 모여 적을 대적할 전략을 논의할 때 상경 오기가 말을 꺼냈다.

"몽골의 군주에 대해 들어보면 범인과 다른 비범함이 있다고 합니다. 쉽게 공격해서는 아니 될 것입니다. 반드시 군대를 강하게 훈련시키는 것이 옳을 것입니다."

그러자 우익의 상경 마희가 고하기를 "지난날 몽골 군주가 서방의 티베트와 인도를 향해 갈 때 우리 부족의 백의白衣 회회의 몇 지파가 투항하지 않자 그때 그들을 붙잡아 섬멸했소. 예전에 철강석을 부수었다고 하고, 또 우리를 찾아와 침범하지 않았다고 하며 지나갔습니다. 그때 손을 써서 섬멸했다면 이번보다 쉬웠을 것입니다. 지금은 완전히 대국이 되었습니다.

그렇지만 우리가 강한 군대를 잘 훈련시키고, 서북부 탕구트의 넬리게 칸에게 병사를 요청해 군대를 연합하여, 100만 병력으로 싸우면 이기지 못할 리가 있겠습니까?"

그러자 살라딘이 크게 기뻐하며 자신의 군대를 훈련시키고, 한편 지원병을 요청하기 위해 마희를 북쪽 탕구트의 넬리게 칸에게 보냈다.

이에 살라딘의 부사령관 메르겐이 나와 이를 제지했다.

"몽골군과 저항하여 싸워서는 아니 됩니다. 몽골 칸은 이 시대의 성군이요, 뛰어난 용사요, 눈에 띄게 천지와 사람들이 한결같이 그를 돕습니다. 예전에 백의 회회 지역에서 철강석을 쏘아 부술 때 소신이 길을 가던 중 그 장면을 목격한 바가 있습니다. 그는 무어라 해도 범인은 아닙니다. 이유 없이 저항하여 싸우다가 나라가 패망하는 것보다 서하를 따라 과오를 인정하고 투항하는 것이 두 가지를 모두 이루는 일이 될 것입니다."

그러자 살라딘은 크게 역정을 내며 그를 물리쳤다. 이윽고 자신의 나라에서 병사를 뽑아 60만 정예군을 준비하고, 또 넬리게의 지원병 40만이 당도하자 총 100만의 정병을 이끌고, 수호기에 제의를 드리고 병사를 주둔시켰다. 몽골 병력은 총 40만에 미치지 못했기 때문에 먼 곳의 정탐꾼이 와서 칭기스 칸에게 이를 보고했다. 그러자 몽골군은 서역의 병사 수가 많다는 것을 듣고, "우리 병력의 수가 적습니다"라고 하자 칭기스 칸이 미소를 지었다.

"토끼와 꿩이 산과 들을 덮어도 단 한 사람을 어찌 이기겠는가?"

그리고 큰 북을 쳐 여러 장수들을 모이게 하고 차례로 군대를 검열했다. 또 군단별로 나누어 점검하고, 그 이름을 불렀다. 두 번째 큰 북을 울리자 대원수와 태보 보가르지와 보랄은 갑옷으로 무장하고 깃발을 들고, 많은 장수들을 점검했다. 주치와 차가타이, 우구데이, 부마 체책 네 친왕과 제브, 젤메 두 태보, 톡그통고, 수베데이, 길루겐 세 호장, 오요트 세첸, 오욘고, 사이한 소르탈트, 울렌 치르비 네 태부, 알흐, 수흐, 오치르, 알마스, 하트 투무르, 돌가 투무르, 호볼리, 쇼볼리, 와이진, 알리진, 후데르 부스, 후렐 부스, 우드, 수드, 알락 토갈, 보가트 오하, 온지가이, 손지가이, 안드, 소보디 등 18명의 장수를 18개로의 총관으로 삼아 각각 1만 명의 병력을 내어 주었다.

또 운두르 세첸의 세 아들 볼릭그트 바르스, 실릭그트 바르스, 테스겔 바르스 이 세 호장을 칸의 근위 봉황대로 삼고, 맹호猛虎 대오, 화룡火龍 대오, 갈색 사자 대오, 부리 있는 봉황 대오, 준마의 작은 대오 이렇게 총 5개 대오로 정렬했다. 칸은 보가르지와 보랄에게 맹호 대오를 지휘케 하고, 제브와 젤메에게 용과 봉황의 두 대오를 책임지게 했다. 자신은 준마 대오를 지휘하고, 나이만의 알탄샤, 케레이트의 토스호에게 마일즈, 차일즈, 이질즈, 사르락, 사르탁그친, 하르리고드, 고르로스, 솔롱고드 이 열 부족의 병력을 통솔하게 했다. 네 장수의 대오를 나누어 정렬하고, 대형을 모두 갖추었다.

이렇게 5개 군단의 대오를 정하고, 보가르지와 보랄을 불러 명했다.

"사흘 동안 저들 군대에 약하고 소극적인 모습을 보이고, 그런 뒤 하루는 20리 거리 뒤로 퇴각하여 주둔하시오. 그들이 만약 진격해 오면 우리 계략에 걸려든 것이고, 만일 추격해 오지 않으면 이 계략으로는 승산이 없다고 할 수 있소. 그러면 다시 논의가 필요할 것이오. 만약 그들이 추격해 와 계략이 성공하면 야율유가의 아들 설도와 포선만노의 아들 적격이 두 하국의 병사를 지휘할 것이오. 사흘째 되는 날 그들 병사들이 우리 군대를 추격할 때 보랄 장군께서는 먼저 가서 성시 주변에 매복하고 계시오. 우리의 다섯 대오 몇백만 병력이 일시에 돌진해 들어가면 그들은 분명 큰 혼란에 빠져 성중으로 도망칠 것이오. 그 때 따라 들어가 성을 점령하시오!"

그런 뒤 군단별로 병사를 나누어 준비태세를 갖추었다. 세 번째 북을 치자 대군이 흩어지면서 곧바로 앞으로 진격했다.

그때 칭기스 칸이 명하기를 "서역을 평정하는 것은 전적으로 이 전투에 달렸소. 만약 이 계략이 성공하면 다섯 가지 대오를 곧 서역이 끝장날 때까지 사용할 수 있을 것이오. 그들은 생각이 짧아 이러한 대오의 변화를 알지 못할 것이니, 또한 그들을 섬멸하게 될 것이오!"라고 하자 친왕, 대신, 장수와 병사들이 모두 머리 숙여 칸의 명을 따랐다.

한편 칸의 군대가 진군하여 성 가까이 이르러 서역의 군대와 대치하다가 선전포고문을 보냈다. 하루가 지나자 몽골군이 갑자기 20리 거리를 퇴각해 주둔했다. 서역의 병사들이 몽골군을 보니 전체가 한 지역에서 질서 없이 머물러 있었다. 또한 병사의 수도 적고 겁 먹은 태도가 드러나 있자, 서역 병사들이 크게 웃으며 몽골군을 추격하다가 설영했다. 그 다음 날 몽골군이 또 20리를 퇴각했다.

그러자 살라딘이 크게 웃었다.

"저 몽매한 몽골군이 뒤로 퇴각하는 모습을 보니 분명히 그 수가 적기 때문에 심장이 오그라진 것이 분명하다!"

그들은 또 추격하다가 설영했다. 다음 날 몽골군이 또 퇴각하자 살라딘은 마희, 오기 두 장군과 논의하여 이르기를 "몽골은 완전히 끝났소. 이제 곧바로 공격해 들어가 싸웁시다"라고 하자, 신하 메르겐이 와서 말렸다.

"몽골의 저 행동은 우리 병사들의 마음에 착각을 일으키기 위한 교활한 계략입니다. 무슨 일이 있어도 공격해서는 아니 됩니다!"

그러자 살라딘이 "그대는 어찌 그것을 아시오?"라고 하며 그를 쫓아냈다.

이튿날 양편의 병사들이 대오를 이루어 대치했다. 몽골군 진영 가운데 포성이 한 번 울리자 몽골군이 또 0.5리 정도 뒤로 물러났다. 살라딘이 병사들을 정렬하고 백만 병사에 자만하며 돌격해 들어가려 하자, 그들의 신하 메르겐이 서둘러 와서 말의 고삐를 잡고 말했다.

"주군께서는 무슨 일이 있어도 적병을 추격해 공격해서는 아니 됩니다. 그들 병사 가운데 분명 치밀한 계략이 있습니다!"

그가 말을 마치기도 전에 몽골 병영 가운데 연이어 다섯 발의 큰 포성이 울리며 천지를 진동시켰다. 그와 함께 몽골 병사들이 5개 군단으로 나누어져 다섯 무리가 되자 갑자기 산 아래로 수레바퀴를 놓은 듯이 빠르게 굴러 서역의 대군을 향해 돌격해 들어갔다. 다섯으로 무리를 이룬 수많은 병사들이 위아래로 달려가며 마치 어린 풀을 낫으로 베듯 서역 병사들을 살육했다. 서역 병사의 수가 비록 많았지만, 대오의 머리와 꼬리를 지킬 수 없자 곧 사방으로 흩어지기 시작했다.

몽골의 다섯 무리의 대오는 어디로 움직여도 서로 일사불란하게 붙어서 수미를 지킬 수 있었는데, 그것은 마치 다섯 부분의 수레와 같았다. 서역의 병사들은 몽골군을 당할 수가 없었다. 그렇게 살라딘이 대패하고 되돌아 달아나려 할 때 칸의 준마의 좌익 대오에 포위되어 사방에서 충돌하며 격전이 벌어졌다.

그때 칭기스 칸이 황금 화살을 시위에 메겨 쏘자, 그 화살이 살라딘의 왼쪽 눈을 정통으로 맞추었다. 살라딘의 몸이 흔들리자, 그의 장수 오기와 마희가 자신의 군주를 보호하여, 대군을 버려둔 채 적진을 뚫고 자신의 성으로 도망쳐 들어가려 할 때 보랄이 벌써 따라 들어갔다. 그리고 성문을 빼앗아 포를 쏘자 두 하국의 병사들이 함께 성으로 쳐들어갔다. 살라딘은 성시를 빼앗기자 말에서 내리지 않고 서쪽 문을 통해 달아났다.

보랄이 성루에 올라가 신호기를 세울 때, 칭기스 칸이 먼저 당도해 성으로 들어갔다. 한편 네 무리의 대오는 사방으로 흩어져 서역의 병사들을 살육했는데, 그 붉은 피가 강으로 흐르고 시체가 초원을 뒤덮었다. 서역 병사 가운데 2천 명 이상이 죽고, 1천 명 이상이 상처를 입은 채 사라져 성으로 돌아오지 못했다. 이때 살라딘은 한쪽 눈에 칸의 화살을 맞고 머리를 감싼 채 달아나다가 20리를 가지 못해 갈증에 시달려 쓰러졌다. 그러자 마희가 그 화살을 뽑자 눈알이 화살에 딸려 나왔다. 그러자 그를 말 위에 의지하게 하여 보내고, 한편 흩어진 병사들을 모아서 진영으로 돌아갔다.

몽골군은 서역의 우테레성과 창고를 모두 빼앗고, 무기와 말, 수레, 천막을 거두어들였다. 칭기스 칸이 관부官府에 좌정하여 많은 장수와 병사들을 점검했다. 그때 보가르지가 이 성의 성주 하치르 질라토의 한쪽 팔을 잘라 떨어뜨리고, 그를 생포하여 밀치며 데리고 왔다.

칸이 그를 보니 사람됨에 못된 기색이 없었기 때문에 그에게 이르기를 "당신네 나라 정도의 지역은 말할 것도 없고 중원의 대국 송나라, 금나라도 모두 공물을 바치거늘 당신들이 나와 싸워 백성을 힘들게 하는 것은 하늘을 거스르는 일이라 할 수 있다. 목숨을 살려줄 것이니, 그대는 여러 시의 성주들과 그대 군주 살라딘에게 가서 나의 넓은 뜻을 깨닫도록 일깨우도록 하라. 그대 군주가 야만적이고 우둔한 몽골을 우습게 여겼기에 내가 한 개 화살로 그의 왼쪽 눈을 쏘았다. 목숨을 잃을 정도는 아니며, 그가 뉘우칠 것을 알렸을 뿐이다!"라고 했다.

칭기스 칸은 하치르 질라토의 목숨을 살려주고 그의 처자를 내어 주어 보냈다. 그런 뒤 칭기스 칸이 장수들에게 이르기를 "첫 번에 우리가 완승을 거두었기 때문에 서역은 분명 신중히 생각하게 될 것이오. 여러 장수들께서는 이를 힘써 살피시오. 무슨 일이 있어도 자만하거나 일을 그르쳐서는 아니 될 것이오! 세 태자와 부마, 보가르지, 보랄, 제브, 젤메 네 태보께서는 서둘러 강력한 대오를 이끌고, 사방으로 나가 서역의 성들을 공격하시오. 짐은 여기서 대군을 통솔하여 사방을 평정할 것이오"라고 하고 원정을 떠났다.

서역의 부족은 그 수가 매우 많았다. 비록 살라딘과 넬리게의 지역은 매우 강성했지만 모든 부를 다 다스리는 것은 아니었다. 서역은 대부분 옛 북방지역의 부족 국가들과 같았다. 부족의 수장들은 서로 다른 지역과 서로 다른 성읍을 이루며 지냈다. 다만 여기서 일일이 열거할 여유가 없기 때문에 서역과 탕구트, 회회 등의 지역을 언급했다. 3군단을 3로로 하여 서역을 공격한 일은 잠시 말하지 않으려 한다.

한편 몽골의 태사 국왕 모훌리는 금나라 가주, 람주, 길주, 습주 이 네 개 성을 차례로 공격해 모두 함락시킬 때 가주를 닷새 동안 공격하며 성벽을 넘어 성안으로 들어갔다. 둘째 성 람주는 엿새 동안 공격하다가, 단을 쌓고 활을 쏘면서 병사들이 성벽을 넘어 공격해 들어갔다. 세 번째 성인 길주는 불화살로 성의 망루를 쏘며, 병사들이 불 가운데로 성벽을 넘어 들어갔다. 네 번째 성 습주는 열흘 동안 공격해 지뢰로 동쪽 성을 폭파시켜 들어갔다. 이렇게 차례로 어렵게 성을 점령했기 때문에 성을 지키던 장수들을 모두 가혹한 형벌로 처형했다. 네 성의 죽은 백성들 역시 적지 않았으며, 살아남은 병사들은 크게 후회했다. 이 네 성을 어찌 이처럼 차례로 죽을힘을 다해 지켰을까? 그에 대한 설명을 들어보라.

예전에 금나라 군주 위왕 영제 위소왕에게 딸이 둘 있었다. 큰딸은 기국 공주, 둘째딸은 회국 공주인데, 회국 공주는 기국 공주보다 5살이 어렸다. 호사호가 그의 아버지 위소왕을 죽일 때 회국 공주는 고작 9살이었다. 그녀의 타고난 자태는 선녀같이 아름다웠고, 총명함은 신인神人과 같았다. 그녀는 호사호가 부친을 죽인 것에 크게 원한을 품고, 몸에 아버지의 귀한 보검을 숨겼다. 그리고 먼저 진귀한 금은보화를 먼저 내보내고, 언니 기국 공주 모르게 밤에 몰래 궁을 빠져나가 도망쳤다. 아이처럼 변장하고, 금은보화를 팔아서 옷과 말을 준비했다. 좁은 소매 끝에 가리개를 하고 활을 준비하고, 다시 위를 아이처럼 꾸몄다. 성 밖에 여인숙에 친인척을 찾는 이런저런 곳의 공주[3]라고 말하고, 호사호가 성 밖으로 나오는 것을 기다렸다.

갑자기 호사호가 몽골군과 접전하기 위해 나갈 때 준마를 타고 많은 병사들 사이에 섞여 들어가 밤이 되기를 기다렸다. 그리고 호사호가 말에서 내릴 때 홀연히 소매 속에서 활을 꺼내 단단한 강철 화살을 쏘았는데, 호사호가 죽을 때가 되지 않았는지 화살이 그의 다리에 맞았다.

그때 회국 공주가 소매 속의 활을 들고 여러 무리 속으로 끼어 들어갔다. 그녀가 호사호의 측근 수행원들 무리 속으로 들어가자, 호사호는 다리에 화살을 맞고 정신을 잃었다. 급히 "몽골 적병이 있다"라며 먼 곳을 살피고, 진영 안은 수색하지 않았다. 한편 호사호의 다리에 맞은 화살을 급히 뽑아 약을 바를 때 화살을 맞은 지 30분가량이 되어 이미 독이 뼈에 퍼졌는데, 독을 제거하지 않아 치명적인 상태가 되었다.

한편 많은 이 가운데서 적병을 찾을 때 회국 공주는 내부에서 소식을 전하는 아이와 함께 나와서 소식을 전하러 가는 틈을 타 도망쳤다. 그리고 곧장 말을 타고 몽골군 진영으로 가는데, 길을 잘 알지 못했기 때문에 공주가 방교 다리에 이르렀을 때는 이미 밤이 깊었다. 그때 다리 위에서 한 선녀가 달빛에 길을 막고 서서 회국 공주를 불렀다.

---

3 여기서 단어로 보면 '공주'이나 귀족 집안의 자제인 '공자(公子)'가 적합한 것으로 생각된다.

"공주님, 당신은 어디로 가시나요? 이 길은 몽골군의 진영으로 가는 길이 아닙니다. 비록 간다 해도 천자를 만나 뵐 수 없는데, 공주님은 어찌 무모하게 죽으려 하십니까?"

그러자 회국 공주가 서둘러 말에서 내려 선녀 앞에 무릎을 꿇고 울자 그녀가 말했다.

"공주님께서는 저를 의심하지 않으셔도 됩니다. 저는 옛 송나라의 소강절의 여섯째 여동생 소옥고입니다. 어려서 곤륜산에서 도를 닦았지요. 이제 공주님의 아버님을 금나라 사람들이 죽였기 때문에 공주님은 분명 아버님의 원수를 생각하고 길을 나선 것을 알고 이렇게 와서 기다리고 있었습니다. 공주님은 종국에 몽골 사람이 되겠지만 아직 누군가와 만날 시간이 되지 않았습니다. 이제 잠시 저를 따라 곤륜산으로 가서 몇 년 동안 선술仙術을 조금 익히고, 대원제국에 공을 세워 대원수의 존귀함을 얻게 될 것입니다!"

그러자 회국 공주가 크게 기뻐하며 곧바로 그녀에게 절을 하고 따라가겠다고 하자 소옥고가 "잠시 기다리십시오. 공주님의 말을 이 다리에 묶고 저를 따라오십시오!"라고 했다.

그리고 두 사람은 다리 북쪽 편의 드문드문 있는 몇몇 인가 가운데 부자인 듯한 집으로 들어갔다. 그때 그 집 사람들은 모두 난리를 피해 집에 없었고, 한 늙은 안주인이 있는 것을 발견하고 집의 문을 열고 들어갔다. 그 안주인이 보니 한 아름다운 선녀와 어여쁜 작은 공주가 들어오는데, 어려운 상황을 피해 온 것 같았다. 그녀는 서둘러 등불을 밝히고, 차와 음식을 준비해 먹게 했다. 밤이 되자 소옥고가 밖으로 나갔다. 오래지 않아 병사와 말발굽 소리가 나더니 한 병사가 횃불을 들고 문을 박차고 들어왔다. 회국 공주가 보니, 그는 13, 4세 정도의 어린 장수였는데 그 모습이 눈 덮인 산이요, 옥빛 달과 같았다. 목소리는 종을 치는 듯했으며, 맑은 눈과 눈썹은 만군을 일깨우고, 말투는 먼 나라 사람에게도 친근하게 느껴졌다.

이자는 누구일까? 다른 사람이 아니라 바로 볼로의 큰아들이자 모홀리의 손자 타스 토고스였다. 지금 나라를 대신해 부친을 따라 할아버지 모홀리에게 인사를 드리기 위해 와서 남쪽 절강성의 풍경을 감상하며 다니다가, 오늘 대군에서 멀어져 길을 잃고 밤을 지낼 곳을 찾아 이곳에 들어섰던 것이다. 두 사람은 서로를 보자마자 온몸에 피가 솟듯 흥분을 감추지 못했다. 타스 토고스가 먼저 말을 꺼내 몇 마디 물으며 함께 밤을 지낼 때 타스 토고스가 그녀 곁에 눕자, 회국 공주가 원래 여자요 또 발이 작았기 때문에 그것이 느껴지는 것을 두려워하여 함께 밤을 지내지 않겠다고 하자, 타스 토고스는 그의 아름다운 모습을 보고 싶은 마음을 참지 못했다. 또 공주는 그가 자신을 자세히 살피는 것을 경계했다.

그러나 두 사람은 손을 잡고 서로 이야기하며 떨어지지 못하고 있을 때 창밖에서 선녀 소옥고가 목소리를 가다듬자 회국 공주가 천천히 나왔다. 그러자 그녀가 말하기를 "저 청년은 공주님의 운명의 반려자입니다. 잘 사귀도록 하세요. 가능하다면 그의 징표를 얻으세요. 그는 오늘 밤 곧 떠날 것입니다. 그런데 오늘 밤 그와 사랑을 나누어서는 아니 됩니다. 나중 일에 도움이 되지 않습니다"라고 했다.

회국 공주가 얼굴을 붉히며 부끄러워 돌아와서 자신의 검을 그에게 주고, 그의 전통에서 화살 하나를 뽑아 갖자, 타스 토고스가 분명 형제가 될 뜻이 있다며 기꺼운 마음으로 그 보검을 받았다. 그리고 식사를 하고 꼭 함께 밤을 지내자고 하자, 회국 공주가 나가야 한다며 핑계를 대고 나왔다. 소옥고가 그녀의 손을 이끌고 성을 밀어 문을 내어 나갔다. 회국 공주가 타스 토고스에게 마음이 이끌려 잊지 못하는 것을 알고 소옥고가 웃으며 말했다.

"그렇게 연연해하지 않으셔도 됩니다. 그와 만날 때가 있을 것입니다. 가십시다!"

다리에 이르러 두 사람은 말을 타고 곧바로 물을 향해 달려 들어가자 "풍덩!" 하는 소리가 나자마자 눈 깜빡할 사이에 말은 강 건너편으로 가 있었다. 눈을 뜨고 물을 보려 하자, 두 사람은 벌써 곤륜산에 다 달아 있었다. 소옥고는 다른 동굴의 선사들에게 청해 회국 공주에게 몇 가지 도술을 가르쳐 주도록 했다.

"저는 송나라 대신입니다. 금나라는 송나라의 원수죠. 원나라는 송나라의 은인입니다. 이제 이 공주님께서는 비록 금나라 황족이지만 부왕과 오라버니가 죽임을 당하여 큰 원한이 있습니다. 금나라에 대한 원한을 이 사람은 곧 없앨 수 있습니다. 저는 원래 송나라 대신이기에 송나라에 은혜를 갚고, 부모 형제의 뜻을 이룰 것입니다!"

그러자 그 귀밑머리가 물결처럼 흐르는 푸른 얼굴의 선사가 고개를 끄덕이며 그 말에 수긍하고, 회국 공주를 특별히 호랑이와 늑대 머리, 넓적한 거북이 머리를 가진 누렇고 붉은 제자들에게 맡기고 함께 지내게 했다. 그 동물들은 비록 회국 공주에게 못된 짓을 하여 몸을 더럽히지는 않았지만, 밤마다 그녀의 몸을 핥았다. 처음에 회국 공주는 너무도 부끄러웠지만, 어쩔 수 없이 참고 지내다가 점차 그것에 익숙해졌다.

그렇게 몇 년이 흐르자 그 푸른 얼굴에 붉은 머리를 한 선사가 그녀의 인내심을 보고, 그다음 이레 밤을 옆에 무릎을 꿇게 하고, 일곱 가지 도술을 가르쳤다. 첫 번째, 세 개의 마법의 화살 쏘기. 두 번째, 백 가지 악귀를 잡는 올가미 던지기. 세 번째, 대자리와 구름 위에 앉는 법. 네 번째, 다섯 개 등에 불을 붙이는 법. 다섯 번째, 보검을 사용하는 법. 여섯 번째, 물 위를 걷는 법. 일곱 번째, 용병술 이렇게 일곱 가지 도술을 가르쳐 주고 일렀다.

"내가 보니 너는 기질적으로 다정하고 욕정이 적지 않다. 어느 땐가 정절을 잃게 되면 그때 도술의 힘도 모두 잃게 될 것이다. 너는 오직 부친의 원수를 갚고, 아버지를 죽인 자와 그 친한 무리를 다 제거하고 난 뒤에 비로소 세상의 부부의 인연이 있는 사람과 대례를 올리고, 그다음에야 사랑의 기쁨을 느끼게 될 것이다. 산에서 내려가자마자 정욕을 누르지 못하고 세상 음욕을 일으킨다면, 그 순간 도력이 사라지고 말 것이다. 만약 그렇지 않고 정절을 지키면 평생 도술을 부리는 능력이 사라지지 않을 것이다. 생애가 다할 때까지 생김새는 바뀌지 않는다. 수명이 다하게 되면 환골탈퇴하여 이곳에 와서 다시 신선이 될 수 있다. 그러나 네가 어찌 그렇게 할 수 있겠느냐? 비록 그렇게 하지 못한다 해도 부왕의 원수를 갚을 때까지 정절을 지키는 것이 좋을 것이다!

너의 운명의 남편이 될 사람은 대원제국을 세우는 데 힘쓴 대원수 모홀리의 손자 태사 타스 토고스이다. 다만 그는 수명이 짧다. 너의 운명의 주인은 칭기스 칸이다. 너의 이 기예는 그를 따라 태어난 것이다. 그가 스스로 그것을 알지 못할 뿐이다. 너는 그를 경외하며 한평생을 살아가게 될 것이다. 무슨 일이 있어도 잘못된 길로 빠져서는 아니 된다. 너는 또 그의 며느리인 것이다. 오래지 않아 이 산의 구처기[4] 대사를 모시러 올 것이다. 너는 먼저 가서 대사께 절하도록 하거라. 그는 가장 높은 차원의 큰 운명을 가진 자이시다."

그러자 회귀 공주는 서둘러 선사에게 절을 하고, 곧바로 선사를 따라 구처기 대사에게 와서 절을 했다. 구처기 대사는 한숨을 쉬며 말했다.

"내 생각에 이 소저는 아직 하산할 때가 되지 않았네. 그렇지만 내려가지 않을 수 없기에 몇 가지 것을 가르쳤군."

회국 공주는 소옥고에게 절하고 서둘러 구름에 앉아 대도에 와서 언니에게 이야기하고, 병영에 와서 모홀리를 만나 그에게 절했다. 그리고 자신에 관한 것을 대략 이야기하고, 이 네 개 성을 공격할 계략을 일러 주었다.

모홀리는 그녀의 말대로 공격하여 네 개 성을 점령하고, 그녀의 공을 칸에게 고하고 그녀를 직접 칸에게 보냈다. 이때 칭기스 칸은 북쪽

---

4 구처기(丘處機, 1148~1227) : 도교 종파인 전진교의 도사이다. 장춘자(長春子)는 전진교에서 받은 도호이며, 장춘진인(長春眞人)은 그의 존칭이다. 1222년에 서아시아 원정 중의 징기스 칸의 초청을 받아 고령에도 불구하고 제자인 이지상 등과 함께 멀리 서역까지 여행하여 현재의 아프카니스탄에서 징기스 칸을 만난다. 불로장수의 비결을 묻는 징기스 칸에게 전진교의 가르침을 설명하였고, 징기스 칸은 이에 대한 보답으로 몽골제국의 점령지 어느 곳에서라도 전진교를 보호하는 특혜를 베풀어 준다(https://ko.wikipedia.org/wiki/구처기).

의 수도에서 서역을 공격하기 위해 원정을 갔기 때문에 곧바로 그곳으로 상주문을 보내고, 회국 공주에게 칸을 알현케 했다. 칭기스 칸이 그녀에게 온 사유를 묻고는 한편 놀라고 또 한편 기뻐했다. 그리고 곧 전령을 시켜 잠발과 유중로에게 구처기 대사를 모시라는 조서를 보내고, 회국 공주를 자신의 손자들에게 부인 삼아주겠다고 하자, 회국 공주가 할 수 없이 자신에 대한 내력을 자세히 고했다. 그리고 자신은 올해 겨우 열 살[5]이라고 하자, 칸은 그녀의 말을 옳게 여기고, 경성의 언니 곁으로 보내고 게르 궁을 상으로 하사했다. 여기서 회국 공주의 일은 잠시 접어두고, 구처기 대사에 대해 이야기하려 한다.

이 대사는 원래 매우 현달하고, 지극히 높은 경지에 이른 자였다[원주『금륜약사』에 구처기가 『서역기』[6]를 지었다고 언급하고 있다]. 어느 날 18명의 수제자에게 말했다.

"세상의 연회와 음식을 준비하거라. 대원 울루스를 세운 성조 칭기스 칸께서 두 사신을 보내실 것이다. 내가 가지 않을 수 없느니라. 그는 이념과 계율을 온전히 갖춘 힘 있는 천신이시라 그 명을 어길 수 없다. 둘째로 대원 울루스에 가서 나의 평생의 일을 마치지 않을 수 없느니라!"

그러자 여러 제자들이 나가 스승의 지시대로 준비했다. 정말 다음 날 잠발과 유중로가 구처기 대사를 모셔가기 위해 칸의 조서를 가지고

---

5 이때 회국 공주의 나이는 '열 살'이 아니고, 열 두세 살 정도 되었던 것으로 보인다. 앞에서 그녀는 9세에 집을 나와 곤륜산에서 몇 년 동안 도술을 익힌 것으로 언급되어 있다.

6 실제로는 1227년 구처기가 사망한 후 그의 제자 이지상이 『장춘진인서유기』를 편찬했다고 한다.

오자, 구처기 대사는 동굴 밖에서 향단을 준비하고 조서를 받고 절했다. 대사는 그 조서의 내용을 듣고, 칸의 사신들을 극진히 대접했다. 그리고 곧 18명의 제자를 데리고 칸의 사신을 따라 서역의 북쪽 지경으로 가서 곧 칸을 알현했다. 칭기스 칸은 크게 기뻐하며 비단으로 장식한 궁에 들여 자리에 앉히고, 산해진미를 상으로 내려 극진히 대접했다.

그때 칸의 다섯 군단의 대군이 서역의 여러 성과 지역을 공격하고, 무차별 공격을 가하는 날이 끊이지 않았다. 회회인들의 마음이 음흉하여 귀순하지 않는다고 여겨 풀을 베듯 마구 죽였다. 하루는 구처기 대사가 칸 곁에 가서 알현할 때, 칸이 그에게 이런저런 것을 물었다.

그러자 구처기 대사가 "폐하께서는 천하를 하나로 통일하려 하실 때 병사들이 마음대로 백성을 죽이지 않게 하심이 옳을 것입니다"라고 했다.

칸이 그 말을 옳게 여겨 곧 4개 군단의 대군에게 명을 전하게 했다. 그리고 칭기스 칸은 구처기 대사에게 나라를 어찌 다스리면 서로 싸우지 않을 수 있는지 묻자, 대사가 말하기를 "폐하의 마음이 맑아져 욕망을 없애면 백성들이 점차 폐하의 마음을 따라 모두 사심이 없어질 것입니다"라고 했다.

그러자 칭기스 칸이 크게 기뻐했다.

"구처기 대사의 말씀의 의미가 모두 깊고, 그 말씀이 옳습니다. 제가 만약 욕망을 제거하면 백성들이 어찌 함부로 할 수 있겠습니까? 천부께서 특별히 선인을 내려 보내신 것이 분명합니다. 대사의 말씀은 저에게 자애로운 마음을 갖게 하는 동기가 되었습니다."

칭기스 칸은 나라 전체에 구처기 대사의 이름을 부르는 것을 금하고 "신선神仙"이라고 높여 부르게 했다. 이렇게 해서 칸이 말에 힘을 얻고, 구처기 대사의 영험한 지혜가 더해졌다. 그러자 칭기스 칸은 측근 대신들에게 명하기를 구처기 대사의 말을 기록하여 여러 친왕과 태자들에게 읽히고, 설명해 가르치라고 했다.

그리고 구처기에게 서역의 만인을 지휘케 하고 호부虎符와 고명서[7]를 주고, 금패를 하사하였으며, 그를 신선이라 불렀다. 그때 칭기스 칸이 서역의 바위가 많은 고산 지대에 있었기 때문에 하늘의 뇌성이 크게 울리자 칸이 물었다.

"이곳의 뇌성은 어찌 이리 사납습니까?"

구처기가 고하기를 "천둥이 치고 무지개가 뜨고, 번개가 번쩍이는 데는 세 가지 이유가 있습니다. 첫째, 하늘의 진정한 위엄을 알리려는 것이 그 하나입니다. 둘째, 폐하를 지키고 보살피는 것이 그 두 번째 이유입니다. 셋째, 기후가 좁은 산협의 기상을 만난 때문입니다. 지금 듣자니 성안에 서역 사람들은 효도할 줄 모르는 자가 많다고 합니다. 폐하께서 이러한 효를 모르는 자들에게 천둥과 함께 이들을 엄격히 법으로 다스리고, 은혜로 이끌어 가르칠 때가 되었기에 하늘이 폐하를 도와 위엄을 알리신 것입니다. 실제로 효성 있는 자는 그 의미를 알고 함께 살아갈 것입니다"라고 했다.

---

7 고명서가 무엇인지 정확하지 않다.

그러자 칭기스 칸이 크게 수긍하고 또 물었다.

"짐이 한 여아에게서 그대가 곤륜산의 대선사라고 말하는 것을 들었소. 그 여아는 무슨 이유로 곤륜산에 들어간 것입니까?"

"그 아이는 금나라에 원한을 가진 아이입니다. 금나라가 위왕 영제와 이전 황제의 부인을 죽였는데, 그 원한의 기운이 흩어지지 않고 그의 딸에게 깃들여 아버지를 생각한다고 합니다. 마침내 금나라가 망하는 것을 보고 나서야 비로소 그 생각이 사라질 것입니다. 그 아이가 비록 큰 재주는 없지만, 폐하의 나라에 도움이 될 것입니다."

그러자 칭기스 칸이 놀라 물었다.

"사람이 죽으면 또 다른 능력이 있는 것입니까?"

"다른 능력이 있다고 할 수는 없지만 죽을 때 그의 한 가지 생각이 곧 허공에 그런 한 상을 만드는 것이지요. 편안히 죽은 자에게는 그런 일이 없다고 할 수 있습니다."

그 말을 들은 칭기스 칸이 한참을 생각하더니, 그의 말을 옳다고 하며 그를 칭송했다. 또 태후의 장수의 복이 어떠한지 묻자 대사는 "선의 태후께서는 폐하 한 분의 어머니가 아닙니다. 모름지기 대국을 창건할 때 하늘의 선녀가 내려오셔서 성조를 낳으실 수 있었던 것입니다. 범인의 태로는 성조를 10달 동안 잉태하여 천자를 낳을 수 없습니다. 중원의 한인들은 태후를 혜안낭낭慧眼娘郎이라고 부릅니다. 분명 천수가 90에 이르실 것입니다. 폐하께서는 마음을 놓으십시오. 태후께서 돌아가실 때 반드시 폐하께서 태후 곁에 계실 것입니다"라고 했다. 칸은 크게 기뻐하며 그를 '국사 신선'으로 추대했다.

한편 이 금나라의 회국 공주의 자세한 내력을 알고자 하면, 회국 공주의 회懷자는 원래 나라를 품는다는 의미이다. 그러나 이제 그 의미가 나라를 무너뜨리는 '회'가 되었다. 타이지 인잔나쉬 우리 집안에 소송건이 있어 평안하지 않기 때문에 (어느 정도 해결이 된 후) 그들 사건의 전후맥락을 구별해 계속해서 쓴 것을 다음 장에서 보게 될 것이다.

이해 7월 산동의 장림張林이 금나라를 배신했다. 대원수 술호고기에게 송나라의 귀한 재물을 주고 그의 마음을 움직이게 하고, 자신이 다스리던 산동의 속지인 군, 현을 송나라 이전에게 바치고 송나라에 귀순하자, 송나라 황제의 명으로 장림을 경동안무사로 삼았다. 이해 섣달에 송나라 장수 조방, 호재홍, 허국, 맹종정 네 장수가 네 군단을 이끌고 금나라 남쪽으로 쳐들어가, 연이어 보폭을 맞추어 앞뒤가 호응하는 전략으로 진격하여 금나라를 공격하고, 한바탕 큰 난리를 일으키고 돌아갔다.

금나라를 배반한 장수 이전이 송나라의 5천 병력을 이끌고 와서 금나라 성시 치주淄州를 포위하여 공격했다. 보름 동안 공격했지만 점령하지 못하고 철수할 때 병졸 가운데 총명한 자를 뽑아 금나라의 술호고기에게 이반할 것을 재촉하는 서찰을 보냈는데, 그가 성 문을 지키는 병사에게 붙잡히고 말았다. 곧 그를 승상 술호고기가 있는 관아로 보내려고 할 때, 뜻하지 않게 성을 관할하는 완안강을 만났다. 완안강이 그 이유를 묻고 서둘러 서찰을 가지고 황제에게 보내자, 황제가 급히 근위대에게 술호고기를 붙잡게 하고, 죄목을 써서 그의 등뒤에 달게 하여 그를 베어 죽였다. 이에 이 일을 잘 모르는 금나라 백성들은 마음이 크게 변했다.

몽골의 국왕 태사 모홀리가 그 소식을 듣고 한숨을 쉬었다.

"그자가 죽은 것은 우리나라에 큰 이득이 없다."

사관 인잔나쉬의 시 한 수

고려 왕은 지혜롭고 사려 깊으며
악질적인 서역의 살라딘은 우매하고 사납구나
금나라 회국 공주는 운이 있어 웃을 수 있었고
신성한 구처기 대사는 신이하고 놀랍도다

제52장

칭기스 칸은 서역의 세 성의 술사들을 제압하고, 태사 모훌리는 송, 금나라의 여러 장수를 투항케 했네

경진년庚辰年, 대몽골국의 칭기스 칸 태조 15년, 송나라 영종 가정 13년, 금나라 선종 흥정 4년, 이해 태조 나이 59세였다.

그해 칭기스 칸은 서역에서 겨울을 나고, 세 태자의 군대를 철수시키지 않고 서역의 여러 도시를 공격하게 했다. 그 사이 정월에 송나라 대장군 호재흥과 허국은 10만 병력을 이끌고 금나라를 향해 진격해 가서, 금나라의 당주와 등주 두 성을 공격했다. 그러나 모두 점령하지 못하고 군대를 철수시켜 돌아가면서, 분명 금나라 군대가 추격해 올 것이라고 의심했다. 그때 뒤에서 맹종정의 대군이 달려오고 있다고 하자, 장수 호재흥과 허국 등은 먼저 소식을 보내 이곳 성은 전투에서 승산이 없다는 것을 전하게 했다. 그리고 도중에 병사를 매복시켜 대군이 돌아갈 때 추격해 오는 병사들을 격퇴시킬 것이라고 하자, 대장군 맹종정이 그 말을 듣고 호양湖陽에 병사들을 매복시켰다. 그런데 호재흥과 허국이 갑자기 한밤중에 병영을 해체하고 곧바로 회군했다.

다음 날 아침 금나라 병사들이 와서 보고, 계략을 쓴 것일지 모른다

하여 추격하지 않았다. 이튿날이 되어 정탐꾼이 와서 송나라 군대가 정말 회군했다고 고하자, 금나라의 두 성을 지키던 경략사 왕복 등이 동료들을 데리고 송나라 군대를 맹추격하여 호양에 이르자, 호양에 매복해 있던 맹종정의 군대가 갑자기 나타나 사방으로 돌진하며 공격했다. 금나라의 왕복 등의 군대가 크게 패해 도망치자 맹종정이 고삐를 늦추지 않고 200리를 추격해 가서 적군을 죽이고, 크게 승리를 거두고 돌아갔다. 왕복 등은 비록 병사들 가운데 사상자가 났지만, 성을 빼앗기지 않은 것을 다행스럽게 여겼다. 금나라 선종이 이 소식을 듣고 그들에게 상을 하사했다.

모홀리가 이 소식을 듣고 명했다.

"금나라가 요 몇 년 사이에 전투에 능해지고, 담력이 더욱 커졌소. 우리가 이제 이전처럼 싸워서는 아니 될 것이오. 반드시 용의주도하게 전략을 세워 싸워야 할 것이오. 이제 여러 장수들께서는 맹주孟州를 점령할 계략을 치밀하게 논의하여 결정하시오!"

계춘 3월에 군대가 일제히 출정할 때 칸의 대군이 서역의 포화蒲華라는 성을 포위하고 공격할 때 성안에는 곡식과 말 먹일 풀이 가득했고, 병사들도 용맹했다. 서역 사람들의 기질은 남쪽 금나라와 송나라 사람들과 같지 않고, 우둔하고 거칠며 한 반수가 죽임을 당해도 남은 자들이 또 대적하면서 괴이한 작은 주술 부리기를 좋아했다. 성을 공격할 때 자주 검은 안개를 내리게 하여 양편의 병사들이 서로 보이지 않아 적을 구별하기 어려웠다. 그런데 안개 가운데 열 몇 살 정도 되는 아름다운 소녀가 검은 옷을 입은 병사들 무리 위에 서 있었다. 홀연히 운무 가운데 벌거벗은 과부가 머리를 산발하고 나타났는데, 가슴과 배에 피를 묻히고 손에 흰 깃발을 들고 노래를 불렀다. 그녀는 검은 안개 가운데 나와서 성을 포위한 병사들과 싸웠다. 이들은 무기를 써도 전혀 맞지 않았고, 개와 돼지의 더러운 피를 뿌리면 그들의 힘이 더 강해졌다. 선두에 선 아름다운 여인은 손에 동패銅牌를 들고, 대군이 활을 쏘고 공격하면 그 여자는 패를 치면서 가는 목소리로 몇 마디 소리를 질렀다. 그러면 그 동패에서 검은 김이 피어오르고, 온갖 호랑이 표범이 하늘에서 내려와 몽골군의 말을 놀라게 하고 병사들을 위협했다. 포화성을 도무지 가까이 포위할 수가 없는 상황이 되자, 친왕 차가타이가 전령을 보내 상황을 칸에게 보고했다. 그러자 칭기스 칸이 깜짝 놀라 구처기 대사에게 이에 대해 묻자, 구처기가 고하기를 "그것을 대처하는 방법은 100명의 과부의 피를 모아 피의 부정함으로 하늘을 노하게 하여 공격하는 전술입니다. 그 검은 안개는 약을 섞어 태운 연기가 수증기와 만나면 한나절 동안 흩어지지 않는 운무가 됩니다. 이것을 이제 금나라의 회국 공주에게 없애게 하시면 될 것입니다"라고 했다.

그러자 칭기스 칸이 은근히 미소를 지으며, 곧바로 명을 내려 회국 공주를 데려오도록 사람을 보냈다. 이때 회국 공주는 대도에 있는 언니 기국 공주 옆에 있었다. 칸이 명으로 부름을 받자 그녀는 황제의 명에 함부로 지체할 수가 없어, 칸의 명이 이르자마자 곧 대도를 출발하여 10여 일을 가서 궁에 이르러 칸을 알현했다.

그러자 칭기스 칸이 물었다.

"지금 서역에서 편법으로 마술을 쓰고 있다. 그대가 가서 그것을 제거할 수 있겠는가?"

회국 공주가 "그 마법을 보아야 알 수 있겠나이다"라고 했다. 공주는 1천 명의 병사를 내달라고 청했다. 칸은 그녀의 부탁대로 1천 명의 병사를 내어주자, 회국 공주는 그들에게 모두 흰 옷을 입게 하고 백마를 타게 했다. 자신은 은 갑옷을 입고 머리에 옥 장식을 하고, 꿩 꼬리와 여우 꼬리를 달았다. 그리고 선두에 흰 비단을 매듭지어 늘어뜨리고, 한인들이 상을 치르는 예법대로 모두 흰 신호기와 흰 큰 기, 흰 작은 깃발, 흰 보개를 들게 하여, 포화성의 남쪽에 가서 칸의 명을 전했다. 차가타이는 향단을 준비하고 칸의 조서를 받고, 회국 공주를 칸의 사신의 예법대로 정중히 대했다.

이튿날 개인적으로 포화성을 무너뜨릴 계략을 상의하자 회국 공주가 "먼저 상의해서 계략을 정할 수 없습니다. 그 싸우는 대오를 보고, 도술을 결합시키는 계략을 써야 합니다"라고 했다.

그 이튿날 또 대군을 이끌고 성을 공격하기 위해 성에 이르자, 그 북쪽에서 검은 운무가 피어올랐다. 연이어 나팔소리가 울리며 성 북문으로 피 묻은 부정한 병사의 대오가 나타났다. 회국 공주가 대군 앞에 자신의 흰색 대오를 정렬하고, 그 앞에 모두 큰 붉은 깃대를 든 병사들을 일제히 세워 자신의 백색 대오를 가렸다. 그리고 서역의 부정한 병사들이 가까이 다가오자, 이쪽 편에서 늑대 해골로 된 딱따기를 치니 붉은 깃발이 거두어지고 흰 깃발이 나타났다. 그 흰색을 보자 서역의 아름다운 여자가 크게 놀라 서둘러 군대를 퇴각시켰다. 흰 깃발을 든 병사들이 송진을 모래와 섞은 횃불을 든 병사들과 함께 쳐들어오자 벌거

벗은 여인의 몸이 달궈지고 머리털이 탔다. 그날 바람이 북쪽에서 남쪽으로 불어왔기 때문에 바람이 불기운을 더했다. 그러자 서역의 병사들이 뒤돌아 달아났다.

그러자 회국 공주는 서둘러 대군의 포를 쏘아 돌진해 들어갔다. 서역의 아름다운 여인이 크게 당혹해하며 또 동패를 꺼내 들고 치자, 회국 공주가 쫓아 들어가 신성한 화살을 쏘아 동패를 적중시켜 구멍을 뚫자 동패가 큰 소리를 내며 부서졌다.

그때 하늘에서 뛰며 날아다니던 호랑이와 늑대가 모두 땅에 떨어져 날리며 굴렀다. 서역의 피 묻은 부정한 병사들이 이미 흩어지자, 서역의 도술을 부리던 여인이 그것을 보고 서둘러 창을 모아 성으로 도망쳐 들어갔다. 그러자 회국 공주가 그 뒤를 쫓아 횃불을 든 병사들의 말꼬리를 따라 잇달아 성안에 들어가, 곧바로 성문의 망루에 불을 붙였다. 서역의 패한 병사들이 성에 불이 일어나는 것을 보고, 분명 성을 빼앗겼다고 의심하며 성 밖 양쪽으로 도망치자 몽골군이 성안으로 쳐들어갔다.

서역의 도술을 부리는 여자는 자신의 도술의 효력이 없어지자 성안으로 들어가는데, 잇달아 큰불이 따라 들어오는 정황이 예사롭지 않음을 알고 곧 서쪽 문을 향해 달아났다. 그때 회국 공주가 그 뒤를 추격해 좌우에서 불화살을 쏘아 그녀를 생포했다. 연이어 몽골군이 성안으로 들어가 사람들을 마구 살육해 붉은 피가 성에 흘러넘쳤다. 포화성을 점령하고 백성을 안정시키고, 도술을 부리는 여자와 장수를 끌고 갔다. 그러자 차가타이 친왕이 그들을 차마 죽이지 못하고, 그 내력을 자세히 물었다. 그 여인은 살라딘의 다섯째 여식이었고, 이름은 베이린 공주라고 했다.

두 공주의 자색은 참으로 아름다웠으며, 걷고 말하는 것이 너무도 맑아 차마 죽이지 못했다. 그러나 죄를 면해줄 이유를 찾지 못하고 있는데, 베이린 공주를 붙잡은 회국 공주가 와서 단에 올라가 밖을 향해 무릎을 꿇고 친왕 차가타이 원수에게 베이린 공주의 목숨을 살려 주어 자신에게 상으로 내려줄 것을 청했다. 차가타이는 그 청이 마음에 들었기 때문에 회국 공주에게 그녀를 내어 주었다. 또 포화성을 점령한 것을 기념하는 붉은 기를 회국 공주에게 내어주고, 칸을 알현하도록 보냈다.

오래지 않아 칸이 있는 곳에 가까이 이르렀는데, 이해 4월 모훌리는 남쪽 금나라의 맹주를 포위해 보름 동안 접전을 했지만 점령하지 못하고, 또 불을 사용해 몇 번을 공격해도 모두 불을 붙이지 못하자 회국 공주를 불러오기 위해 대도로 사람을 보냈다. 그런데 공주가 칸 옆에 갔다고 하자 뒤에서 그곳의 일이 끝났으니 공주를 보내달라며 아들 볼로를 보낼 때 상태부 볼로는 자신의 아들 타스 토고스를 데리고 왕을 알현하고 상황을 고했다. 그런 뒤 연이어 전령이 도착하여 서역의 부정한 병사들의 대오를 무찌르고, 포화성을 점령한 것을 고하자, 칸이 서둘러 다시 사람을 보내 회국 공주를 불렀다. 곧 회국 공주가 칸에게 갈 때 볼로 부자로 하여금 그녀를 맞게 했다.

회국 공주가 베이린 공주를 얻어 크게 기뻐하며, 그 나라에 다른 술사가 없다고 했기 때문에 안심을 하고 칸이 있는 우테레 성에 갈 때 도중에 모두 붉은 기로 바꾸고, 붉은 옷으로 갈아입고 들어갔다. 그리고 공주는 백옥과 누런 금으로 가장자리를 장식한 홍포를 입었다. 그것은 마치 터키석 나뭇잎 모양에 산호꽃이 핀 것 같았다. 나비가 나는 듯 아름다운 여인이 옥궁으로 들어가자, 그 낯빛이 달 아래 해당화처럼 아름다웠다. 눈과 눈썹은 인간 세상에서 보기 드물었고, 입고 있는 갑옷은 진주로 가득 엮어 장식하고, 머리에는 진주로 장식한 투구를 쓰고 있었다. 어린 나뭇가지 같은 등이 바람 아래로 하늘거리고, 작은 발은 등자를 디디고 있었다.

갑자기 칸을 대신해 대신이 일행을 맞으러 오자, 공주는 서둘러 말에서 내려 북쪽을 향해 무릎을 꿇고 조서의 명을 받았다. 그리고 공주가 곧 명을 전하는 사신에게 절하며 눈을 들어 볼로의 아들 타스 토고스를 보는 순간 온몸에 피가 솟구치며 흥분을 감추지 못했다. 왜일까?

그해 공주가 타스 토고스를 만나 선물을 교환하고 그를 마음에 두면서, 지금까지 한순간도 그가 마음에서 떠나지 않았다. 이제 갑자기 얼굴을 마주하면서 어찌 모르는 척 할 수 있겠는가! 볼로의 아들 타스 토고스도 그녀를 보자 크게 놀라 정신이 아득해졌다.

'그는 곧 그해 함께 밤을 지내자고 했던 나의 벗이다. 그가 어찌 여인이 되었단 말인가? 그가 준 보검을 내가 차고 있다!'

서둘러 그녀의 전통을 보니 두 개의 화살이 있었기 때문에 분명 그녀가 맞다는 것을 알았다. 그렇다 해도 부친이 곁에 있었기 때문에 감히 다른 말을 하지 못했다. 다만 눈길을 주면서 생각하며 보고 있자, 회국 공주 역시 그를 몇 번이나 보면서 아무 말도 하지 않았다. 다만 칸의 상을 받고 그 은혜에 절하고, 사신에게 감사의 인사를 하고 자신의 숙소로 돌아갔다.

그날 밤 타스 토고스는 뜨거운 솥 위에 있는 개미처럼 안절부절못하며 참을 수가 없어 곧 회국 공주의 숙소로 가려고 했지만, 부친이 어찌 보내겠는가! 타스 토고스는 들어갔다 나갔다 하며 어쩌지 못하고 있을 때 회국 공주 역시 그를 만난 일로 심장이 두근거려 마음을 진정할 수가 없었다. 어떻게 만나서 이야기를 나눌 수 있을까를 생각하다가 갑자기 한 가지 방법을 생각해 냈다. 그녀는 서둘러 칸의 사신이 있는 진영으로 사람을 보내 태사 국왕의 병영 일에 대해 물을 것이 있다고 하면 반드시 국왕의 친위 병졸에게서 한 가지 소식이 올 거라고 생각했다.

그런데 바로 그때 타스 토고스도 같은 생각을 하고 스스로 오자, 회국 공주는 국왕의 손자가 왔다고 크게 기뻐하며 서둘러 맞아들였다. 그를 존중하여 상석에 앉히고, 맹주의 일을 물으며 이야기를 나누고 있을 때 움직이는 맑디맑은 눈동자, 복숭아 같은 얼굴로 자주 방긋이 웃자 타스 토고스는 당혹스럽고 또 속이 타서 아무것도 물을 수가 없었다. 무언가를 물으려고 해도 마음속이 이미 참을 수 없는 지경이 되자 서둘러 허리에 찼던 검을 들고 웃으며 말했다.

"공주님, 이 검을 보십시오. 이것은 이전에 한 친구가 준 것입니다. 이 검을 무슨 검이라 합니까?"

그러자 회국 공주가 미소를 지으며 그 검을 받았다. 그리고 그를 다정하게 바라보며 말하기를 "이 검은 호천虎泉이라고 합니다. 쇠와 강철,

금은을 종이처럼 다룰 수 있습니다. 보검이죠!"라고 했다. 공주가 그 검을 도로 주고는 이전의 있었던 일에 대해서는 일체 말하지 않았다. 하지만 그 목소리만은 사랑의 기운이 가득했다. 그녀는 또 그 검을 어떤 사람이 준 것인지 따져 묻지도 않았다. 타스 토고스가 방법이 없어 서둘러 몽골 게르 안에 걸린 회국 공주의 전통에서 자신의 갈색 콘도르 깃털이 달린 화살을 꺼내 보고 일부러 놀란 듯이 말했다.

"공주님의 이 화살은 제 화살입니다. 어째서 공주님의 전통에 들어간 것이죠?"

그러자 회국 공주가 웃었다.

"그 화살은 저의 친구가 가져다주었습니다. 제가 곤륜산에서 수도修道를 하고 있을 때 세 개 화살을 함께 만들었습니다. 그날 제가 서역의 베이린 공주의 동패를 쏠 때 그 하나를 사용했습니다. 이제 단 두 개가 남았습니다."

그러자 타스 토고스가 또 어떤 친구에게서 얻었느냐 묻자 회국 공주가 "저와 함께 수도하던 동생이 주었습니다"라고 했다. 타스 토고스는 더이상 물을 말이 없자 생각을 숨기고 슬퍼하지도 즐거워하지도 않고, 밤중에 한참 동안 서로 응시하면서 한마디도 하지 못했다. 그렇게 서로 얼굴을 마주 보고 있었는데, 공주의 몸이 서늘해지는 시간이고 또 더 말할 수 있는 일이 아니었기 때문에 타스 토고스는 할 수 없이 길게 한숨을 내쉬며 갔다. 회국 공주는 타스 토고스가 나가는 뒤에 서서 정이 가득 담긴 눈으로 바라보고 있었다. 타스 토고스는 백만 가지 상념에 잠겨 어찌해야 할 바를 몰랐다.

이튿날 회국 공주가 칸을 알현하자, 칸이 칭찬하며 말하기를 "국왕 모홀리가 금나라에서 그대의 불 전략을 쓰겠다고 내게 고하러 사신을 보냈다. 그대는 가겠느냐, 아니 가겠느냐?"라고 하자, 회국 공주가 칸에게 절하며 고했다.

"소신이 특별히 폐하 앞에서 분투하기 위해 산에서 내려왔습니다. 어찌 가지 않겠나이까?"

칭기스 칸이 공주를 크게 칭찬하며 연회를 베풀어 주었다. 그러나 여자이기 때문에 젊은 대신에게 대접하게 할 수가 없었다. 칭기스 칸은 손수 술을 따라 주며 볼로와 금나라로 출발하게 했다. 한편 이러한 결정은 타스 토고스의 생각과 크게 부합하는 것이었다. 그들은 가는 도중 설영하는 사이에 또 마음이 통해 서로를 응시하며 연정의 마음이 더욱 깊어졌다. 타스 토고스는 나이 17, 8세로 옥돌같이 수려하고, 말하는 어조가 마치 봄바람처럼 부드러웠다. 말 위에서 그러한 모습을 바라보며 회국 공주는 4월에 핀 아름다운 꽃과 같이 희열에 가득찼다. 두 사람이 가는 도중 게르에 들어가자 서로 어깨를 맞대고 손을 맞잡고, 인적이 드문 곳에서 정회를 나누자 참으로 깊은 연정이 솟구쳤다.

어느 봄날 비가 계속 내리고 행군이 어려워지자, 많은 병사들이 잠시 휴식을 취하고 있었다. 밤이 되자 등불 아래서 회국 공주는 타스 토고스를 연모하며 앉아 있었다. 그때 느닷없이 타스 토고스가 몸에 가벼운 옷을 입고서 손에 검을 들고 들어와 급히 회국 공주 가까이 와서 무릎을 꿇고 검을 들고 말했다.

"이 검을 공주님께 돌려 드리겠습니다. 저의 화살을 다시 돌려주시겠습니까?"

그러자 공주가 크게 놀라며 반문했다.

"그대의 검으로 제가 무엇을 하겠습니까? 제가 만든 화살을 가져가 사용할 수 없지 않겠습니까?"

그러자 타스 토고스가 "그것은 활을 특별히 사용하기 위해서가 아니라 일을 분명히 하기 위해서입니다. 검과 화살을 서로 교환한 것은 마음으로 벗하며 의리로 사귀자는 뜻이었습니다. 이제 생각지 않게 의로운 친우의 검이 내 손안에 있으나, 이 우의가 이미 끝났기에 예전처럼 검을 공주님께 드리고 화살은 원래 주었던 사람에게 주어, 제 화살을 돌려주면 그것으로 일은 곧 끝납니다"라고 했다.

그러자 회국 공주가 시종들을 물러가게 하고, 타스 토고스의 손을 잡고 말했다.

"당신은 분명히 저를 아시면서 어찌 일을 이리 분명히 하려 하시는 것입니까? 그때는 제가 어려움을 피하던 때라 남장을 했던 것입니다. 이제 아버지를 죽인 원수를 갚기 위해 몽골의 군주를 의지해 전투에 나가면서, 기회를 보아 몇 년 안에 우리나라의 원한이 있는 무리를 제거할 수 있게 되면 곧 제 뜻을 이루게 됩니다. 제 이 몸과 마음을……."

이 말에 이르자 회국 공주는 말을 거두고 낯을 붉히며 시선을 아래로 내렸다. 그러자 타스 토고스가 "하늘과 태양은 위에 있고, 땅과 세상은 아래 있습니다. 내가 그사이 다른 혼약을 맺지 않았소. 만약 성혼을 했으면서 안한 척하면 의리 없이 죄에 빠지는 일이 되지 않겠소?"라고 했다. 회국 공주는 그가 아직 혼인을 하지 않았다고 하자 안심이 되면서 말할 수 없이 기뻤다.

"장수께서는 진정 혼인을 하지 않으셨다는 말씀이신가요?"

"정말 혼인한 적이 없소. 조부께서 해마다 출정하시는데 무슨 생각으로 혼인을 말씀드리겠소? 예전에 검과 활을 교환한 일에 대해 나는 마음으로 형제라고 생각하고 있었는데, 공주께서는 다른 생각을 품고 있었던 것 같습니다. 이제 제 화살 한 개를 사용했습니다. 이제 어찌해야 할까요? 저는 이생에서 공주님 이외 다른 사람을 찾지 않을 것입니다. 공주님께서 진정 저를 가엾이 여기신다면 반드시 다시 신표를 주셨으면 합니다."

그러자 회국 공주가 타스 토고스의 손을 잡고, 얼굴을 한참 동안 바라보다가 갑자기 눈에 눈물을 글썽이며 부드러운 목소리로 말했다.

"장수께서는 이 혼란한 시기에 어찌 저에게 그런 확실한 신표를 얻으려 하십니까? 여자는 자신이 생각한 대로 정절을 지키기가 쉽지만 남자는 의리를 지키기가 쉽지 않습니다!"

그 말에 타스 토고스는 크게 기뻐하며 서둘러 몸에 둘렀던 옥 허리띠를 풀러 보검으로 잘라 맹세했다.

"타스 토고스 나는 이생에 공주님 외에 다른 관계를 구하면 이 허리띠처럼 끊어져 병사의 무기에 죽을 것입니다!"

회국 공주는 그의 마음이 진실한 것을 알자, 눈에서 눈물이 참을 수 없이 흘러내렸다.

"혼자인 제가 당신 외에 다른 자를 마음에 두면 장군께서 말씀하신 대로 저 역시 그대로 죽기를 원합니다!"

그녀는 끊어진 허리띠의 한 부분을 옥 장식과 함께 자신이 손에 들며 말했다.

“장수께서 다른 반을 가지십시오. 이 허리띠의 반이 언젠가 썩어서 헤질 때까지 제 마음은 변치 않을 것입니다!”

두 사람은 허리띠를 나누어 갖고, 서로 엉겨 붙어 떨어지지 못했다. 밖에서 진영의 문을 닫고 북과 징 소리가 울리자, 회국 공주는 할 수 없이 자신의 시녀에게 등불을 들게 하여 타스 토고스를 데려다주도록 했다. 그러자 공주의 시녀들이 몰래 입을 오므리고 웃으며 타스 토고스 장군을 자랑스럽게 생각했다.

한편 그 서역의 베이린 공주는 회국 공주보다 나이가 한 살 많아 올해 나이 열여섯이었다. 또 그녀 역시 곤륜산에서 수도를 했다. 서역국의 왕은 음란한 것을 큰 죄로 여기지 않았기 때문에 많은 여인들이 방탕한 생활을 했다. 그러나 베이린은 스승의 가르침을 열심히 따르면서 육체의 순결을 지켰다. 지금 몽골에 와서 수려한 모습과 빛나는 위엄을 갖춘 한 무리의 사내들이 천자를 쫓는 것을 보고 탄복해 마지않았는데, 이제 이 출중한 타스 토고스를 보니 곧 연모하는 마음에 욕정을 누룰 수가 없었다. 자신의 목숨을 구해준 회국 공주 역시 자신의 친언니와 다름없이 존경했다. 평상시 한담을 하는 중에도 자주 타스 토고스를 칭송하자 회국 공주는 그녀가 흠모하는 것을 알고 마음을 주고받는 벗이 되었다.

타스 토고스는 회국 공주와 헤어지고 돌아와 부드럽고 아름다운 그녀가 마음에서 떠나지 않았다. 가능하다면 한시라도 빨리 아내로 맞고 싶다고 생각했다. 다만 전시의 상황 속에서 나라의 중대사가 있었기 때문에 조부와 부친에게 감히 혼사에 대한 것을 입밖에 꺼낼 수가 없었다. 한편 볼로와 회국 공주 등의 사람들이 맹주를 향해 급히 가고 있는데, 붉은 깃발을 든 병사들이 차례로 달려왔다. 그 연유를 묻자 국왕 모홀리가 어제 맹주성을 점령했다고 했다. 사흘 밤낮을 10만 개의 불화살과 불에 달군 돌로 네 개 성문의 성루를 공격하고, 성 곳곳에 불을 붙여 화재를 일으켜 맹주를 당혹스럽게 만들었으며, 병사들에게 성벽을 넘어 들어가게 하여 성을 점령했다고 하자 볼로 등이 크게 기뻐하여 급히 성으로 들어갔다. 성을 지키던 병사 태반이 죽임을 당하고, 성시의 백성들도 크게 사상을 입었다. 남은 자들을 안정시키고, 칸에게 이 상황을 고하기 위해 전령을 보냈다.

한편 볼로가 들어가 부왕에게 절하고, 칸의 대군이 또 서역의 포화성을 점령했음을 고하고, 회국 공주를 인도하여 부왕께 절하게 했다.

국왕 모홀리가 말하기를 "내가 이 성시를 점령하겠다고 마음먹고 보름 동안 포위한 채 힘을 쓰지 못했소. 어려움을 타개하기 위해 사람을 보내 공주 그대를 보내 달라고 황제 폐하께 부탁을 드리게 했소. 그런데 생각지 않게 그대가 이곳에 오기 전에 힘을 다해 성을 점령했소. 그대는 재능을 잘 훈련하고 계율을 힘써 지키시오. 함께 한 마음으로 대국을 이루고, 공주 그대는 부왕의 원수를 갚기를 바라오. 실제 그대와 함께 병영에 있다가 적에 맞서 싸워 적을 섬멸하는 것이 좋을 것이오. 다만 그대는 먼 나라에 가보지 않은 여인이기에 들고나고, 일어서고 앉는 행동거지가 조금 불편할 것이오. 그러니 공주께서는 잠시 돌아가 계시기 바라오. 만약 성을 섬멸하기가 어려워 도술로 성에 불을 사용할 일이 생기면 곧 그대를 부르러 사람을 보낼 것이오!"라고 했다.

그리고 따라온 수행원들에게 후한 상을 내리고 수레로 데려다주려고 하자, 공주가 국왕의 명을 받들고 왕에게 예를 갖춰 절하고 나갔다.

그때 칸의 3궁 6원의 사람들이 모두 북쪽 양경시 상도로 여름을 지내러 갔기 때문에 공주 일행도 상도로 향했다. 또 원래 데리고 왔던 아들 볼로에게 데려다주게 했는데, 도중에 사람들이 말하기를 수려하게 생긴 젊은이와 아름다운 여인의 행동이 좀 과하다고 하는 것이 볼로의 귀에 들어갔다. 그뿐 아니라 또 도중에 이동하는 대오에서도 그들의 행동이 눈에 띄게 보이자 볼로가 크게 진노했다. 볼로는 다른 일을 트집 잡아 타스 토고스에게 한 번 곤장으로 벌을 주고, 다른 일을 시켜 먼저 대도로 보냈다.

회국 공주가 이 소식을 듣고 심장이 미어지는 것 같았다. 사람이 없는 곳에서 눈물을 흘리며 베이린 공주와 마음의 이야기를 나누고, 한밤중에 그녀를 남장으로 꾸미고, 몇 가지 마음의 선물을 주어 길에서 그를 맞아 이야기하도록 하기 위해 앞서 보냈다. 타스 토고스는 마음이 울적한 데다가 매를 맞아 엉덩이가 참을 수 없이 아팠다. 그는 어찌할 방법이 없자 하늘을 향해 길게 한숨을 내쉬며 길을 가는데, 도중에 남장을 한 베이린 공주를 만나 크게 기뻐했다. 타스 토고스는 서둘러 말에서 훌쩍 내려 그의 손을 잡고 보니 신체가 늘씬하고 외모가 남달랐다. 수박씨 같은 색의 아름다운 눈썹, 다정한 눈, 붉은 단자 같은 입술 등의 생김새는 아름다운 회국 공주보다 못하지 않았다. 다만 오른쪽 입가에 쌀알만한 크기의 한 두 개 점이 나 있었다.

타스 토고스는 깜짝 놀라 무슨 일인지 묻자 그녀는 아무 말도 하지 않았다. 객사에 내려 시종들을 물리치고 나서야 회국 공주가 보낸 선물과 서한을 꺼내 타스 토고스에게 전해 주었다. 그녀의 성과 이름, 회국 공주와의 관계를 물었다. 그러자 그녀는 꾀를 내어 전투에서 길을 잃었을 때 회국 공주를 따라갔다고 대충 말하고 넘어갔다. 두 사람은 마음의 욕망에 대해 말하지 않고, 다만 초원 밖이어서 함께 잠을 잘 수 없었기 때문에 그날 그 즉시 헤어졌다. 타스 토고스가 뒤에서 그녀가 가는 것을 지켜보다가 모습이 보이지 않자, 대오를 출발시켜 대도로 향했다. 그때 회국 공주는 상도로 갔다. 볼로는 다른 신하와 병사에게 말해 그녀를 데려다주도록 보내고 공무를 위해 대도로 갔다.

공주들에 대한 이야기는 잠시 접어 두고, 좀 더 큰 사건을 언급하려 한다. 금나라는 앞뒤로 모두 적에 대치되어 있었다. 남으로는 송나라가 공격하고 북쪽에서는 몽골이 괴롭히자, 금나라 선종은 어찌할 바를 몰라 매우 답답한 상황에 처해 있었다. 그래서 당주, 등주의 수장이자 경략사 왕복의 용병술이 많은 자 가운데 뛰어났기 때문에 그의 친한 동료 아홉 명을 변경에 불러오게 하고 몸소 술을 따라 주었다. 그리고 왕복을 군공君公으로 봉하고, 따라온 여덟 명의 장수들에게 모두 두 계급씩 지위를 높여주고, 몽골에 빼앗긴 하북과 산동의 성을 제외하고 남은 북방 지역을 진수하게 했다.

그 사이 중하中夏 5월에 칭기스 칸은 자신의 군대를 이끌고 서역의 젤시카라는 성을 포위했다. 그 지형을 보니 성의 북쪽 편에 서쪽으로 흘러드는 강이 하나 있었다. 다만 성의 북쪽 편에 산의 위쪽 가파른 벼랑이 강을 가리고 솟아있었기 때문에 칸은 한편 성을 포위하고, 다른 한편 산의 벼랑 부분을 파게하고 또 자루에 흙을 넣어 성의 서쪽 문을 막게 했다. 또 성의 남문 밖에 깊은 구렁을 파게 해 준비가 되자마자 곧 북쪽 산 높은 곳의 흙을 파냈다. 그러자 강물이 여름 범람하는 때처럼 성을 덮치며 흘러들어갔다. 병사들은 젤시카성만을 지키고 있었고, 물을 경계하지는 못하고 있었다. 그런데 갑자기 북문으로 물이 쏟아져 들어오자 성 사람들이 어찌할 바를 몰라 허둥대며 큰 난리가 일어났다.

그때 몽골 병사들은 나무와 뗏목으로 강의 물길로 가서, 산 위의 움푹진 곳에 있다가 물 위로 흘러내리며 성으로 들어가서 성의 많은 병사를 살육했다. 북문을 막고, 문의 쇠빗장을 위로 당기고 문의 가로 빗장을 풀자, 많은 물이 곧바로 성으로 들어와 삽시간에 성시가 물로 가득했다. 그 여세로 신하와 병사, 백성들을 모두 붙잡았으며, 사흘째가 되어 성을 평정했다.

칭기스 칸은 병사들을 쉬게 하고, 성의 창고를 열어 네 군단의 병사들에게 전리품을 상으로 나누어 주었다. 그리고 동서 하국의 병사들에게 금나라의 회주성으로 들어가 공격하라고 명했다. 7월에는 자신이 친히 대군을 이끌고 서역의 바돌로르라는 큰 성을 포위하고, 사방에 흙을 쌓아 올려 그 위에서 성을 지키는 병사를 향해 활을 쏘아댔다. 그때 병사의 활이 모두 약해져 우수한 활 만드는 장인을 찾았다. 서하 군대 가운데 성은 젠이요, 이름은 보첸이라는 한 장인 궁수를 찾아 며칠 안에 많은 병사의 활을 모두 고치고 힘을 더하게 하자, 쏘는 화살마다 정확히 표적을 맞추었다. 성의 병사들이 화살을 피해 고개를 돌려 숨는 사이에 많은 병사들이 성을 넘어 들어가, 서문을 빼앗고 바돌로르를 점령한 뒤 성을 시키던 수장 하자를 베어 쓰러뜨렸다.

그때 성을 점령할 수 있었던 것은 활이 좋았기 때문이라 하여 활 만드는 장인인 젠보첸을 불러 상을 하사하고, 군대의 무기를 관리하는 신하로 삼았다. 그러자 젠보첸이 자신이 만든 우수한 활 열 자루를 칸에게 바쳤다. 칸이 활을 쏘아보고, 다른 활보다 그 힘이 매우 우수했기 때문에 놀라며 말했다.

"시위가 부드럽고 단단한 것은 다른 활과 같은데, 어찌 화살이 나아가는 것이 이처럼 빠르고 정확한 것이오. 여기에는 분명 한 가지 비결이 있을 것이오."

칸이 여전히 말 위에서 그 활을 시험해 보며 첸보첸을 칭찬할 때 야율초재가 손에 서한을 들고, 또 한 손에 구리 동전을 쥐고 와서 그것을 칸에게 올렸다. 칸이 그에게 무슨 일인지 묻자 야율초재가 "신이 폐하의 명을 받들어 힘써 책력을 꼼꼼히 정리하여 가져왔나이다"라고 고했다.

그러자 칸이 크게 기뻐하며 물었다.

"금나라의 옛 역서曆書에서 생각한 것은 부합하지 않는 것이 있고, 또 오래 되었지요. 금나라 역관들이 모두 변경에 투항했는데, 경께서 어찌 이 책을 지어내셨습니까?"

야율초재가 고하기를 "그들이 관청의 서적을 가져갔지만, 신이 배운 마음속 지식을 가져가기는 어렵습니다. 대국에 책력을 정확히 하지 않으면, 제의를 드리거나 원정을 나가고 회군하는 대사에 불편함이 있기 때문에 신이 자세히 살피며 한가한 때에 고쳐 만들었나이다"라고 했다.

칸이 그의 말을 듣고 기뻐하며 사계, 팔절,[1] 24절기에 대해 야율초재와 대화를 나누다가, 화살을 만드는 장인과 이야기를 나누지 못하고 있자, 첸보첸이 화가 나 칸이 말하는 틈을 보고 칸에게 고했다.

"대국에는 강력한 군대가 필요하고, 힘 있는 군대에는 강력한 무기가 필요합니다. 강한 무기와 강력한 군대로 피를 흘리게 하여 나라를 세운 다음 능력도 없으면서 즐거움을 추구하는 문인들이 수없이 나와 황제의 은혜를 거저 받습니다. 이제 전시이니 폐하께서 군대와 원정을 중시하시는 것이 옳을 듯하나이다."

그러자 야율초재가 그 말을 맞받아쳤다.

"활 장인인 그대는 하나는 알고 둘은 알지 못하는구려. 용병에는 좋은 활이 필요하고, 좋은 활을 만들 때 좋은 장인이 필요하오. 나라를 다스릴 때는 훌륭한 통치가 필요하고, 훌륭한 통치를 위해서는 훌륭한 지도자가 필요하오. 예를 들면 마찬가지라는 것이오."

그러자 칭기스 칸이 미소를 지었다.

"세상의 만물을 만 사람이 서로 다르게 살피지요. 불을 몸에 가지고 다니기는 쉽지만 물을 몸에 가지고 다니기는 어렵소. 눈에 보이는 드러난 사물을 쏘아맞출 때 활과 화살이 귀하고, 마음으로 생각되는 미

1 사계는 춘하추동을 의미하며, 팔절은 입춘, 춘분, 입하, 하지, 입춘, 추분, 입동, 동지를 이른다.

래를 다스리는 데는 문사가 중요하니, 각각의 노력이 있으며, 깊고 열고, 멀고 가까운 차이가 있을 뿐이오!"

이 일로 칭기스 칸은 야율초재를 더 중히 여기고 자기 가까이서 지내게 했다. 또 야율초재에게 나라에서 사용하는 구리 동전의 명칭을 무엇이라 고치면 좋겠느냐고 묻자 야율초재가 절하며 고했다.

"성조께서 처음 개국하셨기에 첫 성조라는 두 글자를 위아래로 쓰면 마땅할 듯싶습니다. 한자로 '성원聖元'이라고 합니다."

그러자 태조 칭기스 칸이 크게 기뻐하며 야율초재를 칭찬하고, 그의 의견을 받아들여 그리하도록 결정했다. 속국의 필요 없는 청동, 구리 등을 모두 모아 한 치 크기로 많은 양의 구리 동전을 주조하게 했다. 중추에는 금나라에서 원외랑 오고륜중단을 사신으로 보내 조공을 바치게 하고, 또 칭기스 칸을 황제로 삼아 따르고, 해마다 공물을 더해 바쳐 우호적으로 지내자는 화친을 청하는 첩문을 보냈다.

그러자 칭기스 칸이 말하기를 "의미도 신의도 없는 금나라, 앞서 투항을 하지 않더니 나중에 눈물을 흘리는군. 여러 말 필요 없으니 이전의 명을 따르시오!" 하고 사신을 돌려보냈다. 이때 하국의 두 군단이 칸의 명으로 태자 우구데이를 데리고 금나라 회주懷州를 공격하여 성을 함락시키고, 앞으로 돌격해 들어가자 금나라에서 또 화친을 청했다. 그러자 공격을 잠시 멈추게 하고 칸에게 고했다.

이에 대해 칭기스 칸이 답하기를 "금나라가 청하러 왔으니 예법대로 잠시 공격을 멈추게 하고, 그가 어떻게 화친할 것인지 보도록 하겠다!" 라고 했다.

연이어 몽골의 태보 보랄이 몸이 좋지 않아 병영에서 병사했다. 칸이 크게 애통해하며 손수 술을 뿌려 올리며 축원했다.

포위하고 매복하고 전투하며 지낼 때

모든 것을 내어준 보랄이여

흉악한 적에 포위되어 짓밟힐 때

방패를 잡았던 보랄이여

옥같이 귀한 나라를 세울 때

뜨거운 생명을 아끼지 않고 분투한 보랄이여

수많은 나라를 정복하고 모아들일 때

주저 없이 사력을 다해 공을 세운 보랄이여

칭기스 칸은 사랑하는 충신의 죽음을 애통해하며, 시신을 은관에 모시게 하고 자신의 옷으로 관 위를 덮어 아홉 마리 말을 연결한 큰 수레에 관을 실었다. 그리고 그의 큰아들 보돌란에게 아버지의 직위를 물려받게 했다. 작은아들 온고다이에게 의로운 태보의 직위를 봉하고, 천 냥의 은을 상으로 내리고 부친의 유골을 고향으로 보내게 했다.

이해 8월 대원수 국왕 태사 모홀리는 몽골군과 한인 병사들을 이끌고 금나라 속지인 만성滿城으로 진격해 들어갔다. 성에 이르자 먼저 몽골 보하에게 3천 명의 정예군을 선발해 내어주고 성의 마관馬關까지 공격하게 했다. 첫 번째로 가주, 남주, 길주, 현주 이 네 성시를 공격하고 하북땅을 점령하자, 달아났던 대장군 무선이 나라에 돌아와 갈철창을 대장으로 하여 하북을 공격하고 마관을 지키라고 보냈다.

그러자 갈철창이 군대를 이끌고 마관으로 진격해 태주에서 몽골 보하의 군대를 맞아 싸웠다. 그때 갑자기 큰 북이 울리고 몽골 보하가 혼자 앞서 나와 갈철창의 군대를 향해 공격해 들어가자, 몽골군이 몽둥이를 사용하여 함께 쳐들어갔다. 이에 갈철창이 크게 패해 달아나자 많은 병사들 사이에 큰 난리가 일어났다. 이때 몽골 병사들이 동시에 밀고 들어가 마관을 빼앗자, 뒤에서 공격하는 금나라 대군의 원수가 이미 맞서 싸울 수 없게 된 것을 알고 할 수 없이 지역의 호구戶口 장부와 성의 진영을 바치고 모홀리의 군대에 투항했다.

태사 모홀리는 마관으로 들어가 여러 장수와 병사에게 상을 내리고, 연회를 베풀며 여러 장병들에게 물었다.

"하늘 아래 태어난 자들 가운데 실수하지 않는 자는 없소. 마음으로 실수하지 않으려는 것은 이해하지만, 행동 가운데 실수가 나오지 말라는 법은 없소. 나 역시 황제 폐하의 은혜로 나라의 태사이면서, 나라의 대왕이 되어 군대를 통솔해 남쪽으로 쳐들어가 몇 년이 되도록 어찌 한 번의 실수가 없을 수 있었겠소? 예전에 석천응이 내 곁에 있을 때 내가 실수를 하면 그에 대해 바로 들을 수 있었기 때문에 폐하의 대국에 매우 큰 도움이 되었소. 옛말에 '성군의 지혜는 만백성에 미치지 못한다'라고 했소. 이제 내가 중한 직위를 받아 남쪽으로 와서 지금까지 나의 잘못과 실수를 일깨워 말하는 사람이 없었소. 나는 눈이 멀고, 귀는 들리지 않으며, 생각은 우매하여, 일하는 데 있어 얼마나 많은 과오를 범했는지 모르오. 몽골과 한인 장병들은 반드시 내가 실수를 하면 찾아내 말씀해 주시오. 나는 주군 앞에서 또 크게 죄를 인정하고, 또 주군께 도움이 되기 위해 여러 나라에 갈 때 경계로 삼을 것이오!"

다음 날 한인 장수들 가운데서 한 표문이 올라왔다. 그것을 보니 한인 장수 사천예가 모홀리의 지시를 따라 나라의 잘못된 점을 제거할 것을 간하는 것이었다.

"이제 천군이 남쪽을 공략한 지 10년 이상이 되어 중원의 8할을 평정했습니다. 이것은 대원수 국왕 태사의 밝은 지략과 강인한 힘으로 이루어진 것입니다. 그렇지만 많은 병사들이 대왕의 눈앞에서 군법을 확실히 지키는 듯하지만, 여러 해 동안 승리한 공을 믿고, 먼 곳에서 많은 백성의 재물을 모으는 일이 끊이지 않습니다. 신이 살펴 생각해 보건데 천자께서 세상에 내려오시고, 별들이 세상에 태어나 사나움을 이기고 폭력을 제거하며, 정의를 베풀어 백성을 살립니다. 또 도탄에 빠진 힘 없는 백성을 어려움에서 구해내는 자가 천군이요, 대군이라 할 수 있을 것입니다. 그런데 소인배들은 대왕님의 눈과 귀에서 멀리 떨어진 곳에서 보이지 않는 틈을 이용해 백성의 재물을 노략질합니다. 이는 천자와 대왕의 대사에 작은 손실이 됩니다. 그렇게 대왕님께서 병졸을 살피는 관리를 이중으로 두어 병사들을 살피도록 법을 다시 개혁하신다면 칸의 군대와 왕의 군법에 이제 조금도 흠이 없게 될 것입니다!"

그러자 국왕 모홀리가 크게 기뻐했다.

"이러한 사고는 참으로 나의 신중치 못한 태도에서 비롯된 것이라 할 수 있소."

모홀리는 곧 장수들을 불러들여 자신의 잘못을 인정하고 연회를 베풀었다. 그리고 많은 병사에게 다시 두 배의 상을 내리고, 잔치를 베풀어 위로하며 병사들에게 군법을 선포했다. 그의 명은 다음과 같았다.

국왕 태사 원수 모홀리의 명 : 모든 장병에게 확실히 알려 영원한 군법을 삼는다. 옛 몽골국이 처음 세워질 때 나는 일반 병사였다. 후에 성군께서 몇 가지 출정의 일을 물으시고, 나를 중용해 쓰신 지 이제 근 40년이 되었다. 이제 중원의 8할을 점령하고, 나라의 태사 그리고 나라의 대왕 원수가 된 것은 주군께서 나의 신중함과 사심없는 충직함을 가상히 여기시어 지금에 이르게 된 것이다. 개인적으로 내게는 능력과 지략이라는 것이 조금도 없다. 다만 내가 사흘 동안 일어날 일 가운데 실수가 생겨날 수 있는 부분을 가까운 아랫사람에게 묻는 것을 기꺼워하기에 왕인 나의 충직함이 지금까지 실수를 하지 않고, 이 정도에 이르게 된 것이다. 하북과 산서, 산동 등 여러 지역을 함락시키고, 폐하의 명에 부끄럽지 않을 정도로 작은 일을 성취했다. 이러한 모든 것은 군법을 지키고 마음을 다스리고, 탐욕을 극기했기 때문에 이룰 수 있었던 것이다.

천군의 역할은 사방의 폭력과 간악함을 제거하고 선과 충직함을 드높이는 것인데, 이제 듣자니 군법의 기강이 해이해져 우리 병사들이 내 귀와 눈을 피해 수많은 백성의 재물을 마음대로 노략질하고, 곡식과 감자를 마음대로 짓밟고 있다고 한다. 이러한 행태는 첫째, 내가 엄하게 지휘하지 못한 탓이요 둘째, 나의 수하 장수들이 속국의 병사들을 엄하게 다스리지 못한 탓이다. 셋째는 우리 병사들이 군대의 위세를 믿고 만용을 부려, 백성들을 괴롭히고 상관들을 가볍게 여긴 까닭이기에 원수인 내가 먼저 죄를 달게 받고자 폐하께 벌을 청하기 위해 전령을 보냈다.

그런 뒤 또 내 자신이 부끄러워 나의 잘못을 알고 많은 장수와 병사들에게 연회를 베풀어, 나의 해이함으로 사고를 발생하게 한 것을 사람들 앞에서 드러내고, 스스로 부끄러움의 거울로 삼았다. 군법이라는 것은 내 자신에게서 비롯되는 것이다. 내가 잘못을 저질렀기에 병사들이 군법을 지키지 않은 것이기에 이번에 많은 장병들의 죄를 논하지 못하게 되었다.

그러나 이후 만약 우리 장병들이 나의 귀와 눈을 등지고 멀리서 백성들의 재물을 가벼이 여겨 곡식과 채소, 개와 닭을 마음대로 범하고 해치면 장병들의 공훈과 지위를 불문하고 모두 참수하여 백성들에게 보이고, 황제 폐하의 법을 공명정대하게 바로 잡을 것이다. 말이 부드럽다고 경홀히 여기지 말라. 먼저 내 자신이 자숙하는 것을 보일 것이다.

이에 몽골과 한인 장병들이 놀라 두려워했다. 그뿐 아니라 금나라, 송나라 문신과 무신, 병사와 백성들이 가슴이 서늘해져 두려워하지 않는 자가 없었다. 이 선포에 세 나라 병사들이 모두 떨리는 마음을 진정하지 못했다.

이해 가을 9월 금나라가 화의를 요청하는 소식이 오지 않자 우게데이는 서하국의 병사들을 이끌고, 금나라 정주를 다시 포위하고 공격했다. 그러자 금나라에서 화친을 요청하는 사신이 와서 또 화친을 요청했다. 금나라 사신 오고륜중단이 첩문을 올리자 칭기스 칸이 대호 태부에게 조서를 주어 금나라에 보냈다. 그 내용은 다음과 같았다.

"원래 처음에 하북의 땅을 내게 준다 하였고, 짐은 그대를 하남왕으로 삼겠다고 했으나 그대는 내 말을 듣지 않았소. 그래서 우리의 원수 모홀리 국왕이 공격하여 하북을 정벌해 그곳은 이미 우리 땅이 되었소. 이제 화친을 하겠다고 하면 우리가 정벌하지 않은 관서의 몇몇 성을 우리에게 내어 주시오. 내 그대를 하남의 왕으로 삼을 것이오. 그런 뒤 우리가 함께 세상을 공평히 다스리고, 나라와 백성을 평안히 이끌어 갑시다. 나의 이 말은 진정 거짓 없는 말이오. 이러한 말을 하는 것은 그대의 나라가 연륜이 오랜 나라이며, 멀리서 다시 와서 청하는 것을 생각한 때문이오. 무슨 일이 있어도 나의 말을 어기지 말기 바라오.

지금 나와 함께 화친하여 내 말대로 정하면 후대에 우리 자손들이 또 그대 나라를 남기고, 나의 명을 중시하여 지킬 것이오. 그대가 지금 상황을 제대로 파악하지 못하고, 나의 말을 어기다가 내가 죽으면 그대의 뿌리조차 지킬 수 없게 될 것이니, 그때는 이미 후회해도 소용이 없게 될 것이오. 내가 말한 대로 태자 친왕들과 대신들이 그대 나라를 모조리 섬멸할 생각을 하는 데 그치지 않고, 마침내 송나라 역시 정복할 마음을 갖고 있소. 나의 이러한 말을 그대 나라의 신뢰할 수도 없는 말로 부회하여 나의 말을 터무니없는 말로 여기지 마시오. 반드시 다시 곱씹어 잘 살펴 생각하기 바라오!"

한편 금나라 사신이 칭기스 칸의 조서를 가지고 오자, 금나라 군주가 투항하지 않은 것에 대해 많은 신하들이 매우 안타깝게 여겼다. 황제는 그것을 보고 나가서 10월에 자신의 측근 대신 시청[2]에게 제주濟州

2 여기서 시청은 선종의 측근으로 나오지만, 부분적으로 문장이 잘못 전사된 것으로 보인다. 『금사본기』에 보면 이해 10월 홍오적이었던 시청원이 귀순한 것으로 나타나며, 그에

의 선무사 및 등양공의 관직을 제수했다. 또 금나라의 원수 흘석렬혁달을 불러오게 하여 그를 보내 지역을 지키게 했다. 시청이란 자는 산채에서 홍오적을 일으킨 자였다. 그를 대신 보내 성을 지키게 하자 몽골의 태사 국왕 모홀리가 금나라에 사람을 보내 귀순을 권면했다. 그러나 선종이 이를 듣지 않자 큰 북을 터지도록 치게 하고, 또 금나라로 공격해 들어갔다.

11월 몽골군이 격전을 벌이며, 남쪽으로 공격해 들어가는 것이 매우 손쉬워졌다. 그것은 금나라 병사들이 몽골군의 용맹함과 위엄을 두려워하고 있는 데다가, 자기편에 대한 확고한 믿음이 없는 금나라 백성들의 마음이 몽골로 기울어져 투항했기 때문이다. 그들은 몽골이 자기 지역으로 들어오는 것을 좋아하고 원했다. 그러자 국왕 모홀리의 병사들이 물 흐르듯 손쉽게 제남부에 이르자, 금나라 동평부 외방 총관 대신 엄실嚴實[3]은 자신에 속한 창덕부, 대명부와 자주, 명주, 은주, 박주, 활주, 준주 등 6개 주의 40만 호 이상을 이끌고 몽골의 태사 국왕 모홀리에게 항복하자, 국왕이 서둘러 칸에게 이 일을 고하기 위해 상주문을 올리게 할 때 엄실을 함께 데려가게 했다.

그러자 칭기스 칸이 크게 기뻐하며 칭찬하고, 엄실을 들이게 하여

게 등양공을 제수하고 시청원 자신의 병마를 지휘하도록 하고, 원수 및 선무대관에 임명했다고 기록하고 있다(방기혁 역, 「선종 오도보 이야기 3」, 『금사본기』 권16(e-book), 슬기야단비야, 2015 참조).

3 금말, 원초에 스스로 원의 지배 밑으로 들어간 하북 지방에서는 봉건영주의 지위를 인정받아서 치안 유지를 하며 한족 문화의 전통을 유지한 호족의 대표적인 한 사람(김옥자·김영옥, 「송원대의 과학에 대하여 II」, *Journal for History of Mathematics* v.28, 2015, 122쪽).

직접 마주하고, 그에게 물었다.

"현명하신 대신께서 천체의 현상이 바뀐 것을 어찌 아셨소?"

그러자 엄실이 절하며 고했다.

"신이 백성의 뜻이 변한 것에서 알았습니다."

그 말을 들은 칭기스 칸이 그를 크게 칭찬하며 엄실에게 금자광록대부와 행상서성사行尙書省事를 제수하고, 원래 지역으로 돌아가 지내도록 했다. 그 사이에 그의 수하 신하인 이신李信이란 자가 틈을 타서 엄실의 가솔들을 모두 가두고 몇 사람을 죽였다. 그리고 속지인 청애를 취하고 배반하자, 모홀리가 크게 진노하여 대군으로 그를 추격하여 청애를 빼앗고, 이신을 생포하여 엄실에게 내어 주어 죽이게 했다.

그때 금나라의 40만 대군이 황릉강黃陵岡 언덕에 주둔하고, 2만 보병이 모홀리를 추격하여 제남濟南에 이르렀을 때 몽골군이 갑자기 돌아서 공격해 들어가 금나라 군대를 쳐부수고, 계속 추격하여 병사들을 죽이면서 황릉강에 이르렀다. 금나라 병사들은 물에 빠지면서도 어쩔 도리가 없어 또 대적해 싸우려고 물가에서 대오를 짓고 기다리자 모홀리가 많은 병사들에게 "이것은 필시 병사를 퇴각시켜 우리를 유인하려는 책략일 것이다. 힘을 다해 싸우지 않으면 아니 될 것이다!"라고 했다.

그리고 원수가 몸소 말에서 내리고, 많은 병사를 말에서 내리게 해 짧은 무기를 잡게 하고 적군을 맞아 공격해 들어갔다. 그러자 평지에서 금나라 보병이 먼저 몽골군에게 패하고, 산골짜기에 보병도 죽임을 당하며 싸우다가 물을 건널 때 7할이 물에 빠져 죽었다. 국왕 모홀리는 승리의 여세를 몰아 일제히 진격해 금나라의 초구楚丘를 점령하고,

단주單州를 섬멸했다. 그리고 단주로부터 곧바로 동평부로 가서 성을 포위했다. 이어 엄실이 당도하여 동평이 반란을 일으킨 것을 듣고 태사 모홀리에게 울며 절했다. 두 군단이 함께 동평부를 포위하여 공격했다.

그 사이 또 한 가지 사건이 있었는데, 금나라 형주邢州를 지키던 절도사 무귀武貴가 여러 현우들을 모아 천문지리와 인사의 도를 논하며 현실적 상황을 깨닫고, 곧 국왕 모홀리에게 가서 투항했다. 그러자 모홀리가 크게 기뻐하며 상주문을 작성하여 무귀에게 주어, 칭기스 칸을 알현케 하기 위해 대도로 보냈다. 그곳에 도착하자 칭기스 칸이 서역에서 아직 돌아오지 않았기 때문에 칸의 동생 친왕 하사르가 나라의 일을 결정하고 있었다. 그때 하사르는 무귀에게 후한 상을 내리고 "이전의 직위에 품계를 더해 줄 것을 폐하께 고할 터이니 칸께서 오실 때까지 기다리시오"라고 하며 연회를 베풀어 주었다.

그때 요동의 요왕 야율유가가 사망했다. 그의 나이 56세였다[원주] 안타깝게도 이 충직하고 대장부가 이른 나이에 세상을 떠났다. 그러자 그의 아내 요리씨姚里氏가 몸소 칸을 배알하기 위해 왔지만, 칸이 부재했기 때문에 친왕들이 서로 논의하여 그녀에게 호부虎符를 주어 잠시 나라를 다스릴 권한을 주어 보냈다[원주] 이렇게 해서 요리씨가 요동을 7년 동안 지키며, 힘을 기울이고 조금의 잘못을 드러내지 않았다. 그녀는 현처에 속한다고 할 수 있으며, 진정 나라에 운이 있었다.

이해 선달에 송나라의 대원수 이전이 그의 수하 장수인 석규石珪의 군대에 식량을 제공하지 않으면서, 조롱하듯 상부에 보고했다. 송나라 군주가 배연에게 명을 내려보내자 석규가 마음이 초조해져 어쩔 방법이 없자 반란을 일으키려고 마음을 먹었다. 사신 배연이 자신을 붙잡으러 오자 그를 죽이고, 동료 신하 손무정과 송덕진 등을 데리고 동평부에 있는 몽골 국왕 모홀리에게 와서 절하며 사정을 고하고 투항했다. 그러자 국왕이 그 상황을 듣고 그가 말하는 바가 사실임을 알고, 석규를 부원수로 삼았다. 한편 그에 대해 칸에게 상주문을 올리기 위해 사람을 보내고, 다른 한편 석규에게 병사의 수를 더해 주고, 이전을 공격케 하기 위해 보냈다. 그러자 이전이 크게 분노하며 서둘러 석규의 가족, 친인척을 보내 화친을 청하자, 석규가 처자식과 친인척을 데리고 가 버리고 화친을 받아들이지 않았다. 그는 연수의 여러 지역에서 병사들을 모아 대군을 조직하여 송나라를 공격할 준비를 했다.

그때 국왕 모홀리가 동평부를 단단히 포위하자 그들이 또 그에 맞서 성을 견고히 지키며 성을 빼앗기지 않고 사수하자, 모홀리가 엄실에게 일러 말했다.

"동평시에 식량이 끊어지지 않는 이상 절대 항복하지 않을 것이오. 식량이 끊어져도 그들은 또 분명 달아날 것이오. 그때 그대가 성에 들어가 먼저 백성들을 안정시키고, 아래로 군현의 백성에게 괴로움을 주어 일을 그르치게 하지 마시오. 하나의 성에 진격해 들어갈 때 일을 지체하여 대사를 방해해서는 아니 될 것이오."

한편 장수 군로호탁에게 몽골의 5만 병력을 내어주고 성을 포위하게 했다. 또 엄실에게 행성의 권한을 갖게 하고, 성 전체를 포위할 것을 명했다. 그러자 천호장이 모홀리에게 고하기를 "이 성을 점령하고, 엄실과 석규에게 성의 남북을 나누어 지키게 하면 성의 백성들이 비록 도망친다 해도 이 두 사람이 다른 자보다 낫지 않겠습니까?"라고 했다.

"맞는 말씀이오."

모홀리가 칭찬하며 곧 엄실과 석규에게 성을 지키고, 민심을 얻어 백성을 결집하도록 일렀다. 또 자신은 10만 병력을 이끌고 금나라를 향해 가서 반산磐山에 이르러 설영했다. 이때 금나라 대장군 역수공易水公과 정안민靖安民이 그 주변 백성 가운데 남녀노소를 모두 모아 자신의 처자와 함께 사산沙山으로 들어가게 하고, 병사를 보내 안전하게 지내게 했다. 그리고 곧 몽골군을 기습하기 위해 군대를 이끌고 반산으로 가자, 국왕 모홀리가 이미 그 소식을 듣고 웃으며 말했다.

"이 두 한인은 자발적으로 투항하려 하지 않을 뿐 아니라 백성들을 모두 한곳에 이르게 했소."

그런 뒤 수하의 몽골, 한인 병사들을 둘로 나누고, 동생 다이산다락그치에게 5만 병력을 내어 주어 한밤중에 출병하게 했다. 그리고 일러 말하기를 "금나라 군대는 분명 우리 병사들을 포위하러 올 것이다. 너는 북로로 가서 그들 병사들이 지나간 뒤에 곧바로 사산의 뒤쪽으로 넘어가 그들의 처자식을 모두 포위하되, 한 사람도 죽여서는 아니 될 것이다. 다만 그들을 양쪽으로 지킬 수 없도록 하라. 그렇게 하면 그들 군대 안에서 스스로 변화가 생길 것이다"라고 했다.

그때 잠발이 고하기를 "사산의 길은 제가 잘 압니다. 작년에 그곳에서 말을 팔았습니다!"라고 하고, 곧 서북쪽 길을 따라 달려갔다. 이 소식을 역수공과 정안민 등이 잘못 알아듣고, 몽골군이 두려워 대부분 달아났다고 크게 기뻐하며 다급히 반산에 이르자, 몽골군이 산 입구를 단단히 지키면서 그곳에서 새해 명절을 지내기 위해 준비하고 있었다.

한편 금나라 병사들이 공격해 올 때 몽골군이 산꼭대기에 앉아 붉은 연등과 초, 매화 등으로 장식하고 연회를 벌이고 있었다. 긴 가락으로 노래를 부르며 조금도 개의치 않자 역수공과 정안민 두 장수가 크게 분노하며 산 입구의 요새를 부수었다. 그때 갑자기 화살이 정신없이 사방으로 날아들어, 금나라 병사의 상당수가 사상을 입었다. 그렇게 해서 뒤돌아 길을 찾는데, 갑자기 뒤에서 전령이 와 소식을 전했다.

"몽골의 국왕 모훌리가 우리가 있던 사산을 점령했습니다. 군대가 없이 무방비 상태였기 때문에 그들은 함성을 지르고, 곧 뒤이어 들어가 우리의 처자를 모두 사로잡았습니다. 그들은 우리 군대가 투항하면 처자를 죽이지 않겠다고 말합니다!"

그러자 이, 정 두 장수의 병사들이 모두 대경실색하여 이제 투항하지 않으면 우리 처자들이 모두 죽임을 당할 것이고, 다시 가서 빼앗아 되찾을 수 없다며 어쩔 줄 모르고 울었다. 그때 높은 산허리 바위에서 국왕 모훌리가 서서 이들의 상황을 보고 큰 소리로 말했다.

"내가 여기 있다. 너희들의 처자를 모아 온 것은 나의 아우다. 너희들은 지금 투항하지 않고 또 무슨 때를 기다리는 것이냐?"

그러자 금나라 병사들이 역수공, 정안민 두 장수에게 이제 서둘러 투항하여 산 계곡 입구를 진정시키자고 했다. 그러나 두 장수는 공명을 얻겠다며 분투하자, 뭇 병사들은 그들이 살피는 것을 기다리지 못하고 갑자기 한밤중에 반란을 도모하여 역수공과 정안민를 죽이고, 그 머리를 들어 올려 국왕에게 투항했다. 그러자 국왕이 서둘러 금나라의 무기와 갑옷, 투구, 말과 안장을 모두 거두어들이게 했다. 그리고 곧바로 사산에 영전令箭을 보내 자신의 처자를 데리고 가라고 했다. 대군이 가서 백성의 처자와 많은 병사의 가족을 하나 하나 만나게 해주고, 그들을 안심시켰다. 또 역수공과 정안민의 가솔들을 손대지 못하게 보호하고, 친인척에게 내어 주어 자비를 베풀자 이 전투의 장병들이 모두 몽골 원수의 관대함에 감동하여 눈물을 흘리며 투항했다.

그때 모홀리는 역수공, 정안민 두 장수의 목을 금나라에 보내고 다음과 같이 전했다.

"이 두 사람은 그대들의 공로가 많은 대신들이다. 내가 술을 떨어뜨려 그 몸을 정화시켜 두었으니, 금나라 군주도 술을 떨어뜨려 보답하면 좋을 것이다. 다만 그대들의 대신이 죽은 것을 그대들 군주는 개, 돼지가 죽은 것 이상으로 보지 않는 자이니, 어찌 또 금나라를 오래도록 지킬 수 있겠는가! 그러니 일찌감치 투항하면 후에 후회하는 고통에서 벗어날 수 있을 것이다. 그대들이 불복한다면 내가 여기서 기다리겠다. 사내대장부다운 면모가 있는 병사를 뽑아서 내게 보내라. 내가 너희 대신들을 의롭게 만들어 주겠노라. 마음으로부터 충의를 행하지 않아도 내가 붙잡아 죽이면 곧 너희에게 그는 충직한 신하가 될 것이다!"

그러자 금나라 군주 선종이 참을 수 없이 진노하며, 나라의 대승상 동려공東莒公 연녕燕寧을 나라를 지키는 대왕에 제수하고, 대군을 뽑아 공격할 준비를 갖추게 했다. 이 일이 어찌 될 것인가 알고자 한다면 다음 장에서 그 내용을 보게 될 것이다.

사관 인잔나쉬의 시 한 수

신이한 능력을 가진 공주가 괴이한 주술을 퇴치할 때 성조의 명에 따랐네
오만한 활 장인이 자신의 재주를 추켜세우며 죽음을 망각했네
국왕 모홀리가 법을 공고히 할 때 먼저 자신의 잘못을 벌했네
역, 정 두 장수는 상대를 포위하다 도리어 화를 입었네

제53장

태조 칭기스 칸은 서역의 열 개 성을 종횡무진 점령했네 태사 모훌리는 송나라를 위협하여 가볍게 굴복시켰네

신사년辛巳年, 대몽골국 칭기스 칸 16년, 송나라 영종 가정 14년, 금나라 선종 홍정 5년이었으며, 이해 칭기스 칸의 나이는 60세였다.

봄의 마지막 달 금나라 군주 완안순은 동려공 연녕에게 10만 병력을 내어주고, 자신을 멸시한 원수를 갚기 위해 적진으로 보냈다. 이때 몽골 태사 국왕 모훌리는 금나라에서 분명 군대가 진격해 올 거라는 것을 이미 알고, 호일다르와 길루겐 두 호장을 동평 남쪽 길 괴령산 양편에 매복시키고 기다리자, 멀리서 정탐꾼이 달려와 소식을 전했다.

"금나라 변경에서 동려공이 10만 정예군을 이끌고 접근해 오고 있습니다!"

그러자 모훌리가 그에게 상을 내리고 다시 정탐하라고 보냈다. 괴령의 소식에 의하면 자기 병사를 일부러 흩어지는 척하고 있다는 것을 듣고, 병사들에게 조용히 일러 말했다.

"금나라 군대는 우리가 말에서 내려 병사와 말을 쉬게 할 거라는 정보를 듣고, 분명 급히 달려올 것이다. 그의 병사가 괴령을 지나는 순간 곧바로 우리 군대가 공격해 들어가면서 매복한 우리 병사와 앞뒤에서 협공하면 승리할 수 있을 것이다."

장병들이 그 지시를 따라 민첩하게 준비하고, 일부러 태연한 모습을 보이며 산야에 흩어져 말에게 먹이와 풀을 먹였다. 그때 금나라 동려공이 황제 옆에 있었는데, 이 소식을 듣고, 대장이 병법을 모르고 또 자주 군대가 패하자 금나라 황제 앞에서 화를 냈다. 그러자 금나라 황제가 곧 그를 출정시켰다. 연녕이 곧바로 일반 수준의 10만 병력을 얻고는 자만하며 주의하지 않고 갈 때 몽골 병사들이 말에서 내려 말에 풀을 먹이고 있다고 하자, '이것은 분명 하늘이 내게 공을 상으로 주신 것이다'라고 생각하고, 많은 병사들을 추격하여 괴령 길을 가로막고 몽골군을 향해 진격해 갔다. 그때 갑자기 앞에 있던 선봉이 몸을 돌려 도망쳐 오자 그에게 이유를 물었다.

그러자 그가 "몽골 태사 국왕이 먼저 와서 우리 군대와 한 번 싸웠는데, 그들 병사의 수는 적지만 병사와 말, 활과 무기가 전체적으로 강하고 힘이 있기 때문에 맞서 싸울 수가 없어 도망쳐 왔나이다!"라고 했다.

그 말을 들은 연녕이 불같이 화를 내며 선봉 백진을 참수하라고 소리쳤다. 여러 장수들이 있는 힘을 다해 간청하여 죽이는 것만은 면해주고, 40대 곤장을 쳐서 가두었다. 우익의 장군 혜동을 선봉으로 삼고 앞으로 가는데, 벌써 몽골군이 그들을 추격해 왔다. 병사들이 금나라 군대를 마주치는 순간 병영 가운데서 큰 대포 소리가 울렸다. 그러자 몽골군이 곧바로 3개로의 세 방향으로 갈라지고, 세 군단 가운데서 동시에 북을 쳤다. 중군에는 국왕이 스스로 선두에 서고, 동로의 군대를 몽골 보하, 몽골 사란 두 장수가 이끌었다. 3개로의 대군이 일제히 함성을 지르며 돌격해 들어가자, 금나라 병사들이 싸우지도 못하고 돌아서 달아났다.

이런 상황에 이르자 금나라 병사들이 연녕의 명을 따르지 않고, 자신의 대오를 덮치고 들어가자 몽골군이 갑자기 함성을 지르며 앞서 돌격해 들어왔다. 그러자 금나라 병사들이 싸울 도리가 없어 다시 도망쳤다. 몽골군이 그 뒤를 놓치지 않고 추격해 가자, 금나라 군대 대장은 자기 병사들이 정신없이 휘두르는 무기와 몽골군의 난전에 맞아 상처를 입고 투구를 잃어 버렸다. 그는 큰 소리를 지르고 울며 앞서 달아나다가 괴령산 협곡에 다다랐다. 그때 갑자기 산속에서 포성이 울리며 동쪽에서 길루겐 바타르, 서쪽에서 호일다르 선봉이 함께 소리를 지르며 돌진해 달려왔다. 그러자 연녕이 혼비백산하여 서둘러 산의 입구쪽을 향해 달아나자 좌우의 병사들이 양쪽에서 공격해 들어갔다.

호일다르 선봉은 곧바로 공격해 들어가 금나라의 수장이자 원수 동려공 연녕을 뒤에서 창으로 찔러 자신의 수하 병사에게 내어주고, 머리를 베어 높은 장대에 걸어놓고 금나라의 병사들을 추격해 돌진해 들어갔다. 금나라 병사들이 서둘러 괴령산 입구로 들어가자, 그 너머에서 입구를 막고 그 위로 양편에 쇠뇌를 잡은 병사를 매복시키고 검은 수호기를 세웠다. 그리고 딱따기를 치는 소리가 나자마자 창이 횡으로 나타났다. 급히 돌아나가려 하자 군대 장군 원수의 목이 이미 수호기 위에서 나타났다. 그 수호기를 금나라 군대를 향해 돌리자, 금나라 병사들이 전의를 상실해 갑옷을 벗고 무기를 버리고 투항할 것을 원했다.

그때 몽골 국왕의 대군이 3개 군단으로 다가오자, 금나라 병사들은 대장이 죽임을 당하고 군대가 패하자 투항할 것을 청했다. 모훌리는 그들의 죄를 면해주는 법을 선포하고 금나라 병사를 안정시켰다. 그리고 함거에서 백진을 발견하고, 또 무질서하고 혼란한 병사들 가운데 금나라 장수 혜동을 색출해 냈지만, 그 두 사람을 죽이지 않았다. 한편 금나라 군대를 이끄는 대원수 동려공 연녕의 머리와 시신을 내어주고 금나라로 보냈다. 금나라에서 이 소식을 듣고 문무백관들이 대경실색했다.

그때 국왕 모훌리는 여러 장군과 병사들에게 상을 내리고 곧장 진격해 들어가려고 할 때 금나라 동평부가 함락될 때가 가까웠다는 소식이 전해졌다. 또 칸은 서역을 공격하여 승리를 거두었다며, 전령에게 경축의 붉은 깃발을 들게 하여 소식을 전해왔다. 동평부는 지난해부터 포위되었는데, 이해 봄이 되어 성안에 식량이 떨어지고 성 밖에 길이 끊어져 이미 성을 지킬 수 없는 상황이 되었다. 또 성을 나갈 수도 없어 사력을 다해 지켜도 성을 빼앗기는 것은 시간 문제였다.

한편 서역에서 칭기스 칸은 어떻게 그 지역을 정벌했을까? 천천히 이야기하는 것을 들어보라. 칭기스 칸은 서역에서 새해를 맞아 봄 3월에 대군을 재촉해 서남쪽을 향해 진격해 들어갔다. 서역의 부하라라는 큰 성에 이르러서 보니 부하라성 북쪽에 사마르칸트[1]라는 큰 성시가 있었다. 모두 석회석으로 축조되어 있고, 아래서부터 차곡차곡 다져서 쌓은 성이라 매우 견고했다. 일반적으로 이전 남쪽 지역처럼 벽돌로 외부 벽을 쌓았으며, 안을 흙으로 채운 성이 아니기 때문에 무너뜨리는 데 상당히 어려움이 있었다. 이 부하라와 사마르칸트 두 성을 열흘 동안 번갈아 가며 포위했지만 점령하지 못했다. 어느 성을 포위하면 그 성의 병사들이 많아져 공격하자, 칭기스 칸이 놀라서 다음 날 점괘를 보고 야율초재를 향해 말했다.

"이 성은 분명 땅 아래로 서로 통하는 길이 있을 것이오. 두 성 사이에 가로로 고랑을 파면 분명 그 길을 발견할 수 있을 것이오. 다만 길을 알고 파야하며 바위를 피해야 하오."

두 성 사이에 고랑을 파보니 정말 오고 가는 두 개 굴이 나 있었다. 칸이 직접 가서 두 땅굴 입구를 지키고, 곧 부하라 성을 포위하여 공격했다. 두 땅굴을 보고 있다가 서쪽 통로에서 사마르칸트성의 지원병 수백 명이 굴에서 나오자마자 생포했다. 그리고 서둘러 그들의 군대 깃발과 모자, 무기를 자신의 병사에게 쥐게 하고, 쓰게 하여 그들 병사인 것처럼 하여, 생포한 병사들과 함께 부하라성에 가서 반은 동쪽 땅굴로 들어가게 하고, 그 반은 밖에 남게 했다.

그리고 "만약 너희들이 성으로 들어가 문을 열지 않으면 이 남아 있는 자들을 잡아 죽일 것이다"라고 명하고 병사들을 보냈다. 또 몽골군을 반으로 나누어 두 성의 서문에서 기다리게 할 때 테스겔 바르스와 쉴럭그트 바르스 두 장수가 부하라로 갔던 몽골군을 데리고 가서 땅굴

---

1 몽골어 '시니사가'는 한자어 '설미사간(薛米思干)'을 전사한 것으로 생각된다.

입구를 나가자마자 곧바로 문을 지키는 병사를 베어 죽이고, 서문을 빼앗아 몽골군을 맞아들였다.

그때 서역의 병사들이 모두 굴로 들어가자 테스겔 바르스와 실릭그트 바르스 두 장수가 병사들을 이끌고 두 땅굴 입구를 막고 지키고 있었다. 이 사실을 북쪽 사마르칸트에서는 전혀 알지 못하고 있었는데, 그때 몽골군이 급히 가서 또 동문과 서문을 공격했다. 사마르칸트시의 수장이 서둘러 사대문의 병사를 모아들여 힘을 보강하고 동문을 지키고 있는데, 갑자기 성안의 백성들 사이에서 난리가 일어났다. 그것을 보니 서문을 활짝 열고 몽골군이 쳐들어오고 있었다. 동문을 지키는 병사들이 서둘러 부하라성에 오고가는 두 땅굴로 달려 들어가자, 칭기스 칸이 두 성을 모두 정복하고, 직접 두 굴의 입구를 단단히 지키고 있었다. 이 20리 길[2]의 땅굴에 서역의 군대가 가득 들어가 있자, 여러 장수들이 이들 병사들을 곧 이 굴 속에서 모두 굶겨 죽이자고 했다. 그러자 칸이 명하기를, "그래서는 아니 되오. 첫째 여러 사람을 그 속에서 굶겨 죽이는 것은 공격해 죽이는 것이 아니기 때문에 매우 악랄해질 수 있소. 둘째, 그들은 또 이미 손을 움직일 무기가 없기는 하지만, 검이나 창으로 땅을 살펴 얕은 곳을 뚫고 나갈 수 있소!"라고 했다. 그리고 칭기스 칸은 8명의 장수에게 8천 명의 병사를 내어주고, 땅굴 입구를 지키게 하고 명했다.

"병사 한 사람이 나오면, 그 한 사람을 잡아 포박해 데리고 오시오!"

---

2 사마르칸트와 부하라는 실제 86킬로미터에 달하는 거리이기 때문에 실제와 서사에 차이가 있다.

이틀이 되지 않아 서역의 5만 명의 병사를 모두 붙잡아 오자, 칭기스 칸은 선두에 선 두 명의 장수를 포함하여 새로 얻은 병사들을 36개 조로 조직하여 지휘하게 했다.

이때 칸의 큰 태자 주치 친왕이 서역의 양기켄트, 바르진[3] 두 성을 포위하고 공격했다. 보름이 되도록 공격을 해도 성을 함락시키지 못하고 있었다. 그때 칸의 군대가 부하라와 사마르칸트 두 성을 점령하여 몇만의 병사를 얻고, 서역을 정복했다는 것을 듣고 급히 밤에 칸에게 와서 처자가 있는 서역의 병졸 1천 명을 뽑아서 데리고 갔다.

그리고 병졸들에게 명하기를 "너희들의 처자와 친인척이 모두 부하라와 사마르칸트 두 성에 있다. 너희들이 만약 내 전략대로 가서 이 두 성의 성문을 빼앗아 열고, 우리 군대를 성에 들어가게 하면 너희 식구들 가운데 한 사람도 죽이지 않고 후하게 상을 내릴 것이다. 그러나 만약 이 일을 이루지 못하면 너희들 천 명의 처자를 모두 문책하여 끌어내 하나도 남김없이 죽여버릴 것이다"라고 했다.

그러자 서역의 1천 명의 병졸들이 흔쾌히 그의 명을 수락했다. 그리고 500명씩 2개 군단으로 나누고, 그 사이에 몽골군 500명씩을 합해 데리고 가서 한밤중에 두 성으로 함께 보냈다. 병사들이 양기켄트, 바르진 두 성 밑에 이르러 "부하라와 사마르칸트 두 성을 빼앗기고 도망친 병사인데, 몸을 피하기 위해 왔습니다"라고 하자, 두 성문을 지키던 병졸들이 등불을 내려 얼굴을 살펴보니 모두 자기 나라의 병사들이었

3 한자 전사어로 양기켄트는 '양길간(養吉干)', 바르진은 '팔아진(八兒眞)'이라 한다.

기 때문에 곧장 문을 열고 들여보냈다. 그때 몽골군이 함께 섞여 들어가 함성을 지르며 문을 지키던 수문지기 병사들을 죽이고 대군을 들여보냈다. 하룻밤에 양기켄트, 바르진 두 성시를 함께 정복했다. 어두운 밤이라 죽은 병사가 그 수를 헤아릴 수가 없었다.

이튿날 아침 곧 병사를 모아들여 점검하고 창고를 책임지는 관리들을 찾으니, 모두 난군 속에서 죽었기 때문에 그 고향 사람으로 하여금 시신을 찾아오게 했다. 주치가 시신을 보고 진위를 신뢰하지 못했다. 비록 갑옷과 투구, 옷이 다른 사람과 조금 차이가 있었지만, 몸에 표식도 없고 전날 또 성문을 열고 나와 얼굴을 마주친 적이 없기 때문에 그의 처자를 조사해 내서 시신을 보여주니 모두 맞다고 하기 때문에 머리를 잘라 칸에게 갖다 바쳤다. 칭기스 칸이 상을 내리고, 초여름 달이 시작하는 때라 날씨가 더웠기 때문에 대군을 잠시 멈추어 쉬게 하고, 천문관[원주] 이 천문관은 분명 서쪽 편에 있다. 어찌 되었든 동쪽 천문관은 아니다. 장첸의 문을 조사해 보면 알 것이다 밖에 주둔시켰다.

한편 금나라 동려공 연녕의 군대가 패하고 연녕이 죽자, 금나라 문무백관들이 대경실색하여 황제에게 이를 고하고, 몽골과 화친을 청하자고 했다. 금나라 황제 완안순은 어쩔 수 없이 대신 중단에게 후한 예물 수백 수레를 내어주고, 몽골 태조 칸을 곧바로 칸 형이라고 높이면서 화친을 간청하기 위해 그를 보냈다. 금나라 사신이 몽골 변경의 장수에게 연유를 말하고, 대도에 왔으나 대도에 칸이 부재했기 때문에 다른 신하와 함께 칸이 있는 서역의 천문관으로 가서 자신이 온 연유를 말했다. 칭기스 칸이 그를 들이라고 하자 사이한 소르탈트가 금나라 사신 중단을 인도하여 칸을 알현하게 했다. 칭기스 칸이 첩문을 보고 말했다.

"그대 남쪽 사람들은 어찌 그리 무지하단 말이오? 내가 원래 그대의 군주와 자손들을 진정 끊어 없애려 했다면 어찌 내가 군사들을 이끌고 이렇게 먼 나라, 언어가 다른 서역을 공격하러 왔겠소? 송, 금 두 나라를 늘 우리나라보다 연륜이 있는 나라라 여기고, 섬멸하지 않겠다는 말을 이미 오래전부터 하지 않았던가? 특히 당신들 나라의 뿌리를 완전히 쓸어 없애려고 했다면 군대를 이렇게 멀고 뜨거운 지역에 오기보다 그대 나라의 변경을 포위하고 공격할 수 없었겠소? 그렇기에 그대의 군주를 하남의 왕으로 삼을 것이라고 반복해서 일렀거늘 그대들은 또 투항하지 않고 대적하고 있소. 그 사이에 우리 국왕 모홀리 원수가 당신들의 거의 모든 지역을 정복해 나가고 있소. 내가 보니 당신 남쪽 사람들은 참으로 진실성이 없고 변덕이 심한 듯하오! 이제 내가 당신의 군주를 아우로 받아준다고 해도 당신들의 이 변덕으로 훗날 분명 또 변심하여 배반할 것이오. 이제 나의 자식과 장수들을 보고 있자니 앞으로 당신네 나라뿐 아니라 송나라 역시 그냥 두지는 않을 것 같소. 지금은 나 한 사람이 막고 있어 감히 그럴 수 없지만, 나중에 분명 나를 생각할 때가 올 것이오.

그보다 이제 내가 예전 명한 대로 하북과 하남으로 나누어 송나라, 금나라, 우리 몽골국 세 나라가 천하를 똑같이 다스리고, 병사나 전투 없이 지내면 좋을 것이오. 그러면 후손들과 신하들에게 엄격히 명해 이후 당신들을 제거하는 사태에서 벗어나도록 유언으로 남기고, 당신들에게 증서를 줄 것이오. 훗날 나의 자손들이 당신들을 침범한다면 곧 나의 필적이 있는 증서를 꺼내 그들을 물리칠 수 있지 않겠소? 이것은 평화를 얻는 최선책인데, 어찌 그대들은 다시 와서 내가 다시 일러도 듣지 않고, 불필요한 금은보화, 비단을 싣고 와서 누구를 속이려 드는 것이오? 나에게는 세상의 나라와 백성이 필요하오! 그러한 입고 소모적인 귀금속, 비단류의 물건들은 전혀 필요치 않소.

그대 나라의 병사들은 유약하고, 장수는 병사를 지휘할 수 없게 되고, 우리 몽골에 항거하고 대적할 수 없게 된 것은 모두 그러한 귀하고 부드러운 것을 중시하고 향락과 안일에 빠져 있기 때문이오. 내 눈으로 그 정도가 된 것을 보았는데, 어찌 그러한 예물들을 탐할 리가 있겠소? 나는 친형제라 해도 어디선가 그릇된 일에 빠지지 않을까 걱정하며 종일 생각을 하는데, 이역의 그대 군주를 아우로 삼아 훗날 나의 자식과 후손이 그대들을 공격하려고 한다면 나의 말이 어찌 허언이 되지 않겠소? 그러니 투항하겠다고 하면 나의 이전 명을 따르시오. 따르지 않더라도 아니 될 것은 없소. 다만 내가 직접 출병하여 그대 나라를 멸하지 않고 나의 말을 지키면 되지 않겠소. 형제라도 믿음이 없으면 무슨 소용이 있겠소! 필요 없는 일이오!"

그리고 그들이 가져온 예물을 하나도 받지 않고 대신 사신 중단에게 후한 상을 내려 돌려보냈다. 이때 몽골 태사 모훌리가 대군을 이끌고 큰 강을 건너 송나라 변경을 공격하며 갔다. 송나라는 금나라를 감당하지 못하고 있는데, 이제 몽골의 이 야수같이 용맹한 힘을 어찌 맞설 수 있겠는가! 송나라 영종은 대신들과 함께 대책을 논의하며, 몽골에 항복하여 공물을 바치기로 결정하고, 투항의 예법에 따라 조서와 공물을 보내왔다. 송나라 사신이 이르자 모훌리는 그를 인도해 칸이 있는 곳으로 들여보냈다.

그 사이 5월 금나라의 동평부를 지키던 행성行省 왕정옥과 마곡이 필사의 힘으로 성을 지키다가 마침내 성안에서 인육을 먹는 데까지 이르자, 더이상 방법이 없어 남은 병력을 이끌고 서문을 열고 금나라 비주邳州로 갔다. 그때 몽골 국왕의 지시로 성을 포위하고 공격하던 다이산 다락그치의 아들 주르흐트 장군이 대군을 이끌고 추격해 적병들을 마구 살육했다. 그리고 서둘러 엄실을 이전 성으로 들여보내 부의 관청에서 지내며 백성들을 안정시키고, 행성의 일을 수행하게 했다.

한편 주르흐트 장군은 금나라의 왕정옥과 마곡 등과 상당히 거리를 두고 쳐져 있었기 때문에 그들을 찾아 붙잡지 못했다. 맞서 싸웠던 그들 병사 7천 명 이상을 죽이고, 병사들이 회군할 때 주르흐트 장군에게 갑자기 한 가지 계략이 떠올랐다. 즉시 7천 명의 목을 모두 잘라 동평의 북쪽에 있는 은주와 부주 가까이 가지고 가서 문 앞에 산더미처럼 쌓아놓게 했다. 그리고 성안의 많은 사람에게 보이며 위협했다.

"동평부가 그렇게 견고하다고 하지만 우리가 반년 가까이 포위하여 마침내 점령했다. 반항하고 도망친 자들은 모두 죽임을 면치 못했다. 너희들의 이 성은 동평부에 비교하면 네 모퉁이에 한 모퉁이에도 미치지 못하는데, 어찌 깝죽대며 문을 닫고 저항하는 것이냐! 앞선 우두머리 한 사람이 하늘을 거역하는 것은 이들 백성을 그대로 죽게 하는 일일 것이다."

그러자 은주, 부주 두 성읍의 신하와 백성들이 성 위로 올라와 성처럼 쌓여 있는 병사들의 베어진 머리를 보고, 모두 심장이 터질 듯이 두려워 떨며 문을 열고 투항했다.

이즈음 몽골의 사르탄은 국왕 모홀리의 지시로 군대를 2개 군단으로 나누어 동평부를 엄실에게 지휘하게 하고, 새로 점령한 은주와 부주성을 함께 평정하여 치리하게 했다. 그때 주르흐트는 7천 명의 병사의 머리를 연결하여 조주曹州 시 앞에 펼쳐 놓았다. 이때는 아직 더운 시기였기 때문에 이들 머리가 심하게 부패해 성안에서 말과 소가 냄새를 맡았다. 동평부의 성이 투항하지 않고 저항해서 이렇게 죽였다고 하자 또 성문을 열고 몽골군을 맞아 투항했다. 주르흐트는 송나라에서 투항한 장수 석규를 데려오게 하여, 조주를 지키며 다스리게 했다.

이때 송나라 영종 황제의 큰아들이 죽고, 영종이 또 아들을 가질 수 없었기 때문에 할 수 없이 형 기왕의 독자 귀화貴和를 양자로 삼고, 이름을 횡회竑和[4]로 바꾸어 황태자에 봉했다. 형 기왕에게 가까운 종친 가운데 괜찮은 아이를 택해 자식삼아 기르라고 했다. 영종 황제는 자신에게 아들이 없었기 때문에 매우 상심했다. 그리고 몽골의 큰 걱정거리를 없애겠다며 대승상 구몽옥에게 귀한 예물 백 수레를 공물로 바치게 했다. 그렇게 몽골에 투항하여 해마다 그 예에 따라 공물을 바치고, 전쟁을 멈출 수 있는지 묻게 했다.

그때 송나라 영종의 사신이자 승상 구몽옥은 규모가 큰 의전을 갖추

---

4 역사적으로 조귀성을 '조횡(趙竑)'으로 바꾸었다고 한다.

고, 몽골에 가서 국왕 모훌리에게 절할 때 가슴이 두근거리며 두려움을 느꼈다. 그것은 모훌리의 명성이 관제關帝[5]처럼 남쪽 나라에서 널리 알려져 있었고, 위엄과 기백이 대단했기 때문에 그를 만날 때 체면을 봐주지 않고 무릎을 꿇려 절하게 하는 것을 걱정하며, 어쩔 수 없이 등을 구부리고 절하며 갔다. 그러나 몽골 태사 국왕 모훌리는 전혀 고압적인 태도를 보이지 않고, 친히 그를 맞으러 나와 손을 잡고 인사를 나누었다. 그리고 상석에 그를 앉히고 손수 차와 술을 올리자 송나라 승상 구몽옥이 크게 놀라 탄복했다. 모훌리를 보니 9척 장신에다 가슴이 넓고, 붉은 태양 같은 얼굴에 밝은 별의 위엄이 깃든 눈, 목소리는 북이나 종이 울리는 듯 우렁찼고, 걷는 모습은 마치 호랑이나 표범 같았다. 구몽옥은 크게 놀라 태사 모훌리를 우러러보며 몇 잔의 술을 올렸다. 그는 떨리는 심장을 누르고 애써 웃으며 물었다.

"저는 작은 나라의 미천한 신하입니다. 왕께서는 때에 부응하여 용사들과 칸의 강한 병사들로 세상을 정복해 가는 대왕이십니다. 보잘없는 소인을 어찌 이처럼 후히 대해 주시는지요?"

국왕 모훌리가 몸을 구부리며 말했다.

"대국의 승상이 어찌 이처럼 말씀하십니까? 송나라는 실제로 중원의 오랜 나라가 아닙니까? 요나라, 금나라, 서하국에 비교할 수 없는

---

5 **[몽골 현대문 역주]** 이는 3세기 중국의 장군 관운장을 이른다. 중국에는 이 장군의 충의에 대한 많은 전설이 널리 전한다. 『삼국지연의』에서 관우(관공)이라는 이름으로 등장한다. 후에 명나라 신종 때(1572~1620년 재위) 그에게 '제'라는 칭호를 추서함으로 관제로 유명하다. 더 나가 청나라시대부터 관제를 '전쟁의 신'으로 모셔 제의를 지냈다. 그를 모시는 도교의 사원을 중국인들은 '게세르 사원'이라 하는 것도 있다. 또 관제를 실위족의 구비문학에서는 '불의 신(화신)'으로 보기도 한다.

나라입니다. 우리 몽골은 비록 예로부터 오늘에 이르기까지 남쪽을 향해 중원을 주인으로 섬긴 적은 없지만 동등한 나라입니다. 어찌 다른 조정을 업신여길 수 있겠습니까? 요, 금, 거란, 서하 등의 나라와 비교할 수 있겠습니까? 그들 나라는 모두 송나라의 종입니다. 특히 우리 주군께서도 승상의 대국을 특별히 보아 오셨습니다. 귀 나라의 군주께서 하늘의 때를 아시고 이처럼 공물을 바치면서 서로 전쟁 없이 우호적으로 지낼 수 있느냐며 대승상을 보내셨는데, 어찌 제가 한때의 오기로 성질을 부리며 무례하게 성군의 크나큰 덕과 뜻을 훼손하겠습니까?

대승상께서는 분명 북방의 몽골이 참으로 신중하고 세심하다는 것을 아실 것입니다. 분명 자신의 권위에 자만하고 대단한 용맹과 위엄으로 오만하게 통치할 거라고 생각하셨을 것입니다! 대국은 예악禮樂이 있는 나라인데, 어찌 사직의 성패의 좋고 나쁜 차이를 따져 생각지 않으십니까? 칭기스 칸께서 천자가 아니라면 어찌 만 리를 평정할 수 있겠습니까? 천자라면 천부적인 재능이 있어야 합니다. 그렇지 않다면 이 정도에 이를 수는 없습니다! 저희 주군의 현명함과 밝은 지혜와 능력을 승상께서는 어찌 아시겠습니까? 만나서 대면을 한 연후에 진실을 알게 될 것입니다. 우리 우둔한 신하들이 어찌 감히 주군의 뜻을 따르지 않을 수 있겠습니까?"

그러자 구몽옥이 감격해 코와 입이 막히며 죽도록 외경심이 차올랐다. 그는 곧 모훌리와 더불어 칭기스 칸이 있는 곳으로 갔다. 칸이 국왕 모훌리의 상주문을 보고 크게 기뻐했다. 이튿날 송나라 사신 구몽옥을 배알하게 하자, 그가 첩문을 올리고 예를 갖춰 절했다. 칭기스 칸은 측근의 신하에게 그를 부축해 일으켜 아래 깔개가 있는 곳에 자리를 내어주자, 구몽옥이 칭기스 칸을 한 번 쳐다보고는 심장이 오그라지고 온몸에 열이 오르며, 두 귀가 울리고 눈이 어두워졌다.

그는 칭기스 칸의 명을 듣고 앞으로 나가지 않고 머리를 숙이고 서 있자 측근의 신하가 소매를 당겨 자리에 앉으라고 신호를 하자, 구몽옥은 무릎을 꿇으라는 것이라 생각하고 서둘러 깔개로 가서 무릎을 꿇었다. 그리고 두 손으로 땅을 짚고 칸을 향해 머리를 구부리고 있자, 좌우 대신들이 몹시 두려워하며 급히 와서 구몽옥을 당겨 가만히 말했다.

"폐하께서 승상께 자리를 내어 주셨는데, 이렇게 무릎을 꿇고 있으면 우리가 큰 잘못을 저지르는 것이 되지 않겠습니까?"

그러자 구몽옥이 비로소 칸의 은혜에 절하며 자리에 가 앉았다. 칭기스 칸이 그때 송나라에서 보낸 첩문을 보고 있었기 때문에 그의 행동에 주의하지 않았다. 칸이 첩문을 읽고 말하기를 "송나라는 중원의 옛 나라이니, 공물을 보내면 될 것이오. 북쪽을 향해 섬긴다는 말은 적합지 않소. 훗날 우리 자손들도 쇠락할 때가 있을 것이오. 그때 새로운 나라를 향해 섬기게 되는 상황에 이르면 어찌 견딜 수 있겠소? 두 나라가 서로 전쟁을 일으키지 않으면 될 것이오. 공물도 이처럼 후히 할 필요는 없소. 두 나라가 서로 우호적인 관계가 끊어지지 않으면 그것으로 족할 것이오"라고 했다.

송나라 승상은 칭기스 칸의 이러한 말에 감읍하여 칸에게 절했다. 칭기스 칸은 야율초재에게 답신을 써서 보내게 했다. 송나라 사신 구몽옥은 칭기스 칸을 진심으로 경외하며 눈물을 흘리고 절하며 송별 예식을 올리고 객사로 돌아갔다. 칭기스 칸은 태사, 태보, 야율초재 등을 보내 큰 연회를 베풀게 하고, 후한 상을 내리고 공물의 반을 다시 돌려보냈다.

한편 구몽옥은 자신의 나라에 돌아갈 때 지나는 곳마다 큰 성省의 수장과 부와 주, 현의 관리들이 그를 맞아들여 큰 연회를 베풀었다. 승상은 많은 사람을 연회 자리에 앉히고 보통의 이야기처럼 말했다.

"세상은 참으로 넓고, 큰 신하들이 세상에 있소. 내가 이번에 몽골에 가서 몽골의 남쪽 지역을 공격하는 원수 국왕 모훌리를 만나고 깜짝 놀랐소. 참으로 할 말을 찾지 못했소. 다시 몽골의 칸을 만나 그 용안에서 뿜어나오는 빛과 고귀함을 보고 말할 수 없이 충격을 받았소. 그의 놀라운 언변에 대해 지금까지 놀라 할 말을 찾지 못하고 있소. 나중에 또 야율초재로 하여금 연회를 베풀게 하고, 고금을 논하는데 한 가지도 물을 수가 없었소. 가까이 가서 그를 보니 참으로 고귀한 위엄이 깃들어 있었소!"

그리고 송나라 연석漣石 성읍을 지키던 수장 허귀는 또 천기의 비밀을 잘 알기 때문에 몽골이 대업을 성취할 것을 이미 알고 있었다. 그런데다가 이제 승상의 말을 듣고 한 가지 생각이 떠올라 즉시 말을 타고 빠르게 달려갔다. 또 구몽옥 승상은 나라에 돌아가 복명하고 큰 상을 받았다.

한편 석규는 동헌의 관인官印을 가지고 많은 병사를 데리고, 모훌리 병영을 찾아가서 투항했다. 모훌리가 그 연유를 묻자 그는 승상 구몽옥의 말한 것들을 처음부터 끝까지 고했다. 그러자 모훌리가 기뻐하며

'이 책략이 유효했다!'고 생각하고, 칸에게 고하자 동헌의 석규를 노공魯公에 봉하고 제주, 연주, 단주 이 세 성읍을 총괄하는 도총관으로 삼았다.

이해 가을 칭기스 칸은 서역의 반라흐라는 성을 공격했다. 하룻밤에 많은 병사들이 성을 넘어 북을 치고 공격해 들어가 성을 정복하자, 칸의 세 태자 주치, 차가타이, 우게데이 친왕이 세 방향으로 출발하여 각 방향으로 길을 나누어 갔다. 서역의 우르겐치에 속한 많은 성읍을 사방에서 공격하여 8개 성읍을 점령했으며, 전후를 모두 합해 17, 8개의 성을 함락시켰다. 이때 칭기스 칸의 아들 톨리도 한 군단의 병사들을 이끌고 북쪽에서 서역으로 공격해 들어갔다.

이해 9월 송나라 영종이 형 기왕의 외아들을 양자로 키웠기 때문에 그가 찾은 귀성을 기왕에게 양자로 들이게 하고, 축하연을 베풀었다. 그때 몽골 태자 친왕 차가타이가 서하국의 군주 이준욱을 사신으로 보내 송나라와 힘을 합쳐 금나라를 공격할 것을 논의하자 송나라가 기꺼이 그 의견을 따랐다. 10월 송나라와 서하 두 나라의 병사가 연합하여 금나라 남쪽 변경을 공격하고, 두 성을 함락시켰다.

한편 칸의 넷째 태자 친왕 톨리가 새로 뽑은 몽골군 5만 정병을 이끌고 서쪽 서역국으로 진격해 들어가 서역의 마르축를 맹공격하고, 메르브, 사락스[6] 두 성을 사흘 동안 공격하며, 사방의 성루를 불화살로 쏘아 화재를 일으켰다. 부마 보토와 체첵 두 사람이 먼저 성에 기어 올

---

6 마르축, 메르브, 사락스를 한자 전사어로 각각 마로찰엽가, 마로, 석락사라고 한다.

라가 불을 붙이고, 두 성읍을 점령했다. 그리고 두 부마가 칭기스 칸에게 와서 절하고, 국모 태후, 황후에게 문안 인사를 드렸다.

칸이 기뻐하며 말하기를 "어리석은 부마, 나의 어리석은 사위 체첵, 어리석은 아들 톨리 세 사람은 병사들을 데리고 가서 어찌 성을 넘는 무모한 짓을 멈추지 않았단 말이오? 사내대장부가 어떤 것에 지나치게 탐욕을 부리면 그 벌을 받게 되니, 이후 무슨 일이 있어도 성을 넘는 위험한 짓을 해서는 아니 될 것이오" 하고 조언하고 후한 상을 내렸다. 태자 톨리 친왕과 보토, 체첵 두 부마에게 후한 포상을 내렸다. 태사 국왕 모홀리에게 송에서 보내온 금은보화를 상으로 다시 보내고, 자신에게 다녀가라는 말을 전하기 위해 사람을 보낼 때 충신의 금 인장을 주고 "공훈의 정도를 보고 상을 내려 사직의 근본을 세우세요! 내년에 틈을 보아 적당한 자에게 군대를 지휘하게 하고 한 번 다녀가세요. 짐이 이태 동안 보지 못해 진정으로 그립구려!"라고 전하게 했다.

이때 태사 국왕 모홀리는 대군을 통솔하고 운중雲中으로 돌격해 들어가 태화太和를 공격하여 평정하고, 단주를 급습했다. 금나라 장수 왕공좌는 생각 없이 있다가 성문을 닫을 틈도 없이 모홀리의 군대가 쳐들어오자 서둘러 북문을 통해 달아났다.

그런 뒤 칸이 국왕 모홀리를 위로하기 위해 태자와 부마 등을 보내자 국왕 모호리는 성을 나와 그들을 맞이했다. 향단을 마련하여 칸의 조서를 받들고, 상을 받자 곧 부마와 태자는 국왕에게 예를 갖춰 절하고, 의형의 예로써 존숭했다. 이를 금나라 대신들이 보고 놀라지 않는 자가 없었다.

한편 석천응도 국왕의 축하연에 와서 절했다. 대연회 자리에서 태자, 부마가 국왕 모홀리에게 자리를 양보하여 상석에 앉게 했다. 그러자 모홀리가 "무슨 일이 있어도 그럴 수는 없습니다. 금나라에서 예법을 무시하고, 함부로 행동을 하겠습니까?"라고 했다.

태자와 부마가 그의 말을 수락하지 않고, 나라의 태사는 다른 신하와 동일하게 볼 수 있는 대신이 아니라며 억지로 상석에 앉게 했다. 그러자 금나라 대신들이 몽골의 예법이 고대 황제의 예와 같음을 비로소 깨달았다. 연회가 파하고 모홀리는 칸의 은혜에 절하고, 상주문을 전하도록 태자와 부마에게 주어서 떠나보냈다.

한편 여러 대신들이 앞으로 출병하는 문제를 논의할 때, 석천응이 국왕에게 고했다.

"이제 송나라가 투항했지만, 그것이 확실한 것인지 믿을 수 없습니다. 단주성[7]은 예전에 금나라, 하국 간의 요충지였습니다. 이 지역은 지내기에 견고하고, 물질적인 것과 먹을 것이 풍부한 곳입니다. 창고는 가득 차고 아주 크고 넓으며, 곡식과 감자 등이 풍부한 이 지역을 지키면 외부 적이 침범하기가 어렵습니다. 지금 대왕께서 이미 이 지역을 얻으셨으니 모름지기 용맹하고 지략 있는 장수를 뽑아 지키게 하고, 먼저 많은 배를 준비하고 튼튼한 다리를 만들어 지키면 만대에 걸쳐 남쪽 지역을 지킬 수 있는 기초가 될 것입니다."

---

7 본문에는 '단주'로 되어 있으나, 『원사열전』「무칼리」조에 보면 1221년 10월 무칼리(모홀리)가 운중과 태화 산채를 거쳐 가주(葭州)로 들어가니 금나라 장수 왕공좌가 도주하였기에 석천응을 임시 행어대사, 병마도원수에 임명하고 그곳을 지키게 했다고 언급하고 있다(방기혁 역, 「무칼리」, 『원사열전』 권6(e-book), 슬기야단비야, 2015 참조).

그 말을 들은 모홀리가 크게 기뻐하며 칭찬하고 석천응에게 이 지역을 총괄하는 도원수로 삼았다. 또 정예병 5천을 남겨 지키게 하고, 자신은 병사를 이끌고 진격해 들어갔다. 한편 석천응은 배와 뗏목을 상당히 많이 준비하고, 또 많은 기술자를 모아서 다리를 만들게 할 때 여러 장수가 옆에서 말렸다.

"강의 물살이 빠르고 파고가 높고, 힘을 써도 무너지고 마는데 어찌 다리를 놓는단 말입니까?"

그러자 석천응이 이튿날 검 하나와 포고문을 꺼냈다. 포고문에는 "누군가 내가 다리를 세우는 것을 말리고, 대사를 이루는 데 방해가 되는 말을 하면 먼저 이 검으로 참수할 것이다"라고 선포했다. 그러자 장수들이 목소리를 죽였다. 석천응은 강기슭에서 설영하고 친히 다리 만드는 일을 감독하며, 도랑을 파게 하고 강물을 끌어들여 흐르게 했다. 그리고 곧 옛 지역에 3장[8] 깊이로 돌을 깔고, 철광석 관으로 강물이 쏟아지게 하고 구멍 난 돌을 위에 깔았다. 그리고 쇠고리로 연결하여 물이 흘러들게 했다. 몇 달이 되지 않아 다리를 세우고, 끊어진 물을 다시 끌어들였다.

이때 앞서 가주의 수장 왕공좌가 흩어진 병사들을 다시 이끌고 와서 침범할 마음을 먹고 있을 때, 아래로 많은 성시와 연결되는 큰 다리가 만들어진 것을 보고 함곡관을 버리고 도망쳤다. 그러자 석천응이 대군을 돌려 사방으로 흩어져 공격하게 했으며, 가주와 수주 일대를 다시

8 1장은 약 3m 정도의 길이.

평정했다.

한편 석천응은 분수강의 동쪽으로 가서 국왕 모훌리를 만나 다리를 세우고, 가주와 수주를 평정한 것을 고하자 모훌리가 크게 칭찬하며 함께 잔치를 벌이고 그에게 남쪽을 공격하고, 점령하며 지킬 계략을 자세히 일러 주었다. 석천응은 가주로 돌아가 여러 장수와 심복들을 불러 연회를 벌이고 여러 사람을 향해 말했다.

"우리는 모두 이곳을 지키며 살았소. 하중河中 서쪽 편의 넓은 초원에 초지가 있소. 그곳에서 대군이 계속 주둔할 수 있소. 군대가 그곳에서 머물 수 있다면 화산 지역을 점령할 수 있소[원주] 화산은 산시성에 있다. 여러 형제 제군들은 잘 살피고 이를 어찌하면 좋을지 말씀해 주시오."

그때 한 신하가 말하기를 "아니 됩니다. 하중의 남쪽에는 동관이 있고, 바로 북쪽[9]에는 경조京兆가 있습니다. 그곳은 모두 금나라 병사가 지키고 있습니다. 새로 투항한 백성의 마음이 안정되어 있지 않았는데 그 지역을 지키면, 훗날 후회될 일이 생길지 모릅니다"라고 했다.

그러자 석천응이 말하기를 "이 가주 지역의 백성들은 부지런하고, 부연 지역의 사람들과 서로 장사를 하며 살아갑니다. 가주 지역은 이제 평정을 했는데, 부연 지역은 어찌 고립되어 살아갈 수 있겠소. 서하국도 이미 우리 몽골에 투항을 했소. 이제 국왕께 고하여 서하국에 서한을 보내 서하로 하여금 공격하게 하면 하중 지역을 점령하는 것은 손바닥을 뒤집듯 쉬울 것이오.

---

9 역사 자료를 보면, "서쪽에는 경조(京兆)가 있습니다"로 기록되어 있다(방기혁 역, 「석천응」, 『원사열전』 권36(e-book), 슬기야단비야, 2015 참조).

그런데 나라의 급선무는 하남 지역에 있소. 이 가주의 길은 좁고 험하오. 또 군량을 나르기가 매우 어렵소. 반면 하중 지역은 동관에 가깝고 경조京兆에서도 가까우나, 이 지역을 공격할 때 하중 지역의 힘으로 동관을 공격할 수 있소. 이 지역을 공격해 평정하면 우리 몽골의 명성을 떨치기가 쉽소. 아래로[10] 분주와 진 지역에 접해 있고, 아래로[11] 동주, 화주까지 5천여 리가 이르며, 10만 가호가 살고 있소. 수로로 곡식을 져 나르면 관내 안까지 하루에 이를 수 있소[원주] 관내는 산시성에 있다.

만약 이렇게 평정하면 큰 강에서 남쪽으로 우리 몽골에 속하게 만들 수 있소. 다만 내 나이 육십으로 노년 줄에 들어서 살아갈 날이 그리 많지 않소. 그러니 만약 아래로 이들 젊은이, 동생, 자손들이 진정한 마음으로 분투하여 나라에 큰 도움이 되고, 새로운 나라를 세워 공명을 이룰 수 있다면 내 죽어도 여한이 없을 것이오. 아, 사내대장부로 태어나 천자로부터 거지에 이르기까지 모두 열심히 분투하는 것을 계율로 삼아, 나라에 적이 쳐들어올 때 죽음을 불사하고 싸워 나라에 은혜를 갚고 혁혁한 공훈을 세우는 것이 곧 아비와 자식들이 할 일일 것이오"라고 했다.

한편 이해 10월 몽골 태사 국왕 모홀리는 대군을 통솔하여 수덕주綏德州를 공격했다. 성의 백성들이 몰래 성문을 열어 그들을 맞이해 들이자, 금나라 관리와 병사들이 달아났다. 그렇게 몽골군이 압승을 거두고, 마제馬蹄와 극융克戎의 두 요새를 모두 점령했다. 그때 하국의 옛 황

10 위 기록에는 "북쪽으로"로 되어 있다(위의 책).
11 위 기록에는 "서쪽으로"로 되어 있다(위의 책).

제 이준욱이 서량西凉에서 군대를 정비하고 있었는데, 칭기스 칸이 서역을 정벌하고, 몽골은 이미 옛 서하국을 거두어들였다. 이준욱은 크게 분노했지만 어쩔 수 없이 투항하는 게 낫다고 생각해, 마이포를 시켜 많은 사람들을 모아서 태사 모훌리에게 가게 했다. 마이포가 모훌리에게 절하며 고했다.

"우리 주군께서 칭기스 칸께 투항하고자 하십니다. 또 원래대로 신하의 예로 절을 올릴까요?"

그러자 모훌리가 "그대 주군뿐 아니라 송나라, 금나라 사신 모두가 절을 올렸소. 그대 주군이 폐하께 절을 올리면 마찬가지로 신하가 될 것이오"라고 했다.

마이포가 "제가 저의 주군의 명으로 왔기에 이번에 감히 대왕께 절을 할 수 없습니다"라고 하자, 모훌리가 은근히 미소를 지었다.

"나는 또 황제가 아니오. 내게 왜 절을 한단 말이오? 그대 군주는 귀순하지 않고 자기 편한 대로 했소. 언젠가 후회할 때가 있을 것이오"라고 하고 사신을 보냈다.

모훌리는 연안延安을 공격하는 것을 그만두고, 병사들을 재촉해 사신의 뒤를 추격해 서하국의 뿌리를 뽑아 버리겠다고 소문을 냈다. 그러자 서하의 마이포가 그 소문을 듣고 크게 두려워하며, 서둘러 병사를 되돌려 말에서 내려 모훌리에게 절하며 귀순의 표문을 바치자, 모훌리가 그것을 대수롭게 여기지 않았다. 또 냉소하며 그것을 받아들고 한편 전령을 달려가게 해 칸에게 이 일을 고하게 했다. 또 마이포에게 5만 병력을 이끌게 하고, 공을 세우라며 선봉으로 보냈다. 이 소식을 금나라 군주가 듣고 어쩔 수 없이 대원수 완안합달과 납합매주에게 3만 병력을 내어주고, 재주성의 동쪽 편에 주둔을 하고 있다가 몽골군을 맞아 접전하게 했다.

한편 국왕 모홀리 장군은 몽골 보하에게 3천 정병을 주고 선봉으로 삼아 정탐을 위해 보내자, 몽골 보하가 상황을 정탐하고 국왕 모홀리에게 고했다.

"금나라 군대가 우리 병사가 적다고 얕보고 있습니다. 내일 접전을 할 때 일부러 패한 것처럼 행동하여 도망치겠습니다. 그들이 추격해 오면 국왕께서 매복한 병사들로 적을 무찌를 수 있을 것입니다."

그러자 모홀리가 그를 크게 칭찬하고, 곧 그의 말대로 대군의 군마의 종을 떼고, 병사의 입에 구슬을 물리고 밤에 성 가까이 10리 정도 거리의 산골짜기에 군대를 매복시켰다. 이튿날 몽골 보하는 적진에 들어가 금나라 완안합달의 병사들을 충동질해 몇 번 공격하고, 곧 도망쳐 깃대를 내리고 북 치는 것을 멈추었다. 또 갑옷과 투구를 벗어 버리고, 무기를 두고 도망쳤다. 금나라 병사들이 그것을 사실로 믿고 달아나는 몽골 병사들을 추격하여 산골짜기 입구에 이르자마자, 산 양쪽 경사진 곳에서 국왕 모홀리의 대군이 함성을 지르며 튀어나와 공격을 개시했다. 금나라 군대가 3개로의 병사들에게 크게 패하고 달아나자, 몽골 병사들이 일제히 함성을 지르고 화살을 쏘며 추격해 들어갔다.

그러자 금나라 군대가 전투에서 대패하고, 완안합달과 납합매주는 등에 여러 발의 화살이 박혀 허겁지겁 이전의 연안延安으로 도망쳐 들어가 성을 단단히 지켰다. 몽골군이 성 아래 이르기까지 맹추격하여 금나라 병사 800명 이상을 죽였다. 그때 국왕 모훌리는 연안부 성을 10여 일 동안 포위하고, 주변 상황을 살펴보니 성은 견고하고, 해자는 깊어서 쉽게 점령할 수 없다는 것을 알았다. 그는 대군을 낙천洛川 지역으로 보내고, 몽골 보하와 다이산다락그치를 남겨 성을 포위하게 했다. 그리고 자신은 대군을 통솔하고, 남쪽 나주羅州와 보안保安 두 지역을 공격하고 성으로 들어갔다. 연이어 석천응은 가주를 공격하기 위해 온 금나라 대장 갈철창을 생포해서 보내자, 모훌리가 그를 들어오게 하여 보니, 북방 지역의 세첸 부흐가 살아온 것 같은 사내대장부의 면모가 없음을 알고 그를 시험해 보자, 그는 또 거짓되어 오만하게 말했다.

"나는 20년 이상 금나라의 은혜를 입었다. 이제 그대에게 죽임을 당해 주군의 은혜에 보답하는 것 외에 더 무슨 일을 하겠는가?"

그러자 모훌리가 "이 장수는 자신의 군주에게 그 은혜를 잊지 않고 충의를 다하니 내보내거라"라고 했다.

이날 마침 몽골 보하가 어떤 일을 상의하러 와서 옆에 있었기 때문에 고하기를 "이후에 우리가 장수를 죽이지 않는다는 것이 널리 퍼져 의로움을 남기게 될 것입니다"라고 눈짓을 하며 모훌리를 보자, 모훌리가 고개를 끄덕여 신호를 보냈다. 금나라 장수가 기다리고 있자, 모훌리가 그가 한결같이 자신의 군주에게 충성을 다하는 의로운 자라며 포박을 풀어주게 하고, 옷을 입게 하기 위해 내보냈다.

그가 또 모훌리에게 절하지 않고 나가자 몽골 보하가 문밖에 서서 "무식한 종놈이 누구를 호도하려 드느냐?"라고 하며 단칼에 목을 베었다. 그리고 몽골 보하가 그 목을 가지고 장막으로 들어가 죄를 달게 받겠다고 하자, 모훌리는 원수의 군법을 가볍게 본 죄로 그에게 직위를 낮추고 군대 일에 충실하라고 일렀다.

이 계략을 석천응이 이미 알고 밤에 놀라서 물었다.

"왕께서는 금나라 장수를 놓아 주어서는 안 된다는 것을 어찌 아셨습니까?"

모훌리가 말하기를 "그자는 올빼미를 닮았고, 눈에는 반역의 기운이 서려 있었소"라고 하자 석천응은 탄복해 마지않았다.

그리고 모훌리는 석천응과 몽골 보하를 진영으로 돌려보내고, 자신은 방주坊州로 가자 성읍의 백성들이 문을 열어 그를 맞아들이고 투항했다. 모훌리는 많은 병사들에게 매우 후한 상을 내려 주었다. 이어 금나라 군대가 습주濕州를 다시 점령했다는 소식을 듣고, 갑자기 밤중에 서둘러 달려가 덕주를 토벌하고 강을 건너려고 하자, 모두 얼음이 얼어 있었기 때문에 얼음 위를 통과해 초원으로 달려가 습주를 포위했다. 길루겐과 호일다르 두 장수가 성벽 구름사다리로 올라가 금나라 병사들을 죽이고 흩어지게 한 후 문을 열고 대군을 성으로 들여 보냈다.

한편 11월 송나라 산동성을 관할하는 안무사 장림이 칭기스 칸의 위세와 모훌리의 명철함을 듣고, 관할지인 동쪽 산동성의 백성을 모두 데리고 모훌리에게 와서 투항하자, 국왕 모훌리가 몸소 서둘러 나가 그를 맞아 연회를 베풀어 환대했다. 한편 칸에게 소식을 알리고, 칸의 하명 받고자 전령을 보냈다. 그런데 장림과 함께 산동을 다스리는 장수 이복李福이 혼자 산동을 지킬 수 없다는 것을 알고, 병사들을 이끌고 교서라는 지역에서 다시 달아났다. 그렇게 해서 산동의 동로東路의 익도, 창주, 경주, 빈주 등 이러한 성읍들의 군현이 모두 몽골에 투항하여 몽골의 속지가 되었다.

원래 장림은 충직한 용사로 윗사람에게 아첨하지 않자 송나라의 권력자들은 그를 못마땅하게 여기고 있었다. 또 완안합달, 납합매주의 군대가 왔을 때 후한 재물을 내주지 않자 황제에게 비방하여 그의 관직을 박탈하게 했다. 옆에서 친우인 미복이 진언하여 그의 관직을 복귀시켰지만, 장림은 원한을 품고 이를 갈며 처자를 데리고 몽골에 투항했다. 그때는 윤섣달이었는데, 송나라에서 몽골에 공물을 보내고, 장림을 붙잡아 다시 돌려보내 달라고 했다.

그러자 칭기스 칸이 장림을 다시 보내지 않았을 뿐 아니라 장림을 산동 지역의 4개 주[12] 전체를 총괄하여 지키는 대군의 도원수로 삼았다. 한편 송나라에 보답으로 예물을 보내며 "짐이 이미 장림을 기용했기에 공연히 했던 말을 다시 번복할 수 없소. 대국에서 장림 한 사람이 없다 해서 부족해지는 것이 무엇이 있겠소? 그를 내게 양보했다고 생각하면 되지 않겠소?"라고 하며 사신을 돌려보냈다.

그러자 장림은 칭기스 칸과 국왕 모홀리의 은혜를 뼈에 새겼다. 진실로.

점령할 수 없는 서역은 야수처럼 사납고

---

12 『원사』에서는 무칼리(모홀리) 국왕이 그를 창주(滄州), 경주(景州), 빈주(濱州), 체주(棣州) 등의 지역에 도원수로 삼았다고 언급하고 있다(방기혁 역, 「칭기스 칸 이야기」, 『원사본기』 권1(e-book), 슬기야단비야, 2015 참조).

못된 금나라는 짐승처럼 성깔을 부리네

은혜를 모르는 서하국은 악귀처럼 혐오스럽고

별수 없는 송나라는 신민처럼 되었네

제54장

강인한 태사 국왕은 53세에 피 같은 충정심을 온전히 고했네 칭기스 칸은 61세에 또 놀라운 신력神力을 드러냈네

임오년壬午年, 대몽골국의 칭기스 칸 태조 17년, 송나라 영종 가정 15년, 금나라 선종 원광元光 원년이었다. 이해 칭기스 칸의 나이 61세였다.

지난해 겨울 칭기스 칸은 서역과 탕구트를 평정하고, 회회, 인도 두 나라를 이듬해 정벌하겠다 하고 대군을 모두 자신이 원하는 대로 거취를 결정하게 하고, 또 그곳에 남을 자는 남게 하여 앞으로의 출병을 준비했다. 칸은 황태후가 고령이 되었기 때문에 잠시 가벼운 대오로 돌아와서 태후에게 문안 인사를 드리고, 겨울을 지내는 곳을 대도에 준비했다. 또 대군을 총괄하는 친왕 벨구테이를 보내 모훌리의 군대를 지휘하게 했다. 칭기스 칸은 국왕 모훌리를 보지 못한 지 3년이나 되었기 때문에 지난해 몹시 그립다며 태자 톨리를 통해 한 번 다녀갈 것을 전하게 했다.

이제 또 벨구테이를 시켜 태사를 불러오게 하자 국왕 모훌리는 군대 일을 면밀하게 살펴 일을 맡기고, "내가 올 때까지 행동을 개시하지 말라"고 명했다. 그리고 칸이 있는 도성에 이르자, 칭기스 칸이 성시에서 나와 그를 맞아 손을 잡고 성으로 들어갔다. 칸은 조정에 나가 모훌리에게 술잔을 건네주며 말했다.

"원래 험한 신고를 맛본 우리가 한 시대의 군신으로 지내며, 그대는 남방을 정벌하기 위해 가서 3년이 되었소. 내 이미 노년기에 접어들어 젊어서의 친우 대신들을 그리워하고 있는데, 바로 지난해 보랄 장군이 서역에서 공훈을 세우고 서역 진지에서 병이 나 운명을 달리했소. 그렇기에 우리 나이대의 대신들이 더욱 견딜 수 없이 그리워 그대를 오게 했소. 그대는 국사를 중히 여겨 오지 않으니, 내 마음속 그리움이 그치지 않아 아우 친왕에게 그대를 불러오게 하였소. 첫째, 태후의 춘추가 여든이 넘으셨고, 나 또한 노년 줄에 접어들었소. 고령의 어머니를 즐겁게 지내시게 하려 하오. 둘째로, 옛 벗인 대신들을 모이게 하여 보자 하고 돌아왔소. 우리 나이든 군신들이 이렇게 젊은 시절 분투하며 지내다가 서로 만나는 일이 꽤 드물었소!"

새해 명절을 맞아 큰 축하연을 베풀고, 태후의 81세 장수를 경하하며 나라 전체에 예전처럼 포상을 내리고, 문무백관에게 품계를 한 직급씩 높여 주었다. 친왕 대신들이 모여 축하연을 즐길 때 칭기스 칸이 보니 송나라, 금나라, 서하, 거란, 동서의 두 요나라, 티베트, 네팔, 새로 투항한 서역, 탕구트, 회회, 솔롱고, 고려, 러시아 그밖에 북방의 75개 크고 작은 소국이 모두 단 아래서 절하자, 칭기스 칸이 친왕과 신료들을 향해 말했다.

"송나라, 요나라, 서하, 금나라 이 네 나라가 공물을 보내도록 결정할 수 있었던 것은 모두 여러 대신들의 노고라 할 수 있소. 사실상 송나라, 금나라 정벌을 국왕 이외 누가 할 수 있었겠소? 만국이 절하러 와서 이곳에 가득한 것은 오직 힘으로만 할 수 있는 일이 아니오. 진정 덕스러운 마음으로 모아들인 것이라 할 것이오.

지금은 비록 송나라, 금나라가 아직 충분히 평정되지 않았지만, 먼저 공물을 바치게 한 것은 늙은 과인으로부터 비롯되었소. 이후 온 세상이 평화로워지는 기초가 세워진 것이오. 젊은 아우들, 자녀, 친왕, 대신은 짐의 이 말을 청사에 잘 기록하시오. 짐이 보니 황태후께서는 하늘의 뜻을 존숭해 오셨기에 지금까지 강건하게 지내오셨고, 이 서역을 평정하는 데는 그리 오래 걸릴 것 같지 않소. 짐이 점괘를 보니 길하게 나왔소. 다만 국왕 태사께서는 몇 년 동안 쉬는 것이 좋을 듯싶소. 아니면 짐과 함께 서쪽을 정벌하러 갑시다. 이제 태사께서 남쪽으로 가셔서 3, 4년 동안 요동과 요서, 산동, 하북을 모두 평정하셨소. 조금 남은 적을 어찌 수에 포함시키겠소? 이것은 곧 세상의 다시 없을 탁월한 공훈일 것이오. 사내대장부가 비록 죽도록 분투해도 또 만족함을 알고 육신을 쉬어주는 것이 좋을 것이오!"

그러자 국왕 모홀리가 절하며 고했다.

"신이 어려서부터 먼 곳을 다니는 데 익숙해져서 할 일 없이 그저 지내면 마음이 답답하고 몸이 편치 않습니다. 또 평민에서 폐하의 은총을 입어 왕위에 올라 송나라, 금나라 대신들과 동등한 반열에 올랐습니다. 하남과 하북에 수많은 주현에서 어떤 자가 저와 같은 고귀한 영광에 이를 수 있겠습니까? 그렇기에 고생이라 여기고 생각하는 것은 모두 복을 모르는 자들입니다. 왕궁에서 편안히 지내도 마음에 다른 것을 생각할 겨를 없이 오직 그 한가한 마음을 나라를 위해 사용하면 그것이 얼마나 큰 공이겠나이까! 다만 신이 날마다 두렵게 생각하는 것은 이 작은 충정으로 폐하의 하늘같이 높고 대지와 같이 두터운 은총을 받고, 보편적으로 최고의 은혜와 왕위의 반열에 이르렀는데, 대신인 제 평생의 은혜에 해가 될까 두려울 따름입니다. 그렇기에 신은 일찍이 신하를 최고의 귀한 자리에 이르게 하지 말고, 본인의 생각대로 은혜에 이르게 하지 말라고 한 것은 바로 이러한 생각 때문입니다.

이제 생각해 보니 폐하의 인애하심을 가늠할 수 없는 데까지 제게 베풀어 주셨나이다. 한 평범한 자가 이 정도에 이르는 것은 말할 것도 없고 꿈도 꿀 수 없는 일입니다. 신은 20년 동안 폐하의 하해와 같은 은혜를 최고로 받았나이다. 형제, 자식, 손자, 처자, 친인척, 친우 등에 이르기까지 폐하의 은혜로 비단옷을 입고 옥띠를 띠고, 들어오면 그림 같은 궁에 거하고, 나가면 금수레를 타고 다닙니다. 그러니 신은 날마다 매 순간 황공할 따름입니다. 하늘에 오르고, 바다에 들어가는 것이 가능하다면 가보려고 하나이다. 나라에 도움이 된다면 불에 들어가고, 물에 뛰어들면서 들고 나도 폐하의 은혜를 갚을 길이 없는데, 어찌 그저 편안히 지낼 것을 바랄 틈이 있겠나이까? 그저 편히 지내는 것이 무어 그리 행복하겠나이까? 재주와 능력이 있으면 진정 행복이 아니겠습니까? 성군 폐하의 종인 저를 위해 마음을 곤핍케 하지 마십시오. 이렇게 드리는 말씀은 모두 종의 진정한 마음에서 우러나온 것이며, 결코 꾸민 거짓된 말이 아닙니다.

다만 날마다 두려운 것은 느닷없이 죽을지도 모른다는 것입니다. 저는 죽는 것에 털끝만치도 여한이 없나이다. 다만 폐하의 대업을 공고히 할 수 없으면 어쩌나 걱정스러울 따름입니다. 비록 이러한 것의 근간을 모두 깊게 하고, 또 금나라, 송나라를 모두 평정해도 신이 폐하의 자애로우신 은혜에 보답할 길이 없을 것입니다. 그렇기에 다시 태어나 또 충성을 다해 분투하며 그 은혜에 보답할 수 있기를 기원할 따름입니다!"

모홀리는 생각지 않게 마음의 이야기를 하면서 눈에 눈물을 흘리자, 칭기스 칸도 어쩌지 못한 채 마음이 뭉클해지며 눈물을 떨구었다. 조정의 문무백관도 모홀리와 마찬가지로 진심에서 우러난 이 말을 온 나라에서 듣고 모두 슬퍼하며 감동을 금치 못했다.

그러자 칭기스 칸은 서둘러 손수 술을 따라 두 손으로 권하며 말했다.

"내가 천자라 하면 태사께서는 하늘의 신하라 할 수 있소. 이러한 생각은 절대 평민이 할 수 있는 것이 아니오. 그렇지만 잘라 말할 수는 없소. 우리나라가 공경하는 황태후께서는 이제 팔순이 넘으셨소. 또 많은 나라에서 절하러 오는 것은 모두 태후께서 지극히 충직하게 살아오셨기에 얻은 복록 때문이라 할 수 있소. 태사께서 짐의 어머님 태후의 나이에 이르면 세상이 평온할 터인데 무얼 걱정하십니까?"

그러자 모홀리가 기어와서 술을 받으며 칸에게 고했다.

"신이 또 그렇게 바라오나 한가할 때 점괘를 보니, 그때까지 장수의 복록을 누릴 수 없을 것이 분명합니다. 신이 한시도 편히 지낼 수 없는 것은 이러한 연유 때문입니다. 폐하께서 저를 반복해서 부르시지 않으셨다면 사실은 이번에 중원을 평정할 수 있었으리라 생각합니다. 이제 종에게는 제 자신을 위해 원망할 일이 털끝만치도 없을 뿐 아니라 도리어 제게 과분한 것을 후회하나이다. 다만 한이 되는 것은 아직 금나라의 변경에 이르지 못한 것입니다!"

모홀리의 이러한 말에 칭기스 칸은 상당히 의심쩍은 마음이 들었다.

"진정 덕담이니 몸조심하시고, 힘든 적을 물리치시오!"라고 하며 9일 동안 대연회를 베풀었다. 그때 야율유가가 칸에게 은밀히 고하기를 "태사 국왕께서 이렇게 서두르시는 것은 좋은 일이 아닙니다!"라고 하자 칭기스 칸도 한숨을 내쉬었다.

한편 태사 모홀리는 연회에서 벌어지는 백 가지 가무와 연희를 보고도 조금도 즐거운 기분이 들지 않았다. 칸에게 네 번에 걸쳐 표문을 올리고, 양로로 출발할 것을 고하자 칭기스 칸은 할 수 없이 허락했다. 칸이 대도, 상도, 신도 세 성과 북쪽 여름별장의 헤를렌, 오논, 발가 이들 지역을 모두 여러 동생과 9경의 태사, 태보들에게 맡기고, 보가르지와 촐론 그리고 36명의 장수를 데리고 초봄 말에 출병하자, 모홀리도 함께 출발하기 위해 칭기스 칸을 따라 나섰다.

산시에 이르러 칸에게 절하고 다른 길로 갈라져서 갈 때 칸에게 술을 올리며 고했다.

"사직의 중요한 일의 대략적인 것이 이미 정해졌습니다. 자세하고 세밀한 것은 천천히 처리하시면 될 것입니다. 신이 보니 야율초재는 매우 사려 깊은 사람이라 생각됩니다. 폐하께서 아래로 태자들에게 계속해서 등용하도록 하시면 될 것입니다. 이것은 지금 필요한 일입니다. 북방 고토는 만대의 근본이 될 것이니 힘써 다스리고, 넓고 풍요로운 곳으로 만드는 것이 중요합니다. 신이 남방의 풍토를 보니 이익이 많으나 폐가 깊습니다. 아침, 저녁이 서로 다투는 형상입니다. 북방은 이익이 적고 해로움이 적으며, 대국은 욕심을 부리며 싸우지 않습니다. 신이 고하는 것을 마치겠나이다!"

그러자 칭기스 칸이 "또 시간을 내어 보러 오시오. 나의 오랜 벗을 그리워하는 것이 참으로 힘이 드는구려"라고 하자, 모홀리가 절하며 고했다.

"신은 살아도 폐하의 신하요, 죽어서도 폐하의 귀신이 될 것입니다. 그러니 그리워하시며 이렇듯 은혜를 베푸실 일이 무엇이 있겠습니까? 남방을 평정한 연후에 폐하를 곧 만날 거라 생각하십시오. 그 이전에는 신을 생각지 마십시오!"

이윽고 대오가 서로 헤어져서 갈 때 모홀리가 한 번도 뒤를 돌아보지 않자, 칭기스 칸이 뒤에서 바라보며 마음이 참을 수 없이 슬퍼져 보가르지를 보며 "태사가 이렇게 가는 것이 어찌 이리도 슬픈가?"라고 했다.

그러자 칸의 측근에 있던 보가르지와 촐론의 눈에도 모두 눈물이 고였다. 수베데이, 톡그통고, 길루겐, 줄게데이, 호일다르 등이 모두 슬퍼하자, 칸이 다섯 명의 호장을 시켜 모홀리를 배웅하게 했다. 칭기스 칸은 눈물을 거두고 서쪽으로 진군했다. 이러한 징조를 보면 모홀리는 분명 송나라가 패망한 연후에 칸을 배알할 것으로 여겨진다. 여기서 칭키스 칸이 서역, 회회국으로 원정을 가는 것에 대해 잠시 언급하지 않으려 한다.

보름 전으로 거슬러 올라가 송나라 일을 말해보자. 새해 정월 초하루에 송나라 절강의 도통 적조종이 금나라 병사에게서 옥새를 얻어 황제에게 바쳤다. 그것에는 "수공응천명지보受恭膺天命之寶, 천명을 받들 보배"라는 글씨가 새겨 있었다. 그러자 황제가 좋을 예조라며 축하연을 베풀고, 나라에 보시를 내렸다.

그런 뒤 오래지 않아 첫 번째 양자로 삼아 키운 황태자 기왕의 아들 조횡이 날마다 자기 주위에 창기를 에워싸게 하여 악기를 연주하게 하고, 술을 마시며 주색과 가무에 빠져 나라의 대사에 어긋나는 여섯 가지 금기를 모두 행했다고 하여 황태자의 칭호를 폐하고, 제국공에 봉해 다른 성에서 지내게 했다. 그리고 처음 기왕에게 양자를 준 가까운 친족의 자손인 귀성을 태자로 삼았다. 이에 대해서는 길게 언급하지 않겠다.

칭기스 칸이 서역에 이르자, 넷째 태자 친왕 톨리가 봄 2월에 자신의 군대를 이끌고 회회국의 오길이라는 큰 성을 포위하고 밤낮으로 공격했다. 그런데 갑자기 많은 눈이 내려 성 위에 쌓여있는 돌과 나무가 내리는 눈과 함께 하나로 얼어붙자 시가 모두 돌처럼 되었다. 한밤중 톨리의 꿈에 보랄 장군이 나타나 말했다.

"태자는 서둘러 공격하시오. 지금 돌이 성시에 얼어붙었소. 병사들이 모래 언덕으로 숨어들었소!"

그러자 톨리가 서둘러 많은 병사를 가만히 모아서 갑자기 사다리를 밀어놓고 성벽을 기어올랐다. 줄을 이어 백 명 가까운 병사들이 성벽을 넘어가 서문을 빼앗아 열고 대군을 성으로 들여보냈다. 병사들이 적병을 죽이고, 거의 성의 반을 점령했다. 남은 적병들이 달아나자 톨리가 동문 밖에 매복해 도망치는 적병을 맞아 살육하자, 한 사람도 빠져나가지 못하고 모두 투항했다.

한편 이 성의 병사를 앞세워 추격하다 병사를 되돌려 목랄이국木剌夷國을 공격하여 모두 거두어들이고, 또 삭삭란강을 건너 커다란 야리성也里城을 포위하여 공격하면서 숨돌릴 틈을 주지 않았다. 그러자 대야리의 수장이 일테시성의 소야리의 수장과 친척이었기 때문에 나가 투항서를 올리게 했다. 톨리가 그것을 받아들여 성을 투항케 했다. 그다음 세 번의 큰 전투를 치르고, 회회국의 대군을 10만 이상 얻었다.

얼마 지나지 않아 칸이 성으로 들어와 주둔할 때 톨리 친왕이 성시에 와서 부왕을 맞아 절했다. 칭기스 칸은 톨리 친왕을 크게 칭찬했다. 그리고 두 군대를 합해 서역과 탈리칸[1] 성채를 공격할 때 북을 한 번 치자마자 신구 병사들이 예전의 병사들처럼 공훈을 세우겠노라며 사방팔방에서 돌격해 들어가 탈리칸채가 사라질 때까지 일시에 짓밟아 초토화시키고, 8만 이상의 병사를 사로잡았다. 이곳은 또 남방 못지않게 더위가 기승을 부렸기 때문에 칭기스 칸은 잠시 병사들을 쉬게 하고, 군마에게 먹이를 먹였다.

---

1 『동방견문록』에 보면 타이칸(틸리칸)에 대한 역주에 "발흐에서 동쪽으로 직선거리 235킬로미터 지점에 위치한 Taliqan. 아프가니스칸 동북방의 소도시. 이보다 서쪽에 있는 또 하나의 '탈리칸'—발흐와 메르브 사이에 위치—과 혼돈해서는 안 된다. 『元史』에서 1221년 칭기스 칸이 정복한 塔里寒(탑리한)이나, 권63 「西北地附錄」에 나오는 塔里干(탑리간)은 서쪽에 있는 탈리칸을 가리킨다"라고 언급하고 있다(마르코 폴로, 김호동 역, 『동방견문록』, 사계절, 2006, 152쪽).

한편 태사 국왕 모홀리는 아들 볼로와 손자 타스 토고스를 데리고 대군의 진영에 도착해, 친왕 부흐 벨구테이를 나라로 떠나보내려 할 때 손자 타스 토고스가 몸이 아팠기 때문에 데리고 가게 하여 손자를 돌려보냈다. 타스 토고스가 어찌 아프게 되었는지 그 연유를 말하려니 웃음이 난다. 이해 타스 토고스는 금나라의 회국 공주의 부드럽고 온화한 모습, 뜨거운 욕정이 마음에서 떠나지 않아 밤낮으로 남몰래 그녀를 그리워하며 상사병이 든 사람처럼 되고 말았다. 그때 회국 공주는 타스 토고스가 상도에서 가자, 그의 소식을 듣고 깜짝 놀랐다. 그녀는 남몰래 그의 마음을 안정시킬 환약과 입을 의복, 용기, 물건 등을 보내고, 또 산과 들에 가서 사냥을 하고, 물고기를 잡고 거위를 사냥한다는 핑계를 대고 나와서 타스 토고스를 만나 편안한 말로 그의 마음을 진정시키자 그의 몸이 겨우 괜찮아졌다.

그런데 생각지 않게 지난 겨울 모홀리 국왕이 와서 그를 데리고 갈 거라고 했다. 회국 공주와 타스 토고스의 마음이 편치 않아 서늘한 곳에서 눈물을 흘리다가 어쩔 수 없이 헤어지게 되었다. 타스 토고스는 조부를 따라 남쪽으로 향해 갈 때 도중에 병이 다시 도지고 말았다. 그러자 국왕은 어쩔 수 없이 그를 나라로 돌려보냈다.

그가 돌아오는 것을 회국 공주가 알지 못하고 날마다 높은 망루, 깊은 호숫가에 서서 자신의 모습을 물에 비쳐 보고, 궁에서 울면서 시를 읊으며 마음을 달랬다. 그녀는 눈물을 흘리며 베이린 공주와 속마음을 이야기하며 봄 한 철을 지내고, 4월이 되자 여름영지로 갈 생각을 했다. 타스 토고스에게서 멀어졌기 때문에 괴로워하고 있을 때 갑자기 친왕 벨구테이가 타스 토고스를 데리고 가까이 오고 있다는 말을 듣고, '이제 다시 만날 수 있다. 분명 그의 병이 다시 도졌기 때문일 것이다'라고 생각하고 크게 기뻐했다.

그러자 자신의 일을 생각지 않고, 서둘러 남장 차림을 하고서 말을 타고 베이린 공주를 데리고 둘이서 성의 북문으로 나가 길가 나무 그늘에 서 있었다. 친왕의 대오가 지나가자마자 주의 깊게 보고 있는데, 곧 작은 대공의 대오가 도착했다. 그것을 보니 큰 수레 가운데 타스 토고스가 팔걸이에 팔을 올려놓고 성을 보며 가고 있었다. 얼굴이 누렇고 몸이 아파 보였다. 맑은 달 같은 수려한 얼굴이 수척해지고, 밝게 빛나던 눈에는 수심이 가득 드러나 있었다. 회국 공주와 베이린 공주는 서둘러 말을 타고, 그가 놀랄까봐 부르지 않은 채 길에서 조금 피했다. 타스 토고스는 여러 사람을 보고 가고 있다가 그 두 사람을 알아보았다. 그는 갑자기 꿈을 꾸는 듯했지만, 크게 소리를 질러 부를 수가 없었다. 두 사람은 눈으로 마음을 전달하고, 먼저 말을 달려 성으로 들어가자마자 회국 공주는 길게 한숨을 내쉬며 말을 멈추고 서서 울었다.

그러자 베이린 공주가 "공께서 오시니 기뻐해야 할 터인데 어찌 울고 있소?" 하고 물었다.

"언니, 그의 모습을 보지 못했어요? 어찌해야 좋을지 모르겠어요!"

그러자 베이린 공주 역시 방법이 없어 한숨을 내쉬며, 이런저런 좋은 말로 위로했다. 그때 회국 공주가 "제가 사부님과 폐하의 큰 은혜를 생각지 않고, 공의 건강을 낫게 할 수 있겠어요? 이제 언니 외에 공을 구할 수 있는 사람은 없어요"라고 괴로워하자 베이린 공주가 말했다.

"공주가 나를 생포하여 죽이지 않았고, 또 혈육처럼 생각하는 은혜를 어찌 물불을 가리며 마다할 수 있겠소!"

말이 끝나기도 전에 회국 공주가 베이린 공주 앞에 무릎을 꿇자, 베이린이 크게 두려워하며 서둘러 자신도 예로 화답했다. 회국 공주가 절하고 나서 서둘러 일어나 물었다.

"언니는 동생을 도울 것을 승낙하면서 그대로 지내고 계실 수 있겠어요?"

베이린 공주가 그의 말을 어찌 따라야 할지 그 방법을 듣고자 했다.

"언니가 일단 승낙하셨으니 필요한 때 말씀드리겠어요. 다만 언니가 마다하지만 않는다면 참으로 다행일 거예요."

그러자 베이린 공주가 단호히 말했다.

"내가 할 수 있는 일이라면 마다하지 않을 것이야."

"할 수 없는 것을 부탁하지는 않을 거예요."

베이린 공주가 "그렇다면 부탁한 일을 해야지"라고 확실하게 응낙하자, 회국 공주가 다시 예를 갖추어 절했다.

그렇게 해서 북쪽 문에서 여인들이 기다리고 있을 때 타스 토고스가 성 밖에서 회국 공주를 보자, 곧 마음속 그리움이 더해졌다. 집에 도착해 사람들과 인사를 나누고 자신이 지내는 게르로 곧 사려 깊은 시종을 데리고 와서 봉합한 서한을 내어주며, 회국 공주의 궁 북문으로 전하여 안부를 묻게 했다. 그러자 회국 공주는 그가 자신을 그리워하는 슬픈 서한을 보고, 붓을 들어 은밀히 답장을 써 시종에게 주어 보냈다. 그러자 시종은 매우 기뻐하며 서한을 가지고 돌아갔다.

한편 회국 공주는 핑계를 대고 시종과 환관 모두 심부름을 보내고, 내궁의 문을 굳게 닫고 곧바로 북쪽 성의 망루에서 연회를 준비했다. 두 시종 이외에 다른 사람은 다 내보내고 타스 토고스를 기다렸다. 그 때 타스 토고스가 심부름을 보낸 시종이 돌아와 서한을 올리자 봉투를 열고 보니 곧바로 초대하는 서한이었다. 그는 서한을 펼치자마자 기쁨이 넘쳐 병이 씻을 듯이 좋아지고, 얼마 안 있어 생기가 돌고 얼굴에 광채가 더했다. 타스 토고스는 궁의 많은 사람을 따돌리고 가만히 그 시종을 따라 성을 걸어서 나와 2경 쯤 회국 공주의 북문에 이르렀다. 그러자 안에서 두 여인이 나와 손을 잡고 맞아들여 아래 게르에서 잠시 쉬게 했다. 타스 토고스가 조금 있다가 망루로 올라가자 회국 공주는 선녀처럼 치장을 하고 기다리고 있었다. 그들은 만나자 서로 예의를 벗어 버리고, 서로 포옹하며 눈물을 흘렸다. 그리고 함께 앉아 술을 마시며 마음의 회포를 풀었다. 타스 토고스는 천지에 축원하고, 회국 공주를 포옹하고 앉자서 서로 술을 마실 때 회국 공주가 입을 뗐다.

"저는 체면을 차리거나 계율을 파기하는 것을 두려워하지 않을 것입니다. 다만 정성을 다해 헌신적으로 귀하신 공의 병환을 낫게 하고자 합니다. 다만 청하옵기는 몸의 부드러움을 가엾게 여기시어 천천히 행하셨으면 합니다. 그에 대해 더 말씀하지 않았으면 합니다!"

그 말을 들은 타스 토고스가 크게 기뻐하며, 곧 그 은혜에 절하고 크게 취했다. 그러자 회국 공주가 나가서 베이린 공주를 보니, 베이린 공주가 벌써 내궁의 가림막 뒤에 서 있었다. 그녀는 이들의 모습을 보면서 춘정이 동해 있었기 때문에 회국 공주가 오는 것을 보고 급히 마중을 나가자, 회국 공주가 무릎을 꿇고 절했다. 베이린 공주가 서둘러 그 이유를 묻자, 회국 공주가 그 이유를 말하고 자기 대신 베이린 공주가 그의 마음을 채워주고, 병을 낫게 하여 연후에 자신의 복수의 일이 끝날 때 함께 그를 섬길 것을 이야기하자, 베이린 공주가 크게 부끄러워하며 얼굴이 붉어져 아래를 바라보았다. 그러자 회국 공주가 서둘러 다시 예를 갖추어 말했다.

"언니, 약속을 어기지 마세요!"

베이린 공주가 반 시간 정도 아무 말 없이 생각에 잠겨 있다가 얼굴을 가리고 예를 갖추어 그 청을 받아들였다. 그러자 곧 옷을 벗게 하고, 침대 휘장 안으로 들여보내 숨겨놓았다. 그리고 자신은 게르에서 돌아 나와 타스 토고스에게 다시 술을 권해 마시게 하고, 음식을 조금 먹게 했다. 입을 가시고 손을 닦고 둘이 함께 손을 잡고 장막 안으로 들어가 동쪽 궁의 휘장을 친 게르로 가서 몸을 돌려 등불을 껐다.

회국 공주가 공을 이끌고 들어가자 안은 아주 깜깜했다. 또 타스 토고스가 많이 취해 손발에 감각이 없어 이리저리 밟고 가는 움직임을 따라 휘장이 있는 단향 탁자에 이르자 회국 공주가 옷을 벗고 누우라고 했다. 타스 토고스는 너무도 기뻐하며 급히 옷을 벗고 서둘러 이불 속에 들어가 눕자, 회국 공주도 그때 감각이 없어지자 어쩔 수 없이 말하기를 "도련님, 아침이 될 때까지 제게 어떤 말도 물어서는 아니 됩니다. 만약 제게 말을 하게 하면 저의 도술과 계율이 다 무용지물이 됩니다!"라고 했다.

그러자 타스 토고스가 알았다고 재빠르게 대답하자 회국 공주가 나갔다가 조금 있다 다시 들어와 그의 옆으로 들어갔다. 타스 토고스가 온몸을 더듬어 보니, 그녀의 살결이 비단처럼 부드럽고 솜털처럼 고왔다. 또 사향의 향긋하고 시원한 냄새가 은은히 풍겨나고, 장뇌유 냄새가 게르 안에 가득했다. 타스 토고스는 곧 회국 공주의 몸을 껴안고 온몸 빨아 삼킬 듯이 포옹하고 애무하기 시작했다.

이때 회국 공주는 이미 베이린 공주를 이불 속으로 밀어 넣고, 자신은 가만히 뒤로 물러나 휘장 의자 뒤쪽으로 돌아 건너편 칸막이에 가서 앉아있었다. 이때 밖을 향한 방의 가리개를 모두 내리게 했다. 건너편 게르에도 등불이 없었기 때문에 게르 안은 칠흑같이 어두웠고, 오직 두 사람의 몸을 섞는 소리만이 났다. 타스 토고스의 이러한 휘몰아치는 욕정에 베이린 공주는 버드나무 가지가 바람에 한들거리듯 호응하며, 연꽃 꽃술이 흐느끼듯 부드럽게 열리고, 분 향기가 양쪽으로 갈라지며 끓어오르는 듯한 것이 모란꽃에 닿자마자 뜨거운 것이 세차게 흘렀다. 옥 가지가 서로 만나고 사그라지며, 부드럽고 가늘게 흐느끼며 전율했다. 곱디고운 여인과 부드러운 사내가 서로 욕정으로 엉겨 땀을 흘렸다. 여인은 이를 물고 그의 욕정의 마지막 순간을 기다릴 때 사내는 입술을 물고 정욕을 온전히 풀었다. 정액이 여인의 깊은 곳을 뚫고 들어가자 온몸의 마디마디에 휴식이 찾아들었다.

그러자 타스 토고스는 자기 소망을 이루고, 흡족한 마음으로 죽음처럼 깊은 잠에 빠져들었다. 한밤중에 어려운 부탁을 허락했던 여인이 나와서 얼굴을 붉히며 울자, 회국 공주는 그녀의 마음의 고통을 위로하며 절했다. 베이린 공주는 고개를 돌려 울고, 바로 보며 웃었다. 얼굴이 붉어지며 부끄러움을 견뎠다. 다음 날 회국 공주가 타스 토고스 옆으로 가서 자리에 앉았다. 그를 깨우자 마음이 다 채워지지 않았는지 회국 공주를 껴안고 누르며 옷을 홀딱 벗고서 보니, 등불이 타고 있었고 옆에 또 한 아름다운 여인이 서 있었다. 그러자 할 수 없이 일어나 옷을 입었다. 회국 공주는 타스 토고스에게 또 묽은 밥을 먹게 하고 내보내며 말했다.

"당신은 마음이 충분히 만족하셨을 것입니다. 그러니 무엇을 또 그리워하실 게 있겠습니까?"

그러자 타스 토고스가 은혜를 베푼 그녀에게 감사의 절을 하고 나가자, 회국 공주는 따라온 시종을 깨워 북문까지 데려다주게 하고 문을 닫았다. 회국 공주가 다시 들어와 요와 이불의 붉은 피를 보고 한숨을 내쉬며 베이린에게 감사의 절을 하자 베이린은 눈물로 답했다. 그녀가 눈물을 흘린 것은 부당한 일을 했기 때문이 아니라 관대하고 현명한 회국 공주의 넓은 마음에 감동했기 때문이었다. 이제 이 여인들의 작은 일은 잠시 멈추고, 나라의 대사를 말하려고 한다.

모홀리는 예전에 지키던 산동과 하북의 땅을 지키고, 한여름 더위가 지나고 7월이 되자 곧 대군을 움직여 남쪽으로 진격해 들어갔다. 그때 몽골 속지에 교정진이란 은자가 자신의 자취를 감추고 깊은 굴에서 지내고 있었는데, 장군별이 남쪽으로 내려와서 남쪽 지역을 투항시키고 있는데 자신을 드러낼 길을 찾지 못하고 있었다. 그러다가 7월에 갑자기 장군별이 대낮에 나타나자, 교정진이 산에서 내려와 국왕 모홀리의 병영에 찾아와 절하며 말했다.

"대왕께서는 올 내년에 남방으로 진격하지 마십시오. 장군별이 낮에 나타나면 대장군께서는 궁으로 돌아가십시오. 실제로 장군께서 북쪽 나라로 돌아가셔서 이태 동안 계속 집에서 지내시면서, 해와 달을 보지 않으시는 것이 좋을 듯합니다. 장군의 개인사는 괜찮은데 국사에 중요합니다."

그 말에 국왕이 크게 기뻐하며 교정진을 후하게 대접했다.

"현명하신 친우의 말씀은 바로 제 생각에 부합하오. 나 역시 내가 귀천할 날이 가까웠다는 것을 알고 있소. 다만 내가 폐하를 위해 분투하다가 정녕 죽을 때 집에서 죽는 것을 두려워할 따름이오. 천체의 예조대로 어쩔 수 없이 출병을 멈춘다면 금나라, 송나라를 언제 평정하겠소? 내게 남방 정벌을 맡기시고, 칸께서 친히 북방을 정벌하시기로 결정하셨소. 폐하께서는 팔순이 되신 태후를 뒤로 하시고, 북방과 서쪽 티베트를 거의 다 평정해 가고 있소. 나는 산동과 하북 이외의 땅을 얻지 못했소. 아직 넓은 하남 지역과 진주, 공주 등의 지역을 평정하지 못했소.

내가 개국의 원수이면서 만약 내 자신의 불길한 예조를 생각하여 여기서 나라로 돌아간다면, 장차 장수들을 어찌 이끌 수 있겠소? 또 선두에 선 원수인 내가 이처럼 아낙네의 모습을 드러내면 훗날 원수가 부하들에게 좋지 않은 본이 되지 않겠소? 만약 시대마다 군대의 지도자들이 모두 나와 같이 천체 현상으로 출정을 지체시킨다면 언제 세상을 평정할 수 있겠소!"

모홀리는 교정진을 후히 대접하고, 칸을 알현케 하기 위해 보냈다.

한편 모홀리는 많은 신하와 대군을 이끌고 평양에 와서 이 두 성을 포위했다. 한 달이 되지 않아 모홀리는 화약으로 성을 폭발시키자, 병사들이 성으로 진격해 들어가 백성들을 안정시키고 창고를 점검했다. 그리고 대군을 이끌고 병사들을 정비하고, 뭇 장수들을 향해 말하기를 "하늘의 때를 거스를 수 없소. 만약 나로 인해 이렇게 지체하게 되면 어찌 충정과 의로움이 있다고 하겠소?"라고 하며 큰 북을 치고, 여러 장수와 병사들을 정렬했다. 그리고 수호기에 제의를 드리고 남쪽을 향해 진격해 들어갔다.

한편 앞쪽에 선봉 다이산다락그치는 건주乾州에 이르러 갑자기 한 가지 생각을 해내고, 건주를 전혀 공격하지 않고 지나갔다. 그러자 이전에도 건주를 몇 번이나 공격하지 않고 지나갔기 때문에 이번에도 위기를 모면했다고 생각하고, 밤에 성문을 열고 백성들을 자유롭게 출입하게 했다. 이튿날 문을 닫을 준비를 할 때 몽골 보하의 병사 중 농부로 꾸민 한인 병사 40명을 많은 백성과 섞여 성으로 들어가게 했다. 한밤중에 다이산다락그치의 군대가 성에 이르자 신호탄을 쏘았다. 그때 문이 활짝 열리고, 몽골군이 성으로 쏟아져 들어가 건주성을 점령했다.

그러자 성안에 있던 금나라 관리와 병사들이 달아났다. 몽골 보하가 서둘러 군대를 이끌고 성의 병사들 무리에 함께 섞여 경주성으로 들어갔다. 경주성 안에는 건주성 가까운 곳에 네 개 문이 있었기 때문에 성문을 열고 많은 백성을 들여보냈다. 그날 밤 다이산다락그치의 군대도 그곳에 당도해 북문을 쟁취하고 성으로 들어갔다. 모홀리의 대군이 도착하자 다이산다락그치, 볼로는 두 성을 점령하고 기다리고 있었다.

그러자 국왕 모홀리는 크게 기뻐했다.

"나의 아우와 아들이 나라에 도움이 되었구나!"

그리고 두 성시를 평정하고, 많은 백성을 몰아서 빈주, 침주, 원주 등 몇 개의 성을 포위하게 하고, 투항을 논의하게 하자 두 성읍의 백성들은 관리들이 논의하는 것을 기다리지 않고 성문을 열어 주었다. 성에 있던 관리와 병사들은 문이 열렸다는 말을 듣자마자 몽골군이 들이닥칠지 아닐지 묻지도 않고 북문을 통해 달아났다. 반나절이 지나자 몽골군이 비로소 성안으로 진격해 들어와 빈주와 원주 두 성읍을 점령했다. 그렇게 해서 한 달 안에 네 개 주를 손쉽게 얻었으며, 많은 병사에게 상을 내렸다.

모홀리는 봉상부로 가서 성을 포위했다. 밤낮없이 맹공격했지만 봉상부에 한 전략가가 있어 성이 한 번에 함락되지 않자, 모홀리는 한숨을 내쉬며 여러 장수에게 말했다.

"부족한 왕인 내가 성군의 명을 받들고, 남방으로 진격해 와 사방으로 종횡무진 정벌을 하였소. 요, 송, 요서, 산동, 하북을 황제 폐하의 덕으로 어렵지 않게 평정하고, 이제 또 태평, 연안 두 부를 무력으로 공격하여 점령했소. 이들 모든 지역이 폐하의 크고 복된 나라를 이루게 되었소. 또한 건주, 경주, 빈주, 원주 이 네 개 성을 매우 쉽게 함락했소. 분명 또 몇 년 동안 나라에 힘을 바칠 수 있을 거라 생각했는데, 생각지 않게 이 봉상부를 한 달 이상 포위를 했지만 점령하지 못하고 있소. 내가 열다섯 살부터 주군을 따라 다니면서 한 번도 이 같은 일이 없었소. 나의 운수가 끝날 때가 되었음이 분명하오! 속설에 '중요한 말은 여유 있을 때 하고, 치밀한 계략은 한가할 때 숙고한다'고 했소. 내가 만약 죽으면 여러 장수, 형제, 자식, 손자들은 하늘의 징조요, 땅의 예조라 하여 진군하는 것을 지체케 하지 마시오. 내가 죽어도 대업을 이룰 것을 생각해야만 하오!"

그리고 대군을 모으고, 이 성을 함락시키지 못해도 다른 성의 정복을 지체해서는 안 된다며 위수渭水를 건너게 하여 대군을 설영하게 했다. 연안과 봉산은 모두 산서 지방에 있다.

이때 날이 무더웠기 때문에 모훌리 왕이 병사들을 잠시 쉬게 하는 사이에 다른 서쪽의 칸의 군대에 대해 말하려고 한다. 칭기스 칸의 대군이 서역에 이르러, 네 명의 태자 친왕에게 네 개 군단을 내어 주었다. 친왕들이 사방으로 정벌하러 나아갈 때 칸 자신도 대군을 이끌고 하루아침에 불등처럼 서역을 공격해 들어가 성을 투항케 하자, 서역의 살라딘이 처음에는 간담이 서늘함을 느꼈었다. 그런데 이번에는 대군이 꼬리를 물고 진격해 오자, 혼비백산하여 나라 백성들을 모두 데리고 먼저 달아나 회회국의 네리고 칸에게 항복해 들어가 함께 힘을 합해 몽골을 대적하자고 했다.

네리고 또한 이때 나라의 반을 몽골에 빼앗겨 절치부심하며 견딜 수 없이 힘들어 하고 있을 때라 곧바로 살라딘과 삽혈동맹을 맺었다. 그리고 거국적으로 군대를 조직하고, 스스로 앞장서서 칭기스 칸을 맞으러 와서 두 달 가까이 대적하여 싸웠다. 특별히 칭기스 칸과 직접 맞붙어 싸울 거라는 소문이 나자, 칭기스 칸이 또 "싸우겠다면 싸우리라"고 했다.

그때 야율초재가 나와서 절대 안 된다고 칸을 설득했다.

"이 몇몇 지역은 버리시면 됩니다. 폐하께서 친히 나가 접전하셔서는 아니 됩니다. 폐하의 춘추 예순하나로 고령이십니다. 비록 피가 끓어 오르지만, 친히 창과 검을 들고 나가 싸우시는 것은 하늘이 땅과 맞붙는 일입니다!"

야율초재는 무릎을 꿇고 칸의 대결을 단호하게 제지했다.

이튿날 칭기스 칸은 수호기에 제의를 드리고, 양의 견갑골로 점을 쳤다. 또 다른 견갑골을 조금 태워 연기를 내어 점을 보고, 또 한 쌍의 복사뼈로 점을 쳐보자 길한 점괘가 나왔다. 침착하게 몇 번을 살펴보고서야 야율초재를 불러 명했다.

"나의 점괘는 그대의 점괘와 한 번 차이가 났소. 짐이 친히 나가 싸우는 것에 대해 특별히 점을 쳐보니 길하게 나왔소. 나쁘지 않소. 믿지 못하겠다면 점괘를 한번 보고 말씀해 주시오!"

그러자 야율초재가 할 수 없이 명을 따라 점을 쳐보니 천하를 차지하는 점괘가 나왔다. 확실히 길한 점괘였다. 몇 번을 보아도 몇 번이 그러했기 때문에 할 수 없이 진실을 따져 고했다.

"비록 그러하나 나라의 군주가 친히 나가 싸우는 예는 천지개벽 이래로 없었나이다. 특별히 폐하의 춘추가 예순이 넘으셨나이다!"

야율초재는 칸이 적과 대결하는 것을 극구 말리자, 칭기스 칸이 그의 말을 받아들이고 대책을 논의했다.

"그렇다면 나로 인해 병사들이 기백이 꺾여 어찌 적을 공격하고, 어느 때 서역을 평정하겠소!"

그러자 야율초재가 어쩔 수 없이 절하고 내려왔다. 이튿날 칭기스 칸이 친히 대오를 사열하고 나가 공격할 때 수베데이 바타르가 나갈 거라고 야율초재를 속이고, 두 개 대오를 정렬한 뒤 북과 바라를 치게 하고, 칸이 갑자기 측근의 대신을 큰 소리로 호통을 치며 야율초재를 안게 하고, 자신이 직접 쇠 창을 잡고 돌격해 들어갔다. 여러 장수들이 깜짝 놀라 일제히 크게 소리를 지를 때는 이미 칭기스 칸이 네리고를 맞아 싸우고 있었다. 세 번을 맞붙어 교전하지 않았을 때 칸의 창이 네리고의 왼쪽 어깨를 찔렀다. 그를 대오로 끌어들이자, 네리고는 어깨가 탈구가 되어 생포되고 말았다.

이때 칭기스 칸 측근의 친왕, 대신, 장군, 신하들이 모두 칸이 출격한 것을 보고 일제히 큰 소리를 외치며 회회국 군대를 향해 돌격해 들어갔다. 야율초재도 급한 마음에 긴 검을 잡고 달려나가 몇몇 적병을 베어 쓰러뜨리고, 몸에 피를 가득 묻히고 칸을 뒤쫓아갔다. 이때 몽골군이 칸을 엄호하며 산이 터지고 대지가 튀어 오르듯 적군을 마구 살육하며 공격해 들어갔다. 칸이 앞서 추격해 가려고 하자, 야율초재가 소매 있는 관복을 입고 옥띠를 띠고, 두꺼운 바닥의 구두를 신은 채 온몸에 가득 피를 묻히고 병사들 사이로 들어갔다. 그리고 말에서 굴러 내려 칸의 말을 끄는 줄을 붙잡았다.

"폐하, 천조天朝를 중히 여기십시오. 폐하, 천조를 중히 여기십시오!"

야율초재가 울며 소리쳐 칸을 설득하며 보내지 않는 상황이 되자, 칭기스 칸 역시 할 수 없이 좌우 신하에게 야율초재를 부축해 일으켜 세우게 하고, 대군에게 공격해 들어가라고 재촉했다.

그때 칸의 좌우 대신들이 크게 놀라 민첩하게 공격해 들어가는데, 병사들이 어찌 감히 조금이라도 물러설 수 있겠는가? 보가르지, 출론, 제브, 젤메가 대군을 통솔하여 회회국 군대를 100리까지 추격해 살상했는데, 죽은 자의 피가 강으로 흘러가고 시체가 대지를 덮었다. 회회국의 병사들이 정신없이 도망치고, 서역의 군주 살라딘이 혼자서 급히 달아나자 칸이 반드시 붙잡으라고 명했다. 사이한 소르탈트에게 서역에서 투항한 빌레라는 장수를 내어 주어 추격하도록 보냈다. 그리고 남은 적군의 병사들을 모두 투항시켰다.

한편 살라딘이 도망쳐 남해의 섬으로 들어가자, 몽골군이 그를 찾지 못하고 있을 때 그 지역의 한 사내가 몽골군은 산과 바다를 막힘없이 뚫고 간다는 것을 들었기 때문에 살라딘을 붙잡아 데리고 왔다. 칭기스 칸이 그의 죄를 면해주고, 그의 마음을 감화시키려 하자 야율초재가 고했다.

"그 같은 사람은 옛 성인의 가르침으로도 감화시킬 수 없습니다. 폐하께서 그자를 죽이시는 것이 옳을 것입니다! 이러한 일을 비유하자면 서하국은 예로부터 제의를 드리고 불교를 신봉하는 나라이지만, 폐하의 그처럼 깊고 후덕한 은혜를 신봉하지 않았습니다. 하물며 이자가 어찌 폐하의 마음을 헤아리겠나이까?"

칭기스 칸이 그 말이 맞다고 응수하고, 대국을 평정한 후 그를 참수할 것이라고 했다. 그리고 야율초재에게 먼저 상을 하사하고, 여러 장수와 병사에게 상을 내렸다. 그때 야율초재가 울면서 연회에 참석하지 않자 칸이 그 이유를 물었다. 그러자 야율초재가 정색을 하고 머리를 땅에 박으며 고했다.

"천자는 천하의 태양이신데, 이 같은 춘추에 이처럼 위험하게 다니시는 것은 신이 만 번 죽어도 이 일을 견디기 어렵습니다!"

그러자 칭기스 칸이 그의 충정을 살피고, 이후로 그리 하지 않겠다고 약조했다. 전투에 나갈 때마다 칸에게 10명의 장수를 배치하여 칸을 호위하도록 했다.

그달 혜성이 서쪽 방위에서 보이자 야율초재가 "명년에 분명 금나라 황제가 타계할 것입니다"라고 했다. 그리고 이어서 네 명의 태자 친왕의 군대가 서역과 회회 48개 주를 평정하고 오자, 칸이 네 태자에게 야율초재의 능력과 충정을 상세히 언급하고, 훗날 나라의 큰 권한을 갖도록 하라고 손수 기록해서 주었다. 그리고 "그는 하늘이 내리신 재원이자 큰 대신이다"라고 일렀다.

이때 금나라의 교활한 간신이 도를 넘어 전횡을 일삼았다. 청룡보靑龍堡의 평양공 호천조에게 세금을 부과하여 괴롭히고, 재물을 털어 가자 호천조가 격분하여 청룡보 전체 무리를 이끌고 국왕 모홀리에게 투항했다. 곧이어 금나라의 하중부 백성도 몽골에 투항하자, 국왕 모홀리는 또 이를 칸에게 고하고 하명을 듣기 위해 전령을 보냈다.

이 두 번의 반역 사건으로 금나라도 중단을 칭기스 칸에게 보내 화친을 요청하자 칸이 그를 배알하게 했다.

"그대는 참으로 한심하구려. 짐이 이전에 명하여 '하삭을 내게 바치라, 그대 군주를 하남왕으로 삼겠다'고 했는데 그대 군주는 이를 아니 된다고 했소. 이제 우리 국왕이 이미 이를 모두 함락했는데, 이런 상황에 또 무슨 화친이란 말이오?"

그러자 중단이 울며 백 가지 천 가지로 애걸하자 칭기스 칸이 말하기를 "그대가 군주에게 성심을 다하는 것을 생각하여 화친의 길을 제시해 주어 보내겠소. 하삭[원주] 하삭은 산서성에 있다 지역의 성과 관서의 여러 성을 내게 바치시오. 그대 군주를 하남의 왕으로 봉하고, 오래도록 우호적으로 지내면 되지 않겠소? 이제 나의 명을 어기지 마시오. 이제 이를 어기면 20년이 되지 않아 피를 흘리는 큰 환란을 겪게 될 것이오. 그때는 후회해도 소용이 없소"라고 했다.

이때 국왕 모홀리가 당도한 주와 현의 성읍이 모두 투항했다. 금나라의 길주 우심채를 함락시켰다. 한편 모홀리가 형주를 공격하자, 성의 지주 양정楊貞이 처자를 데리고 높은 절벽에서 뛰어내려 목숨을 끊었다. 국왕 모홀리는 진영에 병사들을 남겨 지키게 하고, 특히 몽골 보하를 시켜 진주, 농주로 나가 다른 성을 빼앗게 하기 위해 보냈다. 그리고 자신은 대군을 통솔하고 맹주, 진양, 곽읍 등의 요새를 모두 함락하시키고, 군대를 정비했다. 그때 칸의 하명이 이르자 절하며 조서를 받고, 석천웅을 불러 칸의 명을 전했다.

"하중은 하동의 중요한 요충지요. 칸께서 들으시더니 그대 외에 다른 사람이 이 지역을 지킬 수 없다 하시어 칸께서 그대에게 절제의 전권을 내리시고 평양, 태원, 길주, 습주 등의 넓은 지역을 아울러 총괄토록 하셨소."

칸이 그에게 작위를 보내 왔다. 이에 석천웅에게 칸이 있는 방향을 향해 그 은혜에 절하게 했다. 곧이어 몽골 장수 올호나이, 보고에게 3

만 병력을 통솔케 하고 채안로를 지키게 했다. 장군 안적에게는 군대를 이끌고 동관에 보루를 쌓게 하고, 그곳에 주둔케 했다. 그 사이에 금나라의 왕정옥이라는 장수가 적병을 조직해 몽골의 조주曹州부에 들어가 몽골에 투항한 석규를 느닷없이 죽였다. 성의 병사들이 그것을 알고 문을 닫아걸고, 왕정옥을 붙잡아 모홀리에게 보내왔다. 모홀리는 예를 갖춰 석규의 뼈를 정중히 묻어 주고, 왕정옥을 석규의 영전 앞에서 베어 도막을 쳐 죽이라고 명하고, 많은 병사들에게 후한 상을 내렸다.

11월에 국왕 모홀리가 서진하여 금나라 동주同州에 진격해 들어가 성을 함락시키자, 동주를 지키던 절도사 완안와가가 분을 누르지 못했다. 그는 승세가 기운 것을 알고 두려워하며 목을 매 죽었다. 이때 석천응은 칸의 은혜로 하중부 도원수에 봉해지고 곧 하중부에 이르자, 금나라 군주가 도감 후소숙侯小叔을 원수로 봉하고, 하중부를 빼앗으러 올 것이라는 소식을 들었다. 장군 석천응이 오택을 보내 하중부의 계곡 길에 금나라 군대를 경계하며 주둔해 있게 했다.

이제 칸의 서역 상황을 이야기하려 한다. 칭기스 칸은 12월 네 명의 태자 친왕에게 길을 나누어 보냈다.

한도로이, 특히 룬진시치 등의 성을 모두 정복하고, 칭기스 칸은 시리미적, 반라치[2] 성을 모두 함락했으며, 탈리칸채를 포위했다. 그리고 서역, 탕구트, 회회 세 나라를 모두 투항케 하여 평정하고, 다음 인도와 산도 두 나라를 공격하기 위해 진격했다.

---

2 여기에 언급한 '한도로이', '룬진시치', '시리미적', '바라치' 등은 정확한 곳을 알지 못하며, 전사된 것은 음역하여 적었다.

그 사이 『자치통감강목』에 서역을 탕구트라고 하여 이에 대한 기사를 간략하게 언급했다. 그리고 이해 인도의 대마관에서 일각수[3]가 나타난 사건을 기록했다. 그것은 번역하는 데 포함시켰다. 원래 자료에서는 태조 칭기스 칸 19년에 이 사건이 있었다. 또 석천응이 하중을 중요한 요충지라고 한 것과 금나라 도감 후소숙이 몰래 들어가 공격하고, 하북을 기습한 일, 석천응이 사망한 사건이 『자치통감강목』에는 태조 18년 정월의 일로 나오지만, 이것은 대원 울루스의 중요한 사서에 포함시킨 사람의 이해력이 낮고 잘 살피지 못해, 태조 17년 말에 연결시켜 기록하여 판본을 출간했다. 이제 역사 저술가인 나는 서로 이를 대조하여 10가지 문헌과 기록을 보고서 비로소 잘못된 것을 찾아냈다. 그것은 고대 사서의 잘못이 아니라 후대 번역가 만주 선생들의 부주의로 인한 것이다.

그래서 나는 그런 잘못된 것을 몇 번이나 지나치다가 이제 12번째 나오자, 그 내력을 분명히 하지 않으면 훗날 학자들이 저자인 타이지 인잔나쉬 내가 오류를 범했다고 할 것이라고 생각했다. 『자치통감강목』의 기록이 잘못되었다고 하지 않을 수 없다. 그것은 대원 울루스의 사건을 그 당시 달에 따라 순서대로 기록하게 하고, 곧바로 판본을 출간했기 때문이다. 좋고 나쁜 것을 구별하고, 의미를 부합하게 하는 것은 모두 후대 학자들이 보충했다. 그렇게 후대 학자들은 태조 칸이 서역의 한 군단을 모아서 말할 때 나중의 2년의 사건을 끌어다가 이곳에

3 일각수를 '각단(角端)'이라고도 한다.

제시한 것이 분명하다. 특히, 이 저서에서 대원제국의 이듬해 사건을 이해에 쓴 것은 원나라의 본 저서의 잘못이 아니라 번역한 만주 선생들이 주의를 기울이지 않았던 소치이며, 이를 앞뒤에서 조금 언급했다. 이렇게 의미를 분명히 드러내 기술했다. 훗날 학자들은 원나라의 사건을 간략히 한 사서와 『강목』의 기사를 서로 비교하여 잘 살펴보기 바란다.

사관 인잔나쉬의 시 한 수

> 태사 국왕의 말은 천 년의 의로움
> 아름다운 공주의 일은 한때의 정
> 태조 성군의 강인함은 만대의 용맹함
> 야율초재의 간언은 진실된 신하의 충정

제55장

용맹한 지략가 몽골의 국왕이 해주성에서 타계했네 신의 없는 서하국의 준욱이 서량에서 죽음을 맞았네

계미년癸未年, 대몽골국의 칭기스 칸 태조 18년. 송나라 영종 가정 16년, 금나라 선종 원광 2년이었으며, 이해 태조 나이 62세였다.

이해 정월 금나라 선종 황제는 문무백관을 모아 국사를 논의했다.

"우리나라는 이미 몽골에 짓밟혀 이 지경에 이르렀소. 그의 말대로 하북 전체를 그에게 내어주고, 우리가 하남을 다스리면서 싸우지 않고 지내면 어떻겠소?"

그러자 문무백관이 서로 생각이 일치하지 않아 갑론을박 쟁론을 벌이자, 선종이 또 마음을 정하지 못했다. 그때 대원수도감 후소숙이 나와 고했다.

"몽골은 새로 터를 만들어, 우리나라와 백성을 모두 점령하고, 근거가 없는데 근거를 만들어 우리 금나라 민족이 분명 다시 찾을 수 없다고 하지 않습니까? 신에게 5천 병력을 내어 주십시오. 신이 하중부를 되찾겠나이다."

그러자 금나라 군주가 할 수 없이 그의 말에 따라 병사를 내어주고 출병시켰다. 오래지 않아 이 소식이 하중에 전해지자 석천웅이 급히 맹장 오택吳澤에게 병사를 더해 주고, 계곡의 길을 잘 지키게 했다. 그런데 오택은 용맹스러웠지만 술을 좋아하여 '분명 금나라가 허풍을 떨 뿐 우리 군대를 괴롭게 할 리가 있겠는가?'라고 생각하며 날마다 술에 쩔어서 지냈다. 그런데 그가 쉬는 사이 한밤중에 금나라 군대가 갑자기 하중부를 급습해 쳐들어왔다. 이때 하중부의 수장 아로대가 몽골에 성을 빼앗기자 성의 망루에 불을 지르고 갔기 때문에 몽골군이 아직 평정을 찾지 못하자, 성의 백성들은 두려워하며 서로 노끈을 당겨 성벽을 내려가는 사이에 금나라의 후소숙의 병사가 이미 성을 넘어 들어와 더 불을 내고 백성들의 인가에도 불을 질렀다. 석천웅이 밤에 정찰하기 위해 나가 불빛을 보고, 분명 금나라 병사가 온 것이라며 서둘러 북을 치고 자신이 먼저 적과 대항하여 싸우기 위해 가자, 부하 신하들과 성의 백성들이 석천웅의 말 앞을 가로막고 매달려 말했다.

"원수께서 어두운 밤에 그들과 싸우실 수는 없습니다. 장수 오택이 우리를 지체케 하여 이 지경에 이르렀나이다. 금나라 병사가 성에 들어왔는데, 어찌 싸울 것을 생각하십니까?"

그리고 빨리 피해 나가 하탄강을 건너가자고 하자 석천웅이 한숨을 내쉬며 말했다.

"일전에 여러 사람들이 나에게 남으로 이동해서 성을 지키라고 했을 때, 그 말을 따르지 않고 병사들을 이끌고 이곳에 왔소. 그런데 이제 일이 급박해진 상황에서 이동을 하면 그것은 사내대장부가 할 일이 아니오. 태사 국왕께서 꾸짖지 않으신다 해도 내가 동료 벗들에게 어찌 면목이 설 수 있겠소. 오늘 싸우다 죽는 일 이외 다른 일이 있을 수 없소."

그리고 곧 모인 병사들을 이끌고 몸소 혼자 앞장서 금나라 군대와 싸워 이튿날 오시가 될 때까지 피 튀기는 일전을 벌이다 죽임을 당했다.

한편 금나라 원수는 성의 많은 백성을 살육하고 흩어지게 했으며, 집에 다시 불을 질러 태웠다. 중조산에 이르자 몽골국의 손자 부마 보토의 아들 난사르가 가까운 성을 지키고 있었기 때문에 대군을 이끌고 뒤에서 추격했다. 난사르의 병사들이 일제히 함성을 지르며 돌격해 들어가자 금나라 병사가 대항해 싸웠다. 그러다 힘이 떨어지자 갑자기 도망쳤다. 그때 난사르의 매복해 있던 병사들을 만나 무수히 죽임을 당하고 도망갈 길이 없는 막다른 상황에 이르자, 난사르의 병사가 또 추격해 가서 몇 만 명을 살육하고, 수만 마리의 군마와 갑옷, 무기 등의 전리품을 얻었다.

그러자 곧 사자를 보내 이 전투의 상황을 국왕 모홀리에게 알리자, 모홀리가 석천응을 크게 아꼈기 때문에 애통해하며 슬피 울었다. 그리고 몸소 가서 시신을 거두고, 술을 뿌리며 예를 다해 장례를 치렀다. 그리고 사람을 보내 그의 탁월했던 점을 칸에게 낱낱이 고하고, 석천응의 아들 알가斡可에게 부친의 관직과 칭호, 지위를 물려받게 하여 관할 군대와 백성을 지휘토록 했다.

한편 금나라의 원수 후소숙이 패한 병사를 이끌고 무주로 달아났다. 이때부터 금나라 군주 선종은 원수도감 아노대에게 하중부를 지키게 했다. 아노대는 탐욕스럽고 착취를 일삼는 자로 용병에도 능하지 않고, 백성의 재물을 긁어모아 마음대로 사용하여 백성의 원성을 샀다.

이로 인해 강주降州는 마침내 몽골에 함락되었다. 그러자 아노대는 겁을 먹고 사람을 보내 황제에게 거짓으로 "강주를 빼앗기고 하중 단 하나의 성을 지키는 것이 어렵습니다"라고 고하게 했다.

그러자 선종은 사자를 보내 그 정황을 살피게 하자 정말 성을 지키는 것이 어려운 상황이 되었기 때문에 철수하도록 명했다. 아노대는 치타이 지역에 이르기 전에 하중의 성과 인가, 백성들을 모두 몽골에 빼앗기지 않으려고 자신의 성에 스스로 불을 지르고, 이를 눈으로 직접 보면서 이틀 동안 불을 질러 태웠다. 그리고 달아나 황제에게 고하기를 "하중은 하북의 중요한 요충지이며, 사직의 근간입니다. 만약 적국이 차지하면 대하大河의 안전함만을 의지해야 하기에 우리가 싸워서 다시 얻기가 어렵습니다. 그러니 성을 불태워 점령할 수 없게 만들면 몽골이 차지하지 못할 것입니다. 또 몽골군이 떠난 연후에 우리가 다시 하중을 복구하면 다시 다스릴 수 있을 것입니다. 그렇기에 모든 것을 불태웠나이다."

금나라 황제는 어쩔 수 없이 유사有司에게 국고의 재물을 내어 재차 복구하도록 보내어, 겨우 복구를 끝내려고 할 때 몽골군에 점령당했다. 하중을 거듭해서 지키게 했지만, 다시 다시 함락되다가 이번에도 가서 또 수복하지 못하고 돌아갔다.

이때 국왕 모훌리는 봉상부鳳翔府를 공격한 지 40여 일이 되어도 성을 함락시키지 못하자, "이는 분명 나의 천수가 다하여 돌아갈 때가 된 것이다"라고 했다. 봉상부에서 하중부로 가서 석천응의 시신을 거두어 장례를 치르고, 자손들에게 관직을 봉했다. 그리고 백성들을 안정시키고, 하중부에서 나와 해주에 이르러 문희현聞喜縣에서 설영했다. 밤에 꿈을 꾸었는데, 한 마리 흰 사자가 다가와 모홀리의 허리를 물고 자신의 등에 태우고 설산 속으로 들어갔다. 산의 계곡 밖에 아홉 채의 궁전과 36개의 작은 관아, 72개 지역이 있었다. 그것을 보니 세 번째 궁전에서 보랄 장군이 자신을 맞으러 나와서 "아형, 오실 때가 되었습니다"라고 하자, 그 너머 작은 관아에서 석천웅이 또 맞으러 나와 은혜에 보답하며 절했다.

그러자 모홀리가 "그대들은 모두 죽었는데, 어찌 이곳에 있는 것이오?"라고 했다. 보랄과 석천웅이 말하기를 "형님께서는 귀천하신 것입니다"라고 하자 불현듯 깜짝 놀라 깨어나니 꿈이었다. 그리고 곧 병이 났다. 이에 서둘러 활을 가지고 시위를 튕겨보니 완전히 끊어지는 소리가 났기 때문에 활을 내던지고, 서둘러 북을 치게 하여 여러 신하와 장수들을 불러 모아 말했다.

"나는 곧 죽을 것이오. 그러니 그대들에게 이를 수 있는 말이 많지 않소. 사나이로 태어났으니 대업을 이루고, 목숨을 바쳐 폐하께서 베푸신 은혜를 갚도록 하시오. 군대 가운데 용맹함과 지략을 중시하고, 국사에 충직함을 가장 우선적으로 여기시오. 이 네 가지 중 하나라도 충실히 행할 수 있다면 사내대장부의 한평생의 지표가 될 것이오."

그 말을 들은 많은 신하, 장수들이 눈물을 흘리며 절했다. 그리고 동생 다이산다락그치와 아들 볼로 등을 불러 일렀다.

"내가 15살부터 주군을 따라 전투를 해왔고, 이제 내 나이 쉰넷이 되었다. 나라를 열고 사직을 세우는 데 있어 갑옷과 투구, 무기와 벗하면서 40년이 흘렀다. 북방의 작은 다섯 부족과 남방의 여섯 개 대국으로 하여금 몽골 칭기스 칸에게 공물을 바치게 했다. 폐하의 명을 받들어 사방으로 직접 원정을 가서 금나라의 요동과 요서, 산동과 하북, 산서 등의 지역을 모두 평정했다. 태사 국왕의 지위에 올라 자식과 후손들에게 영원히 주군의 은혜를 받게 하였다. 이제 나는 내 수명이 다해 저 세상으로 돌아가는 것에 조금도 여한이 없지만, 금나라 변경汴京을 정복하여 금나라의 뿌리를 뽑을 수 없어 마음이 편치 않구나. 내가 올해 주군께 남방을 평정하지 못하면 종은 돌아가지 않을 것이니 절 보실 생각을 하지 마시라고 고했다. 이제 내 뼈를 단단히 간수하여 내가 평정한 남방 경내에 은밀히 안치하고, 나의 옷을 시신 대신 가져가 폐하의 명을 받으라. 언젠가 남방의 송나라를 멸하고, 금나라를 정복하면 나의 시신을 북방으로 가져가도록 하거라. 내가 살아서 분투했던 정복의 임무를 죽어서도 그대로 버려두지 않을 것이다. 나의 이 지시를 무슨 일이 있어도 어기지 말라. 내가 비록 죽어도 금나라, 송나라를 멸하지 않으면 나의 영혼이 북방을 향하지 않을 것이요, 주군을 뵙지도 않을 것이니라.

나의 아우, 자식 모두 훌륭하니 내가 이루지 못한 뜻을 이루고 난 후 나의 뼈를 북방에 가져갈 수 있을 것이다. 일이 여의치 않게 되면 나의 뼈는 이곳에 남겨질 것이다. 너희들이 나의 뜻을 이루지 못한다면 뼈로 무엇을 하겠느냐? 목숨을 다해 분투하여 나라의 대사를 무슨 일이 있어도 이루도록 하라."

그리고 더 이상 말을 하지 않고, 자리에 누운 지 사흘만에 국왕은 눈을 감았다[원주] 『강목』에서 모홀리 국왕을 칭송한 부분에 "모홀리는 현철하고, 용감했으며 지략이 있었다"라고 언급했다.

그는 3월 초 사흐레 인시에 타계했다. 그때 그의 나이 54세였으며, 칭기스 칸보다 7살이 적었다. 동생 다이산다락그치, 아들 볼로 등이 심히 비통해 했다. 국왕에 속한 몽골과 한인 신하가 산동과 하북의 병사, 백성들과 함께 애통해하며 장례를 지냈다. 아들 볼로 등이 열 개 구덩이를 파서 유골을 묻고 평지를 무덤으로 삼았다. 이것은 몽골 풍속으로 사람의 시신을 찾는 것을 막기 위한 방법이었다. 한편 『자치통감강목』에서는 모홀리를 모 화 리, 보가르지를 보 엘 지, 보랄을 보 엘 호, 촐론을 치 류 온이라고 글자를 분리해서 기록했다. 한자어라 어쩔 수 없이 그렇게 썼다.

예전에 황제의 심복들이 행한 것을 기록한 내용을 보면 "태사 국왕 모홀리, 태보 만호후[1] 보가르지, 만호후 보랄, 만호후 촐론 이 네 사람은 모두 최고의 충직한 용사로서 일을 이룰 수 있었기에 칭기스 칸의 4준駿이라 했으며, 네 용사라 했다. 이전에 칭기스 칸이 북쪽 지역으로 원정을 갈 때 한 번의 전투에서 병사들이 패했는데, 마침 큰눈을 만나 진영을 빼앗기고, 수레와 말이 모두 큰 피해를 입었다. 칭기스 칸은 몸에 상처를 입고 광활한 대초원에 누워있을 때 네 명의 용사들이 큰 펠트로 눈을 가려 주었다. 새벽이 밝아올 때까지 펠트를 잡고 서 있는 채로 발을 옮기지도 않았다. 장군 보가르지는 칭기스 칸를 따라다니며

1 일만 호의 백성이 사는 영지를 가진 제후로 큰 세력을 가진 제후를 이른다.

한 시도 떨어지지 않고, 큰 공훈을 세운 일이 헤아릴 수 없이 많았으며, 죽을 때까지 그를 떠나지 않았다. 그러한 보가르지는 서방의 만호와 아홉 성省의 태보였다. 보랄은 목숨을 걸고 백 번을 싸워 큰 공을 세우고 타지에서 전사했다. 천 개 지역의 수장의 지위에 올랐다. 촐론은 세 명의 준마 맹장과 마찬가지로 그 공로가 매우 혁혁하기에 4색 대국의 태보와 만호후의 지위에 올랐다. 이러한 사준 대신의 자식과 후손들은 대대로 황제의 측근에 있게 하였으며 네 울타리요, 지지대라고 여겼다. 황제가 궁에서 나갈 때는 이 네 협조자 신하들이 필요했다. 이것이 이 사준의 내력을 『자치통감강목』에서 언급한 내용이다. 한인 사서들도 어쩔 도리가 없어 이를 기술한 것이다.

한편 병영에서 태사 국왕 모홀리가 사망한 것을 칸에게 고하기 위해 전령이 달려가 상주문이 칸 가까이 이르렀을 때, 칭기스 칸은 네 명의 태자 친왕에게 대군을 내어주고, 회회국의 많은 성을 모두 평정하게 하고, 그곳에 수장을 세워 다스리게 했다. 칸은 서역에서 투항한 다루가치를 매우 믿음직하고 좋게 보아 그들 지역의 군현을 총괄적으로 지휘하게 했다.

칭기스 칸은 다시 인도를 향해 가려고 할 때 갑자기 국왕 모홀리가 사망했다는 소식을 듣고, 곧 크게 비통해하며 눈물을 흘렸다. 이틀 동안 식음을 전폐하고 통곡했다.

"짐의 반쪽이 죽었도다, 짐의 나라의 반이 기울었도다. 어찌하여 몽골에서 모홀리 국왕이, 거란에서 석천응이 일시에 죽는단 말인가!"

문무백관들이 몇 번이나 고하며 칸의 마음을 위로했다. 그러자 칸이 몸소 검은 상복을 입고, 큰 단을 세우고 서서 눈물을 흘리며 허공을 향해 술을 뿌리며 말했다.

쓰디쓴 고통을 함께 한 말뚝 같은 나의 벗이여
신고를 함께 했던 팔과 같은 나의 동반자여
한마음 한뜻으로 분투하며 원정을 다니며
이방의 네 개 성省을 평정해 주었네
고난을 함께 했던 등불과 같은 나의 동반자여
흩어진 것을 하나로 모아준 겉옷과 같은 나의 벗이여
백 번 죽고 백 번 상처가 낫지 않아도 공격해 나가
부단히 이방 나라에 모두 공물을 바치게 했네
위험을 함께 한 형 같은 태사 그대여
생명을 하나로 했던 의형제 같은 국왕이여
충성된 마음으로 원정을 가서
멀고 먼 금나라 땅에서 타계했네
부모에게서 태어난 몸을 아끼지 않고
모름지기 나라에 헌신하고
이렇게 대국을 이루어준
보배와 같은 그대가 어찌 이리 일찍 가셨는가!

칸이 제의를 드리고 슬피 울며 애통해하자, 문무백관 가운데 눈물을 흘리지 않는 자가 없었다. 칭기스 칸은 태사 모홀리의 관직과 칭호를 모두 그의 큰아들 볼로에게 잇게 하고, 태사의 동생 다이산다락그치를 함께 부원수로 삼았다. 그리고 명했다.

"모홀리의 유골을 성으로 들여 왕부王府에 모시고, 내가 직접 가서 장례를 행할 것이니 기다리라."

한편 칭기스 칸은 팔로만八魯灣에서 여름을 지내고, 병사를 모아 회회와 안도의 여러 지역을 평정했다. 그리고 곧바로 가온채에 이르러 많은 장수들을 불러모아 탕구트와 서역, 회회의 여러 지역을 평정하고, 차가타이 태자를 서역의 칸으로 봉하고, 그 아래 다루가치를 두어 여러 성의 일을 총괄하도록 하고, 공적인 인장을 주어 권한을 행사할 수 있도록 했다.

가을 8월에 달아났던 금나라 장수 수혁이 공모하여 병사를 매복시켜, 몽골 대장 강옥康玉을 죽이고, 그가 지키던 성과 주를 빼앗으려 할 때 또 금나라의 장수 엽각에게 붙잡혔다. 엽각은 수혁이 배반한 것에 대한 원수를 갚고, 그를 황제에게 데리고 가서 베어 죽였다. 겨울 12월에 금나라 선종 황제 완안순이 죽었다. 그 아들 완안수서完顔守緖를 황제로 세우고 그를 애종哀宗이라 했다.

이제 금나라의 일을 멈추고, 불의한 서하국의 사건을 언급하려 한다. 하국의 이안전의 아들 이준욱은 분별이 없었다. 그의 아버지 이안전은 한 번의 전투에서 몽골의 칭기스 칸을 보고 그가 천자임을 알아보았으며, 단번에 자신의 딸을 보내 투항했다. 그렇게 하여 전란의 큰 고통을 없게 하였지만, 양자인 이준욱은 어리석고 몽매해 하늘의 때를 알지 못한 채 다른 사람의 참언을 듣고, 몽골에 거역해 오다가 몽골의 둘째 태자 차가타이 친왕에게 성이 포위되고 공격을 당하자 달아났다. 이준욱은 서량西凉으로 가서 남은 서쪽의 나라들을 규합했다.

한편 꼬드김을 일삼던 포선만노는 나라 명을 남하南夏라고 새로이 명명했다. 그는 이준욱을 부추켜 모반하게 하고, 몽골과 대적하게 하였지만 몽골이 속지 않자 일을 이루지 못할 것을 알고, 서둘러 스스로 몽골군을 맞아 투항했다. 그러자 이준욱이 다른 이에게 속임을 당한 것을 알고 발을 구르며 분통을 터트렸지만, 어쩔 수 없는 상황이 되어 괴로워하고 있었다. 지지난해 몽골의 대원수이자 태사 모홀리가 갑자기 대군을 이끌고 금나라의 엄주와 패주를 공격했는데, 이준욱은 서량 부근에 있었기 때문에 급히 미복을 보내 몽골군의 동정을 살피게 했다. 그러자 미복이 돌아와 몽골군이 공격하러 온다고 하자, 이준욱이 크게 두려워하며 몽골군을 맞아 연회를 베풀었다. 그리고 이준욱은 달해에게 5만 병력을 내어주고, 태사 모홀리를 지원하게 하여 금나라를 향해 진격하게 했다. 태사 모홀리가 죽자 몽골군을 지원하려고 갔던 군대가 제 마음대로 돌아왔다.

그러자 볼로가 칸에게 사신을 보내 하국의 이준욱의 병사들이 멋대로 돌아갔다고 하자, 칭기스 칸이 태자 차가타이에게 명을 내렸다.

"도망자들의 나라 서하의 서량을 포위하고 공격하라."

차가타이는 원래부터 이준욱에 대해 못마땅하게 여기며 분노하고 있었기 때문에 바로 그 명령이 자기 생각과 부합하자, 큰 깃발을 흔들며 10만 대군을 이끌고 서량을 향해 가서 성을 포위하고 공격을 개시했다. 이준욱이 크게 두려워하며 여러 대신들과 이 사태를 논의하자, 신하들이 고했다.

"몽골이 우리와 인척 관계를 맺은 것은 특별히 우리나라를 멸망시키려는 뜻이 없다는 것으로 믿으시면 될 것입니다. 다만 우리 스스로 화를 자초했습니다. 주군께서 믿지 못하시겠다면 곧 예전대로 공물을 바쳐보십시오. 그러면 죄를 면해 줄 것입니다. 특히 몽골이 천하를 정벌하는 것은 공물을 바치도록 하려는 의도가 있습니다. 특별히 모두를 죽이려고 하는 것이 아니라, 세상을 정복하고자 하는 자는 사람을 지배하고자 하는 것이지 텅 빈 산과 들을 지배하고자 하는 것은 아닙니다."

이 말을 들은 이준욱은 미복을 보내 대화를 나누게 하자 차가타이가 버럭 화를 냈다.

"내 생각은 모름지기 그대의 나라를 남아있게 하지 않는 것이다. 다만 그대들의 옛 군주를 생각할 뿐이다. 우리 장인은 우호적으로 잘 지냈는데, 이준욱은 은혜를 받고도 그 머릿속에 모반을 생각하니 도대체 어찌 된 일인가? 이미 나의 생각이 이러하니 우리 황제 폐하께 하명을 듣고 올 것이니 기다리라" 하고 서신을 주어 보냈다.

한편 칭기스 칸이 서하국에서 올린 첩문을 보니, 또 투항하고 공물을 바치겠다는 것이었다. 칸은 모홀리에게 5만 병력을 내주고, 아들 차가타이의 인척임을 생각하여 또 다시 이를 허락하는 답서를 보냈다. 한편 차가타이는 공물을 받고, 한편 이준욱을 책망하면서 대군을 회군시켰다. 이준욱은 몽골군을 돌아가게 하자마자 자신이 군주의 자리에 앉을 수 없다는 것을 알고, 서둘러 아들 이덕왕을 보위에 앉히고 자신은 태상왕이 되어 나라에 은밀히 알렸다.

그러자 나라의 백성들이 고하기를 "이제 또 몽골에 투항했는데, 지금 다시 이런 말이 나면 우리나라는 몽골에 살육을 당하는 큰 환란이 가까울 것입니다"라고 했다. 이준욱은 스스로 일반인처럼 다니며 사람들의 분분한 말을 듣고, 노여워하며 화를 내려해도 그 말이 사실이기 때문에 이로 인해 괴로워하다가 병을 얻어 죽었다. 그러자 그 아들 이덕왕이 부왕 이준욱을 신종神宗이라는 묘호를 올렸다. 그리고 연호를 건정乾定이라 하고, 그 원년으로 삼았다.

한편 칸의 군대가 위구르의 모든 지역을 모아들이고 있을 때 위구르의 한 갈래인 킵차크라는 지역으로 들어갔다. 그곳의 산은 험준하고, 바위가 가팔랐으며 성은 철통같이 견고했다. 나라의 모든 병사와 창고, 재물, 귀한 쇠로 된 무기, 갑옷과 투구를 모두 가지고 산성으로 들어가 관문을 지켰다. 그때 칭기스 칸이 이 지역을 정벌하러 갈 것이라고 하자 보가르지가 앞으로 나와 고했다.

"폐하께서 그곳에 진격하시는 것을 잠시 보류해 주십시오. 제가 다섯 호장을 데리고 가서 만약 함락시키지 못한다면 그때 폐하께서 가셔도 늦지 않습니다."

그러자 칸이 이를 윤허하고, 태보 보가르지에게 톡그통고, 수베데이, 길루겐, 줄게데이, 호일다르 이 다섯 호장을 데리고 5만 병력을 나누어 지휘하게 하여 보냈다.

그때 태보 보가르지가 킵차크 산에 이르러 사방 천 리를 둘러보니, 주위에 높은 산과 험준한 기암괴석, 깊고 울창한 삼림이 펼쳐져 있었으며 지나갈 길이 없었다. 다만 남쪽에 큰 두 갈래 길이 뻗어 있었는데, 두 길 주변이 모두 가파른 협곡으로 이루어져 있었으며, 그 사이에 성을 세우고 병사들이 성을 지키고 있었다. 관문에 이르러 보름을 공격해도 조금도 소득이 없자, 보가르지는 어쩔 수 없는 상황에 크게 고민을 했다. 그때 수베데이 바타르가 준마를 타고, 사냥용 옷을 입고 무기를 들고 산속으로 들어갔다. 길을 찾으며 며칠 동안 가다가 날이 늦어지자 곧 말린 식량을 먹고 샘물을 마시고, 한 바위 구멍에 들어가 잠이 들었다. 자다가 문득 보니 동남쪽에서 어떤 이상한 빛을 띤 구름이 하늘에서 뭉실거리더니 세찬 회오리바람이 계속해서 불었다. 회오리바람에 먼지가 세차게 일어 천지가 닿을 듯했는데, 먼지 바람이 서북쪽에서 몰려오고 있었다.

수베데이 바타르가 깜짝 놀라 생각하기를, '바람이 산과 바위를 흔들고, 천지를 휩쓰는 가운데 이상한 물체가 있는 것이 분명하다.'며 산 위로 올라가 보았다. 그 회오리바람이 이르는 곳마다 산과 바위를 부수고, 나무와 숲을 온통 뽑힐 듯 휘몰아치게 했다. 그것은 가히 대단했는데, 회오리바람이 이르는 어떤 곳은 상당히 밝아졌으며, 어떤 곳은 또 깜깜해졌다. 볼수록 바람은 더 가까워져 오다가 그가 서 있던 산의 서남쪽 산 아래에 이르렀다.

수베데이 바타르는 서둘러 산등성 아래로 내려가 그 회오리바람 가운데 무엇이 있는지 보려고 땅 밑을 자세히 엿보자, 그 속에는 상당히 많은 사람이 있는 것처럼 북적거려 보였다. 모두 땅을 밟고 서로 껴안고 다녔다. 수베데이 바타르가 자세히 살펴보니 어떤 곳은 꽤 밝았다.

그 안에는 금나라, 송나라 사람처럼 소매가 크고 가슴이 넓은 자들이 있는데, 그 밖으로 한 무리의 여자들이 돌고 있었다. 수베데이 바타르가 여전히 놀라서 보니 그 가운데 있는 남녀들은 모두 몸에 상처를 입지 않으면, 목을 매 죽어서 혀를 길게 늘어뜨리고 있었다. 그러자 수베데이 바타르가 더욱 흥미롭게 살펴보니, 그 가운데 긴 혀를 갖고 있는 자가 수베데이를 보고 앞서 달려오자 모두 회오리바람과 함께 몰려 왔는데, 그것은 너무 빨라 피할 여유가 없었다. 무기를 지니지 않은 채로 악귀들이 여전히 몰려오자 수베데이 바타르가 맨손으로 오른쪽 왼쪽을 마구 쳤지만 그들은 전혀 맞지 않았다.

그렇게 답답해하고 있을 때, 갑자기 동쪽 하늘에서 오색의 무지개가 반짝이고 구름이 흩어졌다. 그리고 갑자기 벼락이 치며 한 대장수가 나타나 손에 긴 검을 들고, 그 회오리바람 속을 뚫고 들어가 크게 일갈을 하고 몇 번 검을 휘둘렀다. 그러자 악귀들이 베이지 않은 채 모두 흩어지고 바람도 멈추었다. 수베데이는 그 장수에게 고마움을 전하려고 그의 앞으로 가자 그 하늘 장수가 말했다.

"그대는 나를 모른단 말이오?"

수베데이 바타르가 서둘러 고개를 들고 보니, 그는 태보 보랄이었다. 수베데이가 황급히 무릎을 꿇자, 보랄 역시 급히 예를 갖추어 수베데이를 부축하여 일으키며 웃었다.

"장군께서는 이 킵차크 산의 관문을 정면으로 공격해서는 아니 되오. 그 안의 둘째 관문 가운데 서쪽 산협으로 청석암이 있소. 그 바위 아래로 내려가시오. 그 밑은 모래밭인데 보병들이 뚫고 내려가거나 굴러 내려갈 때 도중에 장애가 될 만한 나무나 덤불이 전혀 없소. 장군께서 믿지 못하겠다면 아침에 해가 뜰 때 이 동쪽 산마루에 서면 그 바위가 보일 것이오. 밤에 몇천 명의 용맹스러운 병사들이 그곳으로 공격해 들어가면 킵차크 지역을 무너뜨려 큰 공훈을 세우게 될 것이오."

그러자 수베데이 바타르가 크게 기뻐하며 물었다.

"이들 온갖 악귀는 도대체 어떤 자들입니까?"

"그들은 모두 금나라에 충성을 다했던 죽은 대신들이며, 매우 용감한 병사들이오. 그 황제가 몽매하고 어리석어 수많은 공로자를 높여주기는커녕 최소한의 생각하는 마음도 없소. 그들 영혼이 부당하게 거할 곳도 없게 되자, 생각에 우리 폐하에게 봉호와 거할 곳을 얻고자 했지만 가까이 다가갈 수가 없어 떠돌아다니는 것이오."

수베데이가 보랄이 죽은 것을 생각하며 급히 물었다.

"태사께서는 병영에서 병으로 돌아가셨는데, 어찌 지금 이렇게 다니십니까?"

그러자 보랄이 뒤 위쪽에 있는 금 인장을 보여 주었다.

"내가 죽은 뒤 폐하께서 친히 귀하신 입을 여시어 제사를 지내 주시고, 천지신명께 술을 뿌려 올리며 존호를 추봉하자 호르마스트 천신께서 나를 폐하가 친히 봉한 '충성된 용사'라 하여 내게 금 인장을 내리시고, 진지의 전체 귀신을 지휘하는 신관으로 삼으셨소. 그리고 우리의 국왕 태사가 돌아가시자 폐하의 귀에 그 소식이 이르자마자, 옥황상제께서 하북의 전체 귀신을 지휘하는 총관으로 봉하시고, 인장을 하사하셨소. 송나라가 패망한 뒤에 국왕을 북방으로 옮긴다고 하는 것을 들었소."

그의 말을 듣고 수베데이 바타르가 크게 놀라 물었다.

"태보께서 어찌 이곳을 아시고 우리 병사들에게 길을 알려 주시려고 오셨습니까?"

보랄이 웃었다.

"이곳은 비록 나와 상관없는 곳이지만 어느 쪽으로든 우리 성군 황제 폐하의 명이 떨어지면 나는 그곳에 가서 도울 수 있소. 다만 남쪽 지경에서는 내가 도울 수 없으니, 다만 말을 잘 기록하고 지형을 보고서 폐하께 자세히 고하시오. 폐하께서 듣지 못하셔서 명을 내리지 않으시면, 내가 폐하를 만나 절할 수 없기에 그대에게 고하게 하는 것이오."

그러자 수베데이 바타르가 다시 기쁜 마음으로 그의 말을 받아들였다. 보랄은 손을 올리자마자 구름에 뛰어올라 동남쪽으로 날아갔다.

수베데이 바타르가 그 뒤에서 보고 있자니, 그 구름이 가다가 동남쪽에 이르러 창공으로 스며들 때 갑자기 번개가 번쩍이며 불같은 빛이 퍼져나가 눈이 부셨다. 그때 수베데이 바타르는 깜짝 놀라 잠에서 깨어나니, 동쪽 산 정상에서 붉은 태양이 솟아올라 얼굴에 빛이 비치고 있었다. 수베데이 바타르는 서둘러 일어나지 않고, 눈을 감고 꿈의 의미를 처음부터 끝까지 하나하나 마음속으로 되새기면서 다시 곰곰이 생각했다. 그러다가 그는 크게 기뻐하며 서둘러 일어나 무기를 들고 산 정상으로 달려 올라갔다. 그리고 보랄이 가리켜 준 서쪽 산협을 보려고 바위굴에서 나오자, 그 주변에 몇 마리의 늑대, 족제비, 표범 등이 바위에서 떨어져 입과 코에서 피를 흘린 채 죽어 있었다.

수베데이 바타르가 생각하기를 '이 짐승들이 나를 잡아먹으려고 온 것을 태보 보랄께서 도와 나를 위험에서 구해준 것이다'라며 짐승들의 머리를 모두 자르고, 몸통을 바위굴 속에 던져두었다. 그리고 재빨리 산 정상으로 올라가서 보니 동쪽에서 서쪽으로 맑은 햇살이 비쳤다. 킵차크 산속에 있는 서쪽 산비탈이 매우 분명히 보였기 때문에 그 지역을 더 자세히 보니, 정말 두 번째 관문 안에 서쪽 산의 동쪽 산비탈에 그런 푸른 바윗돌이 그 아래 강변 모래톱까지 위태롭게 뻗어 닿아 있었다.

수베데이는 크게 기뻐하며 서둘러 진영에 와서 보가르지에게 절하고 어젯밤 꾸었던 꿈과 아침의 있었던 일들을 모두 말하자, 보가르지 역시 크게 놀라며 말했다.

"나 역시 보랄 아형의 꿈을 꾸었는데, 그것이 바로 이 일이었나 보오. 한때의 우리 형제들은 진정 죽어서도 폐하를 돕고 음우하오. 우리가 먼저 가서 보고 지역을 정복한 연후에 폐하께 아뢰도록 합시다."

두 장군은 다섯 호장과 수호기를 잡고 앞장선 병사를 모두 위구르 병사 모습으로 꾸미고, 그 산으로 올라갔다. 수베데이를 따라 그곳에 가서 보니, 산은 엄청나게 높았지만 그 아래 정말 모래밭이 있었다. 또 바위를 내려가자 구렁이나 골짜기가 없자 두 사람은 크게 기뻐하며 진영으로 돌아와 먼저 아래로 들어갈 병사 5천 명을 선발했다. 그때는 아직 겨울이었고, 병사들의 가죽 제품들이 상당히 많았기 때문에 곧 무거운 옷을 두세 겹 입게 했다. 그리고 긴 끈과 말린 식량을 갖고, 밤 일경에 산을 올라가 그 바위에 도착했다. 그리고 긴 밧줄을 연결하여 그 끝을 바위에 자란 나무에 묶자 그 밧줄 끝이 산 아래 닿았다. 그렇게 해서 산 아래로 매달려 내려가는 밧줄을 만들었다. 병사들에게 모두 가죽 한 조각씩을 나누어주고, 무기를 갖고 그 가죽 밧줄을 잡고 산 아래 평지로 내려갈 준비를 했다.

수베데이가 먼저 밧줄을 타고 내려와 산 아래 내려와 부시를 쳐서 불을 일으켜 신호용 불빛으로 신호를 보내자, 많은 병사들이 차례로 밧줄을 타고 내려왔다. 내려오는 것이 매우 수월했기 때문에 모두가 무기를 먼저 내리고, 다음에 병사들이 줄을 타고 내려왔다. 그러자 수베데이 바타르가 또 밧줄을 당겨 다시 올라가서 말했다.

"이 바위는 비록 높지만, 용기를 내면 밧줄 없이 바위를 타고 내려올 수 있소."

그리고는 스스로 다시 가서 맨몸으로 바위를 타고 내려와 바위 밑에 이르자 또 부시를 쳐 불을 일으켜 불빛으로 신호를 보내고, 또 위로 올라갔다. 그러자 병사들이 모두 마음을 놓고, 곧 서로 손을 잡고 바위를 타고 내려왔다. 그렇게 해서 오래지 않아 일시에 5천 명의 병사들이 모두 산에서 내려왔다. 보가르지도 따라 내려와 크게 기뻐하며, 모래밭으로 가서 구불거리는 두 곳을 지나 두 번째 관문 앞에 이르렀다.

이때 킵차크 산 가운데 있는 위구르 병사가 자신의 진지가 견고하다는 생각에 완전히 해이해져 잠이 들어 있었다. 망루 위에 한 군단의 병사들만 성을 지키고 있었다. 이에 몽골군이 가까이 다가가 곧바로 일시에 함성을 지르며, 3개 군단으로 성벽을 올라가 성을 지키던 병사들을 포위해 죽였다. 그리고 망루에 불을 지르고 문을 활짝 열자, 아래 있던 몽골 대군이 곧바로 진격해 성으로 들어갔다. 보가르지는 자신이 직접 문을 지키고, 다섯 호장을 바깥 관성으로 보내자, 그 불빛에 관성 밖의 병사들이 곧 올라와 칸을 지원하기 위해 갔다. 그때 적군은 다섯 호장의 군대에 패하여 한 사람도 나오지 못하고 모두 죽임을 당했다. 몽골군은 관성을 정복하고, 문을 열었다.

이때 몽골 대군이 이미 문 아래 당도해 있었기 때문에 보가르지의 아들 울렌 치르비가 열 명의 젊은 장수들과 함께 대군을 이끌고 문안으로 돌격해 들어갔다. 위구르의 병사들은 몽골군이 천상에서 내려왔다고 했으며, 두 번째 관문에 남은 병사들은 킵차크 성으로 달아났다. 그러자 수베데이 바타르가 민첩한 수십 명의 병사를 데리고 그들 무리에 섞여 함께 성으로 들어가려고 따라갔다. 그러나 킵차크 성의 문을 이미 닫아버려 자신의 병사를 받아들이지 않았다. 그리고 수비병들이 망루에서 욕설을 퍼부어댔다.

"너희들은 두 개 관문을 지키지 못하고 모두 빼앗겼으니, 너희들을 죽이는 것이 마땅할 것이다. 이제 우리가 너희를 죽이지 않고, 몽골군으로 하여금 죽이도록 할 것이다. 만약 너희를 들여보내면 우리 성을 지킬 수 있을지 의심스럽다."

그렇게 해서 위구르 병사는 몽골군에 의해 3천 명 이상 죽임을 당하자, 어찌할 바를 모르고 부르짖으며 몽골에 투항하려고 했다. 그때 수베데이 바타르가 큰 소리로 선포했다.

"너희가 몽골에 투항하면 몽골이 너희를 죽이지 않을 것이다. 내가 이를 보장하노라."

그러자 3천 명의 병사들이 기쁨을 금치 못했다. 그들은 자신이 가지고 있던 무기를 던지고 갑옷과 투구를 두고 모두 무릎을 꿇었다.

"천상의 장군께서 못난 우리를 구원해 주신다면, 우리가 이 성을 함락시키는 데 목숨을 바쳐 싸우겠나이다."

그러자 수베데이 바타르가 크게 기뻐하며 모든 병사를 데리고 가서, 그 이름을 적게 하고 보가르지 장군에게 절하게 했다. 대원수 보가르지는 수베데이를 칭송하며 크게 기뻐했다. 그리고 많은 병사들을 두관성에 주둔케 했다. 위구르 병사들은 여태껏 천군이 하늘에서 내려왔다고 알고 있었다. 그들은 몽골군이 바위를 타고 굴러서 온 것을 알지 못하고 놀라워하자, 수베데이가 5천 명의 병사에게 몰래 전해 바위를 타고 굴러서 온 것을 말하지 않도록 했다.

한편 병사를 정렬하고, 다음 날 킵차크 성을 둥글게 포위했다. 이 성은 아래쪽에서 꼭대기까지 큰 돌로 축조하여 쇠처럼 견고한 데다가 또 돌로 성을 빙 둘러가며 산처럼 쌓아놓았다. 모두 몇백 근의 거석이기 때문에 병사가 일단 돌에 맞으면 박살이 날 수 있어 가까이 접근할 수가 없었다. 성의 망루의 기둥 역시 모두 돌로 되어 있었기 때문에 불을 지를 데가 없었다. 다른 성과 같이 흙으로 된 집이 아니라 모두 중앙에 인가가 집중되어 있었기 때문에 조금의 방도도 없었다. 또 며칠을 지내고 많은 병사가 성 밖 백성들의 재물을 빼앗자, 원수 보가르지가 크게 분노하며 병사를 단호히 벌하고 명했다.

"일반 백성들을 범하지 말라. 백성을 범하는 자는 죽음을 면치 못할 것이다."

그러자 병사들이 앞서 빼앗았던 물건을 모두 되돌려 주자 많은 백성이 크게 기뻐했다. 밤에 흰 수염의 노인이 보가르지의 진영에 찾아와 수베데이 바타르를 만나 말하기를 "내가 보니 당신들 나라의 대장과 장수들은 모두 천상에서 내려온 자들이오. 이 성은 힘으로는 함락시킬 수 없소만 손쉽게 함락시킬 방법이 있소. 다른 사람들은 아무도 알지 못하고, 오직 나만 알고 있소. 내가 이제 나가서 장군께 말해드리리다. 성 밖에 있는 병사와 백성들을 범하지 않았기에 내가 말씀을 드리는 것이오. 이 성은 비록 견고하고 크지만, 산 가운데 높은 동산에 세워져 있기 때문에 그 아래 바위 샘에는 물이 전혀 없소. 그리고 북쪽의 큰 산 가운데 샘의 수맥을 파서 이 언덕 아래 종횡으로 몇십 길의 수로를 만들고, 그 샘물을 끌어들여 흘러나가는 곳을 바위 기슭에 숨겨놓았소. 물을 끌고 내보내는 샘물의 원천을 위에서 석회암의 바위돌로 덮어 숨겨놓았소. 이 물길을 끊어 버리면 성을 모두 함락시킬 수 있을 것이오."

그러자 수베데이 바타르가 크게 기뻐하며 급히 원수 보가르지에게 고하고, 그 노인에게 후한 상을 내리자, 노인은 받지 않고 자신의 성과 이름도 말하지 않았다. 다만 "빨리 따라오시오. 물의 원천을 가리켜 드리리다"라고 했다.

수베데이 바타르가 그 노인을 따라가자 노인은 성의 북쪽, 태산의 서북쪽에서 길을 찾아 한 산등성이를 가리키며 말했다.

"저것이 성안에 있는 샘으로 통하는 수로요. 수로를 횡으로 끊어 물을 다른 방향으로 흐르게 하면 곧바로 성 전체를 점령할 수 있을 것이오."

그렇게 말하고 노인은 길을 가려고 했다. 수베데이 바타르가 그 노인을 어떻게 해서든 남아있게 하려고 했지만, 노인은 그의 말을 듣지 않았다.

"제게 부귀, 명예가 모두 필요 없는데, 장군께서는 어찌 저를 남게 하려 하십니까?"

그렇게 말하고 길을 떠나가자 수베데이가 병사에게 노인이 간 곳을 알려주고 쫓아가게 했지만, 병사가 돌아와 산등성이를 돌아가자 노인의 모습이 보이지 않았다고 했다. 그 노인은 지신이요, 산신령으로 주군을 도와주는 것이라며 향과 불등을 켜 제단을 준비하고, 제의를 드리고 절을 올렸다. 그리고 곧 그 산등성이를 잘라 땅을 10장丈을 채 파지 않았는데 정말 돌로 된 도랑이 나타났다. 샘 위에 덮여 있던 돌을 들어내자 그 속에 5자 정도의 너비와 10자 이상의 깊이에 물이 흐르고 있었다.

수베데이 바타르는 뛸 듯이 기뻐하며 곧 물이 흘러 들어가는 길을 막고, 가로질러 판 고랑으로 물길을 냈다. 그렇게 해서 성안에 물이 끊어지자 백성들이 놀라 네 성문을 활짝 열고 몽골군을 맞아들였다. 위구르 병사들은 도망쳤지만, 더 나갈 수 없음을 깨닫고 모두 투항했다. 킵차크 시의 수장 치친을 붙잡아 함거에 가두고, 가솔들을 모두 붙잡아 조사했다. 그리고 창고를 열어 수많은 재화와 갑옷, 투구, 무기 등의 물품을 수레 8천 대에 싣고 돌아와 칸을 배알하고, 명을 수행한 내력을 보고했다. 그러자 칭기스 칸은 치친을 남게 하여 많은 사람에게 보이고, 그 처자와 속민들을 원수 보가르지 왕과 수베데이 바타르 두 사람에게 각각 상으로 내주었다. 또 남은 것을 여러 장수와 병사들에게 상으로 나누어줄 때 바위를 타고 굴러 내려온 장병에게는 더 후한 상을 하사했다.

그런데 킵차크를 정복할 수 있었던 이유와 보랄이 수호신이 되어 꿈에 나타나 길을 가르쳐준 것을 칸에게 고하라 했다는 것, 특히 모홀리가 남방 성황신이 된 것을 모두 낱낱이 고하자 칭기스 칸은 그 말에 감동하며 제의를 지냈다. 그리고 모홀리를 '충무지신忠武之神', 보랄을 '충용지신忠勇之神', 석천응을 '충의지신忠義之神'으로 추봉하고, 그 봉호를 써 소지를 올렸다.

그날 밤 칭기스 칸의 꿈에 세 장수가 나타나 은혜에 절하자 칸은 놀랍기도 하고 한편 기쁘기도 하여, 야율초재에게 "인간 세상에 훌륭한 인물이 모두 대업을 이루고자 한다면 그럴 수 있겠지만, 다른 특이한 한 가지 일이 일어나는 것은 무슨 까닭입니까?"라고 묻자, 야율초재가 "무릇 훌륭한 사람들은 대개 범상인 자들이 아닙니다"라고 하자 칸이 그의 말에 수긍했다.

한편 네 태자의 군대가 서쪽 변경의 동인도, 인도 동북부의 네팔, 티베트의 네 부락, 사차 등의 지역을 각각 공격해 정벌하고, 모두 해마다 조공을 바치게 하고 갖추어야 할 예법을 정하고 차례로 칸에게 돌아왔다. 이때 칭기스 칸은 동인도에 대군을 주둔시키고, 동인성에서 지냈다. 그 지역은 시기가 매우 더운 때였지만, 물의 수위가 높고 성으로 물이 지나는 수정궁이 있었다. 활짝 핀 큰 연꽃잎에 사람이 잘 수 있었다[원주] 칸은 크게 놀라고 즐거워했다. 또 겨울에는 나뭇잎이 떨어지지 않고, 강물이 얼지 않았다. 몇 아름의 굵직하고 커다란 대나무가 자라고 있었으며, 엄청나게 큰 물고기가 살고 있었다. 온갖 조개와 고동이 매우 풍성했다. 황제는 이곳에서 겨울을 지냈다. 이에 대한 언급은 잠시 하지 않으려 한다.

한편 태사 국왕 모홀리가 죽자 그 아들 볼로가 유골을 열 곳에 안장하고, 또 한 시신을 북쪽 대도로 가져다가 칸의 명을 받들게 했다. 태사 볼로의 아들 타스 토고스가 지난해 말 못할 병에 걸린 것을 회국 공주가 묘수를 사용하여 그의 마음의 병을 치료했다. 한 가지 마시는 약으로 마음을 치료하고, 구토하게 하여 백 가지 독을 제거하고 한 달만에 병을 호전시켰다.

그런 뒤 다시 만나 이르기를 "제가 제 몸을 해쳐 그대를 고친 것은 단지 그대 한 사람을 사랑해서가 아니라 나라의 사직을 생각해서입니다. 그대가 이제 또 육체적 쾌락을 원하시면 이제 참맛을 느끼실 수 없게 될 것입니다. 이제 서로 얼굴을 마주하여 즐거움을 느낄 수 있으면 그것으로 족할 것입니다. 특히 욕정을 키우는 것은 좋은 일이 아닙니다"라고 설득했다.

그러자 타스 토고스는 지혜가 출중한 사람이었기 때문에 그 말의 본의를 생각하고, 맞는 말이라고 수긍했지만 늘 어린아이처럼 욕망을 누르기가 어려웠다. 한 달 동안 회국 공주의 얼굴을 보지 않으면 후각과 미각을 모두 상실하여 할 수 없이 온갖 수단 방법을 다 써서 회국 공주의 얼굴을 볼 구실을 찾았다.

그때 그의 조부 태사가 돌아가셨다는 비보를 전하기 위해 사신이 날듯이 달려왔다. 타스 토고스가 크게 놀라 통곡하고, 집안사람들은 서둘러 모두 상복을 입고 머리를 풀고 왕부王府의 법도대로 장례를 치룰 준비를 했다. 연이어 칭기스 칸이 보낸 사신이 도착해서 "모홀리의 유골을 칸의 아우의 예에 따라 후히 장례를 치르시오. 폐하의 다섯째, 여섯째, 일곱째 세 태자는 군왕들과 함께 조의를 표하고 폐하를 기다리시오"라는 명을 전했다.

이어서 태사의 영구를 내어가려고 하자, 타스 토고스가 가솔들을 데리고 멀리 영구를 맞으러 갔다. 모홀리의 부인 쇼론이 이미 세상을 떠났지만, 슬하에 외아들이 있었는데 그가 태사 볼로였다. 부인이 별세한 후에 나이든 태사 모홀리가 다시 첩이나 작은 부인을 들이지 않았다[원주] 이것은 곧 집안에 확고한 규범이 드러난 것이다. 참으로 큰 인물이었다.

한편 외아들과 친지들이 운구를 맞으러 나갔다. 국왕의 양녀 홍고르졸이 부왕의 별세 소식을 듣자 곧 쓰러져 울었다. 특히 회국 공주는 모홀리의 은덕으로 칭기스 칸을 만날 수 있었고, 이제 또 그의 손자 타스 토고스와 새로 마음을 나누고 있는데, 이런 일이 생기자 참으로 견딜 수 없는 심정이 되었다. 그녀는 상복을 입고 병사의 예법대로 말을 타고 운구를 맞기 위해 갔다.

그 외에 태사들은 예법대로 앞서 나가 운구를 맞고, 칸의 개인적인 정의情誼로 세 명의 태자들이 나와 운구를 맞아 성으로 들어갈 때 진정 천자에 못지않게 길 양쪽으로 몽골 백성과 대소신료들이 가득 길을 메웠다. 깃발과 보개는 모두 칸의 물품을 사용했다. 칸의 친동생이라 해도 이와 같이 할 수 있을까? 앞쪽에는 “칸의 아우 나라의 태사 국왕 모홀리 영구”라고 황룡을 그린 수호기가 갔다. 한편 운구는 황궁으로 들어가 음안전蔭安殿에 안치했다. 이 큰 사건은 한 마디로 끝내기 어렵다. 국왕의 장례 일은 잠시 거두고, 이제 칸의 서역 정벌에 대해 말하고자 한다. 어떻게 서역을 갔다 왔는지 듣고자 한다면 다음 장에서 그 내용을 보게 될 것이다.

사관 인잔나쉬의 시 한 수

강직함의 정수 태사 국왕
빼어난 인걸 석천응
무도함의 극한 서하국의 이준욱
몽매함의 극치 회회
황제의 선봉 성군 칭기스
신하의 선봉 모홀리
잔악함의 괴수 금나라 아로다이
간사함의 괴수 후소숙

제56장

자애롭고 의로운 성군 태조는 진심 어린 충언을 듣고 나라로 돌아왔네 선의태후는 공덕 있는 삶을 끝내고 승천했네

갑신년甲申年, 푸른 몽골국 칭기스 칸 19년. 송나라 영종 가정 17년, 금나라의 새로운 황제 애종哀宗 완안수서의 정대正大 원년이었다. 이해 태조의 나이 63세였다.

그해 정월 칭기스 칸은 동방 인도에서 더 앞으로 나가 반드시 인도의 다섯 개 큰 지역을 공격해 들어가리라 마음먹고 진격했다. 인도의 경계인 철문관 밖에 이르러 대군을 주둔시켰다. 그 지역의 산천은 놀랄 정도로 아름답고, 새와 짐승들도 특별한 색채를 띠고 있었다. 동인도에서 인도로 들어갈 때 만약 그 지역의 군주가 대항하면 어떻게 공격해 싸울 것인가를 논의했다.

하루는 칭기스 칸이 말을 타고 여러 대신을 대동하고 넓은 초원에서 바람을 쐬며 웅장하고 엄청나게 견고한 철문관을 보며 갔다. 그때 건너편 철문관으로 한 푸른 녹색 빛이 도는 야생동물이 지나가는데, 그것은 생김새가 사슴 같았으며, 머리에 뿔이 하나 있었고, 꼬리는 말꼬리와 같았다. 그 짐승이 달려와 칸의 앞으로 지나갈 때 잠시 멈추려고 하다가 칸이 활과 화살을 드는 것을 보고, 저 너머로 날듯이 달려갔다. 그 짐승은 칸의 앞 대열의 선봉으로 가는 칸의 시위병 투구스촉그트의 반대편에 서서 사람의 말로 말했다.

"그대는 칸께 빨리 회군하시는 것이 좋을 것이라 고하시오."

그리고 계속 달려가 철문관 안으로 들어갔다.

모든 사람이 그 장면을 보았기 때문에 가까이 있는 병사도 그 소식을 들었다. 칭기스 칸도 그 짐승이 달려가 시위병 투구스촉그트의 맞은편에서 몇 번이나 도는 것을 자세히 보았다. 투구스촉그트가 칸에게 와서 그 동물이 한 말을 고하자, 칭기스 칸은 깜짝 놀랐다.

"이것은 참으로 기이한 일이오. 이전에 내가 북로를 통해 서쪽 티베트를 거쳐 인도로 들어가려고 했을 때 치다가란 고개에서 황금 털을 가진 외각수 한 마리가 길을 가로막으며 무릎을 꿇고 절을 했었소. 그런데 그 동물은 말을 하지 못했는데, 오늘 안측 길로 이곳에 이르러 또 이런 짐승이 나타나니 참으로 이상한 일이오. 이 동물을 무엇이라 하는가? 무슨 연유로 사람의 말을 할 수 있단 말인가? 이 일은 무엇을 예조하는 것이오?"

그러자 옆에서 야율초재가 나와 무릎을 꿇고 고했다.

"이 야수의 이름은 각단角端이라고 합니다. 사방의 끝에 이런 네 가지 동물이 있습니다. 대군이 출병하면 이 동물이 와서 간언을 하지요. 저 야수가 폐하께 고하는 것은 하늘의 뜻이 분명합니다. 칸이란 천자요, 백성은 칸의 자식입니다. 생각해 보면 폐하께서 대군을 지휘하여 서방을 정벌하러 다니시며, 몇 지역을 공격한 지 벌써 4년이 되었나이다. 4

년 사이에 죽은 병사들의 수는 헤아릴 수 없습니다. 이 짐승은 죽이는 것을 혐오하고, 구하는 자들을 좋아하기 때문에 대군이 사람을 몰살하면서 진격해 들어가는 것을 멈추려 하는 것이라 할 수 있습니다. 하늘은 살육하는 것을 좋아하지 않기에 분명 저 짐승을 시켜 폐하께 간언하는 것이라 사료됩니다. 이제 이 성에 들어가시면 분명 또 속지의 군주들이 저항하며 싸울 것인데, 이때 죽는 병사의 수가 상당할 것입니다. 그렇기에 폐하를 일찍 회군시켜 나라로 돌아가게 하려고 보낸 것입니다. 폐하께서는 깊이 살피심이 좋을 듯합니다."

그러자 칭기스 칸이 머리를 끄덕였다.

"내가 보아하니 이 인도의 큰 다섯 개 넓은 지역의 중심을 지배할 복이 없는 듯하오."

칸이 양의 견갑골로 점을 쳐보고, 또 양의 복사뼈를 던져 점괘를 보고 크게 놀라며 야율초재에게 "이 점괘가 갑자기 어째서 변했소? 이 점괘를 보니 나라에 큰 화가 생긴 것이 분명하오"라고 했다.

야율초재가 절하며 고했다.

"신이 지난해 천기를 보니, 우리나라, 송나라, 금나라, 서하국 이 네 나라가 모두 좋지 않았습니다. 금나라 군주는 지난해 겨울 죽었습니다. 서하국의 이준욱도 죽었습니다. 송나라도 분명 또 큰 상을 당할 것입니다. 우리나라에서도 두 대장군이 해를 입었습니다. 천기를 자세히 살펴보면 중원의 상경들에게도 좋지 않습니다. 폐하께서는 곧 하늘의 뜻을 따라 나라로 돌아가시는 것이 좋을 듯합니다. 이 몇 개 지역의 미천한 백성들의 목숨을 구해주심이 좋을 것입니다."

칭기스 칸이 한참 동안을 생각하더니 "짐의 어머니 선의 황태후가 아니면 무슨 일이 있어도 돌아가지 않을 것이오. 그러나 태후의 춘추 여든이 넘으셨는데, 내가 이처럼 외지로 원정을 다니는 것은 참으로 바른 일이 아닐 것이오. 서둘러 군대 대수호기에 술을 뿌려 바치고 곧바로 돌아갈 것이오. 다만 모훌리의 수호기가 돌아가기 전에 나의 수호기가 먼저 돌아가는 것이 조금 부끄러운 일인 듯하오"라고 했다.

야율초재가 고하기를 "이 일에는 나무랄 일이 없습니다. 태사께서 이미 귀천하셨고, 태사께서는 원을 이루었습니다. 폐하의 말씀을 실천했습니다."

그러자 칭기스 칸이 맞다고 수긍했다. 곧 회군을 위해 수호기에 제의를 드리고, 사흘 동안 연회를 베풀어 36개로의 장수와 병사들을 위로했다. 그때 인도의 큰 지역인 푸라자마오 칸의 지역에서 수레 3천 대에 갖가지 보화를 보내왔다. 그리고 군대가 자신의 지역에 들어오지 말 것을 청하자, 그 말을 통역할 사람을 찾았다. 마침 잠발이 그 지역의 말을 알았기 때문에 그를 통역사로 하여 협상을 했다.

"철문관 안의 인도를 침범하지 말 것과 예전에 와서 이르렀던 곳을 다시 와서 다투지 않을 것. 공물을 해마다 이와 같이 보내지는 않을 것이며, 다만 비취, 유리가 3천 근이면 곧 한 해의 공물이 될 것이오."

그리고 인도 사신이 절하고 돌아갔다. 한편 칭기스 칸의 다섯 군단의 병사들이 4년 동안 외지로 원정을 다녔기 때문에 이번에 고국으로 돌아가는 것을 기뻐하지 않는 자가 없었다. 칭기스 칸이 이끌었던 군대가 초여름이 되어 나라에 이르자, 아홉 차례의 영접단이 차례로 영접을 했다. 칸은 고령의 태후를 배알하고, 평안을 여쭈었다. 태후는 칭기스 칸의 손을 잡고 칸의 얼굴을 살피며 기쁨의 미소를 지었다.

"칸, 네가 서방을 정벌하기 위해 떠나고, 나의 신변에 너의 네 명의 동생들이 한참 동안 있었지만 네가 없어 마음속 깊이 버팀목이 없는 듯 안정이 되지 않았다. 이제 칸 너를 보니 마음이 참으로 기쁘고 편안해지는구나. 내 살아서 너를 볼 수 있을 거라고 생각지 못했다. 소싯적에 온갖 간난신고를 겪었지만 이제 노년의 끝자락에 이르러 세상의 어미가 되었다. 내게 털끝만큼의 작은 불만도 없다. 다만 내가 보니, 너의 네 아우의 여러 자식들 중에 서너 명의 큰 재목이 있는데, 그 가운데 톨리의 둘째 아들 쿠빌라이가 훗날 너의 자리를 차지하게 될 것이다. 이제 그 아이가 놀고 행동하는 것을 보면 다른 손자들과 다른 어떤 보이지 않는 깊은 의미가 있다."

그 당시 여러 손자가 모두 태후의 곁에 있었기 때문에 태후가 손으로 가리켜 말했다.

"쿠빌라이의 행동거지는 바르고 지혜로우며, 하는 말이 예리하고 영리하다. 이제 열 살 정도밖에 되지 않았지만 위구르, 여진, 한인 지역의 글을 안다. 평소에 내가 속으로 너를 그리워하는 것을 그 아이가 보고 나가서, 보이지 않는 곳에서 노는 아이들을 향해 '증조 할머님께서는 이제 산같이 쌓인 보화도 필요 없고, 칸 할아버지께서 돌아오시면 만 가지 소원을 이루시게 될 것이다'라고 말했다고 하는구나. 열 살짜리 아이가 어미된 자가 아들을 그리워하는 것을 어찌 알았을꼬? 그래서 나는 이 아이가 훗날 분명 너의 보위를 이을 거라는 것을 알았다."

그러자 칭기스 칸이 크게 기뻐하며, 즉시 어머니 태후의 뜻에 따라 어머니의 마음을 기쁘게 해드리는 말을 고했다. 특히 태후가 고령이었기 때문에 천지신명께 제의를 드리고, 나라의 온 백성에게 다시 큰 상을 내리고, 노인과 어린아이들에게 돈과 곡식, 피륙을 상으로 주고, 죄인을 사면해 풀어주는 등 큰 보시를 행할 것을 고했다. 그러자 태후가 크게 기뻐했다.

"내가 이번의 보시와 합해 세 번의 큰 보시를 베풀었소. 내 비록 여자의 몸이지만 주상의 어진 덕으로 다음 생에는 분명 남자가 되어 태어날 것이오."

칭기스 칸 역시 어머니의 마음을 기쁘게 해드리는 말을 고하고 연회를 베풀었다. 그리고 내궁에서 나와 나이든 옛 신하와 태사들에게 태후를 잘 보살필 것을 당부하고 보냈다. 칭기스 칸은 또 손자들을 불러 상을 주고, 넷째 태자 톨리 친왕의 큰아들 뭉흐와 둘째 아들 쿠빌라이를 불렀다. 뭉흐는 이해 17살이었는데, 태조 칭기스 칸이 47세 때 태어났다. 이때는 매우 길할 때라 점술가들을 시켜 아이의 점괘를 살피자 아이가 반드시 크게 귀한 자가 될 것이라고 했다. 이때 태조 칸의 셋째 태자 우게데이 친왕이 아직 자식이 없었기 때문에 자식을 원해 뭉흐를 양자로 삼아 키웠다. 이제 손자들이 모두 글을 읽을 나이가 되었기에 칭기스 칸은 서역에서 바친 여러 가지 흥미롭고 진귀한 물품과 아름다운 서화를 꺼내 손자들에게 상으로 주고, 톨리의 둘째 아들 쿠빌라이는 어리다 하여 활과 화살, 검, 창 등의 물건을 일정하게 상으로 주자, 쿠빌라이가 절하며 그것을 받아서 형 뭉흐를 향해 말했다.

"할아버지께서 형은 군주의 예로 상을 주시고, 내게는 무장의 예로 상을 주셨네."

칭기스 칸이 그 말을 듣고 서둘러 쿠빌라이를 불러 물었다.

"군주는 무엇이고, 무장은 무엇이냐?"

그러자 쿠빌라이가 "군주는 하늘 아래와 땅 위에 있는 것을 모두 다스리는 자입니다. 천하 만물을 모두 사람들의 말과 문헌을 통해 배웁니다. 그렇게 해서 군주라 합니다. 무장은 이길 수도 있고 질 수도 있습니다. 비록 승리를 해도 훌륭한 용장 한 사람을 뛰어넘지는 못합니다. 군주 한 사람에게 그런 장수가 수백 명이 있다 해도 많다고 할 수 없습니다. 무장은 오직 자기 자신을 다스립니다"라고 하자, 칸은 크게 놀라며 기쁨을 감추지 못했다. 그리고 마음속으로 탄복했다. 그때 칸의 주위에 주치, 차가타이, 우게데이, 톨리 네 태자 친왕들이 모두 있었기 때문에 톨리는 아들이 하는 말을 듣고 마음이 편치 않았다.

"저는 이 아이의 행동거지를 보고 괜찮은 인물이 될 아이라 생각했습니다. 그런데 하는 말을 들어보니 송나라, 금나라의 나약하고, 공리공론으로 성시를 세우고, 헛된 말로 공을 세우는 사람이 될 듯싶습니다."

그러자 칭기스 칸이 미소를 지었다.

"혼란한 나라를 병력으로 평정하여 사직을 평화롭게 하고, 문치로서 나라를 다스리게 되는 것인데, 너는 어찌 그렇게 말하는 것이냐?"

그리고 칭기스 칸은 태사 국왕 모훌리의 관저로 가서, 관을 벗고 검은 옷을 입고 울면서 운구를 맞아 술을 뿌리며 축원했다.

북방 모래사막에서 고난을 당하며 지낼 때
실수 없이 필사의 힘을 다해 분투했던 모훌리여
우리 북방이 핍박을 받을 때
목숨을 다해 돌격해 싸웠던 모훌리여
남쪽으로 대군을 이끌고 진격할 때
진정 마음을 다해 분투했던 원수 모훌리여
하북 산동을 평정할 때
훌륭한 전술가였던 국왕 태사여

칭기스 칸이 비통해하며 제의를 드릴 때 원정을 갔던 예전의 장수, 새로운 장수, 젊고 나이든 문무백관 등 모두 울지 않는 자가 없었으며, 진정 친동생이라도 이보다 더 비통해하지는 않을 것이라고 했다. 한편 칭기스 칸은 서방의 공물과 남쪽 지역의 공물 가운데 몇 만 냥의 금은 보화를 볼로에게 상으로 하사하고, 장례에 사용하라고 일렀다. 그런 뒤 칸이 돌아나갈 때 태사 국왕 모훌리의 군대에 소속되어 있던 모든 장수와 신하들이 진영 뜰에 가득히 무릎을 꿇고 있었다. 대원수에게 제사를 지내준 칭기스 칸의 은혜에 절할 때 그 무리 안에 몇몇 여인네가 있었다. 칸이 그 무리에 여인들이 있는 이유를 묻자, 솔롱고, 사이한 후르, 홍고르 졸, 회국 공주 이들은 모두 국왕의 군대에 포함되어 있는 여인들이라고 했다. 그러자 칭기스 칸은 이같이 많은 사람들이 모훌리의 곁에 있기를 바랐던 것을 마음속으로 놀라며 진정 가상히 여겼다.

모홀리의 장례를 끝내고 운구를 옛 지역으로 옮겨가게 했다. 그리고 승상 볼로에게 예전과 같은 부친의 직책을 맡기고 병영으로 돌려보냈다. 모홀리의 운구를 칭기스 칸의 넷째 태자 톨리 친왕에게 보내도록 했다[원주] 이 운구는 진짜가 아니다.

장례가 끝나고 승상 볼로는 남쪽으로 가서 상도와 하북 지역을 순시하고, 금나라를 향해 진격해 들어가 봉상부를 정복할 계략을 논의했다. 금나라의 새 군주 애종 수서가 이 소식을 듣고, 조정의 여러 대신과 상의했다.

"남쪽에서는 송나라가 배반하여 침범해 오고, 북쪽에서는 몽골이 고압적으로 우리를 괴롭히고 있소. 그러니 이제 어찌하면 좋겠소?"

그러자 문무백관이 서로 쳐다보며 아무 말도 하지 않고 있을 때 상서령사 이당영李唐英이 많은 신하들이 금나라의 은혜를 받고 사는 것을 보고, 속으로 불만을 품고 여러 무리 중에서 나와 무릎을 꿇고 고했다.

"몽골은 우리 대국을 괴롭히면서 화친할 뜻이 전혀 없나이다. 다만 송나라가 원래 우리에게 공물을 바치다가 이제 또 몽골에 공물을 바치고 있습니다. 우리 조정에서도 공물을 요구하지 않고 있습니다. 만약 이제 우리가 그들이 탐하는 것을 제시하고 싸우지 않고 멈추겠다고 하면, 송나라는 분명 기꺼이 그 제안을 받아들일 것입니다. 송나라는 이미 산천에 들어가 시부에 취하고, 즐거움과 유유자적한 평안에 침혹되어 있어 싸우고 공격하는 것을 싫어하게 되었습니다. 신이 가서 두 나라의 싸움을 멈추게 하고 우호적으로 지내도록 하겠나이다."

그러자 금나라 군주 수서가 그의 말을 윤허하고 후한 예물을 주어 보냈다. 이당영은 황제의 명에 따라 송나라에 가서 일을 고하는 관저에 들어가 자신이 온 이유를 알렸다. 이튿날 송나라 영종을 배알하고, 그에게 고하기를 "두 나라가 서로 오래 왕래가 없었나이다. 그 사이 몽골이 기회를 노리고 쳐들어오니 두 나라가 서로 힘을 합하여 가능하다면 몽골을 공격해 제거하고, 예전처럼 나라를 다스리는 것이 어떠하시겠습니까? 최소한 두 나라가 힘을 하나로 뭉쳐 서로 싸우지 않고, 몽골에 대항해 우리의 지역을 지키는 것이 상책이 아니겠습니까? 그러니 우리 주군께서 뜻을 갖고 폐하께 후한 예물을 올리고, 이 일을 상의케 하기 위해 저를 보냈습니다"라고 했다.

그러자 송나라 영종이 이르기를 "우리 송나라는 원래 전란을 좋아하지 않소. 다만 그대 나라에서 공격해 오는 것을 견디지 못해 어쩔 수 없이 싸웠던 것이오. 이제 만약 진정으로 싸우지 않고, 병사들이 맞서 대항하는 전쟁을 그만두겠다고 한다면 그것은 바로 우리가 원하는 바요."

이렇게 두 나라는 화친 동맹을 맺었다. 영종은 연회를 베풀어 사신을 대접하고, 이당영이 가져온 예물에 답례를 해서 보냈다. 그리고 자기편의 사신을 함께 금나라로 보내 협의하고, 동맹 계약을 맺게 했다. 금나라에서도 연회를 베풀어 사신을 후히 대접했다.

이 소식을 몽골의 볼로와 다이산다락그치 등이 듣고 깜짝 놀라 군대를 정비하고 지역을 살피고, 다른 한편 칸에게 고하기 위해 전령을 보냈다. 이때 칸의 대규모 대오가 양경에서 돌아오지 않았기 때문에 상주문을 양경시로 보냈다.

태조는 톨리 친왕과 세 아우를 데리고 모홀리의 운구를 북방으로 귀히 보낼 때 이 기회에 옛 지역을 돌아보기 위해 가솔들을 대동하여 출발했다. 이때 금나라 회국 공주가 첫 번째로 자신의 언니를 따라갔다. 둘째로 모홀리의 은혜를 보답하며 그의 운구를 보냈다. 타스 토고스는 회국 공주와 함께 가는 것이 좋았지만 조부의 상이기 때문에 어쩔 수 없이 회국 공주에 대한 욕정을 참았다.

5월 말 모홀리의 지역에 이르러 궁에서 몇 달 동안 제사를 지내고, 비로소 옛 툴루브산에 운구를 신성하게 모셨다. 칸의 명에 따라 10가구를 그곳에서 지내게 했다. 한편 장례가 끝나고 모두 헤를렌, 오논 그리고 보르한 갈돈의 세 지역을 돌아보고, 양경시로 갈 때 타스 토고스는 손자인지라 장례의 예법이 비교적 가볍고, 몽골 장례도 고대로부터 시신이 흙에 들어가면 상복을 벗고, 국왕이 별세한 지 1년이 지났기 때문에 손자들은 상을 이미 마쳤다. 그리고 칸에게 상을 끝낸 예법대로 절을 올리고, 양경시에 있다가 칸이 돌아갈 것을 기다렸다.

그러던 어느 날 타스 토고스는 조정에서 내려와 회국 공주를 갈망하며 밤이 되기를 기다렸다. 그리고 밤이 되어 그녀의 숙소로 가자 회국 공주도 그리워하던 차라 서둘러 타스 토고스를 맞아들여 서로 절했다. 그리고 술을 마실 때 타스 토고스가 또 서로 사랑을 나누기를 청하자 회국 공주가 "낭군께서는 이 나라의 태사 승상을 계승할 자식이온데 이같이 여색을 좋아하시니, 훗날 그런 큰 직책을 어찌 받으시려고 하십니까? 제가 보니 낭군의 조부 국왕께서는 참으로 행실이 올곧으시고, 큰 지혜를 가지신 용사이십니다. 그렇기에 이처럼 큰 나라를 세우시고, 명예와 공훈이 그처럼 크셨던 것이지요. 제가 이전에 낭군의 소원을 이루어드린 것은 낭군을 사랑하여 훗날 대업을 이루시고, 선조들의 대의와 규범을 계승하고 펼쳐가는 데 도움이 된다고 여겼기에 제 몸을 바쳐 낭군의 마음을 채워드리고 뜻을 이뤄드려 낭군의 병을 쾌유시켰던 것입니다. 이제 정말 체력을 보강하는 데 힘쓰십시오.

그런데 낭군께서는 어찌 정복하지 못했던 지역을 정복하고, 제거하지 못했던 적을 제거하는 것을 생각지 않으시고, 또 이 같은 육체적 쾌락을 잊지 못하시는 것입니까? 저는 이미 당신의 사람이요, 아침저녁 당신께 갈 것입니다. 저는 다만 칸과 스승의 은혜에 작게나마 보답하고, 변경을 정벌할 때 당신에게 대례를 치르고 갈 것입니다. 그 사이에 낭군께서는 남쪽을 정벌하는 일에 힘을 다하고, 마음을 굳게 하시는 것이 옳을 것입니다"라고 했다.

이처럼 회국 공주가 대례를 말하며 어떻게 해서든 타스 토고스를 설득하려 했지만, 그는 그녀에게 매달리며 포옹했다. 아무리 말려도 듣지 않자 회국 공주는 또 이전의 했던 방식대로 그를 술에 취하게 한 뒤 베이린 공주를 침소에 밀어 넣고, 타스 토고스를 속이고 밤을 지내게 했다. 이전에 베이린 공주는 회국 공주가 자신을 얕잡아 보고 놀리는 것이라 여겨 기분이 조금 좋지 않았었다. 그러나 이제 그와의 육체적 쾌락의 맛을 알게 되면서 그를 그리워했다. 어두운 밤 베이린 공주는 타스 토고스와 밤새 몸을 섞으며 육체적 쾌락을 누리고, 새벽이 밝아올 때가 가까워지자 서둘러 자리를 피해 침소에서 나왔다. 회국 공주 역시 이때 나이가 성인이 되어 여성으로서 성욕을 억제하기 어려웠다.

그런 그녀가 그 둘의 성애로 한 몸이 되는 것을 보고 복숭아즙 같은 이슬이 음부를 적셨다.

이튿날 타스 토고스를 속이고 함께 밤을 지낸 것처럼 행동하자 타스 토고스가 정말 잠에서 깨어나지 못하고, 연정이 깊어져 떨어지기 힘들어하자 회국 공주가 "낭군께서 이처럼 행동하시니 저는 이제 낭군을 더는 만족시켜 드리지 못하겠습니다"라고 하며, 더 용기를 내지 않게 하려고 시종에게 등불을 들리워 그의 처소에 바래다주게 했다.

오래지 않아 또 가을바람이 불고 대오를 정렬하여 남쪽으로 진격해 들어가게 되자 많은 사람이 기뻐했다. 만추가 시작되자 모든 병사가 대오를 지어 남쪽으로 출병할 때 칭기스 칸은 태후의 나이가 고령이었기 때문에 어머니와 멀리 떨어지지 않았으며, 빨리 이동하지 않고 천천히 남쪽으로 들어가 대도에 도착했다.

그때 중추 말엽이었는데, 남쪽에서 별똥별이 떨어지자 모두 그것을 보았다. 칭기스 칸이 야율초재에게 "저 별은 무슨 징조요?" 하고 묻자, 야율초재가 "이곳은 남쪽 지역에 속해 있습니다. 떨어진 곳을 보면 송나라의 속지이니, 필시 송나라 군주가 또 별세할 것이라 사료됩니다"라고 했다.

그러자 칭기스 칸이 그것을 신하에게 기록하게 했다. 그가 말한 대로 8월 윤달에 송나라 군주 영종이 세상을 떠나고, 원래 명한 대로 기왕에게 양자로 키우게 했던 귀성貴誠을 황제의 보위에 오르게 하고, 그의 이름을 고쳐 윤昀이라고 했다. 이전 군주의 황후를 황태후로 삼고, 국사를 함께 결정하며 수렴청정을 하게 했다. 처음에 키운 황태자 조횡은 제왕으로 강등되어 호주湖州에 보내 지내게 했다. 그는 포악하고 주색잡기가 황제보다 더했다. 그는 "황제가 되어도 죽을 것이요, 되지 않아도 죽을 것이니, 죽기 전에 하루하루 즐기는 것이 나의 최고의 낙이다. 칸의 즐거움도 나의 즐거움에 비할 수는 없을 것이다"라고 하며 주악과 수많은 여인에 둘러싸여 주색에 침혹되어 방탕하게 지냈다. 그는 호주에 가서도 풍악을 즐기며 주색에 빠져 지냈다.

늦가을 칭기스 칸은 대도에 이르러 사방의 돌아가는 정황을 듣고 하사르와 벨구테이, 오칙, 가촉 등 국사를 잘 처리하는 장수들에게 상을 내렸다. 그리고 태후의 선업을 쌓기 위해 사방에 국로國老와 태사, 태보 등 나이든 어른과 어린아이들에게 상을 주어 보시를 했다. 상을 나누어주는 대신이 찾아가 130세가 넘은 몇몇 노인을 찾아내어 칸을 알현케 했다. 그러자 칸이 손수 상을 내리고 위로했다. 이 일이 태후의 귀에 들어가자, 태후는 이 일에 대해 아들 칸에게 자세히 물었다. 그런 뒤 목욕재계를 하고 예복을 입고 천지에 절한 뒤 칸의 손을 잡고 말했다.

"나의 천수는 분명 끝이 난 것 같구나. 일주일 전에 꿈에 내가 물에 비치는 그림자를 따라가자 내 옷이 모두 공중에 멈추어 있었다. 또 물 있는 곳으로 가자 너의 아버지 예수헤이 바타르께서 세상을 떠난 여러 대신을 대동하고 오셔서, 공훈이 있다며 나를 맞아주실 때 내가 놀라 잠에서 깨어났단다. 그러니 이제 곧 내 육신은 기운이 떨어질 것이다. 오늘 나의 덕을 쌓는 일은 끝났느니라. 내 얻어듣기로는 이러한 모든 일이 황제인 우리 아들 천자의 선업에 좋은 일이라고 들었다. 네게 또 당부할 다른 말이 없느니라. 너의 여러 아우에게 모두 각각의 봉토를 나누어주고 황제가 되게 했다. 이러한 일들은 내가 생각지 못한 일이다. 내가 보니 오행이 모여지는 징조가 눈에 띄고, 몸이 편치 않구나. 이제 나를 더 움직이게 하지 말거라."

그런 뒤 큰 보료 위 등받이에 의지해 앉았다. 그러자 위로 칭기스 칸과 왕비를 비롯해 나라 전체가 크게 불안해했다. 칸이 손수 좋은 약을 올리며 무어라 말해도, 태후는 머리를 저으며 마시지 않았다. 사흘째인 9월 초 아흐레 자시에 한 컵의 우유를 마시고 곧 영면했다. 나라 안이 크게 동요되면서 모두가 비탄에 잠겼다. 칭기스 칸은 어머니 오른쪽 무릎 아래 무릎을 꿇고, 네 자식인 벨구테이, 하사르, 오칙, 가촉 등은 왼쪽 무릎 아래 무릎을 꿇었다. 황후를 위시해 여러 비들이 뒤에 섰고, 손자, 증손들이 궁 가득히 무릎을 꿇고, 선의태후의 장례를 거행했다. 새벽이 밝아올 때 태후의 궁에서 한줄기 널찍한 흰빛이 서남쪽으로 퍼졌는데, 그 빛은 태양이 떠오를 때까지 보였다.

칭기스 칸을 위시해 문무백관들이 모두 머리를 풀어헤치고, 허리띠를 풀고, 검은 상복을 입었다. 나라 장례의 예법대로 태후를 정전正殿에 모셨다. 칭기스 칸은 어릴 때부터 어머니 태후와 함께 지내는 데 익숙해 있었다.

"비록 어머니가 고령의 나이였지만, 나라에 130세가 된 노인들이 몇 사람 있지 않은가?"

칭기스 칸이 쓰러져 비통하게 눈물을 흘렸다. 시신 옆에서 술을 따라 잔을 올리고 축원했다.

젊어서 아버님과 사별하시고
온갖 시련과 신고를 겪으시며 우리를 키우셨네
전란과 위험한 적으로 인해 여러 번 놀라시고
난리, 전쟁, 흉악한 적에 마음 졸이고 크게 근심하시며
가까스로 우리 형제를 키워내셨네
아, 이제 좀 편히 지낼 때가 되었다고 하셨는데
사방에 적대자들이 많아져
열 방향으로 진격해 갈 때 어머님께서 마음을 졸이셨네
겨우 4색의 나라를 웬만큼 평정했는데
황금 같은 어머님께서 또 돌아가시는 때가 되었네

칸은 비통하게 눈물을 흘리며 100일 동안의 장례를 시작했다. 이때 몽골의 모든 속지에 황태후의 대상大喪을 알리기 위해 사람들을 보내고, 지역마다 부모의 상례대로 애도하고 모든 전투를 금했다. 이밖에 지역마다 사람을 보내 태후의 선덕이라 하여 가난한 자들에게 상을 내리고, 없는 자들에게 먹을 것을 내려 주었다. 나이든 자와 어린아이들에게는 곡식을 나누어주고, 죄인들을 다시 사면해 주었다. 출가한 승려들을 모아 경을 읽게 하고, 비록 일반 백성의 가정이라도 밤에는 천지에 불등을 올리는 것을 널리 행하게 했다. 속지에서 이를 어기는 자가 있는지 살폈으며, 온 나라가 100일 동안 애도를 표하게 했다.

한편 10월 서하국에 국상 소식이 이르자 서하의 군주는 조문하지 않겠다고 하다가, 몽골군들이 문책하러 올 것이 두려워, 어쩔 수 없이

상복을 입고 조의를 표하며 여러 신하들에게 말했다.

"이처럼 다른 자를 따르는 것은 군주로서 참으로 참기 어려운 일이오. 원래 남방을 향해서는 일국의 황제라고 하는데, 이제 다른 자의 신하의 예를 행하며 이처럼 상례를 행하다니 참으로 비통하기 짝이 없소. 아니면 군대를 다시 조직하여 맞서면 어떻겠소?"

그러자 여러 신하들이 아무 소리도 하지 않고 있을 때 이부상서 이중악이 고했다.

"폐하께서 어찌 작은 일에 걱정을 하십니까? 옛날에 월나라 왕 구천句踐[1]은 오나라 사람에게 붙잡혀, 무덤을 지키고 오왕의 똥을 맛보며 그의 마음을 얻고 자신의 나라로 돌아갔습니다. 그런 뒤 가시 있는 나무에 누워 쓰디쓴 쓸개를 맛보며[2] 몇 년 동안 나라의 힘을 강하게 키우고, 병사를 훈련시켜 오나라를 쳐들어가 단 한 번에 오나라를 멸망시켰습니다. 폐하께서 만약 이를 본받으시겠다면 그가 했던 대로 하셔야 할 것입니다. 어찌 바람을 거슬러 노를 저으며 고생을 사서하실 필요가 있겠습니까?

폐하께서 이제 상복을 입고 애통해하며 조문을 가시는 것이 중요합니다. 한편 신하인 저는 화친을 위해 금나라에 가겠습니다. 요사이 들

---

1 구천(?~기원전 465) 춘추시대 말기 월나라 국군. 춘추오패의 한 사람. 오나라와 오랜 기간 숙적이었다. 구천의 아버지 윤상은 오나라와 싸워 패하고, 그 아들 구천은 오나라와 싸워 승리하고 오나라 군주 합려가 죽는다. 합려의 아들 부차는 아버지의 원수를 갚기 위해 월나라를 공격하여 승리하는데, 월나라 구천이 오나라 신하로 들어가 부차를 섬긴다. 구천은 고국으로 돌아와 20년 동안 곰의 쓸개를 달아놓고 이를 핥으면서[와신상담] 갖가지 계책을 세워 부국강병을 꾀해 오나라를 멸망시킨다(임종욱, 『중국역대인명사전』, 이회, 2010, 168쪽).

2 '와신상담(臥薪嘗膽)'에 대한 고사.

으니 금나라와 송나라가 서로 우호를 약조하고 몽골에 대항한다고 하니, 우리도 금나라와 화친하고 송나라와 우호를 맺어 세 나라가 몽골에 맞서 그 나라를 제거하면 승리하지 못할 법은 없습니다. 몽골을 단번에 제압할 수 있다면, 몽골의 힘을 꺾을 수 있을 뿐만 아니라 그 나라에 투항한 많은 나라도 모두 돌아서서 우리를 따를 것입니다. 이것이 승리할 수 있는 한 가지 계책입니다. 이 외에 달리 방법이 없습니다. 상례를 따르지 않고, 조문을 하러 가지 않으면 그들은 분명 우리에게 트집을 잡아 또 쳐들어올 것입니다. 그렇게 되면 우리는 다시 병사를 일으켜 장병들을 먹이고 훈련시킬 여유가 없습니다."

그러자 이덕왕이 그 말에 따라 곧바로 이중악을 금나라에 보냈다. 그리고 자신은 몽골의 명대로 자기 지역의 풍속에 따라 흰옷을 입고 조문을 하러 몽골에 가다가 반쯤 갔을 때 참으로 가기 싫은 마음이 들어, 몸이 아프다는 핑계를 대고 다른 사람을 보내고, 자신은 고국으로 돌아왔다.

그렇게 몽골에 갔던 사신은 태후의 장례에 맞을 만한 인물이 되지 못한다 하여 되돌려 보냈다. 이 일로 인해 나라에 두 가지 상복을 입게 되었다. 몽골은 상을 치르는 기간에 모두 검은색 상복을 입었고, 한인들은 모두 흰색 상복을 입었다. 무슨 이유인가 하면, 몽골은 원래 인도에 뿌리를 두고 있었기 때문에 인도의 풍속에 따라 흰색을 최상의 색이요, 검은색을 최하의 색으로 여겼다. 흰색은 만 가지 색으로 모두 변할 수 있기 때문에 만 가지 색의 모태가 되는 색으로 보았다. 만 가지 색이 검은색에 섞여 들어가면 다시 다른 색으로 변할 수 없기 때문에 검은색을 만 가지 색의 가장 좋지 않은 색으로 여겼다. 그래서 나라의 군주와 부모가 죽으면 모두 어두운 밤처럼 되고, 그의 육신은 이미 검어졌다고 보았다. 남은 자는 죽지 않았어도 죽은 자와 분리할 수 없다 하여 검은색으로 상을 치렀다.

한인들이 흰색으로 상례를 행하는 것은 색을 구별한 것이 아니라 물품의 값지고 값지지 않은 것에 따른 것이다. 나라의 군주와 부모가 죽으면 풀에 눕고 흙을 베고 잠을 자지 않으며, 음식을 먹지 않는다 하여 좋은 옷, 값진 것, 귀한 것을 사용할 생각을 하지 않았다. 다만 살아있는 인간이기에 신체를 가리지 않으면 안 되기에 가리는 것에 특별히 돈이 들지 않는 좋지 않은 것으로 가렸다. 육신에 옷을 입힐 때는 흰 베 이외에 다른 좋지 않은 피륙이 없기 때문에 좋지 않은 흰 베를 사용했다. 그렇게 한인들은 피륙의 좋고 나쁜 것을 중시했다. 색의 좋고 나쁜 것을 추구해 구별한 것은 아니며, 흰색은 그 피륙의 개별적인 색이다. 만약 다른 색으로 바꾼다면 또 값지게 될 것이라는 생각이 있는 것이다. 그렇게 해서 오늘날 몽골은 검은색의 옷을 입고 상을 치르고, 한인들은 흰색으로 상을 치른다.

계속해서 송나라와 금나라에서 모두 친왕과 대신들이 조문을 위해 왔으나, 그 직함이 맞지 않는다 하여 제사에 참여하지 못하게 했다. 이에 송나라, 금나라, 서하국 세 나라가 모두 불안해했다. 이때 서하의 이부상서 이중악이 금나라의 일을 전하는 관저로 가서 잠시 자신이 온 이유를 자세히 고했다. 첫째, 금나라에 새로운 황제가 즉위한 일. 둘째, 두 나라의 해묵은 감정을 씻고, 화친에 대한 것이라고 했다. 이튿날 이중악은 금나라 조정에 나가 황제 애종 완안수서에게 절하며 다음과 같이 고했다.

"우리 서하국과 이곳의 금나라는 원래 함께 발전하고, 서로 도우며 80여 년 동안 작은 문제를 일으켜 싸우는 일이 없었습니다. 그런데 생각지 않게 양측 상경들의 작은 부주의로 인해 귀 나라의 정우 원년부터 작은 일에서 서로의 우호가 무너졌습니다. 이에 원한을 품고 사이가 틀어져 10년을 의미 없이 싸워 왔습니다. 이제 우리 주군께서도 몽골에 핍박을 받고, 약세를 면치 못한 채 공물을 바치고 있습니다. 귀 나라도 몽골에 압박을 받고 약자의 편에서 공물을 바치고 있습니다. 송나라도 마찬가지 이유로 몽골에 공물을 바칩니다. 이 세 나라는 모두 오랜 뿌리를 가진 대국이고, 몽골은 이제 막 흥기한 나라입니다. 만약 우리 이 세 대국이 원래대로 우호를 저버리지 않고 하나의 힘으로 합심하여 몽골과 맞서 싸웠다면, 하늘이 몽골을 음우한다 해도 몽골이 이 같은 데까지 이르지는 못했을 것입니다. 그 사이에 몽골에 패하여 동요와 서요, 산동, 하북을 모두 빼앗겼습니다. 우리 세 대국에 모두 공물을 바치게 하는 지경에 이르렀습니다. 다행스러운 것은 사직의 뿌리를 없애지 못하고, 종묘를 끊지는 못했습니다.

그러므로 우리 주군께서는 고대 월나라 구천이 오나라에 원수를 갚은 것을 쫓아 옛 대국과 뜻을 한데 뭉쳐 협력하고, 한마음으로 몽골에 맞서 싸우겠다고 하셨습니다. 귀국의 새로운 황제가 보위에 오르셨습니다. 우리 주군께서도 새로이 황위를 계승하여 보위에 오르셨습니다. 또 나이도 같고 나라도 오랜 뿌리를 갖고 있기에 저희 주군께서는 귀 황제를 형으로 모셔 가깝게 지내면서 천천히 논의하며 몽골을 제거하자고 하십니다. 듣자니 귀 나라의 황제께서도 송나라와 화친했다고 하시니, 이렇게 세 나라가 서로 연합하면 그 몽매하고 짐승 같은 몽골을 어찌 두려워할 일이 있겠습니까?"

그러자 금나라 군주는 크게 기뻐하며 그의 말을 흔쾌히 수락하고, 곧 연회를 베풀어 이중악을 융숭히 대접했다. 그리고 송나라에 갔던 상서령사 이당영에게 예에 따라 후한 예물을 올리게 하고, 서하의 사신 이중악과 함께 서하국과 형제의 관계를 맺고 그 답례로 예물과 문서를 작성하여 서하국에 보내게 했다. 서하국의 상서 이중악은 금나라 상서령사 이당영을 맞아 함께 즐거운 담소를 나누고 나라로 돌아왔다. 그리고 자신의 황제 이덕왕이 몽골의 국상에 조문하기 위해 가서 도중에 돌아온 것을 듣고, 크게 탄식하며 긴 한숨을 내쉬었다.

"'키 작은 나무에 가까이 가서는 아니 되고, 검은 토성土城에 그림을 그려서는 아니 된다'고 한 것이 바로 이 일을 두고 한 말이로다. 우리 서하국은 머지않아 몽골에 멸하게 될 것이다. 송나라, 금나라에 본이 되어서는 아니 될 것이다."

그는 의분을 가까스로 참고, 곧바로 자신의 집으로 돌아가 관직을 내려놓고 다른 핑계를 대고 다른 곳으로 처소를 옮겼다. 그리고 자신의 성을 바꾸고, 몽골의 볼로 태사에게 투항했다.

금나라와 서하국은 시운이 약해졌기 때문에 서하는 금나라 황제 애종 수서를 의형으로 삼되 두 나라가 서로에게 신하가 되지 않고, 각각의 연호를 사용하자고 했다. 서하국의 이덕왕은 금나라에 다시 또 이

부상서 오돈양필을 보내 서로 우호적으로 지내기로 조약을 맺고, 향연을 벌여 이를 경축했다.

이중악이 이 소식을 듣고 차갑게 웃으며 "강적인 몽골을 돌아보지 않고, 금나라와 유익함을 쫓는 것은 불에 기름을 더하는 격이다. 어찌해도 나라가 망하는 것에서 피할 도리가 없을 것이다"라고 했다.

몽골은 이번 태후의 국상에 송나라, 금나라, 서하국이 모두 애도를 표하기 위해 조문을 왔지만, 고려는 100일 안에 조문을 오지 못하자 하사르, 벨구테이, 보가르지, 촐론 네 친왕이 논의하여, 고려의 철왕에게 죄를 묻기 위해 국상을 알렸던 요동 지경을 지키는 동부의 대장 고여를 보냈다. 조문에 대해 여러 번 알렸는데, 오지 않은 일에 대한 죄를 묻게 했다.

한편 100일 동안의 중요한 상을 마치고, 칭기스 칸을 위시해 네 명의 동생과 일곱 명의 아들 그리고 칸의 여동생 토나말 타즈 공주와 부마 보토, 칸의 영리한 고 공주의 신랑인 부마 체첵, 그 밖에 네 친왕의 자녀와 손자 등이 모두 선의태후의 운구를 대전에 모시고, 이듬해 봄 북방의 칸산의 남쪽 강의 북쪽에 열조 예수헤이 칸과 합장할 준비를 했다. 그리고 사흘에 한 번 제사를 지냈다. 칸은 또 영전을 지키고 사냥이나 원정을 금하고, 거상 기간인 1년을 기다렸다.

이때 남쪽 지역에 무모한 한인 장수들은 태사 국왕 모훌리가 죽고, 그 동생 다이산다락그치 군왕과 그의 아들 태사 국왕 볼로 등의 군대 명성이 공연한 소문으로 여겨 많은 이가 두려워하지 않았다. 그러자 의롭지 못한 한인 장수들이 딴마음을 품고 상황을 엿보고 있을 때 요동 지경의 좌익 대장인 고여가 스스로 한쪽 지역을 차지하려는 생각했다. 그런데 갑자기 황제의 명으로 자신을 고려에 죄를 물으러 가는 사신으로 임명하자, 고여는 마음속으로 한 가지 계략을 떠올렸다.

"이 기회에 고려에 가서 상황을 보리라. 일전에 파견된 사신이 돌아오지 않았다. 어찌 된 일인지 모른다. 이제 내게 기회가 왔다. 어찌 되었든 내가 가서 상황을 보리라."

고여는 수십 명을 데리고 먼 길을 떠나 고려국으로 들어갔다. 원래 몽골 국상이 다가온 것을 알고, 요동의 장수 고여를 고려에 보냈었다. 그런데 고려의 왕이 그 소식을 듣고 조서를 보니 "각 나라의 군주는 반드시 직접 와서 상례에 함께 하라. 만약 핑계를 대고 신하를 대신 보내어 그 일로 죄를 물을 때 후회하지 말라. 이분은 군주의 기초를 넓게 하신 태후시니, 다른 장례와 비교할 수 없다"라고 했다.

그러자 고려의 군주 철왕이 여러 대신과 의논하여 말하기를 "이제 이 일을 어떡하면 좋겠소? 짐이 몸소 가려 해도 길이 너무 멀고, 그곳에 이르면 또 참으로 수치스러움을 맛보게 될 것이 분명하오. 태자를 보내려고 해도 태자를 붙잡아 볼모로 삼을 것이 분명하오. 그 명을 완전히 어기면, 그들 병력이 엄청나게 강해 죄를 물으러 올 것이오. 그러면 군대를 보내는 구실 삼아, 우리나라를 전복시킬 것이오. 이제 어찌하면 좋겠소. 대표할 신하를 보낸다 해도 별도의 처벌이 이를 것이오"라고 하며 근심스러워했다.

그러자 고려의 상경 조충이 나와 고했다.

"폐하께서 직접 가지 마시고 태자를 보내십시오. 몽골 군주가 비록 힘이 막강하지만 일에 대한 사리 분별은 분명합니다. 국상에 조문하기 위해 간 사람을 붙잡아 볼모로 삼지는 않을 것입니다. 만약 우리가 명을 어기면 몽골의 별빛이 더욱 빛나고 강성해질 때 우리나라에 분명 고통이 따를 것입니다."

또 대원수 홍덕선이 고했다.

"상경 조충의 말씀은 매우 지당합니다. 태자를 보내면 불안하긴 하지만 그곳에 또 우리에게 도움이 될 하조실이 있습니다. 그는 자신의 군주와 매우 친근하게 지냅니다. 그에게 서한을 주어 잘 살펴볼 것을 청하면 십에 하나 실수가 생기지 않을 것입니다. 그렇게 하면 두 번째 계책을 이루는 좋은 방법이 될 것입니다."

우승상 기국은 원래 오만하고 지식이 얕았는데, 몽골에 조공을 바치는 것을 매우 불만스럽게 여겼다. 이제 이들이 이처럼 논의하는 것을 못마땅하게 여겨 앞으로 나가 고했다.

"우리나라는 고대 주나라로부터 기자 성조의 후예라 하여 중원에서도 감히 함부로 보지 않았습니다. 성인 공자 이래로 황제들에게 존경을 받아왔습니다. 이제 겨우 한 야만적이고 몽매하고 호전적인 몽골을 보자마자 곧 종처럼 따르며 공물을 바치는 것은 고대 황제들의 위엄에 죄를 짓는 일입니다. 그런데 이제 또 그들 장례에 이처럼 가는 것은 곧 그의 가노家奴와 차이가 없는 것이 아니겠습니까? 처음에 몽골군이 거란에 빼앗긴 우리의 강동성을 찾아준 적이 있기에 그 나라에 어느 정도 호의를 베풀었습니다.

그런데 이번에 어찌 우리가 그들의 종처럼 그들이 그린 그림대로 꼭 따라야 한단 말입니까? 몽골이 비록 우리에게 작은 도움을 주긴 했지만, 우리도 10배로 갚고 어느 정도 공손히 존중의 예를 행했습니다. 그 밖에도 지금까지 해마다 공물을 바치고, 열 번의 친절을 베풀었는데, 이제 그들의 종처럼 행한다는 것은 올바른 처사가 아니라 사료됩니다. 이전에 한 번 공경하는 태도를 보였더니, 이제 경조사에 사신을 보내 부르게 되었습니다. 이제 몇 년을 우호적으로 지내다 보면 해마다 신년하례를 위해 가야 하는 데 이를 것입니다. 그렇게 되면 마침내 우리나라를 지배하려 들 것입니다. 그런 상황에서 폐하께서 남쪽을 향하고 앉아 고려 황제라 칭하는 것이 무슨 의미가 있겠습니까? 저에게 한 가지 계책이 있습니다. 첫째는 나중의 종이 되는 고통에서 벗어나는 것이고, 둘째는 나라를 다스리며, 대대로 남방의 칸위에 부끄러움이 없는 것입니다."

그러자 고려의 철왕이 물었다.

"그렇다면 그것은 우리가 원하는 바가 아니겠소? 다만 그렇게 될 수 없기에 괴로운 것이 아니오?"

"몽골의 중심 대들보는 모홀리 장군입니다. 모홀리 장군은 지난해 이미 사망했습니다. 몽골 군주의 마음이 허전할 것입니다. 이전의 요동과 강동에 온 아즈나이와 하조실 등은 모두 일반 사람들입니다. 다만 모홀리 한 사람에 의지해 이역의 나라들이 두려워했습니다. 이제 모홀리가 죽고, 몽골의 동량이 꺾였습니다. 몽골이 군주가 비록 용력이 대단한 자이긴 하지만 홀몸으로 사방팔방의 나라를 어찌 온전히 정벌할 수 있겠습니까?"

그는 철왕의 옆에서 귓속말로 이런저런 말을 하자, 철왕이 생각해도 그 외에 다른 방법이 없었기 때문에 곧 기국의 말에 따라 그리 하라고 윤허했다. 그러자 조충과 홍덕선 등이 기국이 철왕에게 귓속말한 내용을 듣지 못했기 때문에 그에 대해 무어라 고할 수가 없었다. 다만 어찌 처리할 것인지 귀 기울여 들었지만, 온 사신을 웬만큼 대접하고 돌려보냈다. 나라에 왔던 몇 명의 사신들이 돌아가다가 며칠이 되지 않아 도중에 도적에게 죽임을 당했다고 병사가 와서 보고하자,[3] 철왕은 곧바로 이들을 따라가지 않기로 마음먹었다.

조충과 홍덕선 등이 이를 듣고 "앞으로 우리 고려의 많은 고통이 이 일로 시작될 것이오. 상당한 노력을 기울여 겨우 몽골이라는 강적을 우호적으로 만들었는데, 이 한 사람이 일을 망쳐 큰 화를 불렀소. 이 일로 인해 이 세상의 죽음의 재난과 고통이 이제 우리 고려국에 이르게 될 것이오"라고 했다.

이 일로 두 사람은 벼슬을 내려놓고 나랏일에서 물러나 산천에 은거하기로 마음먹었다. 고려의 우승상 기국은 은밀히 사람을 보내 몽골 사신을 도중에 살해하도록 시켰다. 기국은 국경에 정탐꾼을 두고, 몽골에서 어떤 소식이 오나 잘 염탐하라고 명했다. 바로 그때 고여의 사

3 1221년 8월 고려에 들어온 몽골사신 저고여는 황제의 편지와 함께 수달피 1만 장, 가는 명주 3천 필, 가는 모시 2천 필, 솜 1만 근 등 헤아릴 수 없이 많은 공물을 요구했다. 그 후 몽고에서 사신 저가와 희속불화 등을 연이어 파견해 고려를 압박했다. 1225년(고종 12) 몽골 사신 저고여가 또 다시 고려에 들어와 수많은 공물을 뜯어낸 다음 압록강을 건너 귀국하다가 피살당했다. 고려는 사신 일행이 동진의 포선만노나 금 장수 우가하의 부하들에 의해 피살되었다고 했지만 몽고는 이를 믿지 않고, 고려의 소행이라고 단정하고 복수를 선언했다. 그와 함께 몽고와 고려의 외교관계는 단절되었다(이상각, 『열정과 자존의 오백년 고려사』, 들녘, 2010, 299~300쪽).

건에 대한 죄를 묻게 하기 위해 조서가 이르자 정탐꾼이 먼저 달려와 이 사실을 고했다. 기국은 서둘러 도중에 백 명의 정예군을 보내 매복시켜 도둑이라고 거짓으로 속이고 기다리게 했다.

한편 몽골의 고여는 도중에 한 계략을 생각했다.

"이제 야율유가도 죽고, 국왕 모홀리도 죽었다. 용감한 장수 석천응 역시 죽었다. 폐하께서는 또 상중에 계시고, 동쪽으로 전혀 원정을 하지 않았다. 서하도 평온하지 않고, 남송과 금나라도 그대로 잠잠하게 지내지 않는다. 만약 이제 고려와 연합하여 반란을 일으키면 나는 이 일을 분명 이룰 수 있을 것이다."

이렇게 생각한 고여는 즐거운 마음으로 가다가 고려의 국경에 와서 추철산[4]에 이르러 숙소에 묵게 되었다. 그는 밤에 술 몇 잔을 마시며, 생각하면 할수록 기분이 더 좋아졌다. 만약 개인적으로 한 지역을 차지하면 어떻게 비와 빈을 봉할 것이며, 어떻게 가무를 즐길 것인가를 생각했다. 흥에 겨워 비파를 꺼내 다섯 손가락을 뻗어 연주하며 유려한 목소리로 화음을 맞추면서 술을 마셨다. 3경이 되었을 때 갑자기 대포 소리가 나면서 사방에서 한 무리의 도둑들이 쳐들어 왔다. 앞서 들어온 자가 고여를 일시에 내리치자 고여가 크게 두려워하며 서둘러 비파로 막고 고개를 돌려 피하자, 그 도둑이 다시 한 번 칼로 내리쳤다. 그러자 고여는 비파와 함께 칼에 베어 죽임을 당했다. 다른 동료들도 벌써 손을 움직여 고여의 일행 40여 명을 베어 죽였다. 땔감을 하고

4 1225년 정월, 저고여는 고려에 사신으로 왔다가 고려 국경 함신진(의주)을 거쳐 본국으로 돌아가던 도중 압록강가에서 피살되었다. 추철산은 압록강변에 있던 곳으로 보인다.

물을 긷는 허드렛일을 시키던 평민 10여 명은 달아났다.

고려의 거짓 도둑들은 저고여의 모든 물품을 빼앗고 죽은 병사들의 시신을 구렁에 던지고, 고여의 머리를 베고 크게 함성을 지르며 사방으로 흩어졌다. 추철산에 고여가 묵었던 지역에는 부서진 비파만이 남겨져 있었다. 도적떼가 가고 얼마 되지 않아 풀 속에 숨어있던 길잡이들이 고여가 묵었던 곳에 와서 보니, 피 묻은 비파 이외에 다른 물건을 얻을 수 없었기 때문에 곧바로 부서진 피 묻은 비파를 가지고 달아났다. 안타깝게 한때 고여의 반역적인 생각으로 인해 그를 따랐던 사람들이 모두 죽은 것은 참으로 안타까운 일이다.

그때 살아남은 몇 명의 시종들은 먹을 것을 구걸하며 걸어서 고국으로 돌아가 일어났던 사건을 자세히 고하자, 고여의 아들이 대성통곡하며 서둘러 칸에게 와서 이 일을 고했다. 그러자 하사르, 벨구테이, 촐론이 그 소식을 듣고 칸에게 고하기를 "이것은 고려의 간계가 분명합니다. 그 나라를 공격하지 않으면 아니 될 것입니다"라고 했다.

그러자 칭기스 칸이 "한두 명의 도둑도 잡지 못했는데, 무슨 증거로 고려를 공격하겠소? 특별히 내가 상중에 있으므로 그들에게 어느 정도 기회를 주고, 그들 자신이 뉘우치는 것을 조금 기다리시오. 만약 기회를 주었는데도 자신의 죄를 알지 못한다면 그것이 곧 증거가 될 것이오. 올겨울 공물을 보내오는 것을 기다렸다가 상황을 보도록 하시오. 예전과 마찬가지로 공물을 보내오면 사건을 자세히 알아보지 않으면 안 될 것이오. 그러나 만약 공물을 보내오지 않으면 그때는 그들의 소행이라는 것은 의심의 여지가 없을 것이오. 세상의 모든 나라를 정벌하는 것은 어려운 일이 아니오. 다만 천하의 백성을 부당하고 억울하게 하는 것은 천자의 도리가 아닐 것이오.

그런데 서하의 이준욱의 아들 이덕왕은 참으로 무지하기 짝이 없는 자요. 서하는 짐의 은혜를 3대에 걸쳐 받았는데도 늘 우리를 신뢰하지 않소. 이제 공격할 준비를 하시오. 이전에 투항했지만 그에게서 인질을 요구하지 않고, 자비를 베풀어 인척 관계를 맺었소. 그런데 인척이 된 공주가 자신의 친동생이 아니라 하여 마음이 변해 서량으로 도주했소. 이제 반드시 인질을 받아 신표로 삼아야 할 것이오. 만약 사람을 보내지 않으면, 곧바로 정벌하여 완전히 섬멸해야 할 것이오. 그렇지 않으면 그 나라에서 해가 돌아올 것이오"라고 했다.

네 친왕은 명을 받고 은밀히 5천 명의 병사를 뽑아 나이만의 알탄샤에게 군대를 지휘하게 하고, 서하국에 죄를 묻기 위해 보냈다. 서하의 일이 어찌 될 것인지 알고자 한다면 서재 가까이 있는 샘물에 새로 심은 국화를 완상하고 나서, 뒤이어 쓴 것을 다음 장에서 보게 될 것이다.

사관 인잔나쉬의 시 한 수

천부께서 자식을 설득할 때 흰 일각수를 내려보내시고
어머니 태후께서 칸에게 유언하실 때 쿠빌라이 세첸을 언급하셨네
성조께서 자손을 시험하실 때 톨리 태자를 교훈하시고
칭기스께서 효를 행하실 고려국에 기회를 주어 기다리게 했네

참고문헌

1. '몽골 현대문 역자 서문' 참고문헌

Булаг, *Арван долдугаар зууны Монгол түүхэн уран зохиол*, Өвөр Монголын хэвлэлийн хороо, 1987.

John Gombojab Hangin, *Klke Sudur(THE BLUE CHRONICLE) : A Study of the first Mongolian Historical Novel by Injannasi*, O. Harrassowitz, 1973.

Дамдинсүрэн.Ц, *Монгол уран зохиолын дээж зуун билиг оршвой*, УБ, 1959.

Дундад сургуулийн хэлбичгийн багшийн гарын авлага, Тунляо. 1994.

Дэлгэрсан.Т, *Инжаннашийн шүлгийн судлал*, Өвөр Монголын Ардын Хэвлэлийн хороо, 1987.

Дэсрайжав, *Их зохиолч Инжаннаши*, Бээжин, 1993.

__________, *судар хийгээд арван анги судрын харьцаа*, Өвөр Монголын соёлын хэвлэлийн хороо, 1991.

Жамсранжав.Г, "Ванчинбалын Инжаннашийн романуудын тухай", *Монголын уран зохиолын тойм* III, Улаанбаатар, 1968.

Залгаа, *Инжаннашийн оны бичиг*, Өвөр Монголын Ардын Хэвлэлийн Хороо, 1995.

Инжаннаши, *Хөх Сударын нөхвөр дэвтэр*(Содбилэг харгуулав), Хөх хот, 2002.

Эрхлэн найруулагч Сайшаалт.Н, *Монголын уран зохиолын түүх*, Ляонин, 1995.

Сүх.В, Буянтогтох, Буянцугла нар голлон найруулав, *Монголын уран зохиолын түүхийн мэдлэг*, Өвөр Монголын Ардын Хэвлэлийн Хороо, Тунляонийн, 1997.

Нагуусайнхүү · Нарийнголхүү, *Тэмгэтийн намтар*, Улаанхад, 1989.

Намжил.Г, *Чингис хааны засаг ба бичиг*, Хайлар, 1990.

Эхийг харьцуулан хөрвүүлж, тайлбар хийсэн Чоймаа.Ш, *Оюун түлхүүр*, Улаанбаатар, 2002.

Төвгэрэлт, "Инжаннашийн шүлэг зохиолын сонирхол", *Сувд тана бутран сацарсан уянга*, Хөх хот, 1992.

Хишигтогтох.Ч, *Монгол сурвалж бичгийн судлал*, Бээжин, 2003.

Цэрэнсодном.Д, *Монголын уран зохиолын тойм*(XIII~XX зууны эхэн), Улаанбаатар, 2002.

Цэрэнсодном.Д, *Чингис богдын дурсгалын түүвэр*(Хөрвүүлж тайлбарын хамт хэвлүүлсэн Пүрэвжав.Э), Улаанбаатар, 2000.

Чингис хааны цэдиг, Бээжин. Монгол бичгийн хороо, 1925.

Чоймаа.Ш, *Монгол судлалын өгүүлүүд*, Улаанбаатар, 2003.

________, *'Монголын нууц товчоон' Лувсанданзаны 'Алтан товч' эхийн харьцуулсан судалгаа*, Улаанбаатар, 2002.

________, *Хаадын үндсэн хураангуй алтан товч*, Эхийн харьцуулсан судалгаа, судалгааны оршил, галиг, үгийн хэлхээ, эх текст, Улаанбаатар, 2002.

2. 국내 저서

강정만, 『송나라 역대 황제 평전』, 주류성, 2021.

김경한, 『인물 삼국지』, 북오션, 2014.

김옥자·김영옥, 「송원대의 과학에 대하여 II」, 『한국수학사학회지』 v. 28, 2015.

김정희·송정수·정면·김유철·박지훈·송미령, 『중국 정사 외국전이 그리는 '세계'들』, 역사공간, 2016.

김희영, 『이야기 중국사』, 청아출판사, 2000.

라시드 앗 딘, 김호동 역주, 『칭기스 칸 기』, 사계절, 2003.

________________________, 『칸의 후예들』, 사계절, 2005.

________________________, 『부족지』, 사계절, 2016.

마르코 폴로, 『동방견문록』, 김호동 역주, 사계절, 2006.

박지원, 김혈조 역, 『열하일기』 2, 돌베개, 2017.

소준섭, 『중국사 인물 열전』, 현대지성, 2018.

예태일·전발평 편저, 서경호·김영지 역, 『산해경』, 안티쿠스, 2009.

유리리, 「배역에 따른 중국 경극 의상과 분장의 표현 특성－조씨고아 사랑탐문 목계영괘사 사례를 중심으로」, 서울대 석사논문, 서울대학교, 2012.

유원수 역, 『몽골비사』, 사계절, 2004.

이병갑, 『중국역사사전』, 학민사, 2006.

이상각, 『열정과 자존의 오백 년 고려사』, 들녘, 2010.

이안나, 『몽골인의 생활과 풍속』, 첫눈에, 2005.

_____, 『몽골 민간신앙 연구』, 한국문화사, 2010.

임종욱, 『한국역대인명사전』, 이회, 2009.

임종욱, 『중국역대인명사전』, 이회, 2010.
저자 미상, 김장구 역, 『몽골 황금사』, 동북아역사재단, 2014.

3. 몽골 저서

Ч.Арьяасүрэн, *Монгол ёс заншлын их тайлбар толь* III, Урлах эрдэм, 2000.

__________ · Х.Нямбуу, *Монгол ёс заншлын дунд тайлбар толь*, Сүүлэнхүү хүүхдийн хэвлэлийн газар, 1991.

__________, *Монгол ёс заншлын их тайлбар толь тэргүүн боть*, Сүүлэнхүү хүүхдийн хэвлэлийн газар, 1992.

Ш.Бира бусад, *Монголын нууц товчоо*, Мөнхийн үсэг, 2005.

Л.Болд бусад, *Монгол хэлний дэлгэрэнгүй тайлбар толь*, Монгол улсын шинжлэх ухааны академи, 2008.

Д.Дагвадорж, *Монголын шашин суртахууны тайлбар толь*, АУИС-ийн хэвлэлийн товчоон, 1995.

Ц.Дамдинсүрэн, *Монголын уран зохиолын тойм* III, БНМАУ-ын Шинжлэх ухааны академи, 1968.

Л.Жамсран бусад, *Монголын түүхийн бага нэвтэрхий толь* I, Орбис, 1998.

__________, *Монголын түүхийн бага нэвтэрхий толь* II, Орбис, 2000.

__________, *Монголын түүхийн бага нэвтэрхий толь* III, Орбис, 2002.

Лувсанданзан, *Алтан товч*, УБ, 1990.

Д.Лувсандорж бусад, *Уран зохиол соёмбо нэвтэрхий толь*, Соёмбо пресс, 2012.

Х.Лхагвасүрэн бусад, *Чингис хааны нэвтэрхий толь*, Чингэс Хаан дээд сургууль, 2004.

А.Очир бусад, *Монгол улсын түүх* II, Адмон компани, 2003.

Х.Сампилдэндэв бусад, *Монголын уран зохиолын лавлах толь*, Бемби сан хэвлэлийн газар, 2001.

О.Сүхбаатар, *Монгол харь үгийн толь*, УБ, 1997.

Д.Цэрэнсодном, *Монгол ардын домог үлгэр*, Улсын хэвлэлийн газар, 1989.

__________, *Монголын нууц товчоо*, Мөнхийн үсэг, 2000.

Ш.Шагдар, *Монголын газарзүйн нэрийн товч толь бичиг*, Старт лайн, 2007.

Д.Цэрэнсодном, *Монгол уран зохиолын товч түүх*, Монгол улсын шинжлэх ухааны академи, 2002.

4. 중국 저서
尹湛納希, 黑勒·丁師浩 譯,『靑史演義』上·下, 內蒙古人民出版社, 1985.
新蒙漢詞典 編纂委員,『新蒙漢詞典』, 商務印書館, 1999.

5. e-book
방기혁 역,「칭기스 칸 이야기」,『원사본기』 권1(e-book), 슬기야단비야, 2015.
________,「우구데이 황제 이야기」,『원사본기』 권2(e-book), 슬기야단비야, 2015.
________,「무칼리」,『원사열전』 권6(e-book), 슬기야단비야, 2015.
________,「야율초재」,『원사열전』 권33(e-book), 슬기야단비야, 2015.
________,「사병직, 사천예」,『원사열전』 권34(e-book), 슬기야단비야, 2015.
________,「장유소」,『원사열전』 권34(e-book), 슬기야단비야, 2015.
________,「석천웅」,『원사열전』 권36(e-book), 슬기야단비야, 2015.
________,「야율유가」,『원사열전』 권36(e-book), 슬기야단비야, 2015.
________,「장덕휘」,『원사열전』 권50(e-book), 슬기야단비야, 2015.
________,「선종 오도보 이야기 2」,『금사본기』 권15(e-book), 슬기야단비야, 2015.
________,「선종 오도보 이야기 3」,『금사본기』 권16(e-book), 슬기야단비야, 2015.
________,「애종 수서 이야기 1」,『금사본기』 권17(e-book), 슬기야단비야, 2015.
________,「애종 수서 이야기 2」,『금사본기』 권18(e-book), 슬기야단비야, 2015.
________,「완안승휘」,『금사열전』 권39(e-book), 슬기야단비야, 2015.
________,「최립」,『금사열전』 권53(e-book), 슬기야단비야, 2015.
________,「도단오르텐」,『금사열전』 권54(e-book), 슬기야단비야, 2015,
________,「포찰관노」,『금사열전』 권54(e-book), 슬기야단비야, 2015.

6. 인터넷 DB
https://mn.wikipedia.org/wiki/Солоон,_Солонгод
https://mn.wikipedia.org/wiki/Харчин
https://mn.wikipedia.org/wiki/Хиймoрь
https://mn.wikipedia.org/wiki/Хотон
https://wordrow.kr/의미/연감유함
https://kangxi.fandom.com/wiki/페르디난트-페르비스트
https://blog.naver.com/bhjang3/140201007630

https://blog.daum.net/ersan.tisory.com/58
https://namu.wiki/w/위무자
https://namu.wiki/w/진사
https://namu.wiki/조간자
https://ko.wikipedia.org/wiki/공자
https://ko.wikipedia.org/wiki/구처기
https://ko.wikipedia.org/wiki/금나라
https://ko.wikipedia.org/wiki/나타
https://ko.wikipedia.org/wiki/뇌진자
https://ko.wikipedia.org/wiki/류큐국
https://ko.wikipedia.org/wiki/문창제군
https://ko.wikipedia.org/wiki/시헌력
https://ko.wikipedia.org/wiki/십악_(불교)
https://ko.wikipedia.org/wiki/야율직로고
https://ko.wikipedia.org/wiki/연성공
https://ko.wikipedia.org/wiki/왕세충
https://ke.wikipedia.org/wiki/유태공
https://ko.wikipedia.org/wiki/유표
https://ko.wikipedia.org/wiki/적로
https://ko.wikipedia.org/wiki/정릉
https://ko.wikipedia.org/wiki/조논
https://ko.wikipedia.org/wiki/조운_(촉한)
https://ko.wikipedia.org/wiki/주_목왕
https://ko.wikipedia.org/wiki/태호석
https://ko.wikipedia.org/wiki/홍문연
https://encykorea.aks.ac.kr/Contents/Item/E0049085(한국민족문화대백과사전)
https://encykorea.aks.ac.kr/Contents/Item/E0064109(한국민족문화대백과사전)